A FILHA PERFEITA

LUCINDA BERRY

Tradução
Verena Cavalcante

Copyright © 2019, Heather Berry
Esta edição foi feita sob um acordo de licença originário da Amazon Publishing,
www.apub.com, em colaboração com Sandra Bruna Agência Literária.
Tradução para Língua Portuguesa © 2024 Verena Cavalcante
Todos os direitos reservados à Astral Cultural e protegidos pela Lei 9.610,
de 19.2.1998. É proibida a reprodução total ou parcial sem a expressa anuência da editora.

Editora
Natália Ortega

Editora de arte e Design de capa
Tâmizi Ribeiro

Produção editorial
Ana Laura Padovan, Andressa Ciniciato, Brendha Rodrigues, Esther Ferreirra
e Thais Taldivo

Preparação de texto
Alexandre Magalhães

Revisão de texto
Alline Salles

Ilustração da capa
Sillapinaek/Shutterstock

Foto da autora
©2020 Jocelyn-Snowdon.

Dados Internacionais de Catalogação na Publicação (CIP)
Angélica Ilacqua CRB-8/7057

B453f
      Berry, Lucinda
        A filha perfeita / Lucinda Berry ; tradução de Verena Cavalcante. — Bauru, SP :
      Astral Cultural, 2024.
        384 p.

      ISBN 978-65-5566-373-0
      Título original: The perfect child

      1. Ficção norte-americana I. Título II. Cavalcante, Verena

24-0157   CDD 813.6

Índice para catálogo sistemático:
1. Ficção norte-americana

BAURU
Rua Joaquim Anacleto Bueno 1-42
Jardim Contorno
CEP 17047-281
Telefone: (14) 3879-3877

SÃO PAULO
Rua Augusta, 101 / Sala 1812
18 andar, Consolação
CEP 01305-000
Telefone: (11) 3048-2900

E-mail: contato@astralcultural.com.br

Aos meus leitores,
que estiveram comigo desde o começo.

A FilhA PerfeitA

CASO Nº 5243

ENTREVISTA:
PIPER GOLDSTEIN

— É O SEU PRIMEIRO CASO DE HOMICÍDIO? — ELE PERGUNTOU COM uma voz penetrante, em tom muito profissional. Seu peito parecia inflado com músculos debaixo da camisa de colarinho azul.

Não importava quantas vezes eu fosse interrogada pela polícia, nunca ficava mais fácil. Em um piscar de olhos, meus nervos começavam a pulsar em alta velocidade. Eles sempre me faziam sentir como se eu estivesse mentindo, mesmo quando dizia a verdade.

Limpei a garganta.

— Já estive em outros casos.

Eu gostaria de viver em um mundo em que não conhecesse intimamente a violência, mas já vi mais do que deveria, dado o trabalho que faço. Ainda assim, fui incapaz de imaginar que os Bauer estivessem envolvidos em algo tão terrível.

— Como você descobriu que houve uma reviravolta no caso?

Olhei para o espelho duplo atrás de nós. Embora fôssemos os únicos na sala, eu sabia que não estávamos sozinhos.

— A Claire me contou.

Ele ergueu as sobrancelhas.

— Claire?

— Minha colega de trabalho — respondi prontamente.

Era difícil acreditar que fazia menos de uma hora desde que Claire tinha entrado no meu escritório. Éramos sempre as primeiras a chegar de manhã, e presumi que ela estivesse passando para perguntar como tinha sido meu encontro da noite anterior, já que estava mais animada com aquilo do que eu. Ela estava casada há vinte anos, e certamente devia ser uma vida muito chata se ficava tão entusiasmada de ouvir sobre minhas experiências amorosas nada excitantes.

O policial tentava me escavar com os olhos, buscando algo mais profundo em mim.

Mas eu não queria falar muito.

Ele apoiou os cotovelos na mesa e se inclinou para a frente.

— O que ela disse quando te contou sobre o acontecido?

Ele devia ser novo, porque nunca o tinha visto. Em uma cidade pequena como Clarksville, até os policiais têm rostos familiares. Ele havia dito o nome quando entrou na sala de espera, mas minha cabeça estava confusa devido ao choque, então não o registrei.

Dei de ombros, torcendo ansiosamente as mãos debaixo da mesa.

— Ela não falou muito, mas percebi que alguma coisa estava errada logo que entrou no meu escritório.

Eu tinha acabado de ligar o computador e estava organizando meus arquivos do dia quando Claire enfiou a cabeça pela porta. Eu mal tinha terminado a primeira xícara de café.

— Caramba, gata, por que você não vai nos meus encontros por mim de uma vez?! — eu tinha dito, brincando. Diante do olhar em seu rosto, vi que minha piada não tinha funcionado.

Qualquer tom de brincadeira tinha desaparecido, e em seu lugar estava a mais séria das expressões. É uma cara comum entre nós, o rosto que exibimos quando um caso é tão horrível que sabemos que não será possível dormir à noite, e que aquilo se infiltrará em nossos sonhos quando finalmente encontrarmos uma maneira de adormecer. Era um daqueles casos que fazem as assistentes sociais que atendem crianças tremerem atrás das mesas.

— Então você simplesmente sabia? — O tom do policial sugeria que ele não tinha certeza se deveria acreditar em mim.

Eu odiava quando não estávamos no mesmo time. Mas ninguém consegue estar do lado oposto ao de um agente da lei e não se sentir um criminoso. É impossível.

— Eu sabia que alguma coisa séria tinha acontecido, mas não fazia ideia do que era ou de quem estava envolvido. — Olhei para o meu telefone pela terceira vez, desejando que ele vibrasse. Não estava presa, poderia sair quando quisesse, mas não tinha como deixar a sala sem parecer que estava escondendo alguma coisa.

— O que pensou quando descobriu que era a família Bauer?

Engoli em seco as emoções que subiam pela minha garganta.

— Esperava poder finalmente dar algumas respostas a eles, porque são como uma família para mim.

Ele olhou para o arquivo aberto sobre a mesa.

— Diz aqui que você era a assistente social originalmente designada para o caso, está correto?

Apenas balancei a cabeça afirmativamente, mas logo lembrei que estava sendo gravada e que deveria falar.

— Sim.

— O que aconteceu?

Como poderia descrever os últimos dois anos? Era o caso mais complicado da minha carreira e havia terminado da pior forma possível. Duvidei de mim mesma em tantas ocasiões diferentes, imaginando se tinha tomado as decisões certas para todos os envolvidos... E se estivesse errada? E se eu fosse parcialmente responsável por tudo aquilo? Respirei fundo, tentando clarear meus pensamentos.

— Teria sido impossível conseguir um lar melhor para a Janie. Trabalho com assistência social infantil há mais de vinte anos, então sei que existem muitos lares adotivos ruins. Muitos pais adotivos provisórios só fazem isso pelo dinheiro, dirigem as famílias como se fossem negócios, mas os Bauer eram dos bons. Eles só queriam ajudar. — Meus olhos se encheram de lágrimas e não consegui contê-las, embora tentasse. Eu as limpei rapidamente, envergonhada por parecer tão fraca na frente do policial. — Me desculpa. Isso tudo está acontecendo rápido demais.

— Entendo — ele disse, mas eu sabia que não. Em todos os meus anos de profissão, nunca vi um policial chorar. Ele esperou alguns tiques do relógio antes de continuar. — Seria mais fácil para você se começássemos do início?

Não importava de onde começássemos. Nada sobre aquela história seria fácil.

UM

HANNAH BAUER

— EU NÃO DEIXARIA ISSO PASSAR DE JEITO NENHUM... IRIA IGNORÁ-LO até que pedisse desculpas — Aubrey falou sem tirar os olhos do telefone, naquele tom assertivo e intransigente de todas as pessoas solteiras. Pela maior parte do tempo, eu me esquecia de que ela estava lá porque seus olhos ficavam sempre grudados no telefone, tão logo entrássemos na sala de descanso do hospital, os dedos deslizando pela tela em uma velocidade alucinante.

Eu e Stephanie reviramos os olhos ao mesmo tempo. Stephanie tinha acabado de passar os últimos dez minutos descarregando suas frustrações reprimidas em relação ao marido, coisas que iam desde deixar as meias sujas por toda a casa e esquecer de levar o lixo para fora até não limpar os pelos pretos e crespos na pia depois de se barbear. Ela havia chamado a atenção do homem por isso, o que levou à velha briga em que o marido a acusava de ser neurótica e ela o criticava por não assumir o peso das responsabilidades domésticas que qualquer pessoa casada há mais de uma década conhecia muito bem. A discussão deles terminou em um grande barraco.

— Ele é tão manipulador quando está com raiva... Desconversa, me deixa confusa e tenta colocar toda a culpa em cima de mim. Quando me dou conta, sou eu quem está pedindo desculpas. Caio nessa toda vez. Me deixa louca! — Stephanie continuou, engolindo garfadas do seu macarrão requentado.

— Olha, é o que falei ontem à noite, a gente precisa de um fim de semana só para as meninas. Já faz muito tempo! — eu disse. Da última vez que tínhamos ido ao hotel Four Seasons passar o fim de semana, ficamos bebendo vinho na piscina e relaxando no spa. Adorei o peeling de mamão papaia deles, e minha pele estava realmente precisando de um.

— Sem dúvida. É só falar quando — falou Stephanie.

Um de nossos colegas de trabalho, Carl, enfiou a cabeça pela porta.

— Precisamos de vocês, pessoal.

Entramos em ação. Em segundos, recolhemos nossa bagunça, esfregamos espuma antibacteriana nas mãos e saímos pela porta. Havia muita movimentação e expectativa no posto de enfermagem, todos em alerta máximo. Stephanie assumiu o modo enfermeira-chefe e foi logo em direção ao dr. Hall. Os dois administravam o pronto-socorro como uma máquina perfeita.

Inclinei-me para Carl.

— O que aconteceu?

Ele deu de ombros.

— Não tenho certeza. Só sei que é uma criança perdida ou algo assim, e que está muito mal. A ambulância a está trazendo com escolta policial.

Meu estômago revirou. Tratar crianças doentes era uma coisa, mas tratar crianças feridas era outra, e a presença da polícia sempre indicava ferimentos graves. Era a parte do meu trabalho com que eu nunca me acostumava. Busquei no quadro de pacientes quantos dos meus quartos designados estavam vagos, e dei um suspiro de alívio quando percebi que todos estavam ocupados. O botão de chamada do leito 8 piscou, e fui ver o que Eloise queria.

Ela era uma de nossas turistas frequentes. Era viúva e, frequentemente, ia ao pronto-socorro apenas por se sentir sozinha. Nunca havia nada de muito errado com Eloise, uma das mulheres de oitenta e um anos mais saudáveis que já atendi. Mas ela sempre aparecia, semana sim, semana não, convencida de que estava morrendo. Desta vez, ela reclamava de uma dor latejante na perna e estava com medo de ser trombose.

Ela sorriu para mim da cama, as rugas se movendo sob seus olhos, e fez um sinal para que eu me aproximasse. Inclinei-me para dar o abraço habitual que ela esperava de mim. O cheiro familiar de almíscar de baunilha e talco encheu meu nariz. Eloise me apertou com força antes de se afastar, ainda segurando meu antebraço.

— Oi, querida. Não quero continuar incomodando muito, mas vocês já têm o resultado dos meus exames?

Neguei com a cabeça e me movi sobre a cama, ajustando seu soro.

— Ainda estamos esperando serem enviados pelo técnico de ultrassom. Desculpa, mas acho que vai demorar mais alguns minutos, estamos muito ocupados esta noite.

Como se fosse uma deixa, o som dos rádios da polícia interrompeu nossa conversa. Eloise espiou pela cortina, em busca de um vislumbre do policial.

— O que está acontecendo lá fora?

Eu sorri.

— Sabe que não posso te contar.

Ela se inclinou para a frente, tentando ver melhor.

— Meu Deus, quantos policiais! Por que tantos? Estou em perigo?

— Está segura, eu nunca deixaria algo de ruim acontecer com a senhora. — Dei um tapinha em sua mão e pude perceber, pela sensação ressecada da pele, que ela estava desidratada novamente. — E a propósito, a senhora... — Balancei o dedo para ela de brincadeira — ... precisa beber mais água durante o dia. Quantas vezes já te disse isso?

Ela abaixou a cabeça, mas não conseguiu esconder o sorriso repuxando os cantos dos lábios. Verifiquei seus sinais vitais, anotando-os no prontuário.

— Vou ficar de olho no seu exame e te digo assim que souber de alguma coisa. Combinado?

— Combinado. — Ela cruzou os braços à frente do peito, acomodando-se confortavelmente. Ao fechar os olhos, algumas das linhas em seu rosto suavizaram. Ela me disse uma vez que não dormia bem sozinha e que, todas as noites, passava horas acordada com medo de alguém invadir sua casa enquanto estivesse adormecida. Não era de surpreender que suas visitas ao hospital acontecessem apenas à noite. Ela disse, sem abrir os olhos: — Vê se consegue descobrir pra gente o que todos esses policiais estão fazendo aqui.

— Pode deixar — prometi enquanto saía para verificar os outros pacientes, ciente de que não poderia contar a ela o motivo, mesmo que o descobrisse.

A noite foi ficando agitada conforme avançava, e não tive chance de me sentar até as quatro da madrugada. Servi-me de uma xícara de café e liguei o computador, ansiosa para começar a fazer minhas anotações enquanto tinha uma trégua. Stephanie pegou uma cadeira e deslizou ao meu lado.

— Você ouviu alguma coisa sobre o que aconteceu? — ela perguntou.

Já tinha me esquecido dos policiais. Balancei a cabeça em negativa.

— Não tive tempo nem de respirar. Acabamos fazendo uma punção lombar no leito 6. — Peguei meu primeiro paciente e percorri os resultados do tipo sanguíneo, procurando o que precisava para o meu relatório. — O que perdi?

— A polícia trouxe uma criança abandonada. A menina está bem machucada, e eles a encontraram vagando por um estacionamento. Estava usando só uma fralda e algum tipo de coleira estranha em volta do pescoço... Que coisa horrível, né? — Stephanie falou com pressa, ansiosa para contar a história antes de ser chamada para a próxima crise. — Ela não deixava a polícia chegar perto. Precisaram chamar três policiais para pôr a menina dentro do carro. Está imunda, tem sangue nas mãos e nos braços, mas não podemos limpar até pegarem todas as evidências no corpo dela. Eles não têm ideia de quem ela é ou de onde vem.

Senti no estômago aquele nó familiar de raiva e injustiça. Por que o universo permite que pessoas que machucam crianças tenham filhos? Por que não os dá para pessoas como eu, que os quer de verdade?

Eu e meu marido, Christopher, tentamos engravidar por anos, mas foi uma decepção seguida de outra. Buscamos uma segunda opinião depois que nosso médico me diagnosticou como tendo um útero inóspito. Mas os dois médicos concordaram: gestar uma criança seria impossível para mim. Engoli a amargura. Alguns dias eram melhores do que outros. Hoje não seria um desses.

— Eles têm alguma pista sobre os pais dela? — perguntei.

— Nadica de nada. Acham que ela pode ter caminhado até lá do estacionamento de trailers do outro lado da rua ou que pode ter sido deixada lá por alguém. — Ela fechou a cara com desgosto. — Está tão magra, parece que não come faz dias.

— Tadinha. Espero que encontrem os pais dela, e a gente descubra que foi só algum acidente estranho ou um mal-entendido.

Stephanie ergueu as sobrancelhas.

— Mal-entendido? Que tipo de mal-entendido faz seu filho se perder em um estacionamento usando só uma fralda? E com sangue. Você esqueceu essa parte?

— Alguém tem que ser otimista.

Eu gostaria de ser tão otimista quanto fingia. Antes costumava ser. Agora não mais.

Stephanie começou a rir e apertou meu braço.

— É por isso que te amo — ela disse, antes de sair correndo.

...

Christopher estava me esperando com uma caneca de chá de camomila quando cheguei em casa. Ele segurava sua xícara de café em uma das mãos e, na outra, uma caneca que dizia "Pug Life"[1], a minha favorita, embora eu nunca tivesse tido um cachorro. Eu trabalhava em turnos

---

1   Trocadilho com "Thug Life", ou "Vida Bandida", em tradução livre. "Pug", em inglês, pode se referir à raça de cães ou à palavra cãozinho. Pode ser interpretado tanto como "Vida de Pug" quanto "Vida de Cão". (N. T.)

noturnos havia dois anos, e Christopher trabalhava de dia, a menos que houvesse uma emergência. Tínhamos horários opostos, mas isso funcionava para nós. Assim podíamos sentir saudades um do outro. Às vezes as pessoas precisam disso em um relacionamento, mesmo quando se amam tanto quanto nós.

Peguei a caneca de suas mãos enquanto tirava os sapatos e o segui até a sala. Eu me sentei e afundei no sofá ao lado dele, sentindo o estofado de plumas contornar meu corpo. Foi o móvel pelo qual mais brigamos ao decorar a casa logo depois de comprá-la. A sala de estar era um dos primeiros cômodos que alguém via ao entrar, e ele achou que deveríamos ter um sofá mais formal, para ficar com uma aparência linda e imaculada. Mas nossa casa era muito pequena para ter outra sala, e eu sabia que passaríamos todo o nosso tempo ali, por isso queria que o sofá fosse o mais confortável possível. No final, venci, e ele disse, em mais de uma ocasião, que estava feliz por eu ter ganhado a disputa, porque não conseguia se imaginar voltando para casa e se sentando em um sofá duro.

Ele se acomodou do outro lado e eu estiquei os pés em seu colo. Ele tirou minhas meias e começou a fazer uma massagem. Quando contei à minha irmã sobre essa massagem nos pés depois do trabalho, ela tinha certeza de que era apenas por sermos recém-casados. Mas, mesmo depois de todos esses anos de casamento, meu marido ainda fazia isso. Se estivesse em casa quando eu chegasse do trabalho, ele massageava meus pés. Simples assim. Não importava se tivesse vindo de uma cirurgia de doze horas.

— E aí? — Christopher ergueu as sobrancelhas, questionando-me.

É impossível praticar a medicina e não ser afetado por ela. Por isso, com o passar dos anos, nós nos tornamos terapeutas um do outro. Compreendemos o que é ser responsável pela vida de outras pessoas de uma forma que ninguém fora da profissão pode entender.

— A Eloise esteve lá de novo hoje à noite.

— O que era desta vez?

— Trombose.

— E?

— Negativo.

Ele sorriu. Seu cabelo escuro estava penteado para trás, com algumas mechas esticadas sobre um ponto ralo na parte posterior. Ele ficava constrangido com a perda de cabelo, mas não me importava. Eu adorava seu visual envelhecido e, no que me dizia respeito, achava-o ainda mais bonito com a idade. Os homens têm sorte nesse sentido. Até as rugas dele eram fofas.

— Como vai ser o seu dia hoje? — perguntei.

— Duas cirurgias, três consultas.

Christopher era cirurgião ortopédico no hospital Northfield Memorial, o mesmo onde eu trabalhava, o maior hospital regional de Ohio. Tínhamos nos conhecido no refeitório, quando ele era um estudante de medicina do primeiro ano, trabalhava o dia todo e estudava à noite. Ele era tão focado que quase não me notou, mas sua ética de trabalho valeu a pena. Isso havia rendido a Christopher uma residência seguida pelo cargo de especialista.

— Alguma coisa interessante? — indaguei.

Ele balançou a cabeça negativamente.

— Ah, antes que me esqueça, não deixe de ler o e-mail da Bianella. Ela quer que a gente vá a um seminário sobre adoção internacional no próximo fim de semana. Parece que vai ter um grupo de pais falando sobre alguns dos desafios ocultos nas adoções internacionais — ele disse.

Bianella era nossa consultora em adoção. Nós entramos em contato com ela depois que o especialista em fertilidade nos explicou todas as estatísticas sombrias pela última vez. Eu e Christopher sempre quisemos filhos, então a adoção tinha se tornado uma escolha lógica e, com isso, mergulhamos imediatamente na pesquisa sobre como realizá-la para que não perdêssemos ainda mais tempo. Eu tinha quase quarenta anos na época, e não queríamos ser pais velhos, nenhum dos dois. Pensei que adotar uma criança seria fácil, da mesma forma que, no princípio, acreditei que engravidar também fosse. Mas nós já tivemos uma adoção fracassada, e descobri que isso doía tanto quanto um aborto espontâneo.

— Ainda estou em dúvida sobre seguir a rota internacional — eu comentei.

— Eu sei. Eu também. Mas leia o e-mail e me diga o que acha. — Christopher tirou minhas pernas de seu colo. — Tenho que ir.

Ele foi até a cozinha e colocou a xícara na lava-louças. Eu caminhava em direção ao corredor que levava ao quarto quando, de repente, me lembrei...

— Ei, Christopher! — eu o chamei.

— O que foi?

— Esqueci de te contar uma coisa que aconteceu hoje à noite. — Fiz uma pausa para ter certeza de que teria sua atenção novamente. — A polícia levou uma criança abandonada.

DOIS

CHRISTOPHER BAUER

EU TINHA ACABADO DE VOLTAR AO CONSULTÓRIO DEPOIS DE REALIZAR uma extenuante cirurgia reconstrutiva de mão, mais complicada do que esperávamos, que durou seis horas. Estava fazendo uma xícara de café quando Dan, o cirurgião-chefe, entrou parecendo incomodado.

— Posso falar com você? — ele perguntou ao fechar a porta.

— Quer se sentar? — Apontei para a cadeira em frente à minha mesa. Raramente tínhamos reuniões a portas fechadas, então devia ser sério.

Ele balançou a cabeça, passando as mãos pelo cabelo escuro. Sua testa estava marcada pelo estresse.

— Que merda tem de errado com as pessoas?! Sério, como podem existir tantos monstros? — Ele andava pelo meu escritório enquanto falava.

Trabalhamos juntos por anos e nunca o tinha visto tão nervoso.

— Tem certeza de que não quer se sentar?

— Não, não, tudo bem. O que realmente quero é uma bebida. — Ele riu amargamente. — Trouxeram uma menininha para o pronto-socorro ontem à noite, e o caso dela é horrível. Nunca vi nada parecido… Nunca. — Ele lutava contra as emoções, provavelmente, pensando nas três filhas, cujas fotos cobriam a mesa de seu consultório. — Não consigo imaginar alguém fazendo isso com uma criança. Simplesmente não consigo.

— Do que exatamente estamos falando aqui? — perguntei, cheio de curiosidade.

— Talvez seja melhor *você* se sentar — ele disse, ironicamente. — Bom, ela foi trazida pela polícia e pela assistência social. Parece que foi encontrada em um estacionamento no lado oeste da Estação Park. Sabe de qual estou falando?

Confirmei com a cabeça. Todos conheciam a estação e o estacionamento de trailers ao longo das ruas que ficavam atrás dela. Foi onde o vício em metanfetamina nasceu e cresceu na cidade. As pessoas só iam àquela parte da cidade por uma razão.

— Todo o corpo dela está coberto de cicatrizes antigas e hematomas. Deve ter sido maltratada por muito tempo. — Ele lutava para manter a compostura. — Ela está gravemente desnutrida e desidratada, então se parece com aqueles órfãos famintos que a gente vê na TV. Sabe do que estou falando, né?

Ele não esperou que eu respondesse para continuar:

— Existem erupções estranhas nas pernas dela, como se tivesse algum tipo de infecção séptica. Os raios-X mostram fraturas múltiplas por todo o corpo. Algumas são antigas, outras são relativamente novas. Ela provavelmente nunca viu um médico, então ninguém sabe o que pode surgir quando começarmos a procurar. — Ele limpou a garganta. Limpou mais uma vez, convertendo-se para o modo gerenciador de projetos. — Teremos uma grande equipe nesse caso, e precisamos de todos os nossos melhores funcionários. É por isso que eu quero que você aceite o caso dela. Vamos nos reunir amanhã cedo, então preciso que cancele seus compromissos.

— Sim, sim. Posso pedir para a Alexis reorganizar as coisas. — Puxei o meu telefone e rapidamente digitei uma mensagem para minha secretária antes de deslizá-lo de volta ao bolso.

— Vem, vamos lá. — Dan se dirigiu rumo à porta, e eu o segui para fora. Ele falava enquanto caminhávamos. — Vai ser um circo midiático quando a notícia se espalhar. Até agora, nada vazou. Estamos tentando proteger a privacidade da menininha pelo maior tempo possível, mas, falando sério, é só uma questão de tempo até que fiquem sabendo. Você entende os limites da confidencialidade nesse caso, né?

— É óbvio — consenti, embora nunca tivesse trabalhado em um caso desse perfil. Não recebíamos casos de destaque em uma cidade do tamanho da nossa, e a maioria das crianças com quem tinha trabalhado foram vítimas de acidentes de carro ou com lesões esportivas. Fiquei animado por estar envolvido em algo tão incomum, mas não podia admitir isso.

Entramos no elevador ao final do corredor. Estava lotado de pessoas, então paramos de conversar enquanto subíamos para o terceiro andar. Dan segurou a porta aberta e fez sinal para que eu saísse.

— O que ela está fazendo aqui? — perguntei. O terceiro andar era a ala de neurociências, onde ficavam pacientes com AVC e infarto.

— Ninguém vai pensar em procurar a menina aqui — ele disse.

— Você quer dizer, a mídia?

— Não estamos muito preocupados com a mídia. Eles são fáceis de manter longe. Estamos tentando manter a menina segura caso quem fez isso com ela queira aparecer. Não sabemos quem machucou a criança ou se ainda está em perigo. Nem sabemos quem ela é ainda. Ela disse que se chama Janie, mas quem sabe? Pode ter inventado. Pode até ter sido sequestrada. Saberemos mais sobre ela com o desenrolar do caso.

Dan acenou com a cabeça para as enfermeiras que corriam pela estação enquanto passávamos. Dois policiais uniformizados estavam do lado de fora de uma porta no meio do corredor. Dan caminhou até eles e mostrou o crachá do hospital. Eu fiz igual. Ele se virou e olhou bem para mim antes de empurrar a maçaneta.

— É melhor se preparar — ele alertou.

Ele abriu a porta, e uma onda de tristeza tomou conta de mim quando olhei para aquela criança tão minúscula deitada na cama. Nada poderia ter me preparado para aquilo. Dan tinha dito que ela era pequena, mas a menina na cama parecia ter pouco mais de um ano de idade. Seus braços e pernas eram frágeis, como se não fossem capazes de sustentá-la caso se levantasse. Seu ventre estava distendido, e a cabeça era maciça em comparação ao corpo minúsculo e grande demais para seus ombros frágeis. A garotinha estava quase careca, com apenas tufos loiros e curtos onde deveria estar o cabelo. Ela se virou em nossa direção com os olhos azuis mais pálidos que já vi.

— Olá. — Os lábios dela se abriram em um sorriso tímido, revelando um dente podre na frente.

— Oi, Janie. — Dan foi até a cama e se abaixou para chegar mais perto.

Ela ergueu os braços.

— Abraço?

Ele se inclinou e passou os braços em volta dela, delicadamente, com medo de machucá-la. A menina se agarrou ao jaleco de Dan, que parecia desconfortável.

— Gosto do seu cheiro — ela disse em voz baixa, quase em um sussurro.

Ela se recusou a soltá-lo, então Dan se virou em minha direção, fazendo-me um sinal. Contornei uma das enfermeiras e entrei em seu campo de visão.

— Oi, Janie. Meu nome é Christopher. Vou ser um dos seus médicos — me apresentei, escolhendo as palavras com cuidado. — Vou ajudar a cuidar de você.

Ela soltou Dan e estendeu a mão para pegar a minha. Suas unhas eram longas, cobertas de sujeira. Os dedos estavam tão dobrados que não conseguiam apertar naturalmente a minha mão.

— Oi — ela disse, hesitante. — Você vai me consertar?

Balancei a cabeça em afirmação.

— Vou, sim, querida. Prometo.

TRÊS

HANNAH BAUER

EU ESTAVA NA COZINHA PREPARANDO MINHA MARMITA PARA O MEU turno quando a porta da frente se abriu, sinalizando a chegada de Christopher.

— Amor, estou aqui. Ainda não terminei de preparar minhas coisas para hoje à noite. Fiquei presa a um documentário besta.

Ele veio por trás e passou os braços em volta de mim, beijando minha cabeça. Então soltou um suspiro profundo. Sequei as mãos no pano ao lado da pia e me virei. A tristeza nublava seu rosto.

— Você perdeu um paciente? — indaguei. Ele raramente perdia pacientes, mas às vezes acontecia, em geral quando tinham outras complicações.

Ele balançou a cabeça.

— Conheci a menina abandonada.

— É mesmo? — Fiz sinal para ele se sentar à mesa.

— A coitadinha... está totalmente machucada e desnutrida. — Sua voz ficou presa na garganta. — As pessoas tratam os animais de estimação melhor do que ela foi tratada.

— É tão ruim assim? — perguntei.

Ele assentiu.

Preparei um copo cheio de seu uísque favorito e me sentei à frente dele. Ele tomou um pequeno gole, em seguida, passou o dedo pela borda do copo enquanto olhava pela janela acima da pia. Estendi a mão por cima da mesa e peguei a dele, esfregando o topo da palma com o polegar.

Eu entendia sua sensibilidade com as crianças. Nenhum de nós tinha isso quando nos casamos, mas anos de problemas de infertilidade nos deixaram emotivos com quase tudo o que envolvesse crianças, especialmente as menores.

— O nome dela é Janie, e ela é adorável. Tem os olhos azuis-claros, enormes, que derrubam a gente. — Ele tomou outro gole. — Dei uma olhada nas anotações antes de sair, e vi que ela está subnutrida faz tanto tempo que o corpo começou a se alimentar de si próprio. Ela tem muitas fraturas antigas que não foram tratadas e que nunca cicatrizaram direito, então alguns dos ossos se fundiram. Não tinha uma parte dela que não estivesse ferida. — Seus olhos queimavam de raiva. — Quem faz uma coisa dessas?!

Nós dois sabíamos a resposta para sua pergunta: um monstro. Não era preciso dizê-lo.

— Ela vai precisar de cirurgia no cotovelo. Foi uma fratura complicada que se calcificou em um ângulo de quase noventa graus porque nunca foi ajustada. Muitos dos ossos da menina se fundiram devido a fraturas não tratadas. Eu e Dan vamos bolar um plano de ação amanhã cedo.

— Você dá um jeito — eu disse.

Sentados em silêncio, aproveitamos nosso breve tempo juntos antes de eu ter que sair para o meu turno.

Depois de passados alguns minutos, eu disse:

— Aliás, li todas as informações que a Bianella enviou sobre aquele seminário que você tinha falado. Até vi os vídeos. Acho que a gente deveria ir.

— Mesmo?

Balancei a cabeça em um sim.

— Não importa em que direção nós formos, sempre vamos ter desafios, e vamos precisar do conselho de pessoas que já fizeram isso. Pensa em como as nossas reuniões da Resolve[2] foram úteis.

Após a terceira rodada de fertilização *in vitro* fracassada, nosso médico sugeriu que frequentássemos um grupo de apoio para conhecer pessoas que passassem por desafios semelhantes. Ninguém compreendia os altos dramáticos e os baixos esmagadores da infertilidade, a menos que também tivesse passado por isso. Christopher se recusou no início porque não gostava da ideia de desnudar nossas almas em uma sala cheia de estranhos, mas acabou se acostumando. Alguns dos casais se tornaram uns de nossos amigos mais próximos, e saíamos para jantar e beber regularmente.

— Quer que eu nos inscreva ou você vai fazer isso? — ele perguntou.

— Posso fazer isso no meu intervalo hoje à noite. Por que não relaxa e se prepara para amanhã?

— A Janie não está mais no pronto-socorro — ele disse, lendo minha mente antes que eu pudesse fazer a pergunta.

Dei um suspiro de alívio.

— Eles a mudaram para o terceiro andar. Ela está escondida no meio dos pacientes geriátricos, para ficar mais segura.

Levantei as sobrancelhas.

— Eles realmente acham que alguém vai procurar a menina?

Ele negou com a cabeça.

— Acho que só estão sendo bem cautelosos. Não consigo imaginar que alguém que abandonou o filho em um estacionamento, no meio da noite, apareça para buscar a criança mais tarde... Mas nunca se sabe.

---

2 Resolve, *The National Infertility Association*, uma instituição norte-americana dedicada a auxiliar de diversas formas quem enfrenta a infertilidade. (N. T.)

CASO Nº 5243

ENTREVISTA:
PIPER GOLDSTEIN

— QUANDO CONHECEU A JANIE?

O oficial estava acompanhado por um ex-detetive que havia se tornado investigador particular, e que se apresentou com um aperto firme de mão como Ron. Ele tentava se fazer passar por um colega policial, mas suas roupas civis o denunciavam. Eu não tinha ideia de qual era sua importância para esse caso.

— No terceiro dia dela no hospital.

— É o tempo que geralmente leva para um assistente social atender alguém? Achei que os assistentes sociais fossem obrigados a falar com a vítima pelo menos vinte e quatro horas depois do incidente...

Eu odiava quando eles me faziam perguntas para as quais já sabiam as respostas.

— São, sim, mas ela não estava estável o suficiente para me ver. — A péssima iluminação fluorescente estava começando a me dar dor de cabeça. Esfreguei minhas têmporas, tentando bloquear as luzes o máximo possível.

— Ela estava tão doente assim? — o oficial, chamado Luke, perguntou. Ron tinha deixado escapar o nome dele. Ambos usavam o mesmo corte de cabelo, bem curto.

Neguei.

— Não doente, mas muito subnutrida. Sabia que não se deve simplesmente alimentar alguém faminto porque isso pode acabar matando a pessoa? — Não esperei uma resposta. — Eu não tinha ideia de que isso poderia acontecer. Ela teve uma parada cardíaca poucas horas depois de ser internada porque foi alimentada demais. Demorou dois dias para ficar estável, então não tive a chance de conhecer a Janie até o terceiro dia.

— O que pensou sobre ela quando se conheceram?

— Foi uma surpresa completa — respondi.

— Como assim? — Luke inclinou a cabeça para o lado, olhando-me com curiosidade.

Eu não sabia como explicar Janie. Era difícil colocar em palavras, era difícil entender a menos que você estivesse lá e a visse. Como eles tinham visto algumas das fotos da cena do crime, a responsabilidade de uma descrição física perfeita felizmente não recaiu sobre mim.

— Eu esperava encontrar uma menina realmente assustada e traumatizada, mas a Janie estava conversando e sorrindo com as enfermeiras quando entrei. — O cômodo era uma explosão de cores naquele dia, cheio de balões e bichos de pelúcia doados pela equipe do hospital. Todos que a visitaram haviam trazido algo, e eu não seria diferente. Fui com um ursinho de pelúcia que segurava um coração nas patas. Ela estava sentada no meio do quarto e se apoiava na cama, enquanto as enfermeiras se revezavam tentando arrancar sorrisos dela. — Ela não estava incapacitada de medo como eu esperava. As pessoas fizeram soar como se fosse algum tipo de criança selvagem, mas ela não era assim.

Eu me esforcei para esconder o choque ao ver sua figura definhada. O contorno de seu crânio era claro sob a pele pálida, tão translúcida que veias roxas apareciam. As maçãs do rosto estavam salientes e os olhos azuis-claros saltavam das órbitas fundas.

Ron acenou para mim, sinalizando para eu continuar, mas era difícil falar livremente sem que eles me fizessem perguntas. Eu sabia o que eles esperavam de mim. Falar livremente e sem parar poderia resultar em dizer algo que não deveria. Os nervos retorciam minha barriga.

— Foi difícil me conectar com ela no começo, mas é sempre assim. Ninguém gosta de assistentes sociais, nem mesmo as pessoas que estamos tentando ajudar. Eu queria falar com ela a sós, mas ela pareceu apavorada quando pedi para as enfermeiras saírem, então deixei que ficassem — eu disse. — Ainda não sabíamos as circunstâncias do caso, não tínhamos nenhuma pista sobre os pais, tutores ou quem era o responsável por ela, e se foram eles que tinham machucado a Janie. Os policiais estavam entrevistando todo mundo no estacionamento de trailers atrás da loja, procurando pistas, mas ainda não tinham chegado a lugar nenhum. Não que eu soubesse, pelo menos. A polícia nem sempre é boa em me informar o que sabe. — Parei, percebendo o que eu tinha dito. — Me desculpa, eu...

Ron deu de ombros, acenando para mim.

— Entendo, não precisa se desculpar. — Ele lançou um olhar incisivo para Luke. — Nós poderíamos fazer um trabalho melhor como equipe. — Ele sustentou o olhar antes de desviá-lo novamente em minha direção. — Você teve alguma preocupação quanto à mãe dela? Alguém chegou a pensar que ela pudesse estar em perigo?

Baixei a cabeça, envergonhada.

— Sei que sempre devemos manter a mente aberta e não tirar conclusões precipitadas até termos todos os fatos sobre o caso, mas todos presumiram que foram os pais da Janie que a machucaram. Ou algum psicopata realmente doente. Nunca passou pela cabeça de ninguém que outra pessoa pudesse estar em perigo. Eu gostaria que tivesse passado. Talvez então as coisas tivessem terminado de outro jeito.

QUATRO

CHRISTOPHER BAUER

— VOU ENCONTRAR A JANIE PARA A CONSULTA DA CIRURGIA DELA NA terça-feira, e queria saber se você poderia vir comigo para ajudá-la a se sentir mais confortável. — Sempre que possível, eu visitava todos os meus pacientes antes da cirurgia. Gostava de conhecê-los porque a operação corria melhor quando tínhamos uma conexão. Não foi a primeira vez que pedi a Hannah para me ajudar com um paciente. Às vezes eu soava muito frio quando estava tenso, e ela era o tipo de pessoa que deixava os outros à vontade sem nem tentar.

Ela balançou a cabeça.

— Sabe que não posso.

A presença de Janie no hospital não permaneceu em segredo por muito tempo. Assim que a polícia começou a fazer perguntas pela cidade, o caso se espalhou como fogo e todos ficaram obcecados em descobrir a história da menina abandonada. A polícia montou guarda vinte e quatro horas por dia, sete dias por semana, na porta do hospital, e ninguém tinha permissão para vê-la a menos que estivesse em uma lista especial de pessoas autorizadas. Era altamente improvável que alguém tentasse entrar escondido para vê-la, mas todos protegiam a privacidade dela com cuidado.

— Coloquei você na lista — eu disse.

— Sério? A Stephanie me disse que eles estavam sendo muito rigorosos quanto a isso.

— Eles podem abrir uma exceção se eu disser que preciso da enfermeira mais talentosa do mundo do meu lado. — Pisquei para ela.

Ela revirou os olhos.

— Estou tentando ficar o mais longe possível dela. Você já sabe disso.

Ela não era a única. Havia estagiários e residentes que davam um jeito de evitar os turnos em que Janie recebia os cuidados. O abuso infantil era uma coisa horrível, e algumas pessoas não conseguiam lidar com isso, mas Hannah nunca tinha sido uma delas. Pelo menos não até recentemente.

— Por favor? — implorei, mesmo sabendo quão improvável era que ela mudasse de ideia.

— Isso tudo me deixa muito triste. Eu ficaria um caco emocional, e nós dois sabemos que isso não seria de grande ajuda — ela disse, balançando a cabeça.

Não a pressionei mais, e me encontrei com Janie sozinho na terça-feira. Ela estava encolhida na parede atrás da cama quando cheguei. Ganhava peso todos os dias, mas ainda parecia pequena demais. Envolvia os braços em torno das pernas e as comprimia contra o peito, olhando para a enfermeira, que estava ocupada digitando no computador ao lado do leito. Aliás, ela pressionava as teclas com raiva. O que poderia ter acontecido para deixá-la tão nervosa? A tensão na sala era densa. Fiquei olhando de uma para a outra, e desejei ter vindo em um momento melhor.

Aproximei-me da cama de Janie, mas não muito perto, pois queria respeitar seu espaço. Limpei minha garganta.

— Olá, Janie. Sou o dr. Christopher, mas pode me chamar de dr. Chris, se quiser. Você se lembra de mim?

Ela concordou sem me olhar, os olhos fixos na enfermeira, que empurrou o computador para o lado.

— Janie está um pouco chateada agora porque a hora do jantar acabou, e ela não gosta quando termina.

Isso me irritou de uma forma que não consigo descrever... Falar sobre pacientes na terceira pessoa quando eles estavam na mesma sala era o que existia de pior.

— Ainda estou com fome — Janie disse. Seu lábio inferior tremia.

Enfiei a mão nos bolsos do jaleco e procurei a barra de proteína que eu tinha mordiscado um pouco antes. Estendi para a enfermeira ver.

— Ela pode comer isso? É uma barra de chocolate.

A enfermeira me encarou.

— Ela tem o horário de alimentação por um motivo.

— É por isso que perguntei. Acho que ela pode comer um pedacinho.

Ela revirou os olhos.

— Sério? Uma barra de proteína? — Ela deu meia-volta e saiu pisando duro.

Hannah nunca teria agido assim. Não digo isso só por ela ser minha esposa. Eu sabia reconhecer uma boa enfermeira, e tinha visto Hannah em ação inúmeras vezes ao longo dos anos. Ela era uma das melhores, sempre ia além de suas obrigações: limpava bandejas de comida que eram responsabilidade da equipe de nutrição, ficava ao lado dos pacientes para conversar quando seu trabalho já estava feito, apoiava parentes depois que eles ouviam notícias terríveis e ainda fazia coisas que todo mundo evitava, como limpar vômito.

Coloquei a barra de volta no bolso. Eu tinha certeza de que aquilo não estava em sua lista de alimentos aceitáveis, mas valeu a pena tentar.

— Me desculpa, querida. — Sorri para ela, esperando que visse que eu estava sendo sincero. — Eu queria ver você para conversar sobre o que vai acontecer amanhã. — Ela olhou para mim, e não fui capaz de dizer se ela compreendia ou não minhas palavras. — Você se lembra do que você e o dr. Dan conversaram?

— Sim. — Sua voz era baixa e insegura.

— Bom, sou o médico que vai consertar seus ossos. Amanhã a enfermeira Ellie vai te acordar bem cedo. Você ainda vai estar com sono quando eles te levarem para mim. Então um dos meus amigos médicos vai fazer você voltar a dormir e ter sonhos maravilhosos sobre todas as suas coisas favoritas. Vou consertar todos os seus ossos enquanto você dorme. — Era uma cirurgia complicada. Enxertos ósseos múltiplos nunca eram fáceis, mas planejava fazer tudo ao meu alcance para garantir que ela não precisasse de cirurgias adicionais.

— Vai doer? — ela perguntou, seu lábio inferior tremendo outra vez.

Neguei com a cabeça e apontei para um ponto na cama ao lado dela.

— Posso me sentar aqui?

Ela concordou, e eu me sentei na beirada.

— A cirurgia não vai doer porque você vai dormir o tempo todo, mas não vou mentir, seu braço vai estar dolorido quando você acordar. Me desculpa, querida, eu gostaria de poder fazer isso sem nenhuma dor.

Eu teria dado qualquer coisa para não a machucar mais do que ela já tinha sido. Não me agradava a ideia de ter que partir os ossos de uma criança que já estava tão quebrada, mas não tínhamos outra escolha se quiséssemos que ela voltasse a usar o braço.

Uma lágrima solitária deslizou pela bochecha dela. Estendi a mão e a limpei com o polegar. Eu queria puxá-la para o meu colo e abraçá-la, mas estava com medo de que isso pudesse assustá-la.

— Ei, está tudo bem agora, querida. Você vai ficar bem.

— Promete?

— Vou cuidar disso. Nós vamos arranjar um remédio mágico para você, e isso vai ajudar com a dor. Sabe de que cor é o remédio mágico? — Ela olhou para mim com os olhos arregalados e curiosos, à espera. — Vai ser vermelho. Você gosta de vermelho?

Ela fez que não.

Fingi surpresa.

— Não gosta?! Como pode?

— Eu gosto de roxo — ela respondeu

— Hum… — Cocei o queixo, fingindo pensar. — Não posso mudar o remédio mágico, ele tem que ser vermelho, mas tive uma ideia… Por que a gente não faz o seu gesso roxo? O que acha disso?

A FILHA PERFEITA

— Roxo? — ela perguntou animada, como se fosse bom demais para ser verdade.

— Sim! E vou ver você todos os dias depois da cirurgia para ter certeza de que está melhorando.

Ela gritou, radiante, e rastejou em minha direção. Abri os braços para que ela pudesse alcançar meu colo. Ela se aninhou em mim. Passei os braços em torno de seu corpo minúsculo. Nunca tinha me sentido tão grande. Não queria me mexer muito porque tinha medo de machucá-la sem querer. Ela era tão delicada quanto qualquer recém-nascido que já segurei.

...

Eu estava tão nervoso para realizar a cirurgia quanto estive durante minha primeira operação solo, ainda na residência. Queria que fosse perfeita. Especialistas em alimentação vieram de todo o mundo para estudar o caso. Eles me garantiram que ela estava estável o suficiente para a cirurgia, mas isso não diminuiu minha preocupação. Não queria que ela passasse por mais do que já tinha passado. Queimava de raiva toda vez que pensava sobre quem a tinha machucado. A polícia não parecia ter feito muito progresso na última semana, mas eu recusava a possibilidade de que eles não encontrassem o autor. Alguém tinha de ser punido.

Janie estava segurando seu dinossauro favorito contra o peito quando entrei na sala do pré-operatório. Ela me deu um grande sorriso, reconhecendo-me mesmo sob o equipamento cirúrgico. Ela tinha um sorriso com uma pequena janelinha agora. Eles tinham removido o dente podre da frente alguns dias atrás.

— Dr. Chris! — Seu rosto se iluminou.

— Oi, querida. Vejo que está com o Fred aqui. — Inclinei-me e dei um beijo na testa dela. Normalmente, não pensaria em beijar um paciente na testa, mas nenhuma das regras comuns se aplicava a pequena Janie.

— Quero ficar com o Fred. — Ela o abraçou perto do peito.

— Sem problemas, o Fred pode vir. — Balancei um dos braços dele dramaticamente. — Vixe, acho que ele está com o braço quebrado também... Temos que cuidar dele.

Ela riu. Foi a primeira vez que a fiz rir, e meu coração se derreteu.

— Tem mais alguma pergunta para mim? — eu a questionei mesmo depois daquela conversa que tivemos há menos de doze horas.

Ela fez que não, segurando Fred com a mesma força. Dei outro beijo no topo de sua cabeça.

— Você vai se sair muito bem. Te vejo logo, logo.

Eu nunca tinha feito uma cirurgia com uma plateia, mas a sala adjacente estava cheia de residentes e estagiários. Tudo correu melhor do que eu esperava. Ela tolerou a anestesia, e a fratura em seu cotovelo estava limpa, sem nenhuma das lascas que eu temia encontrar. Reposicionei seus ossos, como deveria ter sido feito da primeira vez, e então fundi e enxertei os quatro lugares onde os músculos e tendões tinham calcificado. A cirurgia acabou e, quando vi, ela já estava sendo levada para a sala de recuperação.

Enrolei o braço de Fred em um gesso roxo e o levei comigo até ela. Inclinei-me sobre a cama de Janie e coloquei a mão em sua testa. As pálpebras dela tremiam enquanto lutava para acordar.

— Olha quem eu trouxe. — Eu o segurei para que ela pudesse ver melhor. Ela ainda estava desorientada por causa da anestesia. Um sorriso se espalhou lentamente no rosto dela. Ela o aconchegou próximo ao rosto. — Olha, ele fez uma cirurgia também. O gesso dele é igual ao seu, vocês estão combinando.

Outro sorriso vago. Seus olhos ficaram estranhos. Ela contraiu o corpo, e um líquido amarelado jorrou de sua boca. Peguei a bacia verde e a sentei prontamente, segurando-a enquanto vomitava. Não havia nada em seu estômago, já que ela não tinha conseguido comer na noite anterior.

— Tudo bem, querida. É só o remédio deixando você com enjoo.

Tirei sua camisola suja e a cobri com um novo cobertor, depois esfreguei seu braço suavemente.

— Você está indo bem, querida. É assim mesmo.

Ela fechou os olhos e voltou a dormir. Ela os abria de vez em quando para ter certeza de que eu ainda estava lá. Normalmente, as enfermeiras sentavam-se com as crianças na sala de recuperação, mas eu queria que ela tivesse um rosto familiar diante de si quando acordasse.

Puxei uma cadeira para perto dela e apoiei minhas pernas na ponta da cama. Ela parecia tão pacífica, perdida em seu mundo de sonhos. Janie nunca ficava parada. Ela se movia constantemente, sempre agitada, mas agora a quietude a envolvia. Foi muito bom vê-la em repouso, mesmo que fosse por conta das drogas que percorriam seu organismo. Eu não conseguia me afastar. Fechei os olhos e não demorou muito para que adormecesse ao lado dela.

CINCO

HANNAH BAUER

ONDE ESTAVA CHRISTOPHER? POR QUE ELE ESTAVA DEMORANDO TANTO? Foi ele quem fez a reserva do jantar e a enviou para todos, então não era possível que tivesse se esquecido. Olhei para o meu relógio pela terceira vez em dez minutos. Era incomum que se atrasasse sem me avisar que algo tinha acontecido. Eu não parava de imaginar algum acidente de carro na Rodovia 12.

Allison, minha irmã, me serviu uma taça de vinho, as unhas perfeitamente cuidadas, de um rosa brilhante. Eu não sabia como ela encontrava tempo para aquilo sendo tão ocupada.

— Não se preocupa. Logo ele chega.

É óbvio que o atraso de Christopher não era grande coisa para ela porque seu marido, Greg, estava sempre atrasado. Toda vez que eu e Christopher os encontrávamos, dizíamos a eles que o compromisso era trinta minutos mais cedo, e mesmo assim eles se atrasavam às vezes. Nessa noite, Christopher estava tão atrasado que Greg já estava lá.

Greg estava desconfortável por jantar apenas com nós duas, embora evitasse deixar isso transparecer. Allison me contou que ele havia dito que ficar sozinho conosco era como segurar vela em um encontro. Ele estava certo. Era difícil para qualquer um falar alguma coisa quando nós duas começávamos. É assim quando duas irmãs crescem com apenas onze meses de diferença. Nós éramos quase como gêmeas.

— Será que tento falar com ele? — Greg perguntou, esfregando o queixo. Ele tinha sempre uma sombra de pelos claros e desalinhados no rosto, nunca estava barbeado nem mantinha a barba cheia. Ele fez essa pergunta a Allison, como se precisasse da permissão dela mais do que da minha.

Allison jogou o cabelo sobre os ombros e revirou os olhos.

— Ele não está ignorando a Hannah por estar bravo com ela. Ele não é tipo um certo alguém que conheço.

— Como se eu fosse o único que usasse essa tática — ele retrucou.

Eles não tinham nenhum problema em brigar em público. Eu dizia a ela como isso me deixava desconfortável, mas ela sempre me ignorava. Felizmente, Christopher surgiu correndo até a nossa mesa logo antes de eles mergulharem em uma discussão. Suspirei de alívio, tanto por ver seu rosto quanto por não precisar mais ouvir a briga do casal.

— Me desculpa o atraso. — Ele se inclinou para me beijar. Virei a cabeça para ele pousar a boca na minha bochecha, e não nos meus lábios. Nessa hora minha preocupação já tinha sido substituída pelo aborrecimento.

— Tudo bem — Greg disse, apontando para o copo cheio em frente ao lugar de Christopher na mesa. — Eu pensei em você.

Christopher riu e deslizou em sua cadeira.

— Obrigado.

— Então, onde você estava? — perguntei, não querendo o deixar escapar sem punição.

— Eu dormi depois da cirurgia da Janie.

— Você dormiu depois da cirurgia?

— Eu sei, é incrível... Nem sei como isso aconteceu. Em um minuto eu estava sentado ao lado da cama, vendo-a dormir, e no outro já tinha apagado. — Ele apertou meu joelho sob a mesa. — Não fica brava.

Allison esticou o braço e deu um tapinha na minha mão.

— Ela não vai ficar brava. A gente raramente vê vocês, então quando finalmente dá certo, ela não pode ficar brava e estragar a nossa noite.

— Tudo bem, mas só porque ela tem razão. Fica registrado que ainda estou brava com você. — Mostrei a língua para ele.

— Como foi a cirurgia? — Allison perguntou.

Mesmo que não pudéssemos nos ver tanto quanto gostaríamos, eu e Allison trocávamos mensagens o tempo todo para nos mantermos atualizadas sobre a vida uma da outra. Eu a enchi durante toda a semana com detalhes sobre o caso da Janie. No início, os investigadores da polícia pensaram que ela fosse uma criança negligenciada, mas as feridas em seu corpo contavam uma história mais dolorosa. As marcas em seu pescoço e nos punhos indicavam que ela vivia amarrada, o que elevou o caso a outro nível de gravidade, como se já não fosse ruim o suficiente.

Allison estava obcecada em encontrar o responsável. Ela vasculhou bancos de dados de crianças desaparecidas e até configurou alertas do Google em seu telefone para notificá-la se ocorresse um novo caso desses. Isso me lembrou de como ela era na faculdade de Direito. Ela parecia sentir falta disso, embora nunca fosse admitir, pois jurava que ficar em casa com os filhos era o melhor emprego que já teve.

— Tudo correu bem. Foi perfeito, sério. — Christopher sorriu. — Examinei os raios-X tantas vezes que foi como se já tivesse feito a cirurgia.

— Como foram as fusões? — quis saber. Essa era a parte que mais o preocupava. Ele ficou debruçado sobre esses exames por horas.

— Melhor do que eu esperava. Algumas eram impossíveis de cortar completamente porque os ossos dela são muito pequenos. Foi quase como trabalhar em um modelo. Ainda bem que essa parte acabou. Agora é só esperar que ela se recupere bem. — Ele tomou outro gole. — Vocês não vão acreditar no que descobrimos. — Ele olhou ao redor da mesa, fazendo um breve contato visual com cada um de nós. — A Janie não é uma criancinha. Na verdade, ela já tem seis anos.

— O quê?! É sério? — Allison exclamou.

— Como sabe disso? — perguntei.

— Ninguém nunca teve certeza sobre a idade dela. O Dan achou que a cirurgia, com a menina anestesiada, seria a melhor chance de medir as lacunas entre as placas de crescimento. Conferimos cada uma delas. E vimos que ela tem seis anos.

— Uau... Como isso afeta os cuidados com ela? — perguntei.

— Vai ser interessante. A progressão de um...

Allison o interrompeu.

— Certo, para por aí, porque parece que você está vestindo o jaleco no restaurante. Chega de trabalho por hoje, né? É só curtição a partir de agora.

Eu ri e peguei meu copo, erguendo-o na direção dela. Se alguém precisava de uma noite de curtição, era Allison. Fomos criadas como gêmeas, mas ela, de fato, tinha gêmeos. Caleb e Dylan eram meus sobrinhos de nove anos e mantinham minha irmã mais ocupada do que qualquer outro trabalho de tempo integral que eu já tive.

...

— Estou tão feliz que a cirurgia da Janie tenha corrido bem — eu disse a Christopher mais tarde naquela noite, quando viramos nosso edredom e subimos na cama. — Agora talvez você consiga relaxar um pouco.

Ele tinha estado tenso demais durante a semana. Passava todo o tempo livre estudando o caso dela. Ele dormia ao lado de suas anotações na mesinha de cabeceira, era sempre a última coisa que via antes de dormir.

— Não sei, mas é estranho. Na verdade, agora me sinto mais preocupado com ela do que antes. — Ele me puxou para perto, e eu me aconcheguei em seu peito. Adorava quando íamos dormir juntos à noite. Era a melhor parte do fim de semana. — Fico mal por não poder fazer mais por ela.

Eu me senti da mesma forma com meu primeiro caso de abuso infantil. A gente nunca esquece o primeiro. O meu foi o de um menino de dez anos trazido pela mãe com o nariz quebrado e sangrando. A mãe tentou nos convencer de que ele tinha caído, mas algo no comportamento dele despertou a suspeita de todos. Nós mantivemos o menino no hospital até que a assistente social pudesse falar com ele, que finalmente confessou ter levado um soco do padrasto depois de acidentalmente derramar sua cerveja. Durante semanas, criei desculpas para ligar para ele e ver como estava, até que meu supervisor me obrigou a parar. Não tive escolha a não ser o deixar partir. Provavelmente levaria ainda mais tempo para Christopher se desapegar de Janie.

— Ela não vai para outro lugar tão cedo, e você ainda tem que acompanhar o pós-operatório — eu disse, esfregando seu braço.

— Só queria poder fazer mais, mas a maior parte dos cuidados envolvem os problemas alimentares. Não posso fazer mais nada por ela. — Ele sacudiu a cabeça, frustrado. — Nada.

— Como vai o truque do cronômetro de cozinha? — perguntei.

Uma das enfermeiras havia levado um temporizador antigo para que Janie tivesse uma ideia de quando poderia comer novamente. A ideia era usar o relógio como um marco, na esperança de que isso a acalmasse.

— Ela fica olhando o tempo todo, mas não sei se isso ajuda muito. Também colocaram o horário das refeições no quadro branco — ele falou.

Christopher ficou quieto. Por um minuto, pensei que ele tivesse adormecido, mas então disse:

— Acho que vou passar na Target amanhã antes do trabalho e pegar algumas canetinhas para todo mundo assinar o gesso dela, e ela pode colorir, se quiser.

— Ah, que fofo! — Eu me levantei e dei um grande beijo nele, envolvendo os braços em seu pescoço. — Você vai ser um ótimo pai. O melhor, tenho certeza. As coisas estão complicadas ultimamente, mas, agora que vão se acalmar um pouco, a gente pode começar a olhar os perfis de novo.

CASO Nº 5243

ENTREVISTA:
PIPER GOLDSTEIN

— NÃO CONSIDERÁVAMOS A JANIE UMA FONTE CONFIÁVEL DE INFORMAÇÃO quando pensávamos que ela tinha três anos, mas isso mudou quando descobrimos que ela tinha seis. Isso mudou todo o caso.

Minha supervisora tinha me ligado de volta. Ela falou com nossos advogados e me disse que eu deveria ajudar os policiais da maneira que pudesse, sem censura. Apesar da permissão do advogado, eu ainda tomava cuidado com o que dizia.

— Começamos a fazer perguntas sérias e a investigar o que tinha acontecido antes de ela chegar ao hospital. Começamos a pressionar um pouco mais.

— E como ela respondeu? — Ron perguntou.

Agora éramos apenas nós dois na sala. Luke tinha ido buscar café. Estávamos sentados havia uma hora e todos precisávamos de um estímulo. Eu deveria ter pedido a ele para pegar algo da máquina de comida também. Eu não comia desde o café da manhã.

— Antes eu só fazia perguntas fechadas para a Janie, era sim ou não. Então levei meu iPad porque achei que precisaria usar o TAP com ela. É um programa que ajuda a gente a se comunicar com crianças autistas não verbais. Mesmo com seis anos, pensamos que a linguagem dela estaria muito atrasada, mas acabei não precisando. Ela conseguiu responder todas as minhas perguntas. Quando ela se abriu e começou a falar, não acreditei em como falava bem, já que provavelmente nunca tinha ido para a escola.

— Ela deu informações sobre a mãe? — Seu interesse aflorou novamente.

Balancei a cabeça.

— Não, desculpa. — Não tive a intenção de enganá-lo, precisava escolher melhor as palavras. — Ela ainda se recusava a falar sobre a mãe, ou qualquer pessoa, mas ela se abriu sobre onde morava.

— Ela descreveu o trailer?

— Quase perfeitamente. Ela se lembrou até dos sacos de lixo pretos nas janelas.

Os investigadores sempre suspeitaram que Janie viesse do estacionamento de trailers. Eles foram de porta em porta com a foto da menina, mas ninguém afirmou tê-la visto. Foi a descrição fornecida por Janie, de dois cães amarrados no gramado em frente, ao lado de um alimentador de pássaros decrépito, que os levou ao lugar correto: o último trailer no lado esquerdo de uma rua sem saída. Os policiais esperavam encontrar tubos passando por potes de vidro e tigelas desproporcionais, já que a metanfetamina era o motivo pelo qual o estacionamento era mais conhecido, mas o que acharam foi apenas um trailer saqueado e com cheiro de urina e comida estragada. Ficou nítido, pelos buracos nas paredes e pelo sangue seco no chão, que ali havia acontecido uma luta. Talvez mais de uma. Mas foi o armário no quarto dos fundos que mais chocou a todos.

Ron espalhou fotos do armário sobre a mesa como se estivesse jogando pôquer. Ele apontou para a que exibia amarras e uma coleira. Eu detestava aquela imagem mais do que a das paredes manchadas de sangue. Mas ainda bem que ele tinha as fotos, já que seria algo difícil de descrever em palavras, mesmo por quem, como eu, acreditava já ter visto de tudo.

— Ela descreveu isto aqui? — ele perguntou.

— Não. Ela não falava sobre o quarto dos fundos.

— Dá para entender. Difícil imaginar qualquer criança querendo falar sobre isso.

Fiz um esforço para tirar as imagens do armário da minha mente.

— Mas a informação dela sobre o trailer nos deu um endereço físico, que levou a um nome.

— Becky Watson?

— Isso.

O trailer esteve alugado por Becky Watson nos quatro anos anteriores. Ninguém mais constava no contrato. A polícia tinha falado com o gerente do estacionamento, que não se lembrava dela, disse que devia ser muito reservada. A única coisa pessoal que foi capaz de nos dizer era que Watson sempre pagava o aluguel em dia. Ainda assim, ele nos deu uma informação muito valiosa: o número de seguro social dela. Não demorou para termos a certidão de nascimento de Janie e a confirmação de que Becky Watson era sua mãe. Também confirmamos que Janie tinha seis anos, e não três.

— O que levou vocês às contas do GoFundMe?[3]

— Quando os investigadores do Serviço de Proteção à Criança encontraram um nome e começaram a fazer pesquisas on-line, descobriram que Becky estava fingindo que a Janie tinha câncer e criando contas falsas do GoFundMe, tudo para receber doações em dinheiro para as despesas médicas. É por isso que a menina estava com a cabeça raspada. Ela tinha sete contas falsas para a Janie postadas com vários nomes e diferentes diagnósticos de câncer, todas com fotos.

As contas do GoFundMe tinham sido rastreadas até o computador no trailer. O histórico de Becky mostrava as transferências do PayPal para sua conta-corrente pessoal, e o banco tinha vídeos seus descontando os cheques de doação. Não houve nenhuma atividade desde o dia anterior ao que encontraram Janie.

---

3   Plataforma de financiamento coletivo. (N. T.)

— E o sangue no trailer? — Ron perguntou.

— Bate com o sangue que estava na Janie.

Eu não sabia por que ele fazia perguntas para as quais já sabia as respostas. Talvez fosse algum tipo de teste. A polícia, na cena de crime inicial no estacionamento, pensou que Janie estivesse ferida devido ao sangue em suas mãos e braços. Só depois de limpá-la no hospital descobriram que o sangue não era dela. Ela tinha muitas feridas antigas e cicatrizes cobrindo o corpo, mas nada recente.

— O sangue era da mãe? — ele indagou.

— Sim.

SEIS

CHRISTOPHER BAUER

EU CORRIA PARA O TERCEIRO ANDAR A FIM DE FICAR COM JANIE SEMPRE que tinha tempo livre durante o dia. Quanto mais tempo passava com ela, menos pena sentia e mais maravilhado ficava com a capacidade do espírito humano de superar horrores inimagináveis. Havia uma parte dela que ainda era inocente e intocada, apesar do que tinha passado. Eu via isso em seus olhos sempre que ela olhava para mim.

Os dias de Janie giravam em torno de diferentes terapias e reuniões com vários médicos.

Tudo que ela fazia no hospital tinha um propósito específico, então decidi ensiná-la a se divertir. Jogar Burro[4] foi a nossa primeira brincadeira, e ela adorou.

— Burro, Chris, burro! — ela gritava, pulando na cama como se estivesse em um trampolim.

Eu a deixava ganhar porque a reação dela era uma das melhores partes do meu dia. Até comecei a pular meus intervalos de almoço para poder passá-los com ela.

---

4   "Go Fish" no original, também um jogo de cartas. (N. T.)

— O que vai fazer quando ela não estiver mais aqui? — Dan perguntou quando subi de volta bem a tempo de ver um paciente, depois de uma de minhas visitas.

Eu não gostava de pensar nesse momento, embora cada vez mais as consultas se convertessem em discussões sobre possíveis datas de alta e quais cuidados ambulatoriais receberia. Eu queria que Hannah conhecesse a menina antes que ela se fosse. Ela não quis antes, mas isso poderia ter mudado, já que seria sua última chance.

— Quero mesmo que você conheça a Janie — eu falei naquela noite, quando eu e ela nos sentamos na sala de estar para trabalhar em nosso quebra-cabeça mais recente. Nós competíamos com Allison e Greg havia anos para ver quem conseguiria resolver o mais difícil. Sempre tentávamos bater o outro casal. Nesse dia, estávamos trabalhando sobre um quebra-cabeça cheio de gatos, sem arestas. Greg disse que tinham levado três semanas para terminá-lo. Já estávamos nele há duas semanas, e longe da conclusão.

Hannah se debruçava sobre a mesa, procurando uma peça. Seu cabelo vermelho-fogo estava amarrado em um rabo de cavalo, e alguns fios descontrolados tentavam escapar. Ela os afastava da testa o tempo todo enquanto examinava o jogo. Nem se prestou a olhar para cima.

— Você precisa ver o quanto ela mudou. Ela fica melhor a cada dia. É realmente inspirador — eu disse, e me lembrei de quando Janie me mostrou como uma das enfermeiras a havia ensinado a escrever o nome. Totalmente concentrada ao desenhar meticulosamente cada linha, ela ficava muito orgulhosa de si mesma ao terminar. — Tem uma coisa realmente incrível em ver alguém se transformar na frente dos seus olhos. É ser testemunha de um pequeno milagre. Não quero que você perca isso.

Ela finalmente levantou a cabeça.

— Christopher Bauer, acho que está oficialmente apaixonado por essa menininha.

Eu ri.

— Não dá para evitar. É por isso que precisa conhecê-la. Espera pra ver, você vai saber exatamente do que estou falando.

SETE

HANNAH BAUER

NO DIA SEGUINTE, CHRISTOPHER ME LEVOU PELO CORREDOR ATÉ O quarto de Janie pela primeira vez. Eu não sabia o que esperar depois de todas as histórias que ele tinha compartilhado comigo. Ele me disse, em uma de nossas conversas, que ela decidia se gostava ou não de alguém no primeiro encontro. Ao que parecia, era impossível mudar sua impressão mais tarde, não importava o que se fizesse. Como seria se ela não gostasse de mim?

Eu a ouvi gritar do posto de enfermagem. Gritos selvagens, diferentes de tudo o que eu já tinha ouvido. Não havia palavras entre eles, apenas sons torturantes. Parei no meio do caminho.

— Talvez não seja o melhor momento.

Olhei para Christopher, na esperança de que concordasse comigo e dissesse para voltarmos outro dia, mas ele já estava empurrando os policiais da porta e correndo para o quarto dela. Entreguei meu crachá ao policial, que procurou meu nome no registro de visitantes autorizados.

— Talvez seja melhor você não entrar aí — ele disse ao devolvê-lo para mim.

Engoli o medo que estava na minha garganta e entrei. Janie se contorcia na cama como se estivesse no meio de uma possessão demoníaca, os olhos animalescos. Ela gemia como um animal ferido. A roupa de cama estava toda jogada, e sangue manchava o colchão. Duas enfermeiras corriam ao redor da cama, tentando agarrá-la sem que a machucassem. Uma delas segurava uma seringa. Christopher entrou em ação.

— Janie... Janie, querida — ele chamou com ternura enquanto dava passos cautelosos em direção à cama. — É o dr. Chris... Eu estou aqui, querida. Precisa se acalmar.

Ela continuou com os gritos incoerentes. Ele tentou pegá-la, mas ela foi mais rápida, esquivou-se de seus braços e caiu no chão, com seu gesso fazendo um estrondo alto. Christopher se ajoelhou ao lado dela.

— Janie, é o dr. Chris... Eu estou aqui para ajudar você — ele disse suavemente.

Ela continuou berrando.

— Janie! — ele gritou dessa vez. — É o dr. Chris!

Foi como se um interruptor de luz se acendesse dentro dela. Ela parou de repente, piscou e se virou para ele.

— Dr. Chris! — disse, e um sorriso aliviado se espalhou em seu rosto.

Ele se arrastou até ela e a pegou nos braços. Ela aconchegou a cabeça em seu peito, e ele a balançou para a frente e para trás enquanto ela relaxava.

— Tudo bem, você está bem agora. Estou com você, querida, não vou te largar.

Fiquei olhando, atordoada. Um segundo atrás, ela estava no meio de um ataque psicótico semelhante aos que já vi em pacientes esquizofrênicos quando eram tirados à força das ruas. Não havia nada que pudesse acalmá-los, exceto drogas, mas apenas o som da voz de Christopher foi capaz de tranquilizar Janie. Eu não sabia o que pensar. Olhei para uma das enfermeiras, a que usava um jaleco do Bob Esponja. Ela sorriu para mim e deu de ombros.

Havia sangue no colchão de Janie, já que ela tinha arrancado o soro intravenoso. Christopher a segurou enquanto o colocavam de volta no braço. Ela se agarrava a ele como se fosse seu ursinho de pelúcia favorito, e ele sussurrava enquanto enfiavam a agulha. Ela nem se mexeu. Christopher enxugou as lágrimas dela com as costas da mão depois que terminaram.

— Estou orgulhoso de você, querida. Não foi tão ruim, né? — ele perguntou.

Ela fez que não, os olhos lacrimejantes e vermelhos. Ele a carregou até mim enquanto as enfermeiras arrumavam o leito. Eu não tinha saído do meu lugar à porta. Ela era muito pequena, parecia que ele segurava uma boneca.

— Janie, quero que você conheça alguém — ele disse, fazendo sinal para que eu me aproximasse. — Esta é a minha esposa, Hannah. Ela é enfermeira aqui também. Queria conhecer você.

Janie manteve o rosto enterrado em seu peito.

Dei um passo em direção a eles.

— Oi, Janie. Muito prazer. — Encostei a mão em suas costas. Ela se encolheu, então dei um passo para trás.

— Quer que a Hannah volte outra hora? — ele perguntou.

Ela puxou a cabeça dele em sua direção, colocando a mão em volta da orelha para sussurrar alguma coisa. Ele acenou com a cabeça e então se virou para mim.

— Vamos tentar mais tarde. Acho que ela não está pronta.

...

Christopher se sentiu péssimo em relação a minha apresentação a Janie. Mas não foi culpa dele chegarmos logo depois de uma das refeições. Também não ajudou o fato de Janie estar com a enfermeira de quem ela menos gostava. Eu estava determinada a fazer de nossa segunda visita um encontro melhor. Passei horas na livraria folheando os livros infantis mais recentes. Havia muitos para escolher, e eu não tinha ideia do que Janie gostava. Ela curtia princesas? Bichos? Carros de bombeiro? Tinha alguma ideia do que essas coisas eram? Já tinha estado alguma vez fora do trailer, exposta ao mundo? Fiquei entre um leque de livros, de Dr. Seuss a *Fancy Nancy Clancy*.

Christopher queria que eu me encontrasse com ela sozinha, mas pedi a ele que viesse comigo novamente, assim ela ficaria confortável e relaxada. Eu não queria forçar um contato e pressioná-la ainda mais. Desta vez, Christopher agendou nossa visita após uma de suas sessões de fisioterapia, já que ela costumava estar de bom humor.

Ela estava sentada em sua cama, conversando com uma das enfermeiras. Seu rosto se iluminou ao ver Christopher. A transformação ocorrida naquele mês em que esteve internada era surpreendente. Parecia uma criança diferente daquela descrita para mim. Ainda era muito pequena para a idade e parecia ter menos de seis anos, mas sua barriga não estava mais distendida. Ela tinha ganhado três quilos e seu corpo estava mais forte. Os olhos eram azuis-claros, tão claros que quase se podia ver através deles. Ela havia crescido e se tornado uma menininha doce, com rosto de anjo e uma cabeça cheia de cachos loiros e ralos.

— Ei, dr. Chris! — Ela acenou para ele. Sua mão ainda estava curvada, apesar de todo o trabalho de fisioterapia.

— Oi, querida — ele disse, aproximando-se e dando um beijo em sua cabeça.

— Senta, senta, senta! — ela ordenou, apontando para um lugar do leito.

Ele fez sinal para que eu me aproximasse.

— Janie, você se lembra de quando a Hannah veio visitar você outro dia? Ela veio de novo hoje.

— Oi, Janie — eu disse.

Ela olhou para mim sem nenhum sinal de reconhecimento.

Dei um passo em sua direção com cautela, segurando os livros como se fossem uma oferta de paz.

— Eu trouxe uns livros. Você quer ler algum comigo?

Ela olhou para Christopher, em busca de aprovação.

— Que tal lermos juntos? — ele perguntou.

Dessa vez, ela consentiu. Christopher apontou para o lugar ao lado dele na cama. Eu me sentei, o colchão de plástico rangendo sob meu peso. Janie subiu em seu colo. Espalhei três livros na frente dela.

— Qual deles você quer ler? — perguntei.

Ela os observou com cuidado antes de apontar para *O Dia em que o Giz de Cera Voltou para Casa*, de Drew Daywalt.

— Boa escolha — eu disse. — É um dos meus favoritos.

Abri e comecei a ler. Ela foi fisgada desde a primeira página. Ela se esticou para enxergar melhor de seu lugar, no colo de Christopher. Ele a conduziu lentamente em minha direção, até que ficou aconchegada entre nós, sentada sobre uma perna de cada um. Christopher olhou para mim e se irradiou de alegria. Meu coração se encheu.

OITO

CHRISTOPHER BAUER

O NOME DE PIPER GOLDSTEIN APARECEU NA TELA DO MEU CELULAR. Ela era a assistente social de Janie. Dan me deu o número e eu tinha deixado uma mensagem para ela no início do dia. Eu e Hannah tínhamos lido com Janie duas vezes na última semana, e no dia anterior Hannah sugeriu tirá-la do hospital. Adorei a ideia e comecei a imaginar a logística. Corri para o meu escritório e atendi o telefone, fechando a porta.

— Alô?

— Oi, aqui é a Piper, Piper Goldstein, retornando sua ligação.

— Obrigado por me retornar, Piper. — Não perdi tempo e fui direto ao assunto. Tinha uma consulta em vinte minutos para a qual precisava me preparar. — Queria falar com você sobre a Janie. Eu...

Ela me interrompeu.

— Tenho certeza de que já sabe disso, mas, antes de começar, tem umas coisas sobre o caso da Janie que não posso compartilhar com você, por causa dos limites de confidencialidade ou porque estão relacionadas à investigação criminal.

Eu tinha limites de confidencialidade com meus pacientes, então entendi exatamente o que ela queria dizer. Já esperava isso, considerando a natureza do caso de Janie.

— Ok — eu disse.

— Certo, agora que estamos entendidos, podemos começar.

— Sim, sim... — Limpei a garganta. — Participo dos cuidados médicos da Janie desde que ela foi internada. Sou o cirurgião ortopédico que realizou a cirurgia dela, e estive lá no pós-operatório. Mas agora sou mais um amigo dela do que qualquer outra coisa. Passamos a maior parte do tempo jogando Burro...

Ela me interrompeu.

— Você é o tal do Christopher?

Eu ri.

— Devo ser.

— As enfermeiras da Janie dizem coisas maravilhosas sobre você.

— Obrigado. Também posso dizer muitas coisas boas sobre elas. Janie tem algumas pessoas ótimas cuidando dela. — Eu nunca tinha visto um paciente com uma equipe de apoio tão competente. Havia muita gente reunida em torno dela. Isso me lembrava do motivo pelo qual me apaixonei pela medicina.

— Como posso ajudar, doutor?

— Minha esposa se chama Hannah, Hannah Bauer, e ela é enfermeira no Northfield Memorial. Você pode procurar nós dois nos registros. Enfim, nós gostaríamos de tirar a Janie do hospital por algumas horas.

Hannah saía do trabalho todas as noites para poder ler com Janie em sua hora de dormir. Ambas adoravam esses momentos. Nessa manhã, ela havia sugerido levar Janie ao parque que ficava na rua do hospital. Nunca tinha pensado nisso, mas foi uma ótima ideia. Prometi ver como seria o protocolo e tentaríamos obter permissão para levá-la a um passeio.

— Uau, parece que a Janie está em ótimas mãos! — Piper disse. Mas senti certa hesitação em sua voz. — Só não sei se é uma boa ideia...

Tentei não me irritar.

— Posso perguntar por quê?

— Confie em mim, sei o quanto alguns desses casos podem afetar os nossos sentimentos, mas você tem que ter cuidado para não se envolver demais.

— Não acho que levar a menina para um parque seja estar envolvido demais... Ela está no hospital faz quase cinco semanas, e o único lugar diferente em que esteve foi no jardim de oração com a terapeuta ocupacional. Você acha que isso foi divertido?

Dei a ela um segundo para pensar antes de acrescentar:

— Estamos apenas tentando fazer a menina se sentir uma criança normal por algumas horas.

Sua voz se abrandou.

— Existem questões envolvidas neste caso que não conhece. Tem...

— Sei que é um caso complicado. Não queremos nos envolver nele, só queremos um tempo para a menina correr debaixo do sol.

— Mais uma vez, digo que existem riscos envolvidos no caso dela, e vocês podem se colocar em perigo.

Eu não estava preocupado com a possibilidade de alguém voltar para buscar Janie. Nunca estive. Quem quer que fosse, já tinha desistido dela. Bastava olhar para o corpo da menina para enxergar isso.

— Sua preocupação é ótima, Piper, mas vai dar tudo certo. Só preciso ter certeza de que está tudo bem em levá-la para fora do hospital, e se existe alguma burocracia. — Eu tinha ligado para ela por cortesia, não para pedir permissão.

Ela baixou a voz, como se alguém pudesse estar ouvindo.

— Escuta, eu não deveria dizer isso, mas vejo que você é uma boa pessoa, então vou te avisar...

— Avisar o quê?

— A mãe da Janie...

Ninguém sabia nada sobre a mãe ou o pai. Pelo menos é o que tinham me contado.

— Ela foi identificada? — perguntei.

— Sim. — Ela me deixou assimilar a informação antes de continuar: — A mãe da Janie está morta, e a polícia suspeita de assassinato.

— Você contou para a Janie? — Minha cabeça mergulhou na tristeza. Crianças amavam os pais, por mais que eles as tratassem mal. Isso não era justo com ela.

— Contei. — Sua voz tremeu de emoção. — Contei hoje de manhã.

Janie não tinha dito nada sobre a mãe quando eu a vi à tarde. Nada parecia errado, nada estava diferente. Ela estava muito feliz, aliás, e pediu para aprender um novo jogo. Talvez ela ainda estivesse em choque, ou talvez fosse sua maneira de lidar com as coisas. Era difícil entender o comportamento de alguém que sofresse o que ela sofreu.

— A polícia acha que quem matou a mãe dela é a mesma pessoa que machucou a Janie? — perguntei.

— Como falei, não posso compartilhar muita coisa com você, porque é um processo de investigação criminal, mas a polícia está atrás de todas as pistas agora. — Ela esperou um pouco antes de continuar. — Agora você entende a minha preocupação?

...

Passei a maior parte da noite tentando contar a Hannah sobre minha conversa com Piper, mas ela estava distraída demais com Dylan e Caleb, que brigavam pela vez de usar um iPad. Para que Allison e Greg tivessem uma pausa, nós cuidávamos dos meninos ao menos uma noite por mês desde que eles eram bebês. Certo dia, anos atrás, Greg me disse que eles nunca iam a lugar nenhum. Eles simplesmente deixavam os meninos com a gente, voltavam para casa e dormiam.

— É incrível como estão ficando grandes. Parece que, toda vez que os vejo, cresceram vários centímetros — Hannah comentou. Ser tia era uma de suas coisas favoritas no mundo.

Ela não tirava os olhos deles, e eu mantive os meus nela, encantado mesmo depois de todos esses anos: a forma como sua pele de porcelana brilhava e as sardinhas se espalhavam pelo nariz. Estiquei as pernas sobre a mesa de centro. Ela já tinha desistido de me dizer para não fazer isso. Era uma batalha perdida para ela.

— Não vários centímetros, mas, tecnicamente, os ossos deles crescem nove milímetros por dia, então eles estão, sim, mais altos.

Ela deu um tapa no meu braço.

— Você tem que ser tão nerd o tempo todo?

— Não é o que você mais ama em mim? — Coloquei o braço em torno de seus ombros e ela se acomodou em meu peito. Inspirei o cheiro dela.

Caleb se virou para nós. Era um Greg em miniatura que nos encarava.

— O Dylan não me deixa passar essa fase e é a minha vez!

Dylan estava curvado sobre o iPad, segurando-o como se fosse de ouro. Caleb olhava para ele cheio de vontade.

— Dylan, deixa o Caleb jogar um pouco — eu disse.

Allison e Greg eram rígidos quando se tratava do tempo de tela dos meninos. A princípio, pensei que eles estivessem sendo superprotetores, mas víamos de camarote o que isso fazia com as crianças. Era como se aquilo fosse uma droga que nunca bastava para eles. Voltei minha atenção para Hannah.

— O que vai acontecer com a Janie? — ela perguntou.

— A Piper não sabe. Parece que o caso da Janie é um pesadelo jurídico. Ela disse que, normalmente, o Departamento de Serviços Sociais à Criança a colocaria em um lar temporário até determinarem um que seja permanente... mas existem muitas etapas adicionais, já que a mãe dela morreu e eles não têm ideia de quem seja o pai ou qualquer outro parente. Por enquanto, eles editaram uma tal ordem de proteção de emergência, que dá a tutela temporária para o Departamento, enquanto tentam resolver essa bagunça.

— Não dá para imaginar toda a papelada envolvida nisso — Hannah disse, com um olho ainda nos meninos.

— Não dá mesmo.

— Ainda não entendo por que eles estão fazendo segredo sobre a morte da mãe dela — Hannah comentou.

Abaixei minha voz para que as crianças não pudessem ouvir.

— Ela disse que eles não querem que quem tenha machucado a Becky saiba que ela está morta. Talvez acreditem que alguém vá aparecer se achar que ela ainda está viva... que alguém acabe se entregando sem querer, sabe?

Ela me olhou com nervosismo.

— Você ainda acha que devemos ir?

Nosso plano era levar Janie ao parque atrás da mercearia, que ficava a seis quarteirões do hospital, um lugar escolhido por ser pequeno e privado. Falei com a psicóloga de Janie no hospital para ouvir sua opinião, e ela achou que era uma ótima ideia, mas que deveríamos fazê-lo da forma mais tranquila e discreta possível.

Nós escolhemos o parque com isso em mente, já que ele ficava vazio a maior parte do tempo, e talvez estar rodeada de outras crianças fosse demais para Janie nesse momento. Mas, mesmo que não fosse um lugar movimentado, ainda assim era um lugar público, e eu não queria nos colocar em perigo.

— Piper disse que, se decidíssemos fazer isso, eles provavelmente enviariam uma viatura para o parque, só para ficar de olho em qualquer coisa estranha ou suspeita.

A preocupação deixou seu rosto.

— Bom, se for assim, acho que a gente não tem com o que se preocupar. Nada vai acontecer se estiverem lá.

Olhamos para Dylan e Caleb, de costas, enquanto eles brincavam juntos, ouvindo suas risadas e gritinhos intercalados com um ou outro urro maluco.

— É tudo tão injusto — eu disse. O que mais me impressionava sobre a situação de Janie era o fato de que nada daquilo fosse culpa dela. Tudo o que ela tinha feito era ter nascido. E ninguém escolhe os próprios pais.

— É mesmo — Hannah concordou.

Nós dois viemos de ótimas famílias. Eu era filho único, e meus pais tinham me dado de tudo. Meu pai trabalhava em tempo integral como engenheiro civil, e minha mãe ficava em casa para cuidar de mim. Nunca tivemos problemas financeiros. A pior coisa que aconteceu em minha infância foi quando meu time da Liga Infantil de Beisebol perdeu o campeonato estadual na oitava série. Hannah também teve uma infância perfeita, ela e a irmã. Nós conversávamos sobre isso o tempo todo durante o noivado, e foi uma das principais razões pelas quais continuamos em Clarksville, Ohio: queríamos que nossos filhos tivessem a mesma infância inocente que tivemos.

Enfim, nenhum de nós fez nada de especial para ter uma vida tão fácil. Nós apenas nascemos, da mesma forma que Janie não tinha feito nada para ter uma vida difícil. Quando passava tempo com ela, eu só conseguia pensar em como ela não merecia uma infância tão terrível. Será que alguém conseguiria compensar aquilo?

NOVE

HANNAH BAUER

— JANIE, PODE COLOCAR ISSO NO ROSTO, DESSE JEITO, ANTES DE A gente sair? — perguntei.

A exposição de Janie ao sol era limitada, já que ela não tinha permissão para sair do trailer e as janelas ficavam cobertas. Os médicos nos deram óculos de sol especiais, pois seus olhos eram muito sensíveis à luz. Mostrei a ela como colocar antes de entregá-los. Ela os girou nas mãos como se ainda não tivesse certeza do que fazer, então ajudei a levá-los até o rosto. O protetor solar foi o passo seguinte, e Christopher passou tanto que foi impossível fazer tudo sumir. Não íamos arriscar que ela sofresse uma queimadura de sol.

Ela se arrastava de chinelos entre nós dois, segurando nossas mãos enquanto saíamos pela porta dos fundos do hospital. Janie ainda tinha dificuldade para andar ereta, apesar de todo o trabalho com o fisioterapeuta. Ela queria andar de quatro mesmo quando segurada pelas mãos, então parecia que a estávamos arrastando. Fiquei feliz por Christopher ter trazido nosso carro. Janie acenava e sorria para todas as enfermeiras pelas quais passávamos, animada por deixar o hospital mesmo que fosse apenas por algumas horas. Estava orgulhosa por termos mantido nosso plano em vez de deixar o medo decidir por nós.

Um dos manobristas estava esperando ao lado do nosso carro quando chegamos à saída leste. Ele correu para abrir as portas quando nos viu. Allison tinha nos emprestado uma cadeirinha infantil porque Janie era muito pequena para um assento de elevação. Christopher a tinha levado ao corpo de bombeiros no sábado anterior para se certificar de que tinha sido instalada corretamente.

— Não, não, não! — Janie gritou, balançando a cabeça freneticamente quando tentei colocá-la no assento. Ela arqueou as costas e me chutou com raiva. Tentei segurá-la, mas ela resistia. Eu não queria usar a força porque tinha medo de machucá-la, então ela escapou de mim sem dificuldade e caiu na calçada, urrando. Eu e Christopher nos ajoelhamos ao lado dela. Estendi a mão para tocá-la, mas ela se afastou.

— Querida, nós queremos muito levar você para o parque e brincar, mas você tem que entrar no carro antes. — A voz de Christopher era calma e firme. Ele apontou para o banco de trás. — Isso é uma cadeirinha de carro, e todas as crianças andam em cadeirinhas. É o jeito mais seguro de andar de carro.

Ela fez uma careta para nós.

— Você quer ir para o parque? — perguntei. Eu me senti uma idiota por não ter imaginado como isso tudo poderia ser difícil, considerando sua história. Fiz uma anotação mental: ser mais cuidadosa quanto ao passado dela.

Ela fez que sim com a cabeça.

Acariciei de leve seu braço e logo recolhi a mão, sem querer assustá-la com meu toque.

— Aposto que dá mesmo muito medo ficar presa na cadeirinha… — Seu lábio inferior tremeu, lágrimas encheram seus olhos. Estiquei a mão e agarrei o cinto de segurança do lado do passageiro. Dei um puxão forte, trazendo-o em nossa direção. — Está vendo o cinto? Todo mundo no carro tem que usar um. — Eu apontava para mim mesma enquanto falava. — Vou dirigir o carro, então tenho que colocar o cinto de segurança também. Que tal se o Chris se sentar no banco de trás com você? Gostaria disso?

Ela fez que não com a cabeça, mas Christopher ignorou seus protestos. Ele passou sobre a cadeirinha e sentou-se no lugar ao lado dela.

— Olha, não é tão ruim — ele disse, dando um tapinha no banco do carro. — Por que não deixa a Hannah colocar você aqui do lado? Eu vou ficar com você o tempo todo. A gente vai passear junto.

Ela ficou olhando de um para o outro. Esperamos em silêncio por um tempo até que ela finalmente entrou. Eu a fechei em seu assento e fui para o volante, ansiosa para sair antes que ela tivesse outro ataque. Seus lábios exibiam um beicinho de raiva, mas, depois de alguns quarteirões, o rosto dela começou a se transformar enquanto olhava pela janela. Janie apontava para tudo.

— O que é isso? O que é aquilo? — ela gritava enquanto dirigíamos. Fazia a mesma coisa quando eu lia para ela. Eu adorava dar nomes às coisas deste mundo novo em que ela estava começando a viver. Eu e Christopher nos revezamos tentando descobrir o que ela apontava enquanto dirigíamos.

De carro, o trajeto do hospital para o parque não tomava muito tempo. Estacionamos. Christopher ficou responsável por tirar Janie do carro, enquanto eu pegava a caixa térmica e a bolsa no porta-malas. Nunca tinha feito um piquenique com tão pouca comida. Eu costumava empacotar muita coisa, e metade da comida acabava voltando para casa, mas nós só podíamos dar alimentos seguros a Janie, o que limitava nossa refeição a iogurte grego e purê de ervilhas, o cardápio aprovado pela nutricionista. Também levamos nossas próprias colheres, para que ela não comesse sozinha e não se sentisse diferente. Foi Christopher quem teve a ideia, o que achei genial.

— Janie! — Christopher gritou de repente.

Ela estava correndo pelo estacionamento diretamente para a rua. Ele saiu em disparada, veloz como eu nunca o tinha visto, agarrando-a em um movimento rápido. Christopher ainda respirava com dificuldade quando voltou até mim. Janie enterrou o rosto no ombro dele, aconchegando-se em seu peito. Ele parecia petrificado. Acariciei as costas da menina.

— Só tirei os olhos dela por um segundo — ele comentou, sem fôlego.

Esfreguei seu ombro com a outra mão.

— Está bem, acontece... Lembra como era com os gêmeos? — Os meninos eram cheios de energia quando mais novos e não tinham senso de perigo. Eles sempre escapavam por aí, e sempre em direções opostas.

— Se conseguimos cuidar dos gêmeos quando eles eram bebês, também conseguiremos cuidar dela — ele disse, tentando soar convincente, apesar de sabermos que o caso era completamente diferente.

Fiz sinal para que ele a levasse ao parquinho.

— Vai brincar com ela. Eu arrumo tudo aqui.

Encontrei um lugar sob a sombra de uma árvore e estendi a toalha, feliz por estar ao ar livre. A primavera era imprevisível, mas o clima estava perfeito para um piquenique no parque. Sentei-me sobre a toalha e aproveitei o sol. Nada melhor do que senti-lo na pele depois de um longo inverno. Os invernos ficavam mais difíceis à medida que eu envelhecia. A cada ano eu entendia melhor por que as pessoas se mudavam do Meio-Oeste após a aposentadoria.

Observei Christopher descer o escorregador com Janie encolhida entre suas pernas, os braços em volta da pequena, que gritava de alegria. Ele estava certo sobre como era incrível observá-la. Ela estava radiante de felicidade, a crise de momentos atrás já esquecida.

— De novo, de novo! — ela gritava cada vez que ele fingia estar cansado demais para brincar.

Nunca tinha visto Christopher com ar tão jovem. Pela milésima vez, senti a dor de tudo o que não pude dar a ele. Ele sempre esteve lá para mim, apoiando-me enquanto eu chorava, trazendo-me flores e garantindo-me que ainda éramos uma família, mesmo sem filhos. Mas eu sabia que isso o machucava também. Ele queria filhos tanto quanto eu. Christopher nunca entenderia como era difícil para mim não poder os dar a ele, ainda que tentasse ser forte o tempo todo por mim. Afastei os pensamentos, não havia por que estragar esse dia lindo.

Brincar com Janie no parque era muito diferente de brincar com Caleb e Dylan. Ela não conhecia nada do que via e absorvia tudo com os olhos arregalados de curiosidade. Ela se movia como uma criança pequena, insegura de seus passos, e sempre um pouco desequilibrada. Ela não sabia escalar, e nós tínhamos que ajudá-la na maioria das brincadeiras. Christopher tinha dito que a fisioterapeuta deu relatórios positivos sobre o progresso de Janie e estava trabalhando duro para reconstruir e fortalecer seus músculos, mas ela ainda tinha um longo caminho a percorrer.

O que aconteceria com ela? Janie seria capaz de compensar o tanto que tinha perdido ao longo de seu desenvolvimento? Haveria outras crianças como ela? Crianças traumatizadas que conseguiram se recuperar? Tentei não me sentir tão responsável pela menina quanto Christopher, mas não consegui. Como poderíamos saber se ela iria para uma boa casa depois que saísse do hospital, e não para um daqueles horríveis lares adotivos sobre os quais lemos no noticiário? E se ela fosse complicada demais para uma família lidar e acabasse virando uma criança de orfanato, ou arrastada de uma casa a outra? E se ela acabasse viciada em drogas ou prostituída?

Não poderíamos deixar isso acontecer com ela. Deveria haver algo mais que pudéssemos fazer.

CASO Nº 5243

ENTREVISTA:
PIPER GOLDSTEIN

— O QUE ACHOU DOS BAUER QUANDO OS CONHECEU PESSOALMENTE?
— Agora era a vez de Luke fazer perguntas. Ron tinha puxado uma cadeira até o canto e estava encostado na parede, duas pernas do assento suspensas. Com os braços cruzados, ele me observava.

Cruzei as mãos sobre a mesa.

— Era óbvio desde o primeiro encontro que Chris já tinha um vínculo estreito com a Janie. Ela nunca saía do colo dele e não falava com ninguém mais. Quando eu fazia perguntas, ela sussurrava as respostas no ouvido dele, feito um intérprete.

— Ouvimos de outras pessoas que ele era muito bom com ela. Isso é verdade?

Concordei.

— Ele é um cara bem grande, com mais de um metro e oitenta, mas tratava ela feito um ursinho. E era óbvio que ele era a pessoa favorita dela.

Christopher era um daqueles caras por quem você nunca se apaixonaria quando adolescente, pois era legal e doce demais. Estava longe de ser um "bad boy". Ele era o cara que você colocava na categoria de "amigo". Mas, quando ficasse mais velha, ele certamente seria o tipo de cara com quem você sonharia em se casar e construir uma vida.

— E a Hannah? Quais foram as suas primeiras impressões sobre ela? — Luke perguntou.

— Ela parecia mais nervosa do que o Christopher com a situação, mas também estava bastante ansiosa para levar a Janie para casa.

— Vocês discutiram os prováveis desafios que poderiam enfrentar se fossem os responsáveis pelos cuidados da Janie?

— Claro que sim.

Sempre fui sincera e bem direta com eles sobre os desafios de Janie. A adoção seria inútil se houvesse incompatibilidade entre o filho e os pais, então eu me certificava de que todos conhecessem os contras envolvidos, para que, assim, pudessem tomar uma decisão consciente. Era minha política para todas as famílias.

— Que tipo de coisas você compartilhou com ela? Pode ser mais específica, por favor? — Luke sorriu para mim.

Eu estava indo na direção que eles queriam. Eles só eram educados e simpáticos quando você fazia algo de que gostavam ou dava a eles algo que queriam. Eu já tinha sido enganada antes, e não seria novamente.

— O diagnóstico oficial da Janie foi de síndrome de abuso infantil. As pessoas sempre imaginam que o abuso sexual é o pior tipo de abuso que uma criança pode suportar, mas não é. Não tem o tipo de efeito duradouro que você vê em crianças severamente negligenciadas. Não me entendam mal, o abuso sexual é terrível, mas o tipo de negligência que a Janie experimentou é pior. Isso afeta o desenvolvimento do cérebro.

Ron moveu a cadeira, voltando as quatro pernas do assento para o chão.

— Como a Hannah reagiu quando você disse isso?

— A Hannah não mergulhou de olhos fechados nessa história, do jeito que o Christopher fez. Ele estava convencido de que o amor curaria todas as feridas da Janie, mas a Hannah era mais realista. Ela entendeu que ninguém poderia passar pelo que a Janie passou e sair ileso. Ela se meteu na situação com os olhos bem abertos e pronta para os desafios que viessem.

— E o Christopher? Você chegou a dar essa informação a ele?

— Com certeza.

— Mas ele não a recebeu do mesmo jeito...

— Como posso explicar...? — Levei um minuto para responder. — Ele tinha total ciência das possíveis dificuldades, mas não dava a mínima.

Eu adorava isso nele, só que também foi o que o colocou nesse problemão.

DEZ

HANNAH BAUER

EU SÓ TINHA DEZ MINUTOS PARA CONTAR TUDO A ALLISON ANTES QUE ela fosse buscar Caleb no treino de futebol, então falei logo.

— Você acha que somos loucos? É só temporário, até encontrarem um lugar permanente para ela, mas nós achamos que isso daria tempo extra para ela se curar, só enquanto eles resolvem todo o resto.

Eu tinha acabado de contar a ela que Christopher e eu tínhamos nos inscrito para sermos pais adotivos de emergência de Janie. Isso significava que ela iria morar conosco depois que recebesse alta, até que encontrassem uma família adotiva. Nem Christopher nem eu podíamos tolerar a ideia de que ela fosse para um orfanato, ou vivesse com uma família temporária até ser arrancada de lá para morar definitivamente com outra. Ficar conosco parecia uma extensão do seu tempo no hospital, e era assim que pretendíamos explicar as coisas para ela caso o pedido fosse aprovado.

— Você não está com medo? — Allison perguntou.

— Óbvio que estou. Vai ser difícil, mas acho que é uma coisa incrível que podemos fazer por ela.

Allison balançou a cabeça.

— Não é disso que estou falando.

— Está falando da situação dela? — Abaixei a voz para que ninguém pudesse ouvir. — De quem matou a Becky voltar para matar a Janie?

— Ou você e o Christopher.

— Isso me assusta certamente. — Eu e Christopher passamos horas imaginando diferentes cenários. Já tínhamos horário marcado para instalar um sistema de alarme em nossa casa. — Eles ainda não têm ideia de quem matou a mãe dela. Bom, pelo menos é o que dizem.

Eu gostava de Piper como pessoa, mas ela não era boa em nos manter atualizados sobre os detalhes do caso, e às vezes parecia que se esforçava para esconder coisas de nós.

— Como tem certeza de que quem as machucou não vai querer terminar o que começou? — Allison quis saber.

— Não temos, mas ela não vai ficar tanto tempo com a gente. Não mais do que duas semanas, talvez até menos. — Inclinei-me sobre a mesa e sussurrei: — E cá entre nós, acho que a polícia ou o FBI, alguma coisa assim, estão vigiando a gente.

Os olhos dela se arregalaram.

— Está falando sério? O que te faz achar isso?

Dei de ombros.

— Só tenho essa sensação, como se estivesse sendo observada. Não sei explicar direito, mas é mais do que um sentimento. Eu e o Christopher, nós dois, vimos carros sem identificação seguindo a gente, ou estacionados do lado de fora da nossa casa.

— Isso não te assusta?

— Não, porque tenho certeza de que são os mocinhos seguindo a gente. — Sorri para ela, tentando aliviar suas preocupações. Eu teria me sentido da mesma forma se os papéis fossem invertidos. — E, além do mais, não é como se a investigação fosse terminar só porque ela saiu do hospital. Quem sabe eles não pegam quem fez isso antes de ela receber alta, e todo esse tempo gasto com preocupação vai ter sido em vão.

— Acho que o que vocês estão fazendo é realmente louvável. — Eu ainda podia ouvir a hesitação em sua voz. — Mas vocês não têm medo de se apegarem demais? O que vai acontecer com vocês quando a mandarem para outra família?

— Obviamente, vou me apegar. Quer dizer, nós já estamos apegados, mas sair do hospital vai ser o primeiro passo dela no mundo real, e queremos ter certeza de que vai ser um passo bem dado. Ela merece isso. E se acabasse em um daqueles lares adotivos bagunçados e eles a ferrassem ainda mais? Pelo menos, assim, saberemos que ela vai estar preparada e segura até ir para um lar permanente. — Eu e Christopher a havíamos levado ao parque novamente no dia anterior, e fizemos de tudo para não dizer a ela que estávamos tentando levá-la para casa conosco por um tempo, já que Janie estava ficando cada vez mais obcecada por ver onde morávamos. Christopher tirou fotos de todos os cômodos e mostrou a ela, mas é claro que não poderíamos contar até que fosse uma coisa certa. — Eu sabia que Christopher seria o melhor pai do mundo. Você precisa ver os dois. É a coisa mais fofa que já vi!

— Sei exatamente o que você quer dizer. Eu me apaixonei pelo Greg de novo quando o vi com os bebês. Existe um negócio em ver homens sendo pais que faz você amá-los de um jeito completamente diferente.

— Demais. Com certeza vai ser mais difícil para ele do que para mim quando tivermos que nos separar dela. Nós dois já estamos bastante próximos da Janie, mas vamos conseguir. Ela merece ter um lugar seguro para se recuperar até que encontrem um lar perfeito para ela — eu disse, com determinação.

— Não sei, não... Sendo honesta, isso tudo me deixa um pouco preocupada.

Segurei a vontade de rir. Tudo deixava Allison preocupada. Sempre. Ela foi a única criança que conheci que já sofria de úlceras no ensino fundamental.

— Vai dar tudo certo — assegurei a ela.

Eu estava mais calma do que imaginava, pois estávamos fazendo a coisa certa. Christopher ficou chocado quando propus a ideia algumas noites antes. Não tinha como culpá-lo, eu não costumava ser assim tão impulsiva.

— Por que não? — Eu sorri para ele. — Talvez seja exatamente do que nós precisamos agora. Uma pausa para pensar um pouco em outra pessoa e tirar os pensamentos de nós mesmos.

— O Theo ficaria muito orgulhoso de você. — Christopher riu.

Theo era o líder do nosso grupo de apoio à infertilidade. Com experiência em programas de doze passos, ele sempre dizia que a melhor maneira de consertar a si mesmo era tirar a mente de seus próprios problemas e ajudar outra pessoa. Não consegui pensar em ninguém que precisasse mais da nossa ajuda.

— É sério. Vamos deixar a Janie um pouquinho mais no casulo antes de ela voar para o mundo. Assim ela vai ter uma etapa extra de cura e de cuidados que não receberia de outras pessoas.

— Estou pronto, se você também estiver — ele disse, com o rosto cheio de entusiasmo.

ONZE

CHRISTOPHER BAUER

O PROCESSO PARA NOS TORNARMOS GUARDIÕES DE EMERGÊNCIA DE Janie não seria tão simples quanto pensávamos. Liguei para Piper e avisei que estávamos interessados. Ela nos informou que teríamos de passar por uma longa análise como parte da nossa petição de tutela. O primeiro passo era nos vermos pessoalmente, então combinamos o encontro no hospital no dia seguinte.

Ela entrou no quarto de Janie. Parecia confiante e tranquila, vestida com jeans e uma camiseta, a alça da bolsa cruzando o peito. O cabelo castanho preso em um coque bagunçado, um pouco grisalho na raiz.

— Oi, pessoal. Eu sou a Piper. — Ela apertou a mão de Hannah primeiro. Janie estava no meu colo e escondeu a cabeça quando Piper falou com ela. — Oi, Janie.

Janie não respondeu nem se mexeu. Piper tinha me avisado que seus encontros anteriores com Janie não tinham corrido bem, então não fiquei surpreso quando a menina não falou com ela. Ela gostava da maioria das pessoas, mas havia algo em Piper que não a agradava.

— Posso pegar um pouco de água ou café para você? — Hannah perguntou. Ela enrolava o cabelo no dedo, o que só fazia quando estava nervosa ou chateada.

Piper ergueu uma caneca térmica do Starbucks.

— Não precisa, obrigada. A visita de hoje é basicamente para nos conhecermos melhor. Vocês vão me ver muito nos próximos dias, e vão acabar achando que eu também quero morar com vocês, mas prometo que não vai ser o caso.

Todos nós rimos em meio ao nervosismo, tentando aliviar a tensão. Ela não perdeu tempo para começar. A hora seguinte foi como uma exaustiva entrevista de emprego focada em nossa infância, qualquer experiência de abuso no passado, as nossas opiniões sobre disciplina e na busca por algum caso de violência doméstica. Preenchemos vários questionários a respeito do nosso histórico médico, educacional e trabalhista.

Havia diretrizes específicas exigidas pelo Estado para todos os pais adotivos, e uma inspeção domiciliar era obrigatória para qualquer pessoa em nossa situação. Hannah levou tudo na esportiva, mas estava muito nervosa para a visita domiciliar com Piper. Tão nervosa que, na noite anterior, estava esfregando o chão do banheiro à meia-noite, pela segunda vez. Ela tinha passado três horas limpando a casa como uma pessoa obsessivo-compulsiva. Nosso lar nunca tinha estado tão limpo desde que o compramos. Não éramos pessoas bagunçadas, mas qualquer um perceberia que aquela casa era habitada. A última coisa que queríamos fazer ao chegar depois de um longo dia no hospital era aspirar o chão ou lavar a louça.

Fiquei parado na porta, observando-a curvada no chão com um balde e um pano enquanto ela atacava os azulejos.

— Amor, acho que já está bom. Não tem mais nenhuma partícula de sujeira no chão. Nem pisamos nele desde a última lavagem.

Ela se virou para mim, o suor brilhando na testa, e afastou o cabelo do rosto com o braço.

— Tudo tem que ficar perfeito.

— Bom, você praticamente transformou a nossa casa em um museu, então acho que já conseguiu o que queria.

Ela jogou o pano em mim.

— Você é terrível! Todo mundo sabe que as mulheres são julgadas pelo tipo de casa que elas têm. Não quero que ela pense que sou largada.

— Os preguiçosos também são boas pessoas.

— Cala a boca! — Ela riu. — Você está fazendo eu me sentir mal.

— Que tal encerrar por hoje? — Fui até ela e peguei o balde. — Pia ou banheira?

Ela apontou para a banheira, e eu derramei o resto da água no ralo. Estendi as mãos e a puxei para cima, contra mim, acariciando suas costas.

— Vai dar tudo certo.

— Você não está nem um pouco nervoso? — Ela levantou a cabeça para me olhar. A preocupação riscava sua testa.

Balancei a cabeça.

— Eu sei que é para ser. — Puxei seu elástico de cabelo e deixei que os fios caíssem sobre os ombros. Adorava quando ela os usava soltos, já que eles viviam presos em um rabo de cavalo apertado. Passei os dedos pelos cabelos de Hannah.

— Só estou nervosa. E se...

Coloquei meu dedo em seus lábios, calando-a no meio da frase.

— Vai ficar tudo bem. Você vai ver.

CASO Nº 5243

ENTREVISTA:
PIPER GOLDSTEIN

— TERIA SIDO IMPOSSÍVEL ENCONTRAR UM LAR MELHOR PARA A JANIE. Trabalho na assistência social infantil faz mais de vinte anos, e eu já tive minha cota de pais adotivos. Pode acreditar, alguns não são bons. Eu queria que as pessoas que virassem pais adotivos tivessem todas um grande coração e quisessem ajudar as crianças, mas infelizmente não costuma ser assim. Muitos dos pais com quem trabalho veem a adoção temporária como uma fonte de renda. Eles fazem isso para receber um salário e suas famílias funcionam feito um negócio. Não estou falando que todas essas "famílias-empresas" sejam ruins. Algumas são mesmo boas, mas simplesmente não existe amor e carinho ali, nada além de suprir as necessidades básicas da criança. Não me entendam mal, é que para muitas das crianças no sistema isso é muito melhor do que o lugar de onde elas vieram, então não reclamo muito.

— E os Bauer? — Luke perguntou.

Tomei outro gole do meu café. Ele tinha esquecido o creme, então eu estava bebendo café puro, mesmo sabendo que meu estômago reclamaria mais tarde.

— Como falei, eles eram dos bons. Em um bom lar adotivo, as pessoas realmente se importam com as crianças que elas acolhem.

Fazem isso por amor em vez de qualquer tipo de ganho financeiro. São os lares onde as crianças prosperam, e a casa dos Bauer com certeza era assim. Sem dúvida.

Os lares adotivos terapêuticos eram mais bem equipados para lidar com os problemas de Janie e, por terem mais experiência com crianças de alto risco, seriam mais adequados. Os Bauer não tinham histórico de lidar com crianças com necessidades especiais, ainda menos com o tipo de necessidades resultantes de abusos tão severos. Conviver com crianças emocionalmente perturbadas exigia habilidades especiais, e nunca tive dúvidas de que Janie era emocionalmente instável, considerando seu passado e minhas interações com ela. Mas isso não significava que alguém não pudesse aprender a fazer isso, e os Bauer estavam dispostos a serem ensinados. Não era só isso, no entanto. A principal questão é que eles já a amavam, e Janie os amava. Bem, ela amava Christopher. Ainda estava se abrindo para Hannah.

Minha decisão foi tomada no dia em que entrei no hospital para um encontro agendado com Janie e encontrei Christopher aconchegado com ela na cama, ambos dormindo profundamente. Ele vestia seu pijama cirúrgico verde, como se tivesse corrido para o quarto dela após uma cirurgia. Estava deitado na cama, suas longas pernas chegando à beirada. A cabeça de Janie descansava em seu peito, e o braço dele protegia o corpo miúdo da menina. Os dedinhos dos pés dela apareciam por baixo do cobertor de tricô, um que Hannah tinha costurado para ela. A outra mão de Christopher segurava os dedos da pequena, que tinha o rosto mais calmo do mundo. Ela estava em paz, o semblante mais pacífico do universo. Eu a vi muitas vezes, mas nunca tão tranquila. Janie nunca ficava parada, cada um de seus músculos precisava se mover, e ela era um fluxo interminável de tagarelice, atropelando todas as palavras.

Nem pensei em acordá-los, embora tivéssemos uma visita marcada, tudo porque o momento era lindo demais para ser estragado. Em vez disso, sentei-me em uma das cadeiras, peguei meu computador e cuidei do relatório para enviar à Vara da Família. Recomendei que Janie fosse colocada em um lar de acolhimento de emergência, o dos Bauer.

DOZE

HANNAH BAUER

FICAMOS EMOCIONADOS AO RECEBER A LIGAÇÃO DE PIPER INFORMANDO que nosso pedido tinha sido aceito e que o juiz havia concedido a tutela temporária como pais adotivos de Janie. Ela estava no hospital havia seis semanas, e o plano era usar as duas semanas seguintes para fazer a transição do atendimento ambulatorial. Christopher vasculhou a Amazon por madrugadas, comprando livros para que pudéssemos fazer um curso intensivo sobre o trabalho com crianças traumatizadas. Piper queria realizar visitas domiciliares imediatamente por conta do cronograma curto, e eu estava tão ansiosa na noite anterior à primeira delas que mal dormi.

Dessa vez, Janie entrou no carro sem dificuldade ou esforço. Não pude deixar de sorrir com essa pequena vitória. Não demorou muito para chegarmos em casa, pois não morávamos longe do hospital. Foi a principal razão pela qual tínhamos escolhido aquela casa. Quando pensamos em comprá-la, conversamos sobre como seria possível ir de bicicleta ou a pé para o trabalho, se quiséssemos, embora nenhum de nós tivesse feito isso durante os seis anos em que estivemos lá.

Desliguei o carro e olhei para trás.

— Esta é a nossa casa, Janie. Eu e o Chris moramos aqui.

Eu esperava que ela estivesse hesitante e tímida quando entrássemos, mas ela abraçou tudo sem medo. A coragem dela sempre era surpreendente. Ela segurava a mão de Christopher enquanto ele a levava de cômodo em cômodo. Caminhei ao lado deles. Tive o cuidado de não me jogar para cima dela. Christopher estava sempre tentando forçar nossas interações físicas, mas eu queria que ela fizesse as coisas em seu próprio tempo e viesse até mim quando estivesse pronta.

O passeio parou abruptamente na cozinha, quando ela soltou a mão dele e partiu em disparada. Ao ver a geladeira, correu com um enorme sorriso no rosto, puxou a porta e franziu a testa quando não conseguiu abri-la. Ela apontou para a porta.

— Dr. Chris, me ajuda... Eu quero comida.

Ele balançou a cabeça.

— Mas não é hora de comer.

Ela bateu o pé.

— Eu estou com fome, eu quero comer... agora! — Ela puxou a porta novamente, mas era inútil, pois estava travada. Os médicos nos disseram para trancar a geladeira e os armários, já que, se os deixássemos ao alcance, ela provavelmente comeria tudo o que pudesse às escondidas, até passar mal. Ainda era perigoso para ela comer demais.

— Querida, você quer sair? — perguntei, movendo-me para o lado dela, na esperança de distraí-la. Era torturante não poder alimentá-la, mas os médicos nos garantiram que mantê-la em seu horário era o melhor para ela.

Ela olhou para mim e balançou a cabeça em negativa, apontando para a geladeira novamente. Dessa vez, ela deu um soco.

— Comida... Eu quero comer!

Estávamos a um passo de presenciar um colapso. De repente, Christopher começou a fazer uma dança boba e a pegou nos braços antes que ela tivesse a chance de protestar. Ele a girou.

— Uou!

Ela olhava ansiosamente por cima do ombro para a geladeira, mas ele a girou novamente.

— Uau! — exclamei. — Olha como você está indo rápido!

Um sorriso se espalhou lentamente no rosto dela. Christopher continuou balançando a menina. Finalmente, ela começou a rir e parou de tentar olhar para a geladeira. Só assim eu pude soltar a respiração. Tínhamos acabado de passar por nosso primeiro teste da paternidade.

Mas as coisas não correram tão bem durante a visita do dia seguinte. Nós estávamos esparramados no chão da sala de estar, colorindo, quando de repente ela começou a gritar. Eram gritos raivosos e violentos. Não gritos de medo, mas de ira, sem nenhuma lágrima. Ela não nos deixava chegar perto. Cada vez que nos aproximávamos, ela gritava mais alto.

— Está tudo bem, Janie, não precisa ter medo de nada — Christopher disse.

Suas palavras não tiveram nenhum efeito. Era como se ela não pudesse ouvi-lo, como se estivesse em outro lugar. Ela ofegava como se não conseguisse encontrar ar suficiente. Christopher estendeu os braços para trazê-la para perto, e ela cravou os dentes em seu antebraço. Ele gritou e recuou instintivamente, empurrando-a. Ela uivou como um bicho.

Eu me agachei na frente dela.

— Querida, é...

Sua saliva atingiu meu rosto antes que eu terminasse a frase. Limpei com as costas da mão e me virei para Christopher. Ele parecia perdido, tanto quanto eu.

Ela se virou de costas e bateu os punhos contra o piso de madeira sem parar. Antes que pudéssemos perceber, ela jogou a cabeça para trás e a esmagou no chão. Ouvimos um estalo terrível.

— Ai, meu Deus! — Christopher a agarrou e lutou para contê-la com uma espécie de mata-leão apertado. Ela soltou outro gemido e deu uma cabeçada no nariz dele. Ele a soltou, e ela se jogou novamente para trás, caindo no chão e batendo a cabeça de novo.

— Ela vai acabar desmaiando! — eu disse. — Segura ela por trás que eu agarro as pernas!

Ele a segurou por trás de forma que não pudesse dar cabeçadas novamente. Segurei as pernas da menina com meus braços. Ela lutava contra nós, seu corpinho rígido de raiva, mas nos recusamos a soltá-la. Eu tinha medo de que ela deslocasse os quadris tentando me chutar de novo e de novo. Parece que horas se passaram até ela parar de lutar e seu corpo amolecer. Finalmente acabou, mas tínhamos medo de deixá-la. Demoramos ainda alguns minutos para soltá-la. Ela, então, começou a chorar, seu corpo tremendo com soluços.

Corri para o banheiro, no corredor, e peguei uma toalha, passando-a sob a torneira. Segurei em sua testa como se ela estivesse com febre, esperando que o frescor aliviasse um pouco o calor que percorria seu corpo. Tentamos de tudo para confortá-la, e revezamos para segurá-la e acariciá-la. Christopher tentou distrair Janie com vídeos no telefone dele, aqueles com gorilas que geralmente a faziam rir, mas nada funcionou.

Ela chorou até a visita acabar, quando tivemos que levá-la de volta para o hospital. Chorou durante todo o caminho e ainda estava assim quando a deixamos em seu quarto.

— Uau, isso foi tão intenso — Christopher disse enquanto dirigíamos para casa. Marcas de suor cobriam as axilas de sua camiseta favorita.

— Você já a tinha visto assim? — perguntei.

— Já a vi surtar antes, mas não fazia ideia de que poderia durar tanto tempo. As enfermeiras dizem que ela grita às vezes, mas nunca disseram que durava horas. Acha que a gente forçou a barra, que foi tudo rápido demais para ela? — ele perguntou. Via-se que estava abalado.

Estendi o braço e agarrei a mão dele.

— Acho que vai ser uma transição muito difícil para ela, e esse deve ter sido só o começo.

— Eu nem imagino por que ela surtou. Quer dizer, em um minuto nós estávamos colorindo e, no minuto seguinte, ela simplesmente surtou, sem motivo. Eu nem disse não ou qualquer coisa negativa para ela. — Seus olhos estavam cheios de perguntas, em busca de respostas.

Apertei sua mão.

LUCINDA BERRY

— Deve ter muita coisa acontecendo na cabeça dela que a gente não sabe.

— É que, normalmente, consigo acalmá-la. O que vai acontecer se eu não conseguir mais? — A preocupação inundou seu rosto.

— Felizmente, não precisamos fazer isso sozinhos. — Janie frequentava tantas terapias diferentes todos os dias que eu duvidava que ela tivesse tempo para qualquer outra coisa. Cada terapeuta nos dava um resumo detalhado de seus cuidados. — Rhonda disse que vai dar para a gente um monte de brinquedos sensoriais que ela usa com crianças que sofreram abusos graves. Ela diz que eles ajudam muito a aprender a se acalmar. Ela também tem outros recursos pra gente. Vários tipos de jogos e livros terapêuticos diferentes. — Rhonda era a psicóloga-chefe do hospital, e trabalhava com Janie duas horas por dia.

— Você realmente acha que isso pode ajudar?

— Com certeza — eu disse, tentando ser forte por ele, apesar do medo que corroía meu ventre.

CASO Nº 5243

ENTREVISTA:
PIPER GOLDSTEIN

O SOL ATINGIU MEUS OLHOS, FAZENDO-ME APERTÁ-LOS. MAS EU NÃO me importava, era bom estar do lado de fora, mesmo que por apenas cinco minutos. Por um segundo, desejei ser fumante. Pelo menos eu teria uma desculpa para pedir que me deixassem sair por um tempo. Em vez disso, pareci suspeita quando perguntei se poderia tomar um pouco de ar. Eles olharam para mim com desconfiança, mas não podiam dizer não.

— Só não demore, assim terminamos logo — Ron disse, como se estivéssemos no fim. Esperava que estivéssemos, mas eu duvidava. Ainda não tínhamos chegado a nenhuma das questões mais sensíveis. Eles perderam muito tempo me questionando sobre a primeira visita domiciliar dos Bauer.

Hannah havia ligado depois daquele incidente, preocupada e exausta, e me perguntou se eles tinham forçado demais a barra. Não contei isso aos policiais, mas eles também não me fizeram essa pergunta. Além disso, eu sabia o que pensariam se contasse. De fato, não havia nada de mais, ela só estava preocupada. Ela sempre foi muito mais prática em relação a Janie do que Christopher.

— Existe alguma coisa que a gente possa fazer para melhorar as coisas? — ela me perguntou naquele dia.

— Apenas continuem com o que estão fazendo. Mas, sinceramente, vai demorar um bocado de tempo para a cura psicológica e emocional dela acontecer. Isso só vai começar quando ela estiver em um lar permanente. Mesmo que não esteja consciente disso, de certa forma, ela ainda não se sente segura. Nenhuma criança se sente segura quando não tem um lar.

— Como estão as famílias em potencial?

— Muita gente quer a Janie. — Esfreguei a testa, pensando nas centenas de páginas de papelada que precisaria enfrentar. — É até bom ter um problema desses.

—Ainda não conseguiram rastrear nenhum membro da família dela?

— Nada que valha a pena contar — eu disse.

Não era exatamente uma mentira: Hannah não ganharia nada se soubesse que eu tinha visitado a mãe de Becky na prisão. Isso apenas a deixaria mais incomodada, e, no fim das contas, nada de bom tinha vindo daquela visita.

Sempre que era preciso realocar crianças, nós começávamos com os familiares, e a mãe de Becky, Sue Watson, foi a única parente que tínhamos encontrado. Ela tinha antecedentes criminais nas últimas duas décadas e estava na cadeia do condado de Fodge, aguardando julgamento após se declarar inocente de sua terceira acusação de direção imprudente sob influência de álcool ou entorpecentes. Eu a tinha visitado na semana anterior.

...

Sue era tão obesa, dona de uma gordura frouxa, que suas dobras deslizavam pela cadeira de alumínio. Ela usava o macacão laranja característico da prisão. As mulheres costumam parecer pequenas demais nele, mas o dela era como uma embalagem a vácuo em torno do corpo. Seu cabelo era uma zona crespa, longa e espessa, como se há anos uma escova não passasse por ele. Sue colocou os braços em volta do peito largo e olhou para mim.

— Quem é você? — Seus dentes estavam tão podres quanto os de Janie.

— Meu nome é Piper Goldstein. Nos falamos por telefone, lembra? Sou a assistente social designada para o caso da sua neta, Janie.

— Por que a Janie precisa de uma assistente social? — ela perguntou, olhando para os outros visitantes na sala lotada, como se pudessem ouvir. Não havia motivo para preocupação nesse sentido, pois as horas de visitação eram curtas e todos só se importavam com sua própria visita.

— A Justiça indica um assistente social quando uma criança precisa de proteção e cuidado — expliquei, como tinha feito na primeira vez em que conversamos ao telefone.

— E o que eu tenho a ver?

Eu odiava ter que fazer isso, mas não tinha escolha. O Estado insistia para que procurássemos o cuidado da família, quando possível. Às vezes funcionava, mas, na maior parte, não. A parentalidade disfuncional geralmente atravessa gerações, e os membros da família são incapazes de fazer algo melhor do que os pais. No caso de Janie, eu sabia que ela não teria chances com a família, já que Sue tinha sido presa até mais vezes do que Becky.

— Estamos tentando determinar a melhor colocação para a Janie e achamos que você talvez possa nos ajudar com algumas informações.

Ela se inclinou para a frente, sobre a mesa.

— Que tipo de informação você quer?

— Qualquer coisa que possa contar sobre a Becky e a Janie.

Ela bufou.

— Não vejo essa menina faz anos.

— Janie ou Becky?

— Nenhuma delas.

— Você costumava ver as duas antes?

— Eu criei a Janie.

Peguei minha caneta. Essa era uma informação nova.

— Pode falar mais sobre isso? — perguntei, soando como uma repórter.

— Becky nunca quis a bebê. A única razão pra ela ter a menina foi porque demorou demais pra dar um jeito nisso.

— E o pai?

Sue começou a rir.

— Que pai? A Becky nunca fechava as pernas! Ninguém sabe quem é o pai da menina, nem a Becky sabe. Ela não tem a menor ideia. — Ela bufou. — Busquei as duas no hospital, pra elas ficarem comigo. Achei que devia dar outra chance pra Becky. Talvez dar um tempo pra ela se livrar daquele lixo nojento, mas eu devia ter pensado melhor. — Ela revirou os olhos. — Ela voltou a fumar três semanas depois. Não durou nem um mês com a bebê. Saiu uma noite e nunca mais voltou pra casa. Me deixou com aquela merda pra cuidar.

— Por quanto tempo a Becky ficou fora? — perguntei.

Ela riu de novo, uma gargalhada tão forte que chacoalhou sua barriga por baixo do macacão.

— Só voltou quando a Janie já tinha quase dois anos!

— E a Janie ficou só com você o tempo todo? Ninguém mais?

Ela assentiu.

— Por que a Becky voltou?

— Ela ficou limpa. Foi em um tipo de programa de seis meses. Dei a Janie pra ela, mas de jeito nenhum eu ia deixar aquela menina voltar pra minha casa.

Eu rabiscava a linha do tempo desses eventos.

— Como era a Janie quando bebê?

— Ela nunca dormia. Sabe quando falam que os nenês dormem toda hora? De jeito nenhum, a Janie nunca dormia. — Ela balançou a cabeça em negativa. — Veio pro mundo acordada e ficou acordada pra sempre.

— Ela tinha cólicas?

Sue parecia confusa.

— Como assim?

— Quando os bebês choram sem parar... É comum bebês com cólica não dormirem muito.

— Bosta nenhuma! Ela não era assim, não, ela nunca chorou. Só ficava acordada. É o que eu disse, ela ficava lá só olhando pro teto, não queria nada comigo, nem importava que eu fosse a vó dela... Como a gente vai se importar com um bebê que não tá nem aí pra gente?

— Não sei, mas deve ter sido muito difícil para você.

Ela deu de ombros.

— Bom, eu percebi que a gente não escolhe os bebês. Às vezes a gente ganha um ruim e ponto.

— E o que você fez?

— Só deixei que ela fizesse o que queria até ficar maior, mas aí ela foi ficando cada vez pior.

— Como assim?

— Ela não fazia nada do que eu queria. Surtava sempre que eu dizia não. A menina me chutava, tentava me morder. Quando não podia me morder, ela se mordia. A coisa mais louca que já vi. — Ela balançava a cabeça, concordando consigo mesma e alimentando o ímpeto de continuar. — Aí começou a tirar a fralda e fazer xixi em tudo. Não só no quarto, mas em tudo que é lugar daquela merda de casa! Ela deixava um toroço de merda onde queria... daí ficava louca e forçava o vômito. Eu ficava, tipo, "ah, não, de jeito nenhum essa criança vai bancar a louca aqui e ferrar toda a minha casa!". Foi quando comecei a dar uma boa surra nela, do mesmo jeito que fiz com todos os meus filhos. — Ela fixou os olhos nos meus, incisiva. — Eu tinha todo o direito de dar umas palmadas nos meus filhos quando saíam do controle, e a Becky tinha todo o direito de fazer isso com a Janie.

Todos os que batiam nos filhos tinham uma desculpa; geralmente viam isso como um direito. As pessoas até usavam versículos da Bíblia para justificar o espancamento dos filhos. Era impossível contar o número de pais que já tinham parafraseado aquele versículo sobre "poupar a vara, estragar a criança". Eu não perderia meu tempo tentando fazê-la mudar de ideia. De qualquer forma, ela ficaria trancada longe de crianças por um bom tempo.

— Você estava preocupada com a possibilidade de haver alguma coisa de errado com a Janie?

Ela se inclinou para a frente outra vez e baixou a voz, sussurrando como se fôssemos melhores amigas.

— Você já olhou nos olhos dela? Uns olhos que ficam pretos feito a noite. Às vezes eu precisava bater na cabeça dela pra fazer os olhos ficarem azuis de novo. Sabe do que tô falando? — Ela riu, mas eu tinha certeza de que ela falava a sério. — Eu ia me livrar dela, pode acreditar. Pensei muito nisso. Mas aí a Becky voltou. Ela tava limpa e queria a Janie de novo. Eu já tava, tipo, "porra, leva isso daqui!".

— Quando foi a última vez que você as viu?

Sua testa franziu enquanto ela tentava se lembrar.

— Dois anos? Talvez três?

— E como a Becky estava?

— Louca como sempre. Viciada de novo e falando em levar a Janie pra igreja pro pastor orar por ela mais uma vez.

— Você disse que não sabia quem era o pai da Janie, mas existia algum homem na vida da Becky?

Tínhamos que rastrear o pai biológico ou alguma figura masculina que pudesse ter direito de custódia. Mesmo que não fossem presentes, devíamos, por lei, dar a eles a oportunidade de ficarem com a criança. Algo que eu nunca tinha visto acontecer, aliás. Pais ausentes não ressuscitam para ajudar filhos em necessidade. Era apenas um quesito a mais que eu era obrigada a riscar em meu formulário.

— Sei lá.

— Algum homem chegou a machucar a Becky no passado?

Ela ergueu as sobrancelhas.

— E teve algum que não?

TREZE

CHRISTOPHER BAUER

EU ESTAVA MUITO ANIMADO PARA TRAZER JANIE PARA CASA, MAS A magnitude da tarefa me atingiu em cheio quando passamos pela porta da frente, e eu congelei. A entrada se estendia à frente, levando à nossa sala de estar rústica com paredes que insisti em pintar de laranja-queimado. O sol das janelas salientes enchia a sala de luz, iluminando cada detalhe que tínhamos projetado com tanto cuidado e amor, mas nada parecia seguro ou familiar. Tudo estava diferente, até mesmo a arte. De repente, um mundo se abriu diante de nós. Eu e Hannah tínhamos tirado três semanas de férias para ficar com Janie até que encontrassem uma família para ela, mas, agora que estava em casa, o que deveríamos fazer?

Hannah deu uma olhada no meu rosto e leu nele o que eu não era capaz de dizer.

— Que tal a gente comer? — ela perguntou. Embora a comida fosse um assunto delicado para Janie, essa era a única coisa que certamente a deixaria feliz, e tínhamos agendado nossa chegada propositalmente para coincidir com a hora do seu lanche. Hannah me deu a mão e eu a segurei, feliz por sua liderança. Entramos na cozinha.

O resto da nossa casa era acolhedor e convidativo, com nosso estilo simples e cheio de vida, mas a cozinha era diferente. Foi criada com propósito e funcionalidade em mente. A cozinha deveria ser o coração da casa, o lugar onde as pessoas passavam a maior parte do tempo, mas não para nós, que odiávamos cozinhar. Eu ficaria satisfeito em pedir algo todas as noites ou esquentar comida congelada no micro-ondas, mas Hannah insistia em preparar alguma coisa, então tudo foi pensado para facilitar seu trabalho. As prateleiras eram abertas e acessíveis para que ela soubesse exatamente onde tudo estava.

Tínhamos colocado um quadrinho branco na geladeira para que Janie pudesse ver quando iria comer, assim como no hospital, e seu cronômetro ficaria na ilha da cozinha. Tínhamos comprado o mesmo que as enfermeiras usavam. Nosso objetivo era manter tudo igual ao hospital para que pudéssemos sustentar sua rotina. Esperávamos que seus pais adotivos fizessem igual.

Hannah destrancou a geladeira. Janie soltou minha mão e correu. Seus olhos se arregalaram diante do eletrodoméstico. Ela provavelmente nunca tinha visto uma geladeira cheia, e a nossa estava empilhada. Tudo estava bem organizado e rotulado em recipientes e potes.

— Janie, esta comida é sua, tá bom? — Hannah acenou com a mão, apontando para cada prateleira. — Tudo isso. Você sempre vai ter bastante comida para comer aqui na nossa casa. Nós sempre vamos te dar muita comida, combinado?

Ela não respondeu porque estava ocupada demais observando toda aquela comida e manuseando um pote cheio de fatias coloridas de frutas, obra de Hannah. Ela apontou para os morangos.

— Isso, eu quero isso — ela disse.

Hannah pegou os morangos.

— E isso! E isso! E isso! — Ela apontava com tanta pressa que era difícil dizer o que ela queria.

Hannah riu e pegou um pouco de queijo e algumas fatias de salame.

— Que tal a gente colocar isso aqui em biscoitos?

O sorriso de Janie ficou ainda maior, e eu pude finalmente respirar. Sentei-me na ilha da cozinha. Eu só tinha me sentado nessas banquetas quando estávamos decidindo quais comprar, pois raramente comíamos na cozinha. Era nosso costume levar as refeições para a sala de estar e assistir a alguma coisa divertida. Um sorriso surgiu no meu rosto quando Janie se arrastou para o meu colo. Talvez fosse a falta de um motivo o que nos mantinha afastados da cozinha. Hannah forrou o balcão da ilha com comida e puxou a outra banqueta para mais perto de nós. Acariciei suas costas enquanto ela olhava para Janie com admiração. Janie despejava a comida na boca. Hannah me deu um sorriso, seus olhos cheios de lágrimas de felicidade.

...

Todo o meu nervosismo foi em vão. Tinha sido um dia incrível, tudo correu melhor do que eu poderia sonhar. Nós três estávamos aconchegados na cama de Janie lendo livros. Ficamos na mesma posição por mais de uma hora.

— Mais um — pediu Janie, depois que Hannah terminou o livro. Ela amava a leitura, era uma de suas atividades favoritas.

— Você prometeu que ia dormir depois de ler *Assobiando para Willie*. — Hannah fechou o livro e deu a ela um olhar mais rígido. Já o tínhamos lido três vezes, e passava das dez horas.

Ela fez um beicinho.

— Não quero dormir.

— Eu e o Christopher vamos ficar aqui ao lado, se você precisar de nós, certo?

— Se precisar de alguma coisa, é só chamar que a gente vem — eu garanti, acariciando a bochecha dela.

Ela aceitou com complacência. Cada um de nós deu um beijo em sua testa. Então nós a deitamos na cama, puxamos as cobertas até o queixo e colocamos os bichinhos de pelúcia ao seu redor. Ela sorriu para nós.

— Boa noite — ela disse com doçura.

— Boa noite, Janie — cantamos em uníssono.

Deixamos a porta aberta e nos jogamos no sofá da sala em frente ao seu quarto. O brilho das luzes noturnas que contornavam o corredor projetava sombras na parede. Coloquei os pés em cima da mesa de centro e soltei um suspiro profundo. Mal tínhamos nos acomodado no sofá quando Janie saltou para fora do quarto carregando seu dinossauro.

— Ei, o que tão fazendo aí?

Olhei para Hannah e nós dois tentamos não rir.

— Estamos descansando. E você também deveria estar — eu disse. Peguei sua mão e a levei de volta para o quarto, onde a aconcheguei como antes.

Não foi tão engraçado quando ela pulou da cama assim que me sentei novamente. Repetimos esse movimento pelas duas horas seguintes. Eu e Hannah nos revezávamos para levá-la de volta à cama e deitá-la. Ficava cada vez mais difícil e, em um certo momento, nós simplesmente a arrastávamos para lá. Por volta da uma hora da madrugada, estávamos exaustos.

— Por que você não vai lá e deita com ela de uma vez? — Hannah perguntou. — Aposto que ela vai dormir se você ficar lá.

— Eu sei, mas a Piper foi inflexível quanto a não dormir com ela.

Piper enfatizou a importância de deixá-la dormir sozinha porque, caso contrário, seria mais difícil para ela nos deixar quando chegasse a hora. Estávamos tentando garantir uma transição suave, e não a tornar mais difícil.

— Só na primeira noite, não vai doer nada... Você está vendo que ela não vai dormir sozinha hoje — Hannah disse.

Dei de ombros.

— É, só hoje não tem problema.

Hannah pegou cobertores do armário no corredor.

— O que está fazendo? — Janie perguntou, saindo do quarto novamente.

— O Christopher vai dormir no chão do seu quarto. Isso vai ajudar você a cair no sono, né? — ela perguntou. Ela tentava manter o tom leve, mas eu podia sentir a exaustão em sua voz.

Janie bateu palmas, o rosto radiante de emoção.

— Sim!

Ajudei Hannah a levar os cobertores para o quarto de Janie e me ajeitei no chão enquanto Hannah buscava um travesseiro em nosso quarto.

— Janie, agora deite e durma — eu disse.

Ela se jogou na cama sem dizer uma palavra.

— Boa noite — Hannah sussurrou, entregando-me o travesseiro antes de sair na ponta dos pés e apagar a luz.

Eu me deitei no chão e esperei os olhos se acostumarem à escuridão. O quarto foi, aos poucos, recuperando os contornos. A cama de solteiro havia sido empurrada contra a parede do lado direito, e colocamos uma grade do outro lado para evitar que Janie caísse. O edredom era amarelo brilhante, com enormes flores cor-de-rosa estampadas por toda parte. Seus bichos de pelúcia favoritos, vindos do hospital, forravam sua caminha. Um tapete circular com listras roxas e azuis ocupava o centro do cômodo. Havia muitas coisas que queríamos oferecer a ela, mas não fazia sentido encher o quarto de objetos se ela só estaria conosco por um curto período.

Eu me esforcei para ouvir o som de sua respiração, até escutar o estranho clique que ela fazia no fundo da garganta sempre que dormia. Pareceu uma eternidade até ouvi-lo, mas finalmente meu corpo pôde relaxar. Fechei os olhos e adormeci pouco depois.

Uma pancada forte na testa me acordou. Meus olhos se abriram. Janie pairava sobre mim com um de seus trens de brinquedo na mão. Esfreguei minha cabeça. Havia um caroço se formando onde ela tinha me batido.

— Janie, você me bateu com esse trem?! — perguntei com surpresa. Minha testa latejava onde ela tinha me acertado. Seu rosto era como uma página em branco, sem emoção, uma expressão que eu nunca tinha visto. — Não pode me bater... Dói quando você me bate!

Ela apenas me encarou no escuro. A luz da noite lançava uma sombra sinistra em seu rosto. Ela ergueu o braço como se fosse me bater de novo. Eu a agarrei.

— Me dá o trem — eu pedi.

— Não! — ela gritou, puxando o braço.

— Janie, me dá o trem! Você não pode bater nas pessoas com um brinquedo. — Mantive minha voz firme.

Ela balançou a cabeça.

— Volta pra cama. E não vai ficar com o trem, porque me bateu.

Seus olhos se estreitaram, seu corpo minúsculo me desafiava. Em um movimento rápido, ela jogou o trem em mim e saiu correndo pela porta. Lancei os cobertores para longe e fui atrás dela. Ela partiu para a sala de estar e arrancou as almofadas do sofá, gritando a plenos pulmões.

Hannah veio correndo do nosso quarto.

— O que está acontecendo? — ela perguntou, enquanto observava Janie atravessar a sala.

— Acho que ela teve um pesadelo — eu disse.

Hannah foi até a menina, que pegava as velas da mesinha de centro e as esmagava no chão.

— Para, Janie!

Seu rosto se contorcia de raiva. Ela arrancou as roupas e, apenas de fraldas, ficou tremendo com os punhos cerrados. Ela olhava pela sala à procura de algo mais para destruir. Hannah deu um passo cauteloso em direção a ela, como se Janie fosse um gato selvagem, e agachou-se na frente da menina.

— Está tudo bem, querida, tudo bem — ela disse, suavemente. Hannah agarrou Janie, envolvendo seu pequeno corpo com os braços. Janie chutou e gritou, cravando de repente os dentes no braço dela, assim como tinha feito comigo. Hannah deu um grito e a soltou instintivamente. Janie disparou outra vez, agora rumo à cozinha.

Nós a seguimos. Ela tinha virado uma das banquetas e estava parada em frente à geladeira, na qual batia. Ficou ainda mais frustrada quando a geladeira não abriu, e se jogou no chão. Ela se virou e, antes que percebêssemos, começou a bater a cabeça violentamente contra o chão. Corremos para protegê-la. Rhonda tinha nos instruído sobre a importância de evitar que ela se machucasse durante os acessos de raiva e nos mostrou algumas técnicas de contenção.

— Pega ela — Hannah disse, entrando em ação. Ela tentou agarrar a menina pelas pernas, mas Janie se contorcia e se debatia muito, tornando quase impossível mantê-la parada. Foi mais fácil, para mim, conter a parte superior de seu corpo e torcer os braços dela atrás das costas, como tínhamos praticado com Rhonda.

Janie lutava contra nós. Ela rosnava e grunhia em meio a gritos altos. Era difícil acreditar que não a estávamos machucando, mas Rhonda nos tinha garantido que era seguro. Ficamos naquela posição por uma hora antes que ela finalmente parasse. Não adormecida, mas calma. A raiva tinha deixado seu corpo. Eu a peguei e a levei para o quarto. Coloquei-a na cama, e ela ficou imóvel, olhando para o teto.

— Você acha que ela está bem? — Hannah perguntou. — Vamos levá-la para o hospital?

Olhei para o relógio. Eram quatro e meia.

— Não sei.

Hannah pousou a mão na testa de Janie.

— Tudo bem, Janie, você está segura.

Janie não se mexeu nem deu resposta. Era como se não tivesse ouvido. Subimos em sua cama, recostando-nos contra a parede. Peguei uma de suas mãozinhas ao mesmo tempo que segurava a mão de Hannah. Ficamos sentados assim até o sol nascer.

CATORZE

HANNAH BAUER

ALLISON ACENOU PARA MIM DE UM DOS CANTOS, E EU SEGUI EM SUA direção através do café lotado. Ela se levantou e me abraçou antes de deslizar meu café *latte* sobre a mesa.

— Toma, você tem uma hora pra me contar tudo.

Janie estava conosco havia cinco dias, e eu não falava com Allison desde a primeira noite. Tínhamos trocado uma mensagem, mas dizendo o mínimo. Eu nem sabia por onde começar. Tomei um gole do meu café.

— Esta é a primeira vez que descanso desde que ela chegou em casa. — Presumimos que, se imitássemos a estrutura do hospital, Janie reagiria da mesma forma que tinha feito lá, mas não foi o caso. Ela gritava e chorava por horas. Passávamos a maior parte de nossos dias tentando consolá-la. Os médicos e a equipe de terapia nos avisaram sobre os episódios, mas presenciá-los era muito diferente. — Janie tem crises todos os dias, e eles podem durar horas. Sem exagero, são horas! E é impossível fazer parar, não adianta tentar acalmá-la. É absurdo o quanto de raiva pode sair de uma menininha tão pequena. Ela tem aquele tipo de raiva que espuma pela boca, e a gente não pode fazer nada além de sentar ao lado dela durante as crises e impedir se ela começar a bater com a cabeça. Odeio ter que agarrar a Janie, mas nós temos que fazer isso pela própria segurança dela.

— O que deixa a Janie com tanta raiva?

Dei de ombros.

— Nós nunca sabemos o que desencadeia as crises. Algumas coisas, com certeza, tipo tirar a comida dela ou dizer um não, mas, na maioria das vezes, a gente não tem ideia.

O rosto de Allison se encheu de tristeza.

— Gente, que horrível.

— As coisas andam meio ruins pra ela. Ela fica superestimulada com pouca coisa, e ela é hiperalerta, então ela pula e tapa os ouvidos toda vez que um carro passa, por exemplo. Terça-feira foi o pior, porque foi o dia de o lixeiro passar. Fiquei a maior parte do dia tentando convencer a Janie a sair de debaixo da cama. Ah, e ela decidiu que não quer mais usar roupas... Ela arranha o tecido como se estivesse queimando a pele. Passamos os primeiros dois dias tentando vestir a menina, porque ela sempre tirava tudo. — Eu ri. — Agora a gente só deixa ela correr por aí de fralda mesmo.

— De fralda?!

— Não te contei que ela ainda não foi treinada para usar o penico? — No hospital, ela foi mantida de fraldas, e estava contente em correr por aí com elas desde então. Não se incomodava com as fraldas sujas, mesmo quando estavam cheias de fezes. Se não fosse pelo cheiro, não notaríamos, pois ela nunca reclama ou nos diz que tinha defecado. O mesmo valia para a urina, ela não se importava de passar o dia todo molhada.

Allison fez que não com a cabeça.

— É, ela não tem ideia de como usar o banheiro. Pelo menos é fácil trocar as fraldas. Ela deita no chão e levanta as pernas para um de nós trocar. Tem muitas coisas que ela não sabe fazer, coisas simples. Por exemplo, ela não sabe segurar os talheres. Não é bizarro pensar que segurar talheres seja uma habilidade que se deve ensinar e aprender?

Allison riu.

— O que foi?

— Isso tudo parece normal quando a gente tem filhos. — Seus olhos se arregalaram de horror. Ela estendeu as mãos por cima da mesa e pegou as minhas. — Me desculpa, Hannah, foi um comentário idiota. Saiu sem querer da minha boca. Eu nem...

Eu a interrompi.

— Para com isso, está tudo bem. De verdade. — Dei a ela um sorriso convincente. — Sabe quando você dizia que a maternidade era um mundo de emoções confusas? — Ela assentiu. — Agora entendo. Quer dizer, eu dizia que entendia, mas não, só agora sei que ninguém pode entender sem ter filhos. Tipo ontem à noite, depois que a batalha do jantar finalmente acabou. Nós estávamos exaustos e frustrados, mas, assim que a gente colocou a Janie no banho e ela começou a se divertir com os brinquedos, tudo passou, a gente esqueceu tudo.

Allison deu uma mordida em seu pedaço de bolo e mastigou rapidamente antes de falar.

— Você vai sofrer quando ela for embora.

— Obrigada pelo voto de confiança. — Eu sorri, jogando um guardanapo em sua direção.

— Mas é, você sabe disso. — Ela me olhava com seriedade.

— É óbvio que me apeguei, não vou negar, mas tem sido realmente bom para mim. Me mudou de muitas formas.

Ela inclinou a cabeça, um pouco cética.

— Como assim?

— Antes de Janie, eu estava quase desistindo do meu sonho de ser mãe. Não te contei isso, mas eu estava. Por mais que quisesse ser mãe, não achei que teria esperanças outra vez. Estava desapontada, mas a Janie me fez perceber que não quero desistir disso. E não vou desistir mesmo, porque nenhuma decepção é maior do que a minha vontade de ser mãe. Ela me deu um gostinho disso, e sei que não vou ficar satisfeita até conseguir aproveitar a experiência completa.

QUINZE

CHRISTOPHER BAUER

OBSERVEI ENQUANTO O HOMEM, CARL, BRINCAVA DE APERTAR AS BOCHE-chas de Janie.

"Não faça isso, ela não gosta que a toquem no rosto", eu queria gritar. Era difícil não dizer nada, tudo era doloroso demais de assistir, mas eu não podia ir embora. Eu não podia simplesmente deixar Janie com um estranho. Não me importava se o estranho tivesse sido investigado e selecionado cuidadosamente pelo Departamento de Serviços Sociais à Criança.

Sua esposa, Joyce, estava ao lado da estante da sala, conversando com Hannah, que tinha os olhos grudados em Janie e Carl, assim como estavam os meus. Ela também não confiava muito nele. Não importava que eles parecessem inofensivos em seus jeans gastos e camisetas com vincos, a questão é que eles não agiam como Janie gostava. Eles não estavam em sintonia com ela. Com uma voz muito grave e falando alto, Carl ainda não tinha notado que ela se encolhia toda vez que ele abria a boca. Janie olhava ora para mim, ora para Hannah, mastigando a unha do polegar, algo que ela só fazia quando estava desconfortável.

— Janie, querida, pode vir aqui e falar com a Joyce? — Hannah chamou, bem quando eu estava prestes a criar uma distração semelhante.

Eu sorri. Ela queria resgatar a menina tanto quanto eu. Janie concordou e caminhou rapidamente até Hannah, mas Joyce se ajoelhou diante dela no meio do caminho.

— Você gosta de brincar no quintal? — Joyce perguntou. Ela tinha acabado de chegar aos cinquenta anos, estava um pouco acima do peso e usava um longo cardigã vermelho, apesar do calor.

Janie congelou.

Estávamos nessa situação havia mais de uma hora, e eu não sabia quanto mais conseguiria suportar. Essas pessoas até podiam parecer boas no papel, mas não eram boas com ela pessoalmente. Hannah pegou Janie, que encostou a cabeça em seu ombro.

— Acho que ela está muito cansada hoje — Hannah disse em tom de desculpa. — Talvez fosse melhor marcar a visita para outro dia.

Joyce bufou, nitidamente ofendida.

Apertei a mão de Carl.

— Foi um prazer conhecê-lo.

— Igualmente. Com certeza a gente vai entrar em contato — ele disse.

Parecia ser um bom homem, mas não era o pai certo para Janie. Aproximei-me de Joyce e passei o braço pelos ombros de Hannah.

— Foi um prazer conhecer você também, Joyce.

— Foi mesmo — Hannah confirmou. Pareceria genuíno a qualquer um que não a conhecesse como eu.

Pedi licença e fui para o quintal, onde caminhei até o canto mais distante. Não queria correr o risco de que alguém me ouvisse. Liguei para Piper, andando de um lado para outro enquanto a esperava atender. Um alívio tomou conta de mim quando ouvi sua voz.

— Foi horrível! — Botei para fora, sem conversa fiada. — Eles pareciam ter saído de um comercial de seguro de carro.

Piper riu.

— É mesmo? Eram tão ruins assim?

— Sim, a Janie congelava toda vez que eles falavam com ela. — Tinha sido assim desde o primeiro "oi". Ela não aceitou sair do lugar onde estava, atrás de mim, durante as apresentações. Levamos mais de dez minutos só para convencê-la a mostrar o rosto.

— Em defesa deles, ela provavelmente teria feito isso com qualquer um, porque no fim das contas ela gosta mesmo é só de vocês.

O casal seguinte foi ainda pior. A mulher tinha um hálito terrível, e Janie tampava o nariz toda vez que ela se aproximava. Seu marido tinha um olhar esquivo, e eu não confiava em ninguém que tivesse problemas com o contato visual. Saí para telefonar a Piper como fiz da vez anterior.

— Onde encontra essas pessoas? — perguntei.

Eu esperava que ela risse de novo, mas houve silêncio do outro lado. Levou um tempo antes que falasse:

— Está na hora de você diminuir as suas exigências sobre os pais adotivos.

Fiquei surpreso.

— O que você quer dizer? Nenhum desses casais serve para ela. É óbvio, em dois minutos a gente já sabe. Eles não tinham ideia de como interagir com ela.

— Você viu dois dos melhores casais de pais que nós temos.

— É brincadeira, né?

— Pior que não.

Dessa vez, quem ficou em silêncio fui eu.

— E se eu dissesse que nós estamos pensando em virar os pais adotivos permanentes dela?

Não era exatamente verdade. Eu nem tinha pensado nisso até deixar aquela frase escapar, mas percebi, assim que aconteceu, que tinha posto para fora um desejo sincero. Eu queria ser o pai de Janie. E se ela fosse a criança que esperávamos esse tempo todo? Talvez por essa razão as entrevistas tivessem acontecido de forma tão tortuosa.

DEZESSEIS

HANNAH BAUER

APERTEI COM FORÇA AS QUINAS DA CADEIRA, OLHANDO SURPRESA PARA Christopher.

— Está falando sério? Como você pôde?! Como tomou uma decisão tão grande sem me perguntar nada antes?

Os olhos dele se arregalaram com o choque.

— Eu não... é que acabei...

— Desembucha! O que aconteceu? No que estava pensando quando disse isso para a Piper? — Levantei-me, fazendo a cadeira bater contra a parede atrás de mim.

— Fala baixo — ele sussurrou. — Assim ela vai ouvir.

Eu movia minha mandíbula para a frente e para trás, furiosa demais para pensar direito.

— O que te fez pensar que era exatamente isso o que eu queria?

Percebi quando a real noção de seu ato finalmente o atingiu. Ele baixou a voz, balbuciando:

— Você não quer ficar com ela?

Ele estava prestes a cair no choro. Christopher raramente chorava, eu o tinha visto fazer isso poucas vezes em todos os nossos anos desde que estamos juntos.

A vergonha tomou conta de mim, tornando difícil falar em meio ao nó de emoções presas na garganta.

— É que... Quer dizer, sei que parece bobo, e sei que nós seríamos ótimos pais para ela, mas... é que eu quero um bebê. — Eu não conseguia encará-lo. Em vez disso, encarei um ponto imaginário no chão.

Durante nossa jornada de infertilidade, concordamos em parar com as tentativas assim que chegássemos aos quarenta anos e aceitar nosso destino sem filhos, porque nenhum de nós queria criar filhos depois de velhos. Queríamos correr sem dificuldade atrás de bolas e brincar de pega-pega com corpos fisicamente aptos para isso, e não gostávamos da possibilidade de não ver nossos netos crescerem. Quando comemoramos meu quadragésimo primeiro aniversário, no ano anterior, decidimos estender nosso limite para quarenta e três. Janie levaria anos de trabalho para se estabilizar. Simplesmente não tinha como fazer isso dar certo.

Ele esperou alguns minutos antes de falar.

— Entendo que você queira um bebê, e eu também sempre pensei assim, mas acho que a gente precisa realmente pensar bastante antes de dizer não. Durante anos, nós só pensamos em ter um bebê. Isso acabou com a gente. E aí? — Ele ergueu minha cabeça com os dedos para que eu pudesse olhá-lo nos olhos. — Parece que o universo sempre teve um plano especial para a gente, o tempo todo, e agora ele acabou de colocá-la no nosso colo. Você não sente isso?

— Sinto, sim. — Cada parte de mim queria ajudá-la, dar uma casa perfeita para ela, lavá-la de toda a dor, mas adotá-la significava desistir de um sonho meu. Eu teria que dizer adeus à possibilidade de um dia ter um bebê para segurar em meus braços. Já tinha desistido de gestar um bebê que fosse nosso filho biológico. Devia simplesmente deixar que outro pedaço do meu coração se partisse?

Eu não sabia se seria capaz. Queria um punho bem pequenininho em volta dos meus dedos, e aquele cheirinho de bebê. Ansiava pela experiência de abraçar meu filho contra o peito enquanto o alimentava, desejava a alegria de cada nova descoberta.

— E o pai? — perguntei, agarrando-me a um fio de esperança.

— Nenhum registro na certidão de nascimento.

— Sei disso. Não é disso que estou falando. Acontece que o pai dela está em algum lugar por aí, e não sabemos nada sobre o cara. E se foi ele? E se ele voltar atrás dela?

— O pai não vai voltar. O mais provável é que ele nem saiba que ela existe.

— Você não sabe disso. E se anos depois ele decidir que quer ela de volta, e aí ele vier atrás? Só consigo ficar com a Janie agora porque sei que é temporário, porque assim evito me apegar demais, como se fosse permanente. Mas, se eu pensasse que nós seríamos os pais para sempre, tudo ia ser diferente… Tudo. — Minha voz falhou.

Ele pegou uma mecha do meu cabelo e a colocou atrás da minha orelha. A preocupação estava estampada em seu rosto.

— Entendo o seu medo. Todos os medos que você tem. Olha, foi um dia muito longo, emotivo demais. Vamos dar uma boa descansada durante a noite, sem tomar nenhuma grande decisão, tá bom? — Ele acariciou minha bochecha com as costas da mão. — Só pensa melhor nisso. Sem pressa. Vou aceitar qualquer decisão que você tomar.

Nos dias seguintes, ele tentou ser paciente. Ele me deixou em paz, sem tocar no assunto, mas eu sabia que isso o estava consumindo. Ele queria Janie tanto quanto eu queria um bebê, e ele estava certo: nós éramos os pais perfeitos para ela. Eu não podia argumentar contra isso. Ela precisaria de cuidados médicos contínuos por um bom tempo, e ninguém poderia administrá-los melhor do que nós dois. Os serviços sociais não encontrariam uma combinação melhor.

Lamentei a perda de meus bebês sem rosto. Eu o fiz sozinha porque Christopher não seria capaz de entender. Não o culpo. Nenhum homem entenderia como é para uma mulher não ter um bebê nos braços. Eu não gostava de chorar na frente de outras pessoas, então o chuveiro se tornou meu santuário de dores. Passei horas chorando ali depois de meus abortos, e agora não seria diferente. Deixei a torrente de soluços me rasgar enquanto a água batia contra minha carne nua, tão quente que deixou marcas vermelhas em meu corpo quando terminei, como se eu tivesse sofrido um caso grave de urticária.

Toquei no assunto na noite seguinte, já que Christopher parecia mais ansioso dia após dia, embora resistisse a falar novamente sobre aquilo. Eu também não conseguia parar de pensar na adoção de Janie. Era a primeira coisa em que pensava ao acordar e a última antes de ir para a cama.

Esperei até que Janie estivesse distraída por um filme para que pudéssemos nos esgueirar até a cozinha sem que ela percebesse nossa ausência. Ela odiava ficar sozinha, especialmente à noite. Sentei-me em uma das banquetas e Christopher logo fez igual, sabendo que tínhamos pouco tempo antes que a menina perdesse o interesse no que quer que estivesse passando na tela. Ela estava conosco há quase duas semanas e ainda não tinha visto um filme até o final.

— Estou pronta para conversar sobre a adoção da Janie de novo — eu disse, sem perder tempo. O rosto dele se iluminou. Ele estava ansioso para dizer alguma coisa, mas se conteve, deixando-me falar primeiro. — Sermos pais de emergência da Janie é uma coisa, mas virar pais dela pra valer é totalmente diferente. A nossa vida seria interrompida, e não sei se você pensou em todos os problemas que ela vai ter. Olha para o que nós já passamos, e tenho certeza de que é só o começo. — Tomei um fôlego profundo, escolhendo as palavras com cuidado. — Às vezes acho que você deixa as suas emoções pela Janie nublarem o seu pensamento, e só quero ter certeza de que está pensando sobre isso de um jeito racional.

Ele pulou da cadeira assim que parei de falar.

— Com certeza ela vai ter problemas, mas é exatamente por isso que ela é uma opção para nós! A gente tem tempo e recursos para ajudar de uma forma que ninguém mais conseguiria. Qualquer outra família teria que enfrentar uma curva de aprendizado íngreme demais para descobrir todos os problemas médicos da Janie, mas eu estive no caso dela desde o primeiro dia, e conheço cada peça do quebra-cabeça. A gente pode garantir que tudo seja feito do jeito que deve ser feito, e nada seria perdido. Seria uma transição perfeita para o tratamento. Além disso, ela teria toda a nossa atenção, porque não estaria em um lar adotivo com outras crianças correndo por aí.

— Mas e os problemas psicológicos dela? Nós não temos ideia de como uma criança que sofreu maus-tratos por tanto tempo vai se desenvolver. A Piper disse que o caso dela é um dos piores que ela já viu.

— Como você, eu também não espero que ela vá funcionar como uma criança normal. Vai levar tempo, mas pensa um pouco, Hannah... Ela ainda é muito jovem, e tem muito tempo para se curar. Vamos ter bastante trabalho no começo, mas pode chegar o dia em que ela fique totalmente normal.

Levantei as sobrancelhas.

— Você realmente acha que ela pode ser normal um dia?

Christopher pôs minhas duas mãos entre as dele.

— Sim, eu acho. Olha como ela se saiu bem em um período tão curto de tempo, só com um pouco de amor e de atenção. Imagina o que ela poderia fazer em uma casa de verdade, com dois pais cheios de amor e dispostos a fazer o que puderem para dar apoio. A gente poderia tirar férias em família, o que tínhamos planejado fazer quando tivéssemos um bebê, aí a gente coloca todo o nosso foco em ajudá-la a se adaptar, a se ajustar.

Fazia sentido, e havia algo tão lindamente poético naquilo que não passou despercebido por mim. Mesmo assim, meu coração ainda doía.

— Não sei, Christopher. Não parece ser muito diferente do que já conversamos sobre as crianças em orfanatos.

No ano anterior, passamos a maior parte de nossas noites aconchegados um ao lado do outro no sofá com nossos computadores abertos, repassando centenas de fotos de crianças e lendo suas histórias. Eu não fazia ideia de que havia tantas crianças para adoção. Muitas estavam em um orfanato há anos. Às vezes, grupos de irmãos imploravam para ficarem juntos e não serem separados durante o processo. Certas crianças tinham deficiências físicas graves, e outras eram simplesmente abandonadas. Não importava quais fossem suas histórias, elas tinham

A FILHA PERFEITA

uma coisa em comum: todas estavam procurando famílias que durassem para sempre, e suas histórias eram de partir o coração.

Em um orfanato, as crianças vinham com uma série de problemas com os quais não queríamos lidar. Muitas eram viciadas ou expostas a drogas, tiveram sua saúde negligenciada de alguma forma ou portavam deficiências bastante sérias. Bem, nós não queríamos ser salvadores, só queríamos ser pais.

— Mas a gente nunca conheceu nenhuma daquelas crianças. Talvez, se tivesse conhecido, a gente pensasse de um jeito diferente.

— Talvez — eu disse, mas não estava convencida. Quanto mais perto eu chegava de dizer sim, para mais longe lançava meu sonho de ter um bebê. — Já levou em conta o perigo em que a gente se coloca se decidirmos virar os pais dela? Nós nem sabemos o que aconteceu com ela. Não seria um grande risco se alguém voltar? Você quer ficar para sempre olhando ao redor? Está pronto para tudo isso?

— Sim, já pensei nisso. E sim, estou disposto a arriscar.

— Mesmo que isso signifique me colocar em perigo? — perguntei sem pensar. Eu estava desesperada.

Ele sofreu um baque com essa ofensa. Rapidamente acrescentei:

— Me desculpa, eu não deveria ter dito isso.

— Eu nunca colocaria você em perigo intencionalmente, Hannah — ele respondeu, engolindo a raiva para evitar uma briga. — Se realmente pensasse que alguém estivesse atrás da Janie, ou que pudesse fazer alguma coisa para te machucar, eu nem sequer iria considerar a possibilidade… Mas não acho que seja o caso. Ainda acredito que polícia vá pegar quem fez isso com ela. Ainda acredito nisso. Eles só não encontraram essa pessoa ainda. Mas vão encontrar.

—Talvez não seja tão simples. — Dei um suspiro. Janie riu na sala de estar, e meu coração se encheu de calor, como acontecia toda vez que ela ria ou gostava de alguma coisa. Eu não podia negar o quanto ela já significava para mim. — Preciso de mais tempo para pensar nisso.

Ele pulou da cadeira e ficou na minha frente.

— Hannah, acontece que a gente não tem mais tempo. Eles já marcaram outro encontro com uma nova família que quer conhecer a Janie, na terça-feira. E eles têm outro agendado para a próxima semana, se esse não der certo. E se for a nossa grande chance de ter uma família linda, e nunca mais aparecer outra?

— Você pode, pelo menos, me dar mais alguns dias? — perguntei.

Ele acenou com a cabeça, analisando meu rosto para ver se seu argumento tinha mexido comigo. Lutei para manter o rosto inexpressivo e a mesma compostura.

— Vou tomar um banho — eu disse.

Rumei ao banheiro antes que ele pudesse dizer mais alguma coisa e liguei o chuveiro. Lá, não consegui segurar minhas lágrimas, que escorreram pelas bochechas enquanto o banheiro se enchia de vapor. Entrei sob o chuveiro e fechei a porta de vidro. Nunca conheci uma criança que precisasse de um lar mais do que Janie. Não havia uma criança em nenhum dos perfis que eu e Christopher examinamos que precisasse de amor mais do que ela. Eu sabia o que tinha que fazer, o que queria fazer, mas isso não diminuía a dor pelo que eu estava perdendo.

...

Eu disse a Christopher para passear com Janie até que eu mandasse uma mensagem dizendo para ele voltar. Ele olhou para mim de forma estranha, mas saiu sem perguntas. Corri pela casa tentando pegar tudo o mais rápido possível. Decorei a sala de estar com balões e pendurei sobre a lareira uma faixa que dizia "Parabéns, é uma menina!". Então pedi nosso frango com gergelim favorito e o coloquei na mesa da sala de jantar. Coloquei um buquê fresco de margaridas em nosso melhor vaso, no centro da mesa. Tudo estava perfeito.

Mandei uma mensagem para Christopher:

Pode vir para casa agora.

Escancarei a porta assim que os vi subindo a calçada. Christopher estava levando Janie de cavalinho.

— Oi, pessoal. Senti falta de vocês — eu disse.

— Estamos nessa aqui faz uns dez quarteirões — falou Christopher. Ele tentava fingir que estava aborrecido por carregar Janie, mas seus olhos sorriam.

Peguei Christopher pela mão e o levei até a sala. Ele correu os olhos por todos os cantos. Demorou um segundo para que as palavras na faixa fizessem sentido para ele. Seus olhos ficaram enormes.

— Está falando sério?! — Ele colocou Janie no chão. Ela lançou os olhos com curiosidade para todos os balões ao redor, depois para a faixa, talvez tentando decifrar as letras.

— Estou, sim!

Ele lançou os braços em volta de mim e me ergueu do chão, girando-me enquanto gritava e ria.

— Sério mesmo?! É incrível! Nós vamos ser pais!

Eu sorria enquanto ele dançava comigo pela sala. Era como eu imaginava que ele reagiria quando eu mostrasse a ele um teste de gravidez com duas linhas vermelhas no visor. Talvez, no fim das contas, isso não fosse tão diferente do que eu desejava.

Ele segurou meu rosto entre as mãos e me beijou lentamente.

— Não acredito que estamos fazendo isso.

Eu me inclinei para ele, seus braços me envolvendo.

— Eu também não.

CASO Nº 5243

ENTREVISTA:
PIPER GOLDSTEIN

LEVEI MAIS DE TRÊS MESES PARA DEIXAR MINHAS UNHAS CRESCEREM lindamente e apenas alguns minutos para mastigá-las de volta até as pontas. Era desesperador. Por que insistiam em me fazer perguntas quando já sabiam as respostas? Respirei fundo, esperando dar a eles o que precisavam dessa vez.

— Fiz uma visita domiciliar com eles um dia depois daquela no hospital.

— Que visita no hospital? — Ron perguntou.

— A primeira — respondi. Em sua terceira semana com os Bauer, Janie tinha entrado no banheiro e engolido um monte de xampu. Foi preciso fazer uma lavagem estomacal e ela foi mantida no hospital durante a noite para observação. — E, sim, sugeri a assistência temporária porque fiquei chocada com o quão cansados o Christopher e a Hannah pareciam.

A assistência temporária era uma pausa para os pais adotivos. Outra família adotiva levava a criança no fim de semana para que os pais pudessem descansar. Seria horrível para Janie, mas eu tinha pensado na possibilidade porque os dois pareciam mal. Nem sequer se pareciam com as mesmas pessoas.

A FILHA PERFEITA

Christopher estava com os olhos exaustos e a barba por fazer. Suas roupas estavam amassadas e descuidadas, como se tivesse dormido com elas na noite anterior. Isso era completamente atípico para ele, que sempre teve o ar de quem acabava de sair de um campo de golfe, com suas camisas polo enfiadas dentro das calças cáqui apertadas. Ele estava jogado na poltrona estofada ao lado da lareira, na sala de estar. Hannah não parecia nem um pouco melhor. Ela se movimentava pelo cômodo com uma energia frenética, como se fosse adormecer em pé caso parasse. Havia olheiras escuras e pesadas sob seus olhos.

— E mesmo assim eles recusaram a assistência temporária? — Ron perguntou.

Não gostei do tom dele.

— Muitas famílias não usam a assistência temporária, mas eu sempre ofereço — eu disse. — Sentamos e conversamos sobre aprender a cuidar de si mesmos e a desenvolver uma rede de apoio para aguentar todos os desafios que aparecem com o passar do tempo. A Janie tinha uma equipe inteira ajudando com os problemas dela, mas eles não tinham ninguém. Muitos pais se esquecem de si próprios.

— Que tipo de coisas vocês discutiram?

— Eles estavam ficando muito isolados dentro de casa. Enfatizei a importância de envolverem a família e outras pessoas de confiança para ajudar nos cuidados com a Janie. Quando você está lidando com uma criança emocionalmente perturbada, existe um valor ainda maior para aquela expressão: "É preciso uma aldeia inteira para educar uma criança".

— Imagino. — Luke tinha uma expressão vazia, como uma página em branco. — Por que os Bauer estavam tão empenhados em manter a Janie longe da família?

Por que eles faziam tudo parecer tão ruim e mal-intencionado? Tentei manter o aborrecimento longe da minha voz.

— Não foi bem assim. O Christopher tinha lido mil livros sobre o que fazer para os filhos adotivos se sentirem confortáveis e acomodados no primeiro mês. Ele e a Hannah tiraram uma folga do trabalho para que ambos pudessem ficar em casa com ela durante esse primeiro mês. Muitos especialistas dizem que é melhor manter o número de novas pessoas no mínimo e trabalhar no desenvolvimento da relação entre pais e filhos antes de trazer outras pessoas para o círculo. Bom, como falei para o Christopher, os especialistas nem sempre estão certos.

Luke ergueu as sobrancelhas.

— Você se considera uma especialista?

Corei.

— Bom, eu... Quer dizer, faço isso tem mais de vinte anos, então...

Ron moveu a cabeça, sinalizando que eu deveria continuar. Ele deu a Luke um olhar ligeiramente irritado.

— Expliquei para eles que às vezes tinham que tomar decisões com base na própria situação, e sugeri que apresentassem a Janie para as famílias deles.

— Por que você pressionou tanto?

— Porque eles precisavam de ajuda. Eles iriam desmoronar se não tivessem alguém por perto para os ajudar.

DEZESSETE

HANNAH BAUER

SEMPRE OUVI MINHAS AMIGAS CASADAS RECLAMAREM DE SEUS SOGROS e sogras, então eu sabia como era sortuda por minha família e a de Christopher terem se dado bem desde o primeiro encontro. Nós realmente tínhamos sorte. Os pais de Christopher sempre quiseram uma família maior, então ficaram felizes em abraçar a minha. Ambos os casais se mudaram para a Flórida depois da aposentadoria, como era a tradição entre os idosos do Meio-Oeste. Eles viviam a duas horas de distância um do outro, no Panhandle.[5] Mesmo quando não estávamos de visita, eles se encontravam e saíam juntos para jantar ocasionalmente. Contudo, há três anos, o pai de Christopher havia falecido. Naquele momento, meus pais foram de grande ajuda para a mãe dele, Mabel.

Nossos pais estavam ansiosos para conhecer Janie, mas respeitavam nosso pedido de privacidade. Allison tinha organizado uma espécie de chá de bebê[6], mas garantiu que nossos colegas entendessem que

---

5   Região norte da Flórida, entre Alabama, Geórgia e o Golfo do México. (N. T.)
6   Nos EUA existe a cultura do "meal train", quando familiares e amigos levam pratos à mãe que acaba de dar à luz. (N. T.)

deveriam deixar os presentes na varanda ou nos enviar a comida por serviços de entrega. Ela foi a primeira pessoa para quem liguei a fim de anunciar nossa decisão, e ficou tão emocionada que não conseguia parar de gritar. Minha mãe ficou ainda mais animada. Ela ligou para Mabel por nós e, no final da noite, eles reservaram o mesmo voo.

Eu estava nervosa quando chegou o sábado, mas Janie parecia animada para conhecer novas pessoas. Ela me deixou colocá-la em um vestido e pentear seu cabelo, o que raramente permitia. Eu olhava o tempo todo para Christopher, nós dois prendendo a respiração, esperando que se revoltasse, mas ela permaneceu calma durante todo o processo. Até coloquei uma presilha vermelha em cada lado de seu cabelo. Ela estava adorável. Christopher não parava de tirar fotos, algo com o qual ela não se importava. Pelo contrário, essa era uma de suas coisas favoritas; ela nunca se cansava de observar as próprias fotos. Janie sorria e seus olhos brilhavam a cada imagem.

Meus pais e Mabel, que estavam sempre adiantados, chegaram primeiro. Carregavam presentes embrulhados com enormes laços. Minha mãe se ajoelhou cautelosamente na frente de Janie, que, para minha completa surpresa, jogou-se em seus braços.

— Oi, qual é o seu nome? — ela perguntou, toda cheia de sorrisos.

Minha mãe foi pega de surpresa. Ela tinha ouvido todas as minhas histórias sobre Janie nas últimas semanas e não esperava uma recepção tão calorosa.

— Eu sou a Lillian, a sua avó. Você sabe o que é uma vovó?

Ela negou com a cabeça.

Minha mãe apontou para mim.

— Sou a mãe da Hannah. Isso significa que sou a sua avó. — Ela logo puxou meu pai para perto delas. — E este é o Gene. Ele é o pai da Hannah, o que significa que ele é o seu avô.

— Oi, menininha — ele disse, despenteando o topo do cabelo dela. Meu coração se encheu quando ele usou meu apelido de infância.

Janie não esboçou reação, parecendo não se importar com o significado de qualquer um dos títulos.

— Vocês querem ver meus brinquedos?

— Com certeza! — minha mãe respondeu.

— Vamos lá. — Ela agarrou as mãos dos dois e os levou até o quarto, caminhando entre eles.

Eu me virei para Christopher. Ele estava tão surpreso quanto eu.

— Você viu isso?! — ele me perguntou, boquiaberto.

Eu o olhava com espanto.

— Uau!

Janie saltava para fora do quarto para atender a porta toda vez que a campainha tocava, e se jogava em quem quer que fosse, da mesma forma que tinha cumprimentado minha mãe. Ela levou todos para seu quarto. Em pouco tempo, a festa se mudou para lá. Tínhamos planejado uma reunião pequena, limitada a nossa família e alguns amigos íntimos, mas o quarto estava lotado.

Dylan e Caleb se sentaram no centro do tapete com Janie. Apesar de terem apenas nove anos, eles pareciam adolescentes ao lado dela. Foi quando percebi como Janie ainda era pequena, apesar do peso que tinha ganhado. Ela tirava os brinquedos das caixas e os erguia para que todos vissem, provocando expressões de deslumbramento dos adultos ao seu redor.

— Ela está adorando isso — minha mãe sussurrou para mim.

Eu sorri. Ela brilhava no centro das atenções. Isso me lembrou de como as pessoas tinham se apaixonado por ela no hospital.

— Ela pode abrir nosso presente? — Caleb perguntou, olhando para mim com seus enormes olhos castanhos, emoldurados por cílios escuros que toda garota adoraria ter. Ambos os meninos tinham olhos lindos. Era incrível como Allison nunca dizia isso para eles.

Olhei para Christopher, que concordou.

— Pode sim — eu concordei.

— Mãe, onde você colocou o presente dela? — Caleb quis saber.

— Está lá na sala de estar — Allison disse.

— Por que nós não vamos todos para a sala abrir os presentes? — Mabel perguntou.

Janie parecia confusa enquanto todos iam para fora do quarto. Dylan pegou a mão dela.

— Vamos, Janie. Você não quer ir abrir os seus presentes? — ele perguntou.

Ela ainda parecia perplexa.

— Presentes?

— É, presentes... Sabe, brinquedos?

Ela agarrou a mão dele e eles correram para a sala. Os embrulhos estavam empilhados na mesa de centro. Eu não esperava que todos trouxessem presentes, mas ninguém apareceu de mãos vazias. Os meninos adoraram mostrar a Janie como rasgar o papel de embrulho. Eles estavam tão entusiasmados quanto ela, comemorando cada caixa aberta. Janie saltava para quem tinha dado a ela cada presente e jogava os braços ao redor da pessoa.

— Obrigada! Obrigada! — ela gritava.

Christopher veio atrás de mim e passou os braços em volta da minha cintura. Inclinei-me sobre seu peito, minha tensão desaparecendo.

— Nunca a vi tão feliz — ele sussurrou.

— Nem eu — comentei.

Ele beijou o topo da minha cabeça.

— Olha só os nossos pais.

Os avós estavam sentados no sofá, e Janie tinha subido no colo deles com a boneca American Girl que Allison tinha dado a ela. Aliás, um brinquedo que eu tinha dito a minha irmã ser caro demais para um presente. Como sempre, Allison me ignorou. Os avós se revezaram, passando Janie de colo em colo.

Todos ficaram emocionados em ter uma menininha correndo pela casa. Ela transmitia uma coisa muito diferente daquela energia de meninos que sentíamos com Caleb e Dylan.

Continuei esperando que Janie tivesse algum de seus acessos de raiva ao longo do dia, assim que algo não corresse como ela queria, mas nada aconteceu. Nem depois que a obrigamos a parar de comer o bolo de chocolate que a esposa de Dan havia trazido para a sobremesa.

Longe disso, ela me deixou tirar seu prato sem brigar e permitiu que eu limpasse o glacê de sua boca sem protesto algum.

Caleb e Dylan a adoraram. Eles brigavam para saber de quem era a vez de levar Janie às costas, fazendo cavalinho, além de brincarem por mais de uma hora de esconde-esconde pela casa, antes de levá-la para fora. Assim que o pedido de adoção tinha sido aceito, contratamos alguém para construir um parquinho de madeira no quintal. Além dos típicos balanços e escorregadores, havia estruturas extras sugeridas pelo fisioterapeuta de Janie, que ajudariam a trabalhar suas habilidades motoras. Havia uma parede de escalada e uma casinha de dois níveis com um telescópio dentro. Os meninos corriam para cima e para baixo da estrutura com ela.

Allison veio até mim enquanto os assistíamos brincar.

— Ela é apaixonante — ela disse, segurando uma cerveja na mão. Eu nunca conseguia fazer minha irmã dividir uma garrafa de vinho comigo, e foram muitas as tentativas ao longo dos anos. Depois de um longo dia, ela só pensava em uma cerveja gelada.

Se havia alguém que entendia como era difícil ser mãe, era ela. Allison adorava contar às pessoas como não tinha dormido por um ano depois que os gêmeos nasceram. Eu não achava exagero, pois eu nunca a tinha visto tão estressada. Certos dias ela parecia realmente a ponto de arrancar os próprios cabelos.

— A Janie não é nada como eu imaginei. — Ela me lançou um olhar de soslaio, como se estivesse questionando tudo o que eu tinha dito sobre quão difícil Janie era.

Tomei um gole do meu vinho e ri.

— Talvez ela não goste tanto assim dos pais.

DEZOITO

CHRISTOPHER BAUER

HANNAH E EU NOS SENTAMOS PARA BEBER ALGUNS DRINQUES EM UM de nossos restaurantes favoritos no centro da cidade. Nossos pais ficariam na cidade por apenas alguns dias e insistiram que passássemos a noite fora. Foi a primeira vez que saímos sem Janie desde que ela tinha vindo morar conosco.

— Você se sente culpada por deixar a Janie lá? — perguntei.

— Eu deveria, mas não. Sou uma mãe terrível? — Ela riu. Hannah já tinha tomado duas taças de vinho, o que sempre a deixava levemente bêbada.

— Também não me sinto. Achei que me sentiria, mas estou bem. — Examinei o restaurante, observando todos os outros casais no ambiente. Alguns se divertiam muito, outros obviamente discutiam, mas tentavam se conter, já que estavam em público. — Parece normal, igual a qualquer outro casal com filhos tirando um tempo para ficarem juntos. Estou feliz demais que as coisas estejam finalmente se acalmando. Esse foi o mês mais louco da minha vida.

Minha mãe e Lillian estavam se revezando para dormir com Janie. Minha sogra tinha sugerido isso na primeira noite que passaram conosco. Eu disse a ela que não funcionaria porque Janie só dormia se eu estivesse no quarto. Na maioria das noites, dormíamos todos juntos como em uma grande festa do pijama, mas assim ninguém conseguia descansar muito bem. Eu não sabia o que era pior: ser acordado pelos gritos horripilantes de Janie, ou flagrá-la olhando para baixo em silêncio enquanto dormíamos, com aquela estranha raiva que ela às vezes deixava irradiar. Eu estava convencido de que ela era sonâmbula, mas Hannah tinha certeza de que ela estava acordada. Rhonda disse que ambos os casos não eram preocupantes, pois eram comuns em pessoas diagnosticadas com transtorno de estresse pós-traumático.

Lillian me implorou para deixá-la tentar, e eu evitei discutir, pois a teimosia era um mal irremediável naquela família. Fiquei chocado quando Janie não resistiu e adormeceu facilmente. Minha mãe também fez isso na noite seguinte, com o mesmo sucesso. Uma boa noite de sono fez com que eu me sentisse um novo homem.

— Não imaginava que ia ser tão difícil. É óbvio que as pessoas não escondem isso, mas acho que a gente realmente não sabe o que é ser mãe até virar uma, né? — Hannah sorriu para mim. Era bom vê-la relaxada, as linhas de sua testa suavizadas. — Está ficando um pouco melhor, não acha?

Peguei a mão dela do outro lado da mesa.

— E tudo só vai melhorar.

No dia anterior, eu tinha evitado um colapso ao pedir que Janie usasse palavras para me dizer do que ela precisava, o que ela foi capaz de fazer sem perder a cabeça. Pela manhã, ela tinha se comunicado com Hannah sozinha, sem precisar ser guiada. As vitórias eram pequenas, mas estavam acontecendo. Todos os seus terapeutas exibiam relatórios de progresso positivos.

— Adoro levar a Janie para sair. Para ela, é como se fosse Natal todos os dias. É difícil imaginar como é terrível, para ela, estar dentro de uma casa.

Ela era uma garota diferente quando saíamos de casa. Ela se transformava em uma criança doce e amorosa, absorvendo tudo ao seu redor com aquele espanto de novidade. Adorava interagir com outras pessoas e experimentar coisas novas, sempre cheia de perguntas. Estranhos comentavam sobre como era bem-comportada e adorável.

Fiz um sinal para que o garçom trouxesse a conta, não querendo ficar fora até muito tarde, pois sabia que minha mãe não dormiria até que estivéssemos em casa.

— Tem certeza de que está tudo bem eu voltar para o trabalho segunda-feira?

Nosso tempo juntos tinha passado rápido demais. Eu e Hannah havíamos tirado mais um mês de licença para ficarmos todos juntos, como uma família. Hannah continuaria sua licença-maternidade por mais dois meses, enquanto eu voltaria a trabalhar. Tínhamos discutido sobre eu ampliar meu tempo em casa, mas, no final, decidimos que seria melhor para as duas terem esse período sozinhas, para que pudessem se apegar ainda mais.

— Gostaria que você parasse de me perguntar isso. Vai ficar tudo bem — ela garantiu.

Ela estava secretamente animada por eu voltar ao trabalho, embora nunca fosse admitir, nem para si mesma. Janie sempre me preferia para tudo, não importava do que se tratasse. Com a minha ausência, isso a forçaria a procurar a mãe para ajudá-la. Hannah já tinha uma lista de coisas que fariam juntas e de habilidades que ensinaria a Janie, começando pelo ABC.

Apertei as mãos dela com força por cima da mesa.

— Eu amo você, de verdade.

— Também te amo.

DEZENOVE

Hannah Bauer

MANDEI OUTRA MENSAGEM PARA CHRISTOPHER. EU JÁ ESTAVA PERDENDO a razão, e ele ainda não tinha me respondido.

Janie não quer falar comigo.

Christopher tinha saído para seu primeiro dia de trabalho duas horas antes e, até então, Janie não tinha falado comigo nenhuma vez. Ela estava sentada à mesa de centro na sala de estar, pintando um de seus livros de colorir favoritos e, sempre que eu tentava interagir com ela, ela me ignorava como se fosse surda.

— Você quer ajuda, Janie? — perguntei, chegando ao lado dela.

Nada.

Foi assim todas as outras vezes que tentei falar com ela. Ela parecia bem durante o café da manhã, e conversou conosco sobre o dia que teria enquanto mordiscava seus morangos. Christopher comia o mingau de aveia dele, e eu bebia minha segunda xícara de café. Ele beijou nós duas antes de sair. Pensei que ela fosse chorar ou ter um de seus ataques de gritos, mas não aquele silêncio.

Meu telefone vibrou.

Leva ela pra fora. Um passeio no parque.

Essa era a solução de Christopher para todos os problemas de Janie: levá-la para fora, para o mundo.

Ela amava o parque, mas não estaria eu recompensando seu mau comportamento ao deixá-la fazer algo de que gosta depois de me desrespeitar? Em que ponto deveríamos parar de ceder e começar a responsabilizá-la? Não queria que ela acreditasse que poderia simples-mente me ignorar como se não fosse nada, e ainda por cima ganhar um dia de lazer como se tudo estivesse bem. Ao mesmo tempo, eu não queria ficar o dia inteiro em casa, com Janie me acuando pelos cantos. O dia já parecia se arrastar, e ainda eram dez e meia. Enfim, ceder por um único dia não faria mal.

— Você quer ir ao parque? — perguntei, sem esperar uma resposta. — Por que não calça os sapatos?

Ela continuou rabiscando furiosamente no papel com um giz de cera vermelho.

— Janie, pedi para calçar os sapatos. Entendo que não queira falar comigo, mas ainda tem que fazer o que eu te peço. — Foi a voz mais severa que eu já tinha usado com ela, não sabia mais o que fazer.

Esperei alguns minutos, que pareceram dez, para ver se ela se levantaria e calçaria seus tênis rosa, que ficavam na frente da porta. Eles tinham tiras de velcro para que ela pudesse colocá-los sozinha, os únicos sapatos que nós conseguimos fazê-la usar até então.

Coloquei as mãos nos quadris.

— Pedi para você fazer uma coisa. Se quer ir ao parque, então tem que calçar os sapatos.

Ela se virou para ficar de costas para mim.

A irritação me rodeava. Entrei na cozinha para me acalmar. Ela era apenas uma criança e estava lidando com isso da única maneira que sabia. Já eu era uma pessoa adulta. Tinha que ser paciente e dar a ela espaço para processar aquela transição. Respirei fundo algumas vezes antes de caminhar até a entrada e pegar seus sapatos.

— Estou fazendo isso por você hoje porque entendo que está passando por um momento difícil. O Christopher foi trabalhar e quero ajudar você a superar isso. Parece que está chateada e quero que saiba que vai ficar tudo bem — eu disse, enquanto colocava os sapatos nela. — O Chris vai estar em casa depois de atender todos os pacientes, e então nós vamos estar todos juntos de novo.

Havia um parque no bairro a apenas seis quarteirões da casa, então foi uma caminhada leve. Era onde meu pai a tinha levado durante sua última visita.

Peguei a mão dela, como sempre fazia quando caminhávamos, mas ela a afastou. Tentei ficar calma, apontava pássaros e flores enquanto avançávamos, mas ela se recusava a olhar.

Seu rosto se iluminou quando ela avistou o parque. Estava lotado de pais e filhos, sempre cheio, não importava a hora do dia, porque era prático, além de agradável. O parquinho era enorme, cheio de túneis, escorregadores de diferentes tamanhos e trepa-trepas. Havia pedras e paredes de plástico para escalar. Dosséis amarelos gigantes sombreavam todo o espaço, mantendo as crianças frescas enquanto brincavam. Era forrado com mesas e bancos de piquenique para que os pais pudessem assistir um pouco mais de longe, e era completamente cercado, para que todos pudessem relaxar sem sentir que, baixando a guarda, seus filhos sairiam correndo do parque.

Janie foi em disparada para o parquinho. Eu rodeava devagar, prestando atenção para ver se reconhecia alguma das mães. Estava apenas começando a conhecer o grupo, e me encaixar era muito mais difícil do que eu imaginava. A maioria delas eram donas de casa que se conheceram quando os filhos ainda eram bebês. Elas já sabiam tudo umas das outras, e sobre os filhos. Entrar nesse grupo com uma criança de seis anos seria difícil.

Acenei para as três que reconheci, e elas me fizeram sinal.

— Como vai? — Greta perguntou. Ela estava sempre vestida com calças *legging*, como se tivesse acabado de chegar da academia, e nesse dia não foi diferente.

— Tudo bem — eu disse. Todos os olhos pairavam sobre mim. Elas sempre paravam o que estavam fazendo quando eu entrava em cena. Meu pai se dava muito melhor com as mães do parque do que eu, o que não era tão surpreendente. Ele era uma das pessoas mais carismáticas que eu conhecia, e as pessoas sempre se sentiam cativadas por ele.

— E a Janie? — a melhor amiga de Greta, Sydney, perguntou. As duas eram melhores amigas desde o ensino médio e faziam tudo juntas, inclusive manter suas meninas o mais próximo possível. Janie estava brincando na caixa de areia com a filha de Sydney, Violet, enquanto a filha de Greta, Brynn, marchava ao redor gritando ordens para elas.

— Está tudo indo muito bem — eu respondi. Tínhamos optado por não revelar o passado de Janie, e planejávamos manter sua identidade em segredo pelo maior tempo possível, pelo menos até que o assassino de Becky fosse preso. Ainda que a polícia não estivesse mais perto de uma captura do que quando Janie tinha sido admitida no hospital. Aquelas mulheres eram educadas, então não me pressionavam por mais detalhes, mas sempre pareciam um pouco irritadas por eu não falar mais sobre Janie, especialmente porque elas falavam o tempo todo sobre seus filhos.

Janie pulou até o banco e deu um tapinha no braço de uma das mães. Meredith segurava uma caneca térmica de café com uma das mãos, enquanto a outra tratava de balançar lentamente um carrinho, onde seu bebê dormia.

— Oi, querida — ela disse, inclinando-se para beijar Janie no topo da cabeça, sem nunca perder o ritmo de embalo do carrinho.

— Ei! — Janie exclamou. — Onde está o seu cachorro?

— Ele não veio hoje, me desculpa. Talvez na próxima. — Ela sorriu para Janie, que sorriu de volta.

— Tá bom, da próxima vez então — Janie concordou. — Tchau, tchau! — Ela acenou para Meredith e saiu correndo, chamando Violet e Brynn para se juntarem a ela nos balanços.

Meu sangue ferveu. Eu mal conseguia conter a raiva. Imaginei que ela fosse falar com as outras crianças, mas nunca pensei que ela falaria com as outras mulheres. Janie conversou com Meredith como se nada de diferente tivesse acontecido. Ela corria para cima e para baixo no parquinho, rindo e gritando, como se não tivesse nenhuma preocupação no mundo. Em nenhum momento olhou de volta para mim. Eu poderia ter ido embora sem que ela notasse minha partida.

Não falei com Janie nem interagi com ela o resto do tempo que estivemos no parque. Tinha medo de que ela me ignorasse e eu fosse humilhada na frente de todas as outras mães.

Tentei novamente em nossa caminhada para casa, esperando que ela tivesse superado.

— Foi bem divertido, hein? — perguntei, tentando manter a carência longe da minha voz.

Silêncio.

— Você quer voltar amanhã?

Mais silêncio.

Larguei a mão dela e segurei as lágrimas. Deixei-a sozinha pelo resto da tarde, e vi como ela ficava perfeitamente satisfeita. Quando ouviu a porta se abrir e Christopher entrar, ela saiu correndo do quarto.

— Dr. Chris! — ela gritou, jogando-se sobre ele.

Ele a envolveu com os braços, rindo e beijando o topo de sua cabeça.

— Senti tanto a sua falta, querida!

Ela puxou a cabeça dele para baixo e sussurrou algo em seu ouvido. Os olhos de Christopher brilharam e ele riu novamente.

— Tenho que comprar comida — eu disse, mas nenhum deles agiu como se tivesse me ouvido. Peguei minhas chaves e fui para o carro. Eu não conseguiria aguentar nem mais um minuto daquilo.

...

— O que eu fiz pra ela? Sério, o que foi que fiz? — perguntei a Christopher enquanto escovávamos os dentes no banheiro naquela noite. Eu ainda estava com raiva. Aquilo doía, mas era mais fácil me concentrar na raiva.

— Você não fez nada. Ela só está se ajustando a esse negócio de eu voltar para o trabalho — ele disse enquanto passava o fio dental nos dentes, fingindo não ser grande coisa. — Ela vai ficar bem daqui a alguns dias.

Revirei os olhos.

— Você não entende. Não tem nada a ver com um ajuste. Ela está me punindo por alguma coisa.

Ele começou a rir.

— Por que ela iria punir você?

Bati no braço dele.

— Para de rir, isso não é nada engraçado! Estou dizendo que ela está brava por ficar aqui comigo enquanto você vai trabalhar. Ela está me ignorando de maldade.

Ele finalmente parou o que estava fazendo e se virou para mim.

— Está se ouvindo, Hannah? De maldade? Ela nem sabe o que isso significa.

— Você está de brincadeira, né? — Levantei as mãos, exasperada. — Ela sabe como ser má, e sabe exatamente o que está fazendo.

Ele balançou a cabeça, recusando-se a acreditar. Eu me virei e corri para o quarto. Não me importava o que ele pensasse, eu estava certa. Ela teve o claro propósito de ser horrível comigo ao longo do dia.

CASO Nº 5243

ENTREVISTA: PIPER GOLDSTEIN

LUKE FOLHEAVA O ARQUIVO QUE ESTAVA À SUA FRENTE COMO SE NÃO tivesse nenhuma preocupação no mundo e pudesse ficar ali o dia todo. Isso fazia eu me sentir ainda mais acuada. Ele olhou para cima e depois para baixo antes de falar:

— Aqui diz que você conseguiu ajuda para eles. O que a fez pensar que eles precisavam de ajuda psicológica?

Balancei a cabeça. Não tinha sido assim.

— Janie estava vendo um psicólogo infantil desde o dia em que ela tinha sido internada no hospital. A única coisa que sugeri foi que eles procurassem uma terapia de apego.

— Uma terapia de apego?

— Existem terapeutas especializados em trabalhar com crianças que foram vítimas de abuso e que estão passando por problemas de apego.

Ron interveio.

— Então você achava que a Janie tinha problemas de apego?

— Qualquer um na situação dela teria.

— Falou isso para os Bauer?

— Sim. E também disse que eles precisavam ter expectativas mais realistas em relação à Janie.

Todos sempre agiam como se eu não os tivesse avisado. Pelo contrário, eu os avisei inúmeras vezes. Eles simplesmente não deram ouvidos.

Luke inclinou a cabeça para o lado de uma forma estranha, mas com a qual eu já tinha me acostumado por estar há tanto tempo naquela sala.

— O que você quer dizer? — ele perguntou.

— Criar uma criança traumatizada é extremamente difícil. A maioria delas sofre de graves problemas de apego, e as mães geralmente são o alvo da raiva. Isso pode piorar e ficar horrível.

Por lei, eu só era obrigada a ver os Bauer mensalmente, mas passava na casa deles sempre que podia. Estive lá, por exemplo, pouco depois de Christopher voltar ao trabalho, e pude ver em primeira mão como Janie ignorava Hannah.

...

Bati na porta e Janie a abriu em segundos. Ela franziu a testa quando me viu.

— Oi, Janie, como você está? — perguntei.

— Boa — ela respondeu.

— Janie, deixa a Piper entrar — Hannah disse lá de dentro.

Janie ficou parada ali, imóvel.

— Posso entrar?

Ela deu de ombros.

— Tá. — E só então se moveu para o lado.

— É muito bom ver você — Hannah disse, aproximando-se do corredor de entrada. Ela me abraçou. — Ainda estou tentando me ajustar a esta nova programação. Às vezes acho que misturo os dias e as noites. Três anos trabalhando de madrugada mexe com a cabeça da gente.

— Aposto que vai demorar mais um tempo para se acostumar — eu comentei.

— Acabei de fazer um chá. Quer um pouco?

— Por favor. — Eu não era uma grande apreciadora de chá, mas Hannah sempre insistia, e não queria ser rude.

— Janie, você quer beber alguma coisa?

Janie tinha se dirigido para a sala de estar. Ela nem se deu ao trabalho de olhar para trás.

— Janie?

Ela continuou ignorando Hannah e entrou em seu quarto.

— É, isso é complicado — eu disse.

Hannah entregou minha xícara de chá.

— Ela está assim desde que o Christopher voltou para o trabalho. Me ignora completamente. Fala com todo mundo, menos comigo.

— Mas o Christopher voltou para o trabalho já faz quase duas semanas!

Ela forçou um sorriso.

— Foram duas looongas semanas.

— Meu Deus, isso deve ser horrível — eu comentei.

— Sim, é sim. É bom ouvir você dizer isso. O Christopher olha para mim como se eu estivesse fazendo muito barulho por nada. Isso me deixa louca, é incrível que ele não veja como isso é perturbador. Entendo que ela teve problemas com a mãe, mas ela é odiosa demais comigo.

Concordei.

— Sem contar que isso é manipulador e controlador.

— Nunca pensei que diria isso, mas sinto falta das birras dela. Pelo menos ela interagia comigo naquela época. — Seu rosto estava riscado pelo estresse. No canto de sua boca tinha surgido uma marca de expressão.

Coloquei minha mão gentilmente sobre a dela.

— Isso deve estar sendo muito difícil para você.

Seus olhos se encheram de lágrimas.

— Não tenho certeza se ela gosta de mim. — Ela lutava para evitar que as lágrimas escorressem pelo rosto. — Eu nunca disse isso em voz alta, nem mesmo para o Christopher.

— Sei que só fico repetindo isto, mas realmente vai levar tempo. Foram só dois meses. Nós sempre dizemos para as famílias que demora cerca de um ano até que as coisas fiquem estáveis. Às vezes demora ainda mais.

— Você acha que as coisas vão melhorar? Quer dizer, comigo? — Ela olhava para baixo, com vergonha de ter feito aquela pergunta.

Coloquei o braço em volta dos ombros dela.

— Sim, vai melhorar, mas você provavelmente vai precisar de muita ajuda.

...

A voz de Luke interrompeu meus pensamentos.

— Então você os encaminhou para a dra. Chandler?

— Sim, sempre tive respeito pela dra. Chandler. Ela era a melhor em fazer esse trabalho na primeira infância com crianças vítimas de abuso. Se alguém pudesse ajudar a Janie, seria ela.

VINTE

CHRISTOPHER BAUER

A SALA DA DRA. CHANDLER PARECIA MAIS UMA CLASSE DE JARDIM DE infância do que um consultório de terapia. Janie estava brincando com a assistente em uma sala ao lado para que eu e Hannah pudéssemos nos encontrar com ela a sós. Havia brinquedos e jogos empilhados por toda parte. Almofadas confortáveis e pufes estavam espalhados pela sala. Uma parede inteira era coberta de obras de arte infantis. Eu me senti como um gigante, sem ter ideia de onde me sentar, pois não havia móveis de verdade no consultório. Hannah olhava para tudo da mesma forma que eu. Nós tínhamos brigado no carro durante o trajeto. Pela rigidez em seu corpo, eu podia ver que ela ainda estava com raiva de mim.

Eu entendia quão frustrante tudo deveria ser para ela, mas Janie não a estava tratando daquele jeito de propósito, embora Hannah estivesse convencida de que sim. A menina tinha apenas seis anos, era jovem demais para ser tão manipuladora. Além disso, Hannah era uma mulher adulta e deveria saber lidar com isso.

A dra. Chandler finalmente entrou na sala.

— Mil desculpas por não estar aqui para cumprimentar vocês. Eu estava no meu outro escritório, e o trânsito para chegar foi infernal.

Ela era mais velha do que eu esperava, alta e magra, com cabelos grisalhos e curtos presos em cachos soltos que emolduravam seu rosto. Rugas surgiam nos cantos dos olhos e da boca. O rosto dela tinha a flacidez da idade, pontilhado com manchas de sol daquela época em que as pessoas se lambuzavam com óleo de bebê sem nenhum cuidado com os raios ultravioleta. Ela trazia um lenço com estampa floral que rodeava preguiçosamente o pescoço. Dra. Chandler me lembrou minha avó, em seu cardigã vermelho, calça plissada e mocassins com solas ortopédicas grossas. Ela se sentou no chão graciosamente e com facilidade, dando um tapinha no tapete à sua frente.

— Vamos lá, sentados, vamos nos conhecer — ela disse.

Nós nos sentamos de pernas cruzadas em frente a ela. Hannah parecia confortável, mas eu era desajeitado e durão. Aquilo lembrava uma aula de ioga, o que eu definitivamente odiava. Hannah tinha feito ioga alguns anos atrás, e me arrastou para uma aula com ela certa vez. Eu fui um fiasco, e nunca mais voltei. Simplesmente não era para mim.

— Sou a dra. Chandler, mas podem me chamar de Anne, se vocês se sentirem confortáveis. — Ela cruzou as mãos no colo e olhou para nós de cima a baixo. — Contem para mim o que traz vocês aqui hoje.

Eu e Hannah nos olhamos, nenhum de nós querendo ir primeiro. Enfim, eu falei:

— Recentemente, nós viramos guardiões de uma menina de seis anos, e agora estamos em processo de adoção. Nossa assistente social sugeriu que nos encontrássemos com você.

A dra. Chandler bateu palmas.

— Isso é maravilhoso, parabéns! Quem é a sua assistente social?

— Piper Goldstein — Hannah disse.

Ela sorriu familiarmente.

— Piper, certo, ela é uma das boas. Vocês são muito sortudos.

Hannah sorriu de volta para ela.

— Somos, sim. Piper é ótima.

— Vocês fazem parte de algum programa de adoção internacional ou é um processo de adoção local?

— É local — Hannah respondeu.

— Você ouviu falar sobre a garota que foi encontrada em um estacionamento alguns meses atrás? — perguntei. — Aquela que foi amarrada dentro de um armário?

Chandler assentiu.

— Sim, eu li sobre o caso dela. É ela que vocês estão adotando?

— Sim — dissemos em uníssono, depois rimos nervosamente.

— Então imagino que vocês tenham muito o que dizer, né? Como tem sido? — Seus olhos estavam cheios de curiosidade.

Escolhi minhas palavras com cuidado porque não queria aborrecer Hannah ainda mais.

— Ela foi diagnosticada no hospital com síndrome de abuso infantil, então algumas questões dela têm sido extremamente difíceis, mas as coisas estão melhorando aos poucos.

Hannah bufou.

A dra. Chandler se virou para ela.

— Acho que você não concorda, né?

— Concordo que as coisas estão melhores do que quando ela veio morar conosco, mas não porque ela está melhorando... É só porque nós melhoramos em lidar com ela — explicou Hannah.

— Pode me falar mais sobre isso?

— Bom, a hora de dormir tem sido ruim desde o começo. Ninguém dorme bem porque, ou ela sai da cama, ou grita no quarto dela. O Christopher tem que dormir no chão todas as noites para ela ficar na cama, senão ela não dorme. Então, tecnicamente, nós resolvemos o problema, mas ela ainda não consegue ficar sozinha. Eu gostaria que ela aprendesse a dormir sem companhia. É uma habilidade que ela precisa ter, e eu sinto falta de dormir com o meu marido, entende?

A dra. Chandler concordou, e Hannah prosseguiu:

— Existem tantas outras coisas... Quer dizer, ela ainda come coisas que não são comida. No início dessa semana, eu a peguei enchendo a boca com o cabelo que ela arrancou de uma boneca. A gente não tinha ideia de que ela fazia isso, então tivemos alguns acidentes terríveis, um deles levou a gente para o pronto-socorro. Nós trancamos tudo em casa depois disso. Tudo, tudo fica trancado, e nós não a deixamos sozinha porque nunca sabemos o que ela vai colocar na boca. Eu estava bem com tudo isso no começo porque ver a Janie se sentir segura conosco era o mais importante, mas sinto que nós já conseguimos isso, então é a hora de passar para a próxima fase... o que provavelmente significa começar a lidar com os problemas.

— Então você sente que os problemas em casa foram mascarados, e não devidamente resolvidos? — dra. Chandler quis saber

— Exatamente — Hannah disse, parecendo aliviada. — E tem mais: ela é realmente agressiva e violenta quando está chateada. Ela bate, morde e cospe em nós. Às vezes ela se levanta e fica parada em cima da gente à noite...

Eu a interrompi.

— Ela é sonâmbula.

Hannah balançou a cabeça.

— Você discorda? — dra. Chandler perguntou.

— Sim, eu acho que ela está acordada.

— O que ela faz quando fica lá parada?

— Ela já bateu na cabeça do Christopher com um trem de brinquedo. Não sei o que ela faz com ele agora, mas para mim ela só olha, como se estivesse tramando alguma coisa. Dá para sentir a raiva saindo dela — Hannah contou.

— Ah, Hannah, você está exagerando! — eu intervim.

— Não estou, é o que parece — Hannah disse, defensiva. — E ela é muito manipuladora.

— Pode me dar exemplos? — dra. Chandler pediu.

— Isso é fácil. É por isso que estamos aqui. O Christopher voltou a trabalhar três semanas atrás, e ela não falou comigo desde esse dia. Nem uma palavra. — Seus olhos brilharam de raiva antes que ela conseguisse recuperar a neutralidade do rosto. — Eu já esperava alguma resistência quando ele voltasse para o trabalho, então não fiquei surpresa no começo. Deixei passar por alguns dias, mas não podemos continuar assim. Não é saudável para nenhum de nós. Ela fala com todo mundo, menos comigo, até com estranhos que encontramos nas lojas...

— Ela fala com você, Chris?

— Sim. — Baixei a cabeça, mas não queria me sentir mal. Eu não deveria me sentir culpado porque Janie tinha um vínculo diferente comigo, mas Hannah fazia eu me sentir péssimo por aquilo.

— Conta para ela como a Janie fala com você, Christopher — Hannah pediu me encarando.

Deixei escapar um suspiro.

— Ela sussurra quando a Hannah está por perto, para ela não ouvir.

— Todas as coisas que vocês estão descrevendo são características de crianças com síndrome de abuso infantil — a dra. Chandler disse. — Talvez...

Fui obrigado a interrompê-la.

— Ela faz soar como se a Janie fosse uma garotinha terrível, o que não é. Ela é incrivelmente doce. Se estamos no parque e ela vê uma criança chorando, ela sempre corre para abraçar. Ela nunca para de fazer perguntas sobre as coisas ao redor dela porque está sempre ansiosa para aprender... Se visse como ela é com as pessoas, ficaria com o coração derretido. Não quero que tenha uma imagem errada dela.

— Só porque ela é desafiadora, não significa que essas qualidades que você descreveu não sejam reais. Ambas as coisas podem ser verdadeiras, mesmo que seja difícil entender. Ela pode ser uma garota doce e adorável, mas também mesquinha e manipuladora. — dra. Chandler fez uma pausa para que digeríssemos aquelas palavras. — Uma das coisas que percebemos rapidamente sobre a parentalidade é o número de emoções conflitantes que se pode ter sobre o filho. É uma montanha-russa de altos e baixos. No caso da Janie, os pontos altos provavelmente são muito mais altos, e os baixos, muito mais baixos. Por que vocês não me contam mais sobre o passado e a história dela? Eu gostaria de saber o máximo possível sobre ela antes de nós duas nos conhecermos.

Havia pouca história para contar, mas fizemos o melhor que podíamos. Passamos a maior parte do tempo descrevendo seus problemas médicos, já que era o que mais conhecíamos. Nós nos revezamos para descrever a evolução de quando ela foi internada para o estado atual de seus problemas, certificando-nos de não esquecer nada do trabalho de terapia que ela já estava fazendo. A dra. Chandler passou um tempo significativo se concentrando nos episódios de raiva, pedindo-nos para descrever os gatilhos e o que tínhamos feito para tentar aliviá-los.

O tempo voou e a nossa sessão terminou dez minutos antes do final da hora. Marcamos uma sessão para a semana seguinte, embora eu não estivesse certo de que tínhamos conseguido alguma coisa.

— Gostei muito de conhecer vocês dois, e estou ansiosa para conhecer melhor a sua família — a dra. Chandler disse enquanto nos acompanhava até a porta.

Ficamos em silêncio no caminho até o carro.

— Você quer dirigir até em casa? — perguntei. Ela odiava o jeito como eu dirigia, dizia que minhas manobras eram muito bruscas e que isso a deixava enjoada.

Ela negou com a cabeça.

Hannah olhava pela janela enquanto íamos, os lábios franzidos como quando ela ficava estava imersa em pensamentos. Eu sabia que não devia interromper. Ela viria até mim quando estivesse pronta. Só queria que fosse logo, odiava brigar com ela. Não acontecia com muita frequência, então eu sempre ficava desconcertado quando ocorria. Eu esperava que nós pudéssemos encontrar o caminho de volta para a nossa união, para quando estávamos no mesmo time.

VINTE E UM

HANNAH BAUER

TENTEI MANTER O ROSTO IMPASSÍVEL ENQUANTO JANIE CHUTAVA A PARTE de trás do meu assento no caminho para sua primeira consulta com a dra. Chandler. Pedi duas vezes para parar, mas, como sempre, ela agia como se não tivesse ouvido. Chandler tinha de fazer alguma coisa.

Eu estava no meu limite, especialmente depois do que tinha acontecido na Target um dia antes. Foi a segunda vez que ela fez um circo desse tipo. Tínhamos parado na loja para comprar algumas coisas e, na seção de cosméticos, enquanto eu pegava meu condicionador, ela saltou na minha frente. Do nada, estendeu a mão e começou a derrubar a fileira de frascos de xampu como se fossem dominós.

— Janie, não!

Ela me ignorou e continuou andando e derrubando tudo no caminho. Eu me esforcei para pegar os produtos caídos. Ela caminhou até o fim, sem parar, então se virou e voltou em minha direção, ainda com o braço estendido para derrubar os frascos do outro lado. O chão ficou coberto deles. Eu a agarrei pelos braços.

— Para!

Janie se esquivou e derrubou ainda mais frascos. Um deles se abriu com o impacto e o líquido se espalhou pelo corredor.

— Para! — gritei novamente.

Ela fez uma pausa e, por um segundo, pensei que tivesse voltado a si, mas ela se virou e olhou fixamente para mim, o desafio escrito por todo o seu rosto. Eu tinha feito o meu melhor para manter a voz calma.

— Você não pode fazer uma bagunça dessas na loja. — Eu apontava para os frascos. — Vai me ajudar a pegar tudo e colocar mo lugar.

Ela mostrou a língua e fugiu antes que eu tivesse a chance de responder. Olhei para a bagunça que ela tinha feito, horrorizada por ter que deixar aquilo ali para correr atrás da menina. Ela não estava no corredor principal. Olhei para a esquerda e para a direita, andei o mais rápido que pude para cima e para baixo nos corredores, meus olhos procurando desesperadamente Janie ou qualquer sinal dela: sua camisa roxa, o topo loiro de sua cabeça, os chinelos cor-de-rosa. Eu já tinha quase chegado ao pânico total quando a vi entrando em um dos corredores do outro lado. Então corri atrás dela.

Dessa vez ela estava derrubando toalhas de papel. Eu as pegava tão rapidamente quanto ela as derrubava, mas não demorou muito para que meus braços transbordassem e tudo caísse no chão. Agarrei seu braço e a puxei para trás antes que ela pudesse continuar.

— Para, mamãe! Você está me machucando! — ela gritou a plenos pulmões assim que uma mulher apareceu na esquina do corredor. A mulher me lançou um olhar tremendamente horrorizado. Tentei explicar o que estava acontecendo, mas soei como uma idiota.

Eu estava tão furiosa no caminho de volta para casa que não disse uma palavra, e basicamente a ignorei desde então. Era infantil e imaturo da minha parte, mas não pude evitar. Eu esperava que a dra. Chandler fosse tão boa com crianças e famílias problemáticas quanto Piper tinha dito, porque precisávamos de ajuda.

Ela estava em seu escritório quando chegamos, e Janie correu até ela como fazia com cada nova pessoa que conhecia. Estranhos eram algumas de suas pessoas favoritas.

— Você deve ser a Janie. Eu sou a dra. Chandler — a médica disse, enquanto sorria.

A FILHA PERFEITA

— Muito prazer — Janie respondeu, sorrindo de volta.

— O Christopher e a Hannah falaram alguma coisa sobre mim?

Janie negou com a cabeça.

— Sei que você já teve muitos médicos antes, mas eu sou um tipo especial de médico. Cuido dos sentimentos das crianças. Você sabe o que é isso?

Janie inclinou a cabeça para o lado, confusa.

— Um médico de sentimentos?

— Isso, meu trabalho é ajudar as crianças a aprenderem sobre os próprios sentimentos. Mas, na verdade, o que a gente mais vai fazer é brincar. Você gosta de brincar?

Os olhos de Janie brilharam.

— A gente vai brincar... — ela apontou ao redor da sala — ... com esses brinquedos?

— Isso mesmo! Com o que você quer brincar primeiro?

Janie pulou até a casa de bonecas em um dos cantos. Eu não tinha reparado nela quando estive com Christopher no consultório. Tinha quase um metro de altura, com dois andares. Havia móveis de boneca em miniatura em todos os cômodos, e os quartos tinham carpete de verdade. Alguém tinha levado muito tempo para montar aquilo e adicionar toques especiais, como cobertores de malha nas camas e pequenas almofadas em todos os sofás. Era a casa dos sonhos de qualquer garotinha.

— Você gosta da casa de bonecas? — a dra. Chandler perguntou.

Janie assentiu. Seu rosto estava vermelho de empolgação.

Dra. Chandler se aproximou e se sentou ao lado dela no chão. Em seguida, puxou um recipiente.

— Por que não escolhe a família que você quer colocar na casa de bonecas? — O recipiente estava cheio de todos os tipos de bonecas imagináveis: homens, mulheres, meninas, meninos e até animais. De todas as formas e tamanhos.

Fiquei paralisada no meu lugar, insegura quanto ao meu papel. Supunha-se que eu deveria ficar parada ali vendo as duas brincarem? Ou eu podia me juntar a elas? Até então, cada terapeuta tinha agido de maneira diferente. Eu olhava para a dra. Chandler em busca de orientação, mas ela estava intensamente focada em observar as escolhas de Janie diante de tantas bonecas. Cuidadosamente, a menina as tirava do recipiente, analisava uma a uma e as juntava em pilhas.

— Por que não pedimos para a Hannah brincar com a gente? — dra. Chandler sugeriu depois de alguns minutos. Janie agiu como se não tivesse percebido e apenas continuou a empilhar as bonecas.— Janie, você ouviu a minha pergunta?

Nenhuma resposta. A dra. Chandler então pousou a mão suavemente nas costas da menina.

— Por que não pedimos para a Hannah brincar com a gente?

Christopher sempre tentava fazer com que ela me incluísse, exatamente como a dra. Chandler estava fazendo. Janie agiu no consultório da mesma forma que agia em casa: simplesmente me ignorando.

— Vou pedir para a Hannah vir com a gente. Quero que ela brinque também porque é mais divertido se nós brincarmos todas juntas. E porque a Hannah pode ficar com os sentimentos feridos se nós não a chamarmos. — Sua voz era doce, mas conseguia transmitir autoridade ao mesmo tempo. — Hannah, você quer ficar aqui com a gente?

— Quero sim. — Fui até a casa de bonecas e me sentei no chão ao lado da dra. Chandler. Olhei para os montes de bonecas que Janie tinha selecionado. Ela tinha separado as mulheres do resto e as colocado em uma pilha solitária, longe das outras bonecas.

— Eu escolho estas — ela disse com orgulho, levando para dentro da casa as bonecas que tinha selecionado para brincar.

Não fiquei surpresa quando vi que ela tinha escolhido um boneco masculino branco e uma menininha. Ela os colocou à mesa da sala de jantar e anunciou:

— Eles vão jantar.

Olhei para a dra. Chandler. Teria ela notado que Janie tinha simplesmente se livrado de todas as bonecas femininas adultas? Ela via o que Janie estava fazendo?

— O que eles estão comendo? — dra. Chandler perguntou.

— Cachorro-quente e sorvete.

— Gostoso, isso parece delicioso. Eu amo sorvete.

— Eu também — Janie disse.

— A Hannah também gosta de tomar sorvete, Janie?

Nenhuma resposta.

— A Hannah também gosta de tomar sorvete?

Janie começou a cantarolar baixinho.

— Pode me falar sobre a família na casa de bonecas?

Ela apontou para o homem sentado na cadeira.

— Este é o papai. — E então apontou para a garotinha na cadeira ao lado. — E esta é a menina.

— Não tem uma mamãe?

Janie retorceu os lábios com desgosto.

— Não, não tem mamãe.

O resto da sessão correu da mesma forma. Eu as seguia enquanto elas brincavam e a dra. Chandler fazia suas perguntas. Ao terminarmos, ela pediu à recepcionista que levasse Janie para a sala de espera e lesse com ela enquanto nós duas falávamos a sós.

— Isso deve ter sido muito difícil para você — ela disse, assim que fechou a porta.

Eu estava à beira das lágrimas.

— Não foi fácil. — Forcei um sorriso.

Ela me levou de volta ao tapete e nos sentamos. Seu rosto se inundou de preocupação.

— A Janie evidentemente tem alguns problemas de apego, mas eles não se relacionam a você. — Ela cruzou as mãos sobre as pernas. — Ela está descontando seus problemas de apego em você, mas não são direcionados a você, embora pareça ser o caso. Eles são direcionados à mãe dela. Pense no que sabemos sobre a mãe. — Ela apertava os dedos enquanto falava. — Ela trancou a menina em um trailer e nunca a deixou sair. Nem uma vez. Ela amarrou a criança com uma coleira, feito um cachorro, e mal alimentou a filha. Não cuidou dela. Mas isso não chega nem perto do que ela deve ter feito. Só conhecemos a história com base no que o corpo da Janie contou. O resto nós só podemos supor. Faz todo o sentido que ela odeie a mãe. Não só a mãe, e sim todas as mães. Ela associa mulheres a mães. Infelizmente, hoje você cumpre esse papel terrível para ela. Toda a raiva e os sentimentos em relação à mãe biológica são direcionados a você. — Ela respirou fundo. — Mas isso não facilita as coisas. Deve doer muito.

Eu queria desesperadamente dizer a ela que sua teoria só faria sentido se Becky tivesse sido a única pessoa a machucar Janie. E não havia como saber se aquilo era verdade, já que não podíamos interrogar a mãe, mas apenas ouvir o que Janie tinha a falar sobre ela. Por um segundo, pensei em quebrar as regras e dizer à doutora que a mãe de Janie não estava desaparecida, que de fato estava morta, mas Piper nos garantiu que era melhor para a segurança de todos se mantivéssemos segredo até a polícia terminar a investigação. Eles queriam que quem quer que tivesse ferido Becky pensasse que ela ainda estava viva, ou que pelo menos não tivesse certeza de sua morte.

Deixei escapar um suspiro profundo.

— Ninguém mais consegue ver como as coisas realmente têm sido. O Christopher age como se não fosse grande coisa, e me faz sentir feito uma louca.

— Você não é louca. Ela está deliberadamente evitando qualquer coisa que tenha a ver com você.

— E o que eu devo fazer? — perguntei.

— Não tem nada que você possa fazer agora — ela disse. — Ela teve uma desconexão traumática do amor e do apego com uma figura materna. Na mente dela, o mundo não é um lugar seguro e as mães não são confiáveis. Pense nisto: geralmente, quando os bebês choram, eles são abraçados, ou alimentados quando estão com fome, mas a Janie nunca teve isso. Ela não confia em você, então ela te rejeita, mesmo que você seja exatamente o que ela mais precisa.

Prestei atenção enquanto ela enumerava os objetivos da terapia de Janie. A primeira coisa a ser feita seria ensiná-la a identificar e nomear suas emoções. Ela me explicou que as crianças pequenas achavam que o abuso era culpa delas, e nosso objetivo primordial seria sempre ajudá-la a entender que ela não era má. A dra. Chandler trabalharia no desenvolvimento da sua forma de se relacionar e na construção das outras habilidades de Janie antes de finalmente abordar seus problemas de apego. Tudo parecia muito intenso.

Tratei de descrever a Christopher toda a sessão assim que ele chegou em casa à noite. Isso o deixou com raiva, como se eu tivesse ido sem ele para criar uma aliança secreta com a dra. Chandler, embora ele soubesse de antemão sobre a consulta, da qual já tínhamos falado.

— Você me disse para ir sozinha! — gritei. — A gente podia ter reagendado a consulta se você quisesse estar lá.

— Eu só não sabia que vocês tomariam todas essas decisões importantes sem mim. — Sua testa estava franzida.

Levantei as mãos.

— Não tomamos nenhuma decisão. A única coisa que decidimos foi que a Janie vai precisar de muita terapia, e disso nós já sabíamos.

Ele observou Janie folheando livros sobre a mesa de centro na sala de estar. Ela cantarolava baixinho enquanto passava os olhos.

— Ela nem sabe que está machucando você por te ignorar.

— Ai, meu Deus, Christopher! Ela sabe o que está fazendo, e está fazendo de propósito! — Eu tentava manter a raiva longe da minha voz. Às vezes, flagrava olhares furtivos de Janie para mim quando ela achava que eu não estava olhando, e não havia como confundir a satisfação em seu rosto ao falar com alguém na minha frente ou quando eu estava por perto.

— Não é culpa dela.

— Queria que você ouvisse o que eu estou dizendo. Estou concordando com você agora. Não é culpa dela. Ela não foi responsável pelo que a mãe fez com ela, e ela nem percebe que é por isso que me odeia. Mas, Christopher, ela me odeia.

VINTE E DOIS

CHRISTOPHER BAUER

ESCUTEI A DRA. CHANDLER EXPLICAR NOVAMENTE COMO O COMPORTAmento de Janie era motivado pela atenção, não importava se positiva ou negativa. Ela incutiu em nossas cabeças, desde nossa segunda sessão, que precisávamos ignorar o mau comportamento da menina sempre que possível, pois ela se alimentava da atenção e da energia emocional que dávamos quando ela agia mal. Só devíamos elogiá-la e dar atenção quando fizesse algo positivo, por menor que fosse. Até então, estava funcionando. Tivemos nove acessos de raiva a menos nesta semana.

— Acho que é hora de abordarmos o mutismo seletivo da Janie — ela disse a seguir.

Eu odiava esse termo e o fato de Chandler colocar um rótulo em seu comportamento. Eu não gostava de rotular crianças com distúrbios psicológicos; elas eram muito jovens para lidarem com o peso do diagnóstico. Crianças mudam constantemente. Além disso, como poderiam fazer qualquer tipo de diagnóstico sobre seu estado psicológico quando Janie estava tão traumatizada e tinha um atraso em seu desenvolvimento? Eles precisavam dar a ela tempo para evoluir.

— Durante a leitura de hoje à noite, eu quero que explique para a Janie que você gostaria que ela dissesse boa noite para a Hannah depois de terminarem de ler. Ela só tem que dizer: boa noite. É só isso. Diga que você não vai mais desejar boa noite para ela se ela também não der boa noite para a Hannah. Diga que não é justo ela dar boa noite apenas para você — Chandler afirmou com convicção.

— E se ela não disser? — perguntei.

— Aí você simplesmente não diz boa noite para ela — Chandler respondeu, como se fosse algo simples.

— Parece muito cruel. — *E infantil*, eu queria acrescentar, mas não o fiz em voz alta. A especialista, supostamente, era ela.

— A Janie precisa aprender que vocês dois são uma unidade e, se ela machuca a Hannah, também fere os seus sentimentos, Christopher, porque você se preocupa com a Hannah tanto quanto com a Janie. — Sua voz lembrava a forma como ela conversava com a menina, de maneira estável, nunca se elevando ou decaindo. — Crianças traumatizadas são especialistas em triangulação.

— Em triangulação? — perguntei.

— A criança age de um jeito com um dos pais, mas muda completamente com o outro. Ela faz tudo para criar um vão na relação dos dois.

— A Janie não faz isso.

Hannah deu um tapa na almofada que sempre mantinha no colo durante nossas sessões.

— Você está falando sério? É absolutamente isso o que ela faz!

— Quando?

— Quando?! — Seu rosto se contorcia de raiva. — O tempo todo, desde que me encontrei com ela! Lembra que ela nem quis falar comigo naquele dia?

— Ela estava chateada. Teria se recusado a falar com qualquer pessoa.

Hannah negava veementemente com a cabeça.

— Eu costumava pensar assim, mas não sei mais. Ela sempre se sentiu ameaçada por mim.

Eu bufei.

— Ameaçada por você? Você age como se ela fosse uma namorada ciumenta... Ela é uma garotinha, Hannah.

— Acha que não sei disso?! — ela explodiu.

A dra. Chandler levantou a mão.

— Estou vendo que toquei em um ponto sensível. Isso é bom.

Olhei para ela como se ela fosse louca.

— Como isso é bom?!

— Isso ilustra perfeitamente o trabalho que ela fez para colocar vocês dois um contra o outro — ela explicou.

Eu e Hannah olhamos confusos para ela.

— No momento, a Janie pensa que você está do lado dela, e que são vocês dois contra a Hannah.

— Mas eu estou do lado dela... — Não quis dizer isso como se estivesse contra Hannah, mas, sem dúvidas, eu sabia que era o maior apoiador de Janie no mundo. Eu a protegeria em qualquer situação e cuidaria dela para sempre.

— Não existem lados, essa é a questão. — Chandler se inclinou para a frente, aproximando-se de mim. — Vocês três são uma família. Ninguém é contra ninguém. Todos vocês estão juntos, e machucar um membro da família não é bom. Isso é o que estamos tentando ensinar para a Janie com esse exercício.

Eu já tinha me esquecido do exercício.

— O que devemos fazer se ela não me desejar boa noite? — Hannah perguntou.

— Então você diz boa noite para ela, e o Christopher não. Depois disso, vocês passam a fazer como sempre fazem. Não é como se você estivesse ignorando a Janie por completo ou qualquer coisa assim, Christopher. Apenas vai cuidar do resto da rotina.

— O resto da rotina significa que vou dormir no chão do quarto dela — eu falei.

— Então faça isso — ela disse, com toda a naturalidade.

...

— Não acho uma boa ideia — eu disse a Hannah no caminho de volta para casa. Não tinha prestado atenção aos últimos dez minutos de nossa sessão porque eu estava tentando entender como poderia ser positivo manipular propositalmente uma criança de seis anos, especialmente uma que havia sido traumatizada. Chandler continuou nos dizendo que o silêncio de Janie em relação a Hannah era sua maneira de comunicar a raiva e a mágoa em relação à mãe. Se fosse esse o caso, e eu concordava que era, então não entendia como forçar Janie a falar com Hannah seria uma boa ideia. Ela estava comunicando seus sentimentos da única maneira que sabia, e tudo o que eu tinha pesquisado sobre o tema enfatizava a importância de permitir que crianças vítimas de abuso fizessem suas próprias escolhas.

Janie tinha o direito de estar com raiva da mãe. A dra. Chandler deveria trabalhar para ajudá-la a expressar seus sentimentos em relação à mãe durante as sessões individuais. Ela mesma disse que as crianças muitas vezes reproduziam o que tinham vivenciado, e Janie estava começando a representar o que havia sofrido. Eu não entendia por que não podíamos simplesmente dar a ela tempo para lidar com seus sentimentos em relação à mãe. Uma vez que os expressasse, eu aposto que Janie começaria a falar com Hannah sozinha, sem que a pressionássemos. Eu era contra forçá-la a falar com minha esposa. Tudo naquela estratégia me deixava incomodado.

Ela bufou.

— De que adianta fazer terapia se você não vai fazer o que a terapeuta diz?

— Talvez ela não seja a melhor terapeuta para nós. — Havia outros especialistas em questões de apego. Eu os tinha procurado por conta própria depois de Piper nos sugerir ver um. A dra. Chandler tinha ótimas recomendações, mas muitos outros também tinham.

— Piper recomendou a dra. Chandler. Ela é a melhor que existe. — Hannah olhou para mim.

Abandonei o assunto, mas estava nervoso demais para pôr em prática a estratégia da terapeuta. Fiquei cada vez mais ansioso à medida que a hora de dormir se aproximava. Eu não discordava de estabelecer limites com Janie, mas ela era frágil demais para ser pressionada. O que havia de errado em deixá-la agir até que tirasse aquilo de dentro dela? Além disso, machucar de propósito alguém que já tinha sido tão machucado parecia inquestionavelmente errado. Como Hannah não conseguia ver isso?

Nós a colocamos na cama como sempre e lemos *Harold e o Giz Roxo* duas vezes, já que era sua obsessão do momento. Ela sabia a maioria das palavras de cor. Hannah deu um grande abraço e um beijo em Janie, como sempre fazia, apesar da ausência de resposta. Nessa noite não foi diferente. Janie estava sentada, rígida como uma tábua, com as mãos ao lado do corpo.

— Boa noite, Janie — Hannah disse.

Janie a ignorou. Quis muito que essa fosse a noite em que ela decidiria falar com Hannah novamente, assim não precisaria seguir com o plano.

— Querida, Hannah disse boa noite para você, e não é legal ignorar as pessoas. Machuca os sentimentos dela quando você faz assim — eu recitei, do jeito que a dra. Chandler tinha me instruído. — Somos uma família, e você não pode ferir os sentimentos da Hannah. Eu quero que você diga boa noite para ela.

Janie olhou para mim.

— Não vou te dar boa noite se não disser nada para a Hannah, porque isso não é justo. Nós sempre vamos ser justos na nossa família. — Tudo isso soava certo, mas parecia muito errado dentro de mim.

Ela estreitou os olhos.

— Não.

Hannah deslizou para fora da cama.

— Vamos, Christopher, está na hora de dormir.

Janie se virou para ela com um olhar assassino. Normalmente, ela a ignorava por completo, como se Hannah fosse uma mulher invisível. Foi a primeira vez em semanas que a vi responder a um estímulo vindo da minha esposa. Eu não sabia se isso era um bom ou um mau sinal. Hannah estendeu a mão para mim e eu a tomei. Ela me levou até meu colchão improvisado de cobertores no chão, como se eu fosse uma criança. Janie se inclinou e olhou para nós.

— Vou dormir agora — eu disse.

— Não, você tem que dizer boa noite pra mim! Diz boa noite pra mim! — Janie gritou.

Hannah caminhou até o interruptor e apagou a luz. Ela saiu do quarto, mas eu via sua sombra pairando no corredor. Fechei os olhos e fingi dormir.

Janie começou a chorar.

— Diz boa noite! Diz boa noite! — Ela pegou os bichinhos de pelúcia e os jogou em mim. Logo começou a rasgar o lençol da cama e a jogar cada pedaço de tecido em minha direção, até deixar o colchão nu.

Cerrei os dentes, forçando-me a não me mexer. Eu queria confortá-la mais do que tudo neste mundo. Doía fisicamente não falar nada ou não estender a mão para ela.

Você está fazendo a coisa certa. A doutora disse que isso ajudaria, eu recitava repetidamente enquanto tentava me manter forte.

Janie alternou entre gritos e lamentos pelas duas horas seguintes. Finalmente, ela ficou em silêncio. Dei a ela mais alguns minutos antes de soltar um suspiro de alívio por tudo finalmente ter acabado. Tínhamos superado o que quer que fosse aquela batalha psíquica. Ajoelhei-me e espiei a cama dela para ter certeza de que estava dormindo.

Ela estava enrolada contra a parede, balançando-se para frente e para trás. As pernas contra o peito, os braços em volta delas. Ela tinha rasgado as próprias roupas, incluindo a fralda. Eu a olhei mais de perto. Havia alguma coisa em sua boca, e vi que seu peito estava coberto de vômito. A culpa me atingiu. Eu a tinha feito chorar tanto que ela vomitou. Levantei-me de um salto, acendi a luz e corri de volta para ela. A substância pegajosa não era vômito, mas sim sangue.

— Janie! — eu gritei. Segurei seu rosto entre minhas mãos. Seu lábio inferior jorrava sangue. Pedaços de carne estavam faltando. Hannah correu para dentro do quarto assim que eu acendi a luz, e se colocou ao meu lado, olhando para Janie com horror.

— Como isso é possível? Não estou entendendo — ela disse, incrédula.

— Ela mastigou a própria pele — eu disse.

CASO Nº 5243

ENTREVISTA:
PIPER GOLDSTEIN

OLHEI PARA A FOTO À MINHA FRENTE. ERA A DA SEGUNDA VISITA DE Janie ao pronto-socorro, quando tinha levado doze pontos no lábio inferior. A mesma que estava no arquivo em minha mesa.

Devia ter imaginado que eles a usariam. Não esperei que fizessem perguntas.

— Sei o que estão pensando, mas não é o caso. Eles não machucaram a Janie. Ela fez isso consigo mesma. Eu acreditei neles, não por ser idiota, mas porque já vi a Janie ficar tão brava uma vez que ela simplesmente mastigou a carne do próprio dedo. Não a unha dela, mas a carne, toda a carne do próprio dedo. Então não, eu nunca considerei que os Bauer tivessem machucado a menina. Convoquei uma reunião de emergência com eles no dia seguinte porque a assistente social do hospital tinha relatado o incidente. Eu...

— Eu li esse relatório. — Ron me interrompeu. — Aquela assistente social parecia bastante convencida de que os Bauer estavam machucando a Janie.

Balancei a cabeça.

— A situação parecia terrível, admito. Ela estava com eles havia pouco tempo e já tinha parado no pronto-socorro duas vezes... Mas

A FILHA PERFEITA

eu falei com a dra. Chandler, e a história deles foi confirmada. Eles só estavam seguindo as instruções dela.

— E eles continuaram voltando para o consultório da dra. Chandler?

— Sim, continuaram.

— Mesmo depois de ela sugerir uma prática de terapia que acabou machucando a Janie?

— Sim, eles continuaram vendo a dra. Chandler. Até porque, no fim das contas... Querem saber a coisa mais louca sobre todo esse incidente? — Não esperei que me dessem uma resposta. — Funcionou! Janie voltou a falar com a Hannah.

VINTE E TRÊS

HANNAH BAUER

CHRISTOPHER ESTAVA SEGURANDO O PORTA-MALAS ABERTO PARA QUE pudéssemos guardar as compras. Discutíamos sobre o que comer no caminho até em casa. Enquanto isso, Janie puxava a perna das calças de Christopher, tentando chamar sua atenção. Ele praticamente a tinha arrastado pelo estacionamento.

— Janie, você tem que esperar a sua vez. Eu e o Christopher estamos conversando — eu disse, sem olhar para ela.

Ela começou a choramingar e passou a balbuciar como um bebê enquanto o puxava. Lancei um olhar de repreensão quando vi que ele estava prestes a dizer algo a Janie. A dra. Chandler estava continuamente trabalhando com Christopher para não permitir que a menina interrompesse nossas conversas. Ele se conteve.

— Continua... O que você estava dizendo? — ele me perguntou.

Repeti nossas opções de jantar, e ele assentia enquanto eu falava, mas tinha certeza de que não estava ouvindo nada do que estava dizendo.

— Ok, vamos só... — Ele olhou para baixo, e eu segui seu olhar. Janie não estava mais lá. Meu coração parou.

— Janie! — gritamos ao mesmo tempo.

Saímos correndo em direções opostas, chamando seu nome. Dobrei uma esquina e a vi correndo entre dois carros. Corri atrás dela e a agarrei pelo braço. Abaixei-me à altura de seu rosto.

— Você não pode fazer isso, entende?! Não pode correr em um estacionamento movimentado! Poderia ter se machucado muito, muito feio.

Ela se afastou e olhou para mim desafiadoramente. Christopher correu atrás de mim. Ela começou a chorar assim que o viu, e ele a pegou nos braços.

— Querida, você não pode fazer isso! É perigoso demais correr em um estacionamento movimentado, poderia ter sido atropelada por um carro.

Ela piscou seus olhinhos com cílios longos para Christopher e passou os braços em volta do pescoço dele.

— Me desculpa, papai.

Chamá-lo de papai era uma coisa nova, o que fez com que ele se desmanchasse completamente. Ela ainda não tinha me chamado de mamãe, exceto aquela vez na Target, quando gritou que eu a estava machucando. Tentei fingir que aquilo não me incomodava, mas é óbvio que me sentia péssima.

Ele acariciou as costas da menina.

— Tudo bem. Só que, por favor, não faça isso de novo.

— Não vou fazer. Eu prometo, papai.

Ele logo se esqueceu do que tinha acontecido, mas eu não consegui. Repassei a cena o dia inteiro. Esperei até que estivéssemos na cama, à noite, para trazer aquilo à tona. Virei-me para encará-lo e disse:

— Você sabe que a Janie fugiu para chamar a sua atenção, né?

Ele encolheu os ombros.

— Talvez, mas ela também é impulsiva. Você sabe como ela é.

Balancei a cabeça, embora ele não pudesse me ver no escuro.

— Ela fez de propósito. Você estava falando comigo e a ignorando. A Janie odeia quando você faz isso, então correu pelo estacionamento para chamar a sua atenção.

— Você leva muito a sério as atitudes dela. — Ele rolou, ficando de costas para mim. — Boa noite. Te amo.

— Também te amo — eu disse. Sempre éramos muito cordiais um com o outro quando estávamos com raiva, polidos de uma forma quase doentia, na verdade. Talvez as coisas melhorassem se entrássemos em uma daquelas brigas em que casais batem os pés e arremessam livros uns sobre os outros. Da forma como fazíamos, nós simplesmente ignorávamos qualquer coisa emocionalmente desconfortável sem nunca ter de lidar com ela.

Ainda não tínhamos conversado, por exemplo, sobre o fato de Janie finalmente estar falando comigo outra vez. Era como se fingíssemos que as semanas de silêncio nunca tivessem acontecido. E eu poderia continuar fingindo se tudo tivesse voltado ao normal, o que não aconteceu. Isso criou uma mudança em meu relacionamento com Janie da qual não gostei. E eu também não sabia como consertar aquilo.

Tentei falar com Christopher sobre isso, mas ele não entendia meus sentimentos, já que seu relacionamento com Janie não tinha sido afetado pelas semanas de silêncio e pelo incidente dos pontos na boca. Christopher não queria voltar para a dra. Chandler depois do incidente, mas eu insisti. Segundo ela, o que estávamos vivendo era um dos problemas mais comuns entre casais quando se tornavam pais, o desafio de descobrir como fazer isso juntos. Mesmo sabendo o que estava acontecendo, nada ficava mais fácil.

Eu esperava que tudo melhorasse quando Janie fosse para a escola. Todos concordávamos que era hora de ela começar. Ela precisava estar perto de outras crianças, e eu precisava voltar ao meu trabalho. Mas tivemos um problema quando começamos a buscar instituições, porque Janie não era treinada para usar o penico. Passamos por uma espécie de curso intensivo de treinamento para que ela aprendesse a usá-lo, o que nos fez brigar durante todo o fim de semana. Tínhamos comprado para ela um daqueles penicos fofos com música e luzes, na esperança de que ajudasse, mas ela não fazia a menor questão de utilizá-lo. Cruzava os braços e balançava a cabeça sempre que pedíamos para ela se sentar.

A FILHA PERFEITA

— Por que vocês não vão juntas? — Christopher sugeriu depois de passar mais de três horas tentando fazê-la ir.

— O que você quer dizer?

Ele apontou para o vaso sanitário.

— Vocês vão juntas… Você senta ali, e ela aqui. Talvez isso ajude.

Eu era uma pessoa extremamente reservada sobre tudo o que dissesse respeito ao banheiro. Estávamos casados há seis anos e Christopher nunca tinha me visto fazer xixi. Eu não gostava nem de tomar banho com ele. Ele era exatamente o oposto, não se importava com nada, e eu gritava sempre para que fechasse a porta do banheiro.

— Está falando sério? — perguntei.

Ele deu de ombros.

—Por que não? O melhor jeito de aprender não é ver alguém fazendo a mesma coisa?

— Não importa. Por que não tentamos ler *Era uma vez um Peniquinho* de novo? Onde você colocou o livro? — Eu o procurava entre os outros volumes no chão.

— Você não vai fazer mesmo? Não quer nem tentar e ver se funciona? — Ele não se moveu de seu lugar, na frente da porta do banheiro.

— Óbvio que não! Você me conhece. Como pode me perguntar uma coisa dessas?

— Eu faria qualquer coisa por ela.

Não foi o que ele disse, foi como disse. Como se ele fizesse qualquer coisa por ela, enquanto eu não.

— Estamos falando de ensinar a menina a usar o penico, Christopher, não sobre dar um rim para ela.

Normalmente, ele teria rido. Em vez disso, não disse nada, apenas se virou e saiu de perto.

Corri imediatamente para minha mesa de cabeceira, peguei meu telefone e digitei um texto para Allison:

Precisamos conversar amanhã.

Quando você está livre?

Ela tinha enfrentado muitos problemas com Greg depois que os filhos nasceram. Eles quase se separaram. Ele chegou a se mudar por um tempo, mas acabou voltando mais tarde e, enfim, resolveram suas diferenças. Allison gostava de dizer que as chances de se divorciarem diminuíram muito depois que os filhos completaram cinco anos. Isso significava que teríamos mais cinco anos daquilo? Ou o curso das coisas seria acelerado, já que falávamos da Janie e não de um recém-nascido?

VINTE E QUATRO

CHRISTOPHER BAUER

A PRÉ-ESCOLA TEMPO DE DESCOBERTAS FERVILHAVA DE ATIVIDADES. Crianças de diferentes idades se moviam pela sala, reunindo materiais, lavando pratos, contando bolinhas e olhando curiosas para o que os amigos estavam fazendo. Essa era a primeira escola em nossa lista, e parecia superar todas as nossas expectativas. A Tempo de Descobertas era uma verdadeira escola montessoriana, onde tudo estava à altura das crianças. Janie tinha muito o que aprender e não queríamos que se sentisse atrasada, por isso a abordagem de Montessori era perfeita para ela. Isso permitiria que Janie trabalhasse em seu próprio ritmo e em seu próprio estilo de aprendizado.

Apontei para um grupo de crianças deitadas debaixo de uma mesa, cobertas com aventais enquanto pintavam a mesa acima delas.

— O que elas estão fazendo?

A coordenadora, a sra. Allulo, riu.

— Estudamos as obras de arte do Michelangelo e todas ficaram fascinadas com a Capela Sistina, então eu quis dar a elas a oportunidade de verem como deve ter sido difícil para ele pintar o teto.

Hannah apertou minha mão com entusiasmo. Tinha demorado um pouco, mas finalmente conseguimos treinar Janie para usar o penico.

Com isso, começamos a visitar pré-escolas. Tínhamos usado um sistema com adesivos para o treinamento do penico, um que criamos durante nossas sessões em família com Rhonda. Ainda nos encontrávamos com ela uma vez por mês para o acompanhamento de Janie. A certa altura, quase desisti, pois a menina não demonstrava nenhum interesse em usar o banheiro, não se importando em se sujar inteira. Então, um dia, há algumas semanas, algo mudou em sua cabeça, e ela não teve nenhum acidente desde então, nem mesmo à noite.

O treinamento do penico foi uma grande vitória em casa, e renovou nossa esperança. Isso nos rejuvenesceu tanto quanto as visitas de nossos pais. Tudo o que se relacionava ao banheiro trouxe, pela primeira vez, alguns sorrisos para a nossa parentalidade, o que era maravilhoso. Foi o primeiro vislumbre das coisas felizes que ser um pai poderia trazer. Hannah também sentiu isso. Havia um novo ânimo em seu andar, e sua antiga confiança estava começando a renascer.

— A Janie não vai ser muito mais velha do que alguns dos meninos do maternal de transição. Recomendo terminar esse ano no maternal, já que ela nunca teve contato com a escola, e principalmente porque o programa acontece durante o verão, então vocês poderiam começar o jardim de infância no outono — a sra. Allulo explicou.

Nós a matriculamos para começar na semana seguinte. Marcamos um encontro especial com a diretora e a professora da turma para narrar sua história e seu passado. Estávamos em dúvida sobre contar tudo a elas, já que queríamos que as pessoas tratassem Janie como uma criança normal. Tínhamos receio de que a tratassem com pena ou a abordassem de maneira diferente, mas seria muito perigoso não tratar do assunto com a escola, devido a todos os seus problemas. Ela alcançava pequenas vitórias todos os dias quando se tratava de alimentação, mas ainda não podíamos confiar nela para não engolir objetos não comestíveis. Era isso o que mais me preocupava, mas a maior inquietação de Hannah era a de que Janie não tinha contato com outras crianças além das do parque, e talvez sofresse um grande prejuízo no quesito socialização.

— Estou nervosa demais por ela — Hannah disse no caminho para casa. — A Janie vai ficar muito atrás das outras crianças. Ela não conhece o ABC, não sabe contar até dez, essas coisas básicas... Todas as crianças naquela classe sabem. Elas vão pensar que ela é meio burra ou que nós somos pais ruins. — Seu rosto estava marcado pela preocupação.

— Sabe que ela adora conhecer gente nova. Ela provavelmente vai virar amiga de metade da turma até o final do dia, e nada disso vai importar para as crianças.

— Você está preocupado com...? — Ela fez uma pausa, olhando para Janie no assento de trás. — Você sabe.

Ela não terminou a frase de propósito. Quanto mais o caso de Janie ficava sem pistas, mais nos acostumávamos a viver com aquela dúvida, mesmo que fosse assustador. Não tínhamos escolha. Ainda assim, nenhum de nós reconhecia o quanto tínhamos medo de perder Janie de vista.

Apertei o joelho de Hannah com a mão enquanto ela dirigia.

— Ela vai estar segura. As portas ficam trancadas, e eles não vão deixar a Janie sair a menos que esteja acompanhada por um de nós ou de nossos pais.

...

Eu estava olhando as pontuações do golfe naquela noite quando Hannah fez sinal para que eu a seguisse até o quarto de Janie. Ela se deitou ao lado da menina no chão.

— Com o que você está brincando? — ela perguntou.

Janie ergueu o colar em que estava trabalhando e orgulhosamente exibiu seu progresso. Minha mãe tinha enviado para ela, na semana anterior, um conjunto de contas de madeira. Quase não o demos porque achamos que seria muito difícil, mas estávamos errados. Ela adorou e passou horas ajustando as contas coloridas no cordão. Era um exercício excelente para suas habilidades motoras finas, e ela nem fazia ideia.

— Isso é tão bonito! — Hannah exclamou. — Adorei o padrão que você escolheu.

Janie ergueu o colar e apontou para ele.

— Primeiro rosa, depois roxo e um coração.

— Eu amei!

As cores tinham sido a coisa mais fácil de aprender. Ela as assimilou antes mesmo de sair do hospital. Lá, uma de suas atividades favoritas era vasculhar uma caixa de giz de cera, escolhendo diferentes cores e nos fazendo dizer como se chamavam. Hannah estendeu um pedaço de papel ao lado das miçangas.

— Eu também fiz uma coisa.

Janie foi imediatamente atraída pelas cores vivas.

— O que é isso?

— É um mapa. — Hannah apontou enquanto falava. — Essa é a nossa casa. Então esse é o parque, bem aqui, e essa é a mercearia.

— O que é isso? — Janie apontou para a escola.

— É uma escola — Hannah respondeu.— Lembra de quando explicamos que a escola é um lugar para onde as crianças vão para aprender?

Janie fez que sim.

— Quando as crianças ficam maiores, elas vão para a escola. E adivinha só...?

Os olhos de Janie se encheram de emoção.

— O quê?!

— Você já ficou grande para ir para a escola! Sabe essa aqui? — Hannah apontou para o mapa. — É bem perto da nossa casa, e é para lá que você vai segunda-feira!

A emoção sumiu do rosto de Janie.

— E o papai? — ela perguntou.

Eu me sentei no chão ao lado delas.

— Eu vou trabalhar enquanto você estiver na escola, mas vou ficar superfeliz em saber de tudo o que aconteceu quando você chegar em casa.

— Então só a mamãe vai? — ela perguntou.

Congelei. Era a primeira vez que Janie chamava Hannah de mamãe. Ela, por sua vez, tentou manter a compostura e não dar muita importância ao momento. Coloquei a mão sobre o joelho dela, sabendo o quanto isso significava para Hannah.

— Não, a mamãe também não vai estar lá — Hannah disse com a voz vacilante, apesar do esforço para manter o controle. — A escola é só para crianças e professores.

Janie balançou a cabeça.

— Não quero ir para a escola!

...

Eu planejava ir com Hannah para deixarmos Janie na escola em seu primeiro dia de aula, mas recebi uma ligação de emergência no meio da noite. Tinha acontecido um terrível acidente na Interestadual 10, e precisei entrar em cirurgia. Quando finalmente terminei, meu telefone estava cheio de mensagens de Hannah. Foi como acompanhar todas as jogadas da manhã:

Não quer tomar o café da manhã.

Não consigo fazê-la comer nada.

Aff... tá tendo um ataque por causa das roupas.

Olha a roupa que ela escolheu. PQP! Fala sério.

Saindo. Sem comer.

Eu a deixei na escola.
Tava chutando e gritando quando fui embora.

Não perdi tempo enviando mensagens de texto. Liguei para ela imediatamente. Hannah atendeu no segundo toque. Pude notar que ela estava no carro pelo eco do Bluetooth.

— Parece que a manhã foi difícil — eu comentei.

— Estou indo buscar a Janie agora. — Era fácil perceber a irritação em sua voz.

Olhei para o meu relógio.

— São só dez e meia. O que aconteceu?

— Allulo me ligou porque a Janie teve dois daqueles acidentes e estava sem roupas limpas. Mandei um conjunto extra, mas ela já fez cocô nele também. Então tenho que buscá-la. Fiquei o tempo todo me desculpando, óbvio. A sra. Allulo foi ótima, aliás. Ela disse que as crianças, muitas vezes, têm uma regressão no comportamento quando começam na escola, e então acabam fazendo cocô nas calças.

— Ela com certeza sabe bem do que fala — eu disse. — Mas as coisas vão melhorar. É só mais um período de adaptação para ela.

Mas Janie continuou se sujando na escola. Tirava a roupa e corria nua pela sala de aula. Ela se recusava a seguir as instruções e não era possível redirecioná-la para outras atividades. No início, a coordenadora Allulo foi compreensiva e compassiva. Continuou nos garantindo que era apenas um período de transição, e que nossa filha acabaria se ajustando. Mas então Janie mordeu um menino que não queria compartilhar um brinquedo com ela. Foi quando Allulo nos chamou para uma reunião de emergência.

Ela cruzou as mãos e não desperdiçou tempo com ladainhas.

— Sinto muito, mas não acho que a Janie seja uma boa opção para a Tempo de Descobertas.

— Mas faz tão pouco tempo! Não podemos dar mais tempo para ela se ajustar? — Hannah perguntou.

O rosto de Allulo, que antes era tão gentil e suave, estava agora firme e implacável.

— Infelizmente, é um caso em que os problemas de comportamento dela afetam o resto da turma, e eu não posso permitir isso.

— Mas todos os problemas de comportamento afetam a classe, não é? — perguntei.

— Sim, mas é diferente com a Janie. Ela precisa de atenção individual constante, e não tem como oferecermos isso porque não seria justo com as outras crianças. E eu preciso ser muito honesta com vocês sobre os problemas dela com a evacuação... É um risco para a saúde de todos que ela espalhe fezes pela classe. Por isso enfatizamos a importância do treinamento de toalete durante as nossas entrevistas. — Ela parecia completamente enojada.

— Ela sabe usar o penico. Nunca tem acidentes em casa.

Allulo olhou para mim com descrença. Eu não poderia a culpar por pensar que estávamos mentindo. Janie não tinha passado um único dia na escola sem se sujar.

— Enfim, fiz uma lista de outras escolas para vocês procurarem — ela disse, entregando uma folha de papel e se levantando da mesa.

Hannah estava furiosa enquanto caminhávamos para o estacionamento, mas esperou entrarmos no carro para finalmente explodir.

— Ela fez tudo isso de propósito! — Seu rosto estava vermelho.

— A Allulo, você diz?

Ela revirou os olhos.

— Não, a Janie! Ela foi expulsa da escola de propósito!

Balancei a cabeça.

— Não começa...

Ela bufou.

— Começar com o quê? Pelo amor de Deus, Christopher, ela nunca quis ir para a escola!

— Sim, mas só porque foi cedo demais para ela! Sempre que a gente pressiona a Janie a fazer alguma coisa sem ela estar pronta, alguma coisa ruim acontece.

— Não, sempre acontece alguma coisa ruim quando nós a obrigamos a fazer qualquer coisa que não queira! — A mandíbula de Hannah estava rígida como uma régua.

— Não vou entrar nessa discussão com você de novo. — Acenei para ela parar.

— Certo. Como se qualquer coisa que eu dissesse fosse fazer alguma diferença no jeito como você pensa. — Ela cerrou os lábios e passou a olhar pela janela.

A dra. Chandler nos aconselhou a colocar Janie em outra escola, e disse que poderia demorar um pouco para encontrarmos um bom ajuste. Sendo assim, não perdemos tempo para colocá-la na escola montessoriana que figurava na segunda posição de nossa lista. Tínhamos que atravessar toda a cidade para chegar lá, mas não havia outra escolha. Sentei-me com Janie na noite anterior ao seu primeiro dia e expliquei como era importante que tivesse um bom comportamento. Explicamos o que era esperado dela, assim como tínhamos feito em nossa sessão com a dra. Chandler no dia anterior.

Janie não durou nem mesmo uma semana na nova escola. Teve o mesmo tipo de problemas de comportamento que demonstrou na Tempo de Descobertas. Mas essa não era tão tolerante quanto a outra escola. Ela passou dos limites quando se sujou, pegou um pedaço do cocô e o jogou contra a parede. Dessa vez, a coordenadora não se preocupou em marcar uma reunião conosco. Ela nos enviou um e-mail e nos pediu para não a levar de volta na segunda-feira.

— Janie, por que você fez isso hoje? — eu perguntei, enquanto saíamos da escola.

Ela deu de ombros.

— Não sei. Podemos jogar Candy Land quando chegarmos em casa? Por favor?

— Não estamos falando de Candy Land agora, nós queremos saber por que você fez cocô nas calças na escola e jogou na parede! — Hannah estava furiosa.

— Eu não gosto da escola. — Ela sorriu para nós. Não havia como não enxergar o orgulho em seu rosto. Meu estômago se revirou.

Hannah se virou para mim com uma expressão no rosto que poderia figurar como a definição de "eu avisei...". Eu jamais a tinha visto fazer aquela cara antes.

CASO Nº 5243

ENTREVISTA:
PIPER GOLDSTEIN

— ESTÁ DIZENDO QUE A JANIE NUNCA PERGUNTOU SOBRE A MÃE? Nunca disse nada sobre a Becky? — Ron indagou.

— Nunca.

Ele me olhou incrédulo, como se não acreditasse muito no que eu dizia.

— E você não viu nada de estranho nisso? — Luke quis saber. Os dois trocaram um olhar.

— Não, de jeito nenhum. Crianças traumatizadas não falam sobre o que passaram até que se sintam seguras. Não esperava que ela falasse sobre isso por muitos meses.

— Mas você pelo menos tentou falar com ela, não? — Ron indagou.

— Óbvio que tentei. Não sei quantas vezes eu tenho de dizer isso. Sempre questionei a Janie sobre a mãe dela.

Eu tinha feito todas as perguntas de rotina. Foi uma das razões pelas quais nosso primeiro encontro não correu bem.

...

— Podemos falar sobre sua mãe? — perguntei naquele dia.

Janie contorceu os lábios e cruzou os braços à frente do peito.

— Não!

— Estou vendo que você não quer falar sobre a sua mãe. É porque foi sua mãe que te machucou?

Ela apontou para a porta do hospital.

— Podemos conversar sobre outra coisa, se você quiser, mas não é a hora de eu ir embora. Ainda não — eu disse.

Seus olhos se encheram de lágrimas.

— Você vai, sim! — Ela apontou para a porta novamente.

— Que tal brincarmos com seus bichinhos de pelúcia? — eu sugeri. Peguei o dinossauro e o elefante com os quais ela estava brincando antes e simulei uma dança com eles na cama.

— Não! — ela gritou. — Não!

Rapidamente entreguei a ela os brinquedos.

— Aqui, toma. Você pode ficar com eles.

Ela os arrancou de mim, jogando-os contra a parede e gritando como se sentisse dor. Duas enfermeiras entraram correndo no quarto e se puseram ao lado da cabeceira dela. Janie jogou os braços ao redor da que usava um coque muito apertado no cabelo e enterrou o rosto no peito da mulher. Seu corpo frágil estremeceu com soluços.

— Faz ela ir embora! Eu não gosto da Piper, ela é má!

...

Todas as conversas que tivemos sobre a mãe dela desde então seguiram o mesmo caminho. Depois de um tempo, parei de perguntar porque já não importava. Simplesmente deixou de dizer respeito à minha função. Não era meu trabalho encontrar o assassino de Becky, esse era o papel da polícia.

— Ela alguma vez falou com os Bauer sobre o que aconteceu no trailer?

— Não até onde sei.

— Eles teriam contado para você?

— Tenho certeza de que sim.

— Eles perguntaram para você como estava indo o caso?

— Estavam mais preocupados em ajudar a Janie na transição para a família e a sociedade do que com o caso de polícia.

Ron esfregou o queixo.

— Acho um pouco difícil acreditar que eles não estivessem preocupados com isso.

— Não me pareceu estranho na época. Nem um pouco. Se tivesse parecido, eu teria dito alguma coisa.

— Sério? Eles estavam totalmente bem com o fato de a mãe da Janie ter sido deixada para morrer em um armário? O mesmo armário onde a Janie foi amarrada antes de escapar? Eles não queriam que o caso fosse resolvido?

— Eles não achavam aquilo importante.

— Hein?! — Luke bufou. — Como poderia não importar?!

Dei de ombros.

— Não sei. Apenas não importava.

— Enfim, você perguntou para eles se ainda queriam continuar com a adoção?

Tentei esconder minha surpresa. Com quem eles estiveram conversando? Fiz o meu melhor para parecer impassível.

— Sim, perguntei para os Bauer se eles queriam seguir com a adoção, mas só porque essa é minha responsabilidade legal. Eu tenho que fazer com que eles saibam que não existe como voltar atrás depois de assinarem toda a papelada. Depois de adotar uma criança, você passa a ter as mesmas responsabilidades que teria se tivesse dado à luz um filho, e é legalmente obrigado a cuidar dessa criança até os dezoito anos. — Minha voz ficava mais alta à medida que eu falava. — Em um lar temporário, os pais têm a opção de decidirem não cuidar mais de uma criança. É uma adoção geralmente temporária, ou por um período de teste para vermos se eles são uma boa combinação. Às vezes, as famílias parecem ideais, mas as crianças simplesmente não se encaixam, ou então a família descobre que não é tão fácil quanto pensava. É um trabalho duríssimo adotar uma criança. Muitos pais adotivos ficam aliviados quando oferecemos uma saída.

— Os Bauer ainda queriam prosseguir mesmo com todas as dificuldades que eles já estavam passando? — Luke perguntou.

— Mais do que nunca.

Eu nunca esqueceria o dia em que entreguei a eles a nova certidão de nascimento de Janie, orgulhosamente indicada como *Janie Bauer*. Eu a balançava na frente deles.

— *É oficial, ela é de vocês!*

Os dois se abraçaram e pularam para cima e para baixo, girando pela sala. Janie começou a dançar com eles. O sorriso de Christopher era tão largo que dava para imaginar o seu rosto quando menino. Ele me agarrou e me puxou para o abraço, me girando com a família. A felicidade deles era contagiante e não pude deixar de rir.

As lembranças hoje doem. Olhei para minhas mãos se contorcendo sobre o colo. Esse caso iria me assombrar como nenhum outro.

VINTE E CINCO

CHRISTOPHER BAUER

FAZIA TANTO TEMPO QUE HANNAH E EU NÃO FICÁVAMOS SOZINHOS À noite que nem mesmo sabíamos o que fazer. Tínhamos saído algumas vezes, mas era a primeira vez que ficávamos de fato a sós em casa desde a chegada de Janie. Era a primeira noite de sono da menina sozinha em seu quarto. Ela foi treinada para dormir usando a técnica *SnoozeEasy*, que a dra. Chandler nos tinha recomendado. Era uma série de pequenos passos para dormir de forma independente, que começava comigo colocando uma cadeira ao lado de sua cama e me livrando do colchão improvisado no chão. Eu ficava sentado na cadeira enquanto ela adormecia. A cada dia, eu avançava com a cadeira pelo quarto até, enfim, deixá-lo completamente. Não foi tão difícil quanto eu esperava. Talvez porque não tentamos apressar os passos, ou então ela finalmente estava pronta. De qualquer maneira, tinha funcionado. Naquela noite, dei um beijo de boa noite em Janie e saí. Hannah foi dar uma olhada nela dez minutos depois, e ela estava dormindo.

Ficamos no sofá, em silêncio. Parte do que eu amava em Hannah era como as coisas eram fáceis entre nós. Tudo sempre pareceu natural. Eu me perguntava vez ou outra: como era possível, em um certo dia, não conhecer alguém e, tempos depois, ser simplesmente incapaz de imaginar a própria vida sem aquela pessoa? Foi assim comigo e Hannah. Éramos duas pessoas distintas que se equilibravam como uma gangorra sem nem mesmo fazer esforço. Mas, naquele momento, tudo parecia estranho, e eu não sabia mais como agir.

Sei que Hannah também se sentia assim porque sempre enrolava o cabelo quando estava nervosa, e ela estava torcendo uma mecha entre os dedos desde que eu tinha me sentado. Mais do que isso, tinha medo de fazer contato visual, seus olhos corriam pela sala, inquietos.

— Acho que a gente fez a coisa certa mantendo a Janie fora da escola por mais algum tempo — ela disse. — Ficou evidente que a escola era peso demais para ela.

Concordei, mas não queria falar sobre Janie nessa noite. Eu não conseguia me lembrar da última vez que tínhamos passado a noite falando de algo que não fosse a menina. Mesmo quando tentávamos, ela invariavelmente encontrava o caminho de volta para nossas discussões.

— Você quer uma bebida?

Ela concordou, parecendo aliviada.

Saltei e corri para a cozinha, feliz pela distração. Peguei nossas garrafas no armário de bebidas acima da geladeira. A última vez que compartilhamos uma bebida em casa foi durante a festa de boas-vindas de Janie. Parecia séculos atrás, e muita coisa tinha mudado desde então. Servi a Hannah uma taça de seu vinho tinto favorito e um pouco de uísque para mim. Tomei um gole no bico da garrafa antes de enroscar a tampa de volta e devolvê-la ao seu lugar.

Os olhos de Hannah brilharam quando ela me viu voltando para a sala com as bebidas. Entreguei o vinho, e ela tentou parecer indiferente enquanto inclinava a taça na boca. Mas não havia nada de casual na forma como bebia. Sentei-me ao lado dela. O silêncio pairou novamente entre nós.

— Isso é bom — ela comentou, seu corpo relaxando e finalmente se acomodando no sofá.

— É, sim. Mas parece estranho, né?

— Parece. — Ela olhou para mim, um pouco tímida.

Deslizei no sofá para ficar ao lado dela e coloquei meu braço ao redor de seu ombro. Ela se aninhou em mim como costumava fazer.

— Senti sua falta — eu disse, inspirando o perfume dela.

— Também senti a sua — ela respondeu, esfregando a mão na minha perna.

Eu a trouxe para perto e a beijei com ternura. Corri meus dedos por seu cabelo, até as costas. Ela me beijou de volta. Senti um pouco de seu gosto antes de me afastar e olhar fundo em seus olhos. Ela retribuiu o gesto com um olhar que era reservado apenas para mim. Toquei suavemente sua bochecha.

— Não consigo me imaginar fazendo nada disso com ninguém mais além de você — eu falei.

Seus olhos ardiam de desejo e amor. Ela tirou a blusa e a jogou no chão. Caímos de costas no sofá, tocando-nos e arranhando um ao outro como adolescentes. Quando chegou a hora de ir para o nosso quarto, entramos na ponta dos pés, o mais silenciosamente possível para não acordar Janie, com as mãos na boca para não rirmos. Finalmente tivemos nosso tempo para fazer amor, saboreando cada momento, lembrando como era bom estar perto um do outro.

Foi tão bom que, na noite seguinte, colocamos Janie para dormir mais cedo e pulamos na cama assim que tivemos certeza de que ela estava dormindo. Adormecemos enrolados um ao outro depois que acabou.

— Duas noites seguidas? Quando foi a última vez que fizemos isso? — ela perguntou, desenhando sobre o meu peito com os dedos.

Soltei uma risada barulhenta. Toda a frustração e o ressentimento que havia entre nós tinham evaporado, só precisávamos desse tempo para nos conectar novamente. Eu não me permitiria esquecer mais uma vez do quanto Hannah era importante para mim.

Nossa experiência não foi tão diferente da de outros pais de primeira viagem. Pensávamos que, ao adotar Janie, estaríamos desistindo do tipo tradicional de parentalidade, mas fomos batizados da mesma forma que todos os outros pais. Devia ser algo universal. Todo o resto é deixado de lado quando entramos na órbita do bebê. Não importava que nosso bebê tivesse seis anos, era a mesma coisa. Mas finalmente estávamos saindo de lá para respirar.

E, assim como para outros pais de primeira viagem, ter um filho tinha pesado em nosso casamento. Brigamos um com o outro mais do que em toda a nossa década anterior juntos. Muitas das coisas que antes eram os tijolos da intimidade do nosso relacionamento, como assistir a programas bobos de TV, montar quebra-cabeças na mesa de centro ou ler livros na cama um ao lado do outro, tinham simplesmente caído no esquecimento.

Mas havia um certo orgulho em termos sobrevivido juntos. Havia muitas coisas que ainda precisavam ser ditas, e algumas ainda eram muito confusas para colocar em palavras, mas haveria tempo para fazer tudo isso. Por enquanto, estávamos felizes em passar um tempo sozinhos novamente e conhecer as novas versões de nós mesmos.

VINTE E SEIS

HANNAH BAUER

FOTOS DE FLORES EXÓTICAS ENFEITAVAM CADA UMA DAS PAREDES. EU mexia na fina camisola branca que me cobria, um tanto arrepiada. Olhei para as revistas no suporte embaixo dos folhetos de medicamentos e dos panfletos de asilos, mas estava ansiosa demais para ler qualquer coisa. Eu não podia acreditar que estava entrando na menopausa aos quarenta e um anos de idade. Não tive nenhum outro sintoma além da falta de menstruação, até que comecei a me sentir exausta e lenta, como se pudesse adormecer a qualquer momento. Nos últimos tempos, depois de colocarmos Janie para dormir, nós nos aconchegávamos no sofá para assistir à Netflix, e eu apagava em dez minutos.

— Muitas mulheres estão entrando na menopausa mais cedo agora — Allison tinha dito ao telefone no dia anterior, o que não me fez sentir nem um pouco melhor, considerando que ela era quase um ano mais velha que eu e ainda não enfrentava isso.

Eu deslizava o dedo pelo celular, olhando as fotos de Janie enquanto esperava minha médica voltar com os resultados do meu exame de sangue. A menininha tinha feito muito progresso nos últimos dois meses. Ela funcionava melhor em um ambiente estruturado, e eu finalmente tinha encontrado um cronograma que servia muito bem a ela. O plano nunca foi que eu me tornasse uma dona de casa, mas tive que tirar uma licença do hospital porque não voltaria tão cedo.

Nossos dias eram preenchidos com todo tipo de terapia física, ocupacional e de fala, além de muitas brincadeiras. A maioria das salas de terapia tinha espelhos bidirecionais, sendo possível que eu a observasse do outro lado. Eu fazia anotações ao longo de todas as consultas para poder replicar os exercícios em casa.

A dra. Walsh bateu de leve na porta antes de entrar.

— Seu exame de sangue está bom. Não existe nenhum tipo de vírus. Mas encontramos uma coisa na sua urina.

Meu estômago se revirou. O que eles poderiam ter encontrado na minha urina que não teriam encontrado no meu sangue? Uma infecção na bexiga? Muito açúcar? Minha cabeça percorreu todos os cenários em um instante.

— Não fique assustada. — Walsh sorriu. — É uma ótima notícia: você está grávida.

Tudo girou à minha frente. Por um segundo, pensei que desmaiaria. Agarrei as extremidades do leito do consultório para me firmar.

— Tem certeza?!

— Positivo! — ela disse, rindo da própria piada.

...

Não me lembro de como voltei da clínica para casa. Em um minuto, eu estava no consultório médico descobrindo que estava grávida, e, no minuto seguinte, estava na cozinha com minha mãe. Ela tentava nos fazer uma visita de alguns dias todos os meses, o que era de grande ajuda, e tinha chegado à cidade na noite anterior. Eu estava tão chocada que era como se tivesse descoberto um tumor no cérebro.

— O que tem de errado, Hannah? Você está tão pálida — mamãe perguntou enquanto puxava uma das banquetas para mim. — Senta e me fala o que está acontecendo.

Deslizei para a cadeira.

— Onde está a Janie?

— Ela está brincando com a Allison e os meninos. A Allison me mandou uma mensagem no caminho de volta do treino de futebol e eu pedi que passasse por aqui — ela disse. — Os meninos amam demais a Janie. E ela foi ótima hoje, até amarrou os sapatos sozinha antes de saírem.

— Isso é bom — eu falei. Abanei-me com a mão, sentindo de repente um calor terrível.

Mamãe pegou um dos outros bancos e o puxou para perto de mim.

— O que está acontecendo? Você está me assustando.

Minha garganta estava tão seca que era difícil engolir. Minha cabeça girava.

— Estou grávida — sussurrei.

— Como é?! Você disse que está grávida? — Sua voz reverberou pelas paredes da cozinha.

Agarrei o braço dela.

— Xiu, não grita, ninguém pode saber!

— Do que está falando? É uma notícia incrível! Estou feliz demais por você! — ela se emocionou.

Balancei a cabeça.

— Não quero que as pessoas saibam. Tenho certeza de que não vai durar. Só estou chocada. — Minha mãe e eu éramos próximas, então não precisava explicar meus problemas de fertilidade para ela.

Ela olhou para trás, certificando-se de que a porta dos fundos estivesse fechada antes de falar novamente.

— Como isso é possível? De quanto tempo você está?

— Não sei. — Eu ainda sentia como se não conseguisse engolir. — Posso tomar um copo de água?

Ela deu um pulo e correu até a pia, tão à vontade em nossa cozinha quanto na dela. Ela me serviu um copo. Engoli quase a metade antes de parar, limpei a boca com as costas da manga e respirei fundo.

— Fui ao médico porque achava que estava entrando em uma menopausa precoce. Foram dois meses sem descer e eu estava me sentindo muito cansada ultimamente, então imaginei que era isso que estava acontecendo. — Comecei a rir. Soava estranha, diferente da minha risada normal. — Ela tirou sangue e urina de rotina só para ver se aparecia alguma coisa. E acontece que... — Apontei para a minha barriga.

— E eles têm certeza?

— Os níveis de HCG não erram. — Significava que tínhamos engravidado na primeira noite em que fizemos amor desde que trouxemos Janie para casa. Corei com a lembrança, feliz por minha mãe não conseguir ler meus pensamentos.

— Meu Deus, não consigo acreditar nisso. Depois de todo esse tempo tentando... Você ligou para o Christopher no caminho para casa? O que ele disse?

Balancei a cabeça.

— Não vou contar para ele.

Ela se empertigou.

— Como assim?!

— Não faz sentido deixá-lo nervoso quando tenho certeza de que vou ter um aborto espontâneo a qualquer momento. Por que fazer isso?

— Certo, mas não acha que ele gostaria de saber independente disso? Principalmente se você tiver um aborto espontâneo, porque assim ele pode te ajudar se acontecer.

Piper sempre nos disse que levava um ano para uma família adotiva se ajustar, e ela estava certa. Fazia quase nove meses desde que havíamos nos tornado pais de Janie e, embora não parecesse nada com o planejado, estávamos chegando a um novo normal. Com o tempo, três passos para a frente e dois para trás começaram a significar um grande avanço. Eu queria que o aborto acontecesse logo para que pudéssemos seguir em frente com as nossas vidas.

— Mãe, não conta pra ninguém, tá bom? Por favor... me promete! Nem para o papai, porque você sabe que ele não consegue guardar segredo, e dessa vez não quero que a Allison saiba. — Meus abortos a deixavam acabada do mesmo jeito que acabavam comigo. Não quero fazer isso com ela de novo. Eu não queria que nenhum de nós passasse por isso outra vez.

Minha mãe apertou meus braços.

— Você não está nem um pouquinho animada?

Balancei a cabeça. Fui treinada ao longo de um bom tempo a não me animar com uma notícia dessas. É por ter esperança que nós nos machucamos.

...

Ainda não tinha acontecido nada quando fui à consulta com uma obstetra, na semana seguinte. Mas isso não queria dizer muita coisa. Só porque não houve sangramento não significava que eu ainda estivesse grávida. Eu já havia passado por aquilo antes.

— Você quer esperar seu marido? — a obstetra me perguntou. Eu não conseguia me lembrar de seu nome. Tinha simplesmente escolhido o primeiro da lista enviada pelo meu seguro. Não tinha nem mesmo verificado as credenciais. Um jeito muito distinto de lidar com as coisas se comparado a como nós agimos durante a primeira vez em que engravidei. Uma diferença que seria cômica se não fosse tão triste.

— Não, tudo bem, pode começar — eu disse, virando minha cabeça para o lado. Eu tinha aprendido a não olhar. Tornava tudo mais fácil.

Ela esguichou o lubrificante na minha barriga e trouxe o transdutor para perto do meu ventre. O batimento cardíaco era inconfundível. Um som longo que tamborilava como um trem.

— Ai, meu Deus! — eu exclamei, com lágrimas brotando dos olhos. — Eu estou grávida!

CASO Nº 5243

ENTREVISTA:
PIPER GOLDSTEIN

ELES CONTINUARAM A ME PERGUNTAR SOBRE A GRAVIDEZ DE HANNAH como se eu estivesse escondendo alguma coisa, o que não era verdade. Eu nunca soube que Hannah estava grávida. Nem poderia imaginar.

— Hannah não parecia grávida da última vez que nos vimos antes de ela dar à luz. Ela sempre foi muito pequena, então vocês devem achar que não teria como eu não notar, mas, bom, realmente não notei. — Geralmente sou boa em perceber essas coisas, mas ela nem parecia ter engordado. — Fiquei chocada quando descobri que ela teve um bebê.

— Espere aí... — Luke levantou a mão. — Pensei que você tivesse dito que esteve envolvida com eles continuamente por dois anos.

— Estive.

— E só soube que ela estava grávida depois de o bebê já ter nascido? Isso significa que você ficou sem ver o casal por pelo menos alguns meses. — Ele rabiscou algo em seu caderno.

— Suponho que sim.

— Então você não tem ideia do que aconteceu na casa deles entre novembro e janeiro, não é?

Balancei a cabeça em uma negativa.

— Me desculpa, Piper. Eu preciso que você fale as respostas.

— Não, mas não importa. Isso não teria mudado nada.

Ele olhou para mim como se não acreditasse em minhas palavras, da mesma forma como eu não acreditava nelas.

VINTE E SETE

Hannah Bauer

— NEM CONSIGO DESCREVER COMO É CARREGAR UM FILHO DEPOIS de tudo o que passei — eu disse a Allison ao telefone. Meu segredo tinha durado dois dias. Sofri com a ideia de perder meu bebê como se isso de fato tivesse acontecido, como se eu já o tivesse velado. De certa forma, foi como ir ao funeral do próprio avô e descobrir um tempo depois que ele ainda estava vivo. Foi realmente chocante. Não pude evitar, e tive que contar a Allison.

— Você já contou para o Christopher?

— Não, ainda não.

— Então se apressa e conta logo para ele. Você tem que falar com Christopher antes do jantar do próximo fim de semana, porque ele vai dar uma olhada no meu rosto e vai saber que alguma coisa está acontecendo.

Eu ri. Ela sempre foi uma péssima mentirosa.

— Vou contar.

Eu tinha medo da reação de Christopher. E se ele não ficasse feliz e sua negatividade afetasse o bebê? E se isso fizesse alguma coisa ruim acontecer? Parecia bobo, já que tudo o que queríamos por anos era um bebê, mas eu estava com medo de que ele não o quisesse mais agora que tínhamos Janie. Continuei adiando, mas não podia o evitar por muito mais tempo.

Estávamos no meio de um episódio de *Homeland* naquela noite quando deixei escapar:

— Estou grávida.

Eu nem tinha planejado, apenas escapou.

— O que você disse? — ele perguntou.

— Estou grávida. — As palavras ainda pareciam estranhas na minha boca, mesmo que eu as tivesse dito a mamãe e a Allison.

— O que... Como?!... Você... Como isso aconteceu?! Não estou entendendo... — Ele balançava a cabeça com descrença.

Eu sorri.

— Deixa eu explicar para você... Para começar, a mulher tem ovários, e o homem tem o esperma, que ele libera...

Ele me cortou.

— Isso não é engraçado. Sério, como você engravidou?

Desliguei a TV e me virei para encará-lo.

— Não sei. Simplesmente aconteceu.

O silêncio cobriu nós dois. Pouco depois, ele se levantou e começou a andar pela sala, algo que só fazia quando estava muito nervoso. Ele sempre fazia isso enquanto se preparava para uma grande cirurgia. Meu estômago se revirou. Eu estava com medo desse comportamento. Não era uma pessoa supersticiosa, mas eu estava obcecada em alimentar as coisas positivas em relação ao bebê. De alguma forma, parecia que manter longe todas as coisas negativas poderia ser a chave para segurá-lo.

Ele parou, colocou as mãos nos quadris, e perguntou:

— De quanto tempo você está?

— Quase três meses.

— Três meses?! — Sua boca se abriu. — Como está grávida de três meses e só está me contando agora?!

— Acabei de descobrir... Eu não sabia.

— Como você não sabia que estava grávida?

Estreitei os olhos.

— Com licença, mas por acaso você sabe como é estar grávida? A única coisa que aconteceu é que eu me senti muito cansada.

— E a sua menstruação?

— Como assim? Eu...

— Isso não foi uma pista? Como você não menstrua por três meses e não pensa que pode estar grávida? — Ele passava as mãos pelo cabelo.

A raiva endureceu minhas costas.

— Quer saber? Para de falar comigo como se eu fosse uma idiota e de agir como se eu fosse uma adolescente escondendo a gravidez da família. Eu não tinha ideia... Nenhuma! Nem imaginei que o cansaço tivesse alguma coisa a ver com a minha menstruação atrasada. Só achei que estivesse entrando na menopausa.

Ele soltou um suspiro profundo.

— Me desculpa, mesmo. Me desculpa, eu só... só estou chocado. Nem sei o que dizer.

— Você poderia dar os parabéns — lancei, e saí pisando duro ao longo da sala de estar e do corredor até o nosso quarto, terminando por bater a porta.

VINTE E OITO

CHRISTOPHER BAUER

HANNAH PASSOU DE NÃO SABER QUE ESTAVA GRÁVIDA A ANDAR PELA casa com um olhar sonhador no rosto, esfregando sem parar a barriga, mesmo que ainda estivesse pequena. Ela descansava a mão sobre o ventre como se pudesse sentir o bebê crescendo. Seu rosto reluzia com o brilho da gravidez, e eu nunca a tinha visto tão feliz.

Tentei fingir que estava feliz e animado com o bebê, mas só conseguia pensar em Janie e em como isso a afetaria. Ela era a única criança à minha frente. Era difícil eu me sentir próximo de um bebê que só era real em nossas discussões. O amor me inundou no instante em que cogitei me tornar o pai de Janie, mas eu continuava esperando a súbita onda de amor por nosso novo bebê, e ela simplesmente não chegava. Parecia surreal, como se nada estivesse realmente acontecendo, ou como se acontecesse com outra pessoa.

— Ainda não conversamos sobre o bebê — Hannah disse, enquanto nos sentávamos diante da mesa de centro para montar nosso último quebra-cabeça. Ela me conhecia muito bem e, apesar das tentativas de parecer animado, minhas dúvidas não passaram despercebidas por ela.

— Certo — eu respondi lentamente. — Sobre o que você quer falar?

— Sério?! — Ela ficou alterada.

— Eu gostaria de estar empolgado com o bebê como você está, mas, sinceramente, não consigo... Você sabe como isso vai complicar nossa vida, que já está tão problemática. — Normalmente, eu teria agarrado a mão dela, mas ela tinha estado tão fria comigo nos últimos tempos que provavelmente se afastaria, então não me dei ao trabalho.

— Muita gente tem dois filhos. — Suas palavras eram tão frias quanto sua linguagem corporal.

— Amor, você sabe que não é a mesma coisa. — Toda e qualquer normalidade e estabilidade que tínhamos criado iria desabar. Ela também sabia disso, embora não admitisse.

— Me parece que você não está conectado com o nosso bebê, e estou preocupada com os efeitos disso quando ele estiver aqui. Acho que seria bom se você falasse mais sobre os seus sentimentos — ela disse com sua voz de terapeuta. Nós dois a tínhamos desenvolvido nos últimos meses. Passamos tanto tempo na terapia aprendendo a falar sobre sentimentos com Janie que nos tornamos miniterapeutas em nossas interações, tanto eu quanto ela.

— Estou lutando comigo mesmo. — Não adiantava esconder o que ela já sabia. Ela esperou que eu continuasse. Corri as mãos pelo meu cabelo, nervoso. Eu não queria a aborrecer, mas tinha de dizer a verdade. — Estou preocupado com o impacto que terá em nossas vidas. Estou com medo de como a Janie vai reagir quando descobrir.

— Ela provavelmente nem vai se importar. Não tem a capacidade de pensar seis minutos no futuro, muito menos seis meses — Hannah disse.

— Mas e depois que o bebê estiver aqui? — perguntei. Eu não sabia como ela reagiria quando descobrisse que teria que nos compartilhar com outra criança.

Hannah riu.

— Ela definitivamente vai lutar. Isso é um fato. Ela vai ser um pesadelo quando o bebê estiver aqui.

— Não sabia que você já tinha se tocado sobre isso.

Ela ergueu as sobrancelhas.

— Óbvio que sim! Foi a primeira coisa que pensei. A Janie sempre é o meu primeiro pensamento antes de qualquer outra coisa. — Eu poderia dizer pela forma como ela estreitou os olhos que eu a tinha chateado novamente.

— Não quero brigar, nem queria ofender você de jeito nenhum. Só estou com medo.

— Não sei por que está com tanto medo. Sou eu quem vai ter que estar aqui o dia todo cuidando do drama. — Sua fala estava cheia de espinhos.

Suspirei.

— Por favor, sem briga. Nós temos ido bem ultimamente.

— Não estou querendo brigar. Só me chateia muito o quanto você é indiferente quanto ao bebê. Você ficou tão animado quando adotamos a Janie, mas agora faz quase três semanas e você mal falou sobre nosso bebê. — Seus lábios se repuxaram, formando uma carranca. Assim como um sorriso iluminava seu rosto inteiro, suas caras fechadas criavam uma sombra sobre Hannah.

— Vem cá — eu disse, gesticulando para que se aproximasse. Ela deslizou pelo sofá até meus braços. Eu a apertei com força. — Vou tentar melhorar, tá bom? Com certeza estou animado com o bebê. Estou, sim. Vai ficar tudo bem.

Foi a primeira vez em nosso casamento que menti conscientemente para ela.

VINTE E NOVE

HANNAH BAUER

ALLISON APARECEU COM MAIS SACOLAS DE ROUPAS USADAS. ELA TINHA vasculhado todas as roupinhas antigas de Dylan e Caleb, separando qualquer coisa que fosse de gênero neutro, já que não queríamos saber o sexo do bebê. Minha família ficou emocionada com minha gravidez, o que compensou a falta de entusiasmo de Christopher. Eles me mimavam o tempo todo.

— Estou animada demais por você ser mãe — Allison disse. Ela rapidamente colocou a mão sobre a boca. — Ai, meu Deus, eu não queria ter me expressado desse jeito. — Seus olhos correram ao redor da sala para ver se Janie tinha ouvido, mas ela estava muito ocupada jogando Uno com os meninos. — Você já é mãe, o que eu quis dizer é que... Bom, você sabe que...

Eu a interrompi.

— Sem problema. Sei o que você quis dizer e, sinceramente, eu também sinto isso.

Ela pareceu aliviada.

— Entendo como essa adoção tem sido difícil, e você sabe que eu sempre apoiei essa decisão, só que sempre fiquei triste por saber que você queria tanto um bebê, mas nunca teve um. E agora estou feliz demais por você finalmente ter a oportunidade. Nenhuma mulher deveria perder isso, é mágico! — ela disse.

Eu ri.

— É mesmo. Estou adorando absolutamente tudo porque nunca pensei que teria essa experiência. Nem me importo com o tanto de peso que estou ganhando.

Meus seios já tinham crescido dois números, mas como passei de quase nada a uma coisa qualquer que fizesse volume no sutiã, só quem percebeu foi meu marido. Eu mal podia esperar até que minha barriga inchasse com aquele pãozinho crescendo no forno.

— Está nervosa por causa de hoje à noite? — ela perguntou.

Seria a noite em que contaríamos a Janie sobre a gravidez. Eu ainda achava que deveríamos esperar até estarmos mais adiantados, mas, assim que atingimos a marca de quatro meses e as chances de aborto espontâneo caíram significativamente, Christopher se sentiu pronto para dar a notícia a ela.

— Não estou preocupada com a Janie porque acho que ela nem vai notar ou se importar. É muito abstrato para ela até que realmente tenha alguma coisa para ver. Estou preocupada porque acho que o Christopher vai ficar desapontado com a falta de reação dela — eu disse. — Tem certeza de que vocês não podem ficar para o jantar?

— Por mais que eu queira, já combinamos de ver um filme de que nunca ouvi falar, mas que o Greg diz que está todo mundo adorando.

— Você poderia deixar os meninos com a gente. — Ela não tinha deixado as crianças conosco nenhuma vez desde a chegada de Janie, e eu me sentia mal por isso. — Eu teria preferido que eles ficassem aqui.

— Ah, mas eles vão com a gente. Não te contei? A gente deixa que eles assistam a outro filme ao mesmo tempo. No mesmo cinema, em salas diferentes. Já está acontecendo. — Ela apontou para a porta dos fundos, onde os gritinhos e risadas nos mostravam que eles ainda estavam se divertindo. — Aproveite bastante a fase da sua menina. Logo, logo ela vai deixar de achar vocês legais o suficiente para saírem por aí com ela.

...

Mais tarde naquela noite, Christopher entrou na sala de jantar carregando um bolo. Eu o olhei com curiosidade. O bolo não fazia parte do nosso plano. Ele sorriu e colocou-o na frente de Janie. Sobre o doce, havia uma cegonha azul gigante carregando um bebê embrulhado no bico.

— Papai, eu gostei do passarinho! — ela gritou.

— Você viu o que o passarinho está carregando? — ele perguntou.

Janie concordou com entusiasmo, sempre ansiosa para dar a resposta certa.

— Um nenê!

Ele agarrou minha mão e me puxou para perto dele, passando o braço em volta da minha cintura. Eu segurava uma camiseta às costas, esperando minha deixa.

— Isso mesmo. E a gente tem uma coisa muito emocionante para contar sobre um nenê. — Christopher me deu um apertão.

Tirei a camiseta de trás e a segurei diante de Janie. As letras roxas em neon anunciavam: Fui promovida a irmã mais velha.

— Janie, esta é a sua camiseta especial...

Ela pegou de mim antes que eu pudesse ler o que dizia.

— É bonita. — Ela começou a tirar a camisa que estava usando. Christopher pôs a mão no ombro dela. — Diminui um pouco a velocidade, meninona.

— Tem uma mensagem especial escrita só para você na sua camisa — eu disse.

— Sério? — Ela a virou e olhou para as letras. — O que diz aqui?

— Diz assim: "Fui promovida a irmã mais velha".

Ela olhou de mim para Christopher e de volta para mim, totalmente perdida.

Ajoelhamo-nos diante dela. Christopher apontou para meu ventre.

— Sua mãe está criando um bebezinho na barriga. Quando o bebê estiver bastante grande, ele vai sair da barriga dela, e então vai virar parte da nossa família. Isso significa que você vai ser uma irmã mais velha.

Janie cutucou minha barriga.

— Tem um nenê aqui?

Fiz que sim com a cabeça.

— Logo você vai poder sentir ele ou ela se mexendo dentro de mim. O bebê vai chutar e fazer várias outras coisas. Vai ser muito legal.

Ela olhou para mim.

— Como ele sai daí? — Ela me cutucou de novo, dessa vez com mais força.

— Quando for encostar na minha barriga, querida, tem que ser bem devagarzinho — eu disse, colocando minha mão sobre a dela. — Às vezes os médicos precisam tirar o bebê da barriga da mãe, outras vezes o bebê sai sozinho, pela vagina dela.

Ela torceu o nariz.

— Eca, que nojo! Mas que coisa nojenta!

Eu e Christopher rimos.

— A gente pode ir lá fora? — ela perguntou, enfiando os braços de volta na camiseta que estava usando antes e deixando a camiseta de irmã mais velha esquecida em um canto.

— Mas e aí, está animada para ser irmã mais velha? — Christopher perguntou.

Ela olhou para ele, confusa, como se não tivesse certeza do que ele de fato perguntava, como se tentasse descobrir a resposta correta, aquela que ele mais gostaria de escutar.

— Sim, animada! — ela respondeu, mas com a voz monótona.

...

Eu estava determinada a colocar Janie na escola antes que o bebê nascesse. Tínhamos desistido por um tempo e concordamos em dar a ela mais uns meses de adaptação, mas tudo era diferente agora. Eu queria acomodá-la enquanto ainda tinha energia para ajudar na transição. Lidei com as coisas desta vez, e usei uma abordagem diferente.

Matriculei-a em uma escola particular tradicional, mais estruturada e a poucos quarteirões do hospital. Parte do processo de admissão era uma visita de meio período. Janie estava com um sorriso de orelha a orelha quando fui buscá-la mais tarde.

— Como foi? — perguntei, colocando-a em seu assento no carro.

— Fiz uma amiga nova. O nome dela é Elodie, e ela quer ser minha amiga também. Ela diz que eu posso ser a chefe dela — contou Janie. — Gostei da escola.

Ela falou sobre Elodie até ir para a cama naquela noite. Não pensamos duas vezes antes de dizer sim quando nos ligaram para informar que ela tinha sido aceita. Se antes tínhamos de levá-la enquanto nos chutava e gritava, desta vez ela foi à escola com toda a boa vontade e me deu tchau, mal podendo conter a ansiedade de me ver ir embora.

Nas primeiras duas semanas, eu verificava obsessivamente o meu telefone, esperando uma ligação para me dizer que Janie tinha feito alguma coisa errada, tido um daqueles acidentes ou mordido uma criança, mas essa ligação nunca aconteceu. Ela gostou de sua nova escola e parecia feliz lá. Voltava para casa animada para nos mostrar os projetos que tinha feito, e não demorou muito para que nossa geladeira estivesse cheia de suas obras de arte. Ela chamava Elodie de sua melhor amiga e dizia que elas formavam um time secreto. Sua professora, a sra. Tinney, adorava Janie e sua postura. Ela disse que nossa filha era uma das crianças mais brilhantes da classe e que teve uma das transições mais suaves que já tinha visto. Nós irradiamos orgulho ao ouvir aquilo.

Com Janie na pré-escola quatro horas por dia, comecei a planejar as coisas para a chegada do bebê. Allison e minha mãe me provocavam sem piedade, enviando-me coisas engraçadas ao longo do dia sobre a preparação do ninho. Eu gostava daquilo, e aproveitava cada minuto livre. Vasculhei todos os guarda-roupas e me livrei de tudo o que não tínhamos usado nos dois anos anteriores. Depois de examinar as roupas, remexi os armários da cozinha, jogando fora potes velhos e substituindo conjuntos quebrados de panelas e frigideiras. Organizei todas as roupas de cama, toalhas de mesa e panos no aparador do corredor. Aluguei um limpador de carpetes na Home Depot e passei dois dias lavando todos os tapetes.

Eu não costumava ser obcecada por limpeza, mas adorei aquilo. Estava me livrando do que era velho e me preparando para algo novo. Limpei tudo no escritório e levei todos os móveis para a garagem, a fim de que pudéssemos transformar o cômodo no quarto do bebê. Na época em que sonhávamos com a possibilidade de ter um filho, eu vasculhava as postagens do Pinterest em busca de ideias para o quarto da criança, mas apaguei tudo o que eu tinha salvado depois que adotamos Janie, então tive que recomeçar a planejar do zero. Passava minhas noites sentada perto da lareira, olhando fotos de móveis e acessórios para bebês. Era difícil acreditar que, em menos de dois anos, tínhamos ido de passar as noites aconchegados um ao lado do outro no sofá, com nossos notebooks abertos e folheando centenas de fotos de crianças para adoção, para prepararmos as boas-vindas ao mundo de um segundo filho.

— Vamos ter dois filhos. Dá para acreditar, Christopher? Duas crianças!

Ele se levantou do sofá, caminhou até minha cadeira e se sentou no braço. Ele olhou para mim.

— Nunca vi você tão feliz, e posso dizer que não tem nada neste mundo que eu goste mais do que ver você feliz.

TRINTA

CHRISTOPHER BAUER

FOI UMA MÁ IDEIA DEIXAR JANIE IR NO CHÁ DE BEBÊ. EU TAMBÉM NÃO queria estar ali. Não entendia por que não podia ficar com ela durante o dia enquanto faziam o evento, mas Hannah insistiu que estivéssemos presentes. Todos os maridos foram convidados. Os chás de bebê não eram mais acontecimentos apenas para mulheres, mas eu não me importaria se voltassem a ser.

Normalmente, Hannah se descontrolava sempre que tínhamos uma grande festa ou um evento em casa, tomada pela ansiedade, mas como Lillian e Allison estavam organizando o chá, ela não precisava fazer muita coisa, exceto relaxar e se divertir. Hannah se sentou na sala com os pés apoiados em nosso banquinho bordado enquanto Lillian e Allison se movimentavam pela casa cuidando de tudo. Seus pés incharam assim que ela atingiu a marca dos seis meses. Janie corria de cômodo em cômodo tentando chamar a atenção das pessoas.

— Janie, você pode sair e brincar lá fora para a vovó e a tia Allison cuidarem das coisas aqui? — Hannah perguntou de seu posto na sala de estar.

— Eu quero ajudar! — Ela bateu os pés e cruzou os braços. Eu assistia do meu canto, no sofá da sala, para ver o que Janie faria.

— Querida, por que não sai para brincar com o seu pai? — Lillian me lançou um olhar de censura.

Eu tinha tentado ajudar no início do dia, mas acabei empurrado para longe, assim como Janie. Enfiei meu telefone no bolso de trás da calça jeans.

— Vamos no balanço, querida — eu disse, levantando-me e indo em direção à porta dos fundos.

Ela não se moveu de seu lugar na cozinha.

— Janie, a gente não tem tempo para isso. Vamos logo! Vamos só sair e brincar um pouco. A gente pode fazer o que você quiser — argumentei.

— Quero ajudar! — ela insistiu, contorcendo o lábio inferior e fazendo um beicinho extremamente exagerado.

Lillian entregou a ela um dos balões que tinha acabado de encher.

— Aqui, pega isso e vai brincar com ele lá fora... Você pode jogar para cima e tentar pegar quando descer.

Janie o pegou, olhou para a avó e prontamente apertou o balão entre as mãos até estourá-lo, fazendo todos nós pularmos de susto.

— Janie, isso não foi legal! — Hannah a censurou.

— Você não é legal! — Janie disparou de volta.

Estávamos a um passo de uma briga. Rapidamente, peguei Janie e a lancei sobre meu ombro como um saco de batatas. Fiz cócegas em suas pernas enquanto caminhei rumo à porta, levando-a para fora. Isso às vezes funcionava e evitava um de seus colapsos, mas seu rosto ainda estava imutável quando chegamos ao quintal.

Seu comportamento não melhorou com o passar do dia. Janie fazia cara feia para as pessoas quando elas entravam na casa e cumprimentavam Hannah. Mal falava com minha mãe quando ela chegava perto, e se recusava a responder quando as pessoas se dirigiam ela. A menina estourava todos os balões que conseguia alcançar, assustando os convidados o tempo todo. As pessoas tentaram rir disso, mas não demorou muito para que se tornasse irritante. No começo, nós a ignoramos como fazíamos diante de seu costume de chamar a atenção, mas tivemos de intervir quando ela foi até o bolo. Era uma torre de três camadas feita de cupcakes e quase tão elaborada quanto nosso bolo de casamento. Aliás, devia ter custado uma fortuna.

— Não, Janie! — gritei quando a vi alcançando um dos cupcakes.

Ela fingiu não ter me ouvido. Todos olhavam enquanto ela pegava um cupcake do centro e o puxava para fora. Prendi a respiração, pensando que o bolo fosse cair. Felizmente, não aconteceu.

— Para com isso! — Hannah exclamou. — Se não vai se comportar durante a festa, pode ir para o seu quarto. — Ela apontou para o corredor que levava ao quarto de Janie.

Olhei surpreso para Hannah. Nunca havíamos mandado Janie para o quarto dela. Era uma maneira normal de disciplinar uma criança, mas o que Janie faria lá sozinha? Já fazia um tempo desde o último colapso total, e eu realmente queria que continuasse assim, especialmente com nossa casa cheia de gente.

Janie mordeu o cupcake e sua boca se encheu de glacê amarelo. Ela sorriu para Hannah, o amarelo manchando seus dentes.

— Você vai ser uma mãe ruim.

Hannah recuou como se Janie tivesse dado um soco em seu estômago. Ela levou as duas mãos ao rosto e cobriu a boca. Todos na cozinha começaram a falar ao mesmo tempo para quebrar a tensão e fingir que não tinham ouvido as palavras de Janie.

Agarrei o braço de Janie e a arrastei pela sala. Ela começou a gritar enquanto nos movíamos entre as pessoas.

— Está me machucando, papai! Você está me machucando!

Apenas continuei, meu rosto vermelho de vergonha e raiva. Eu a empurrei para dentro do quarto e, entrando com ela, bati a porta.

— Nunca mais diga algo assim para a mamãe! — Eu estava furioso. Nunca estive tão bravo com ela.

Ela se jogou no chão, soluçando.

— Para com isso, Janie, só para! — eu disse, entredentes.

Todos na festa podiam ouvi-la, o que só fez seus gritos parecerem mais altos.

A FILHA PERFEITA

Batendo os punhos contra o chão, ela chorava tanto que parecia não se lembrar de respirar. Normalmente, meu coração doía por ela quando Janie estava chateada, mas eu estava irritado demais com o que ela tinha dito a Hannah para me condoer. Senti a dor de Hannah. Esse dia significava muito para ela, e Janie o tinha arruinado.

Os gritos de Janie mudaram da raiva para soluços devastadores.

— Eu sou uma menina ruim! Eu sou uma menina ruim! — ela urrava.

Sua autodepreciação tocou meu coração, e a raiva começou a se dissipar. Devia ser difícil para ela. Ela não entendia que o bebê não nos levaria para longe e que haveria amor suficiente para todos. Ela estava apenas sofrendo.

Quando parte da minha raiva já tinha sumido, eu a vi encolhida no chão, tremendo. Sentei-me ao lado dela e estendi a mão, mas Janie a afastou. Ela se enrolava como uma bola.

— Você não é uma menina ruim, de jeito nenhum. Só acabou de fazer uma coisa ruim. Mas foi só uma, só uma coisa ruim. — Acariciei suas costas até que os soluços diminuíram. — Todo mundo faz algumas coisas ruins de vez em quando. É normal, e vai ficar tudo bem.

TRINTA E UM

HANNAH BAUER

MEU ESTÔMAGO SE REVIROU QUANDO ENTRAMOS NA ESCOLA DE JANIE; íamos nos encontrar com a professora, a sra. Tinney, para discutir o comportamento da menina. Ela estava agindo mal desde o chá de bebê, três semanas antes, e a data prevista para o parto era para dali a duas. O que eu faria se Janie fosse expulsa de outra pré-escola?

A sala de aula de Tinney se parecia com as salas em que eu tinha crescido. Havia um enorme tapete no centro para as crianças se reunirem durante a hora da roda. Pequenas estantes perfiladas na parede do fundo traziam os nomes das crianças, cuidadosamente rotulados em cada espaço. Estações foram montadas ao redor da sala para várias atividades, e as paredes exibiam com orgulho as obras de arte dos pequenos.

Eu estava grande demais para me espremer em qualquer uma das cadeiras em miniatura, então fiquei de pé enquanto Christopher e a sra. Tinney se sentavam. Isso tornou a situação ainda mais estranha e desconfortável do que já seria.

— Como está se sentindo?— ela perguntou, antes de começar.

— Quase tendo um bebê. — Eu sorri, tentando ser educada, ainda que apenas quisesse saber por que estávamos ali.

— Essas últimas semanas parecem se arrastar para sempre. Sem contar que todos os meus três filhos se atrasaram — ela disse.

— Ai, tomara que este chegue no tempo certo. — Passei a mão pela barriga inchada, instintivamente, como fazia sempre que alguém mencionava o bebê.

Ela colocou as mãos sobre a mesa.

— Normalmente, eu teria chamado vocês para uma conferência assim que percebêssemos que a Janie estava com problemas, mas, como vocês estavam esperando outro filho, imaginei que os problemas dela fossem apenas parte dessa transição, e então passariam. Filhos únicos quase sempre têm problemas quando outro membro chega na família.

Janie estava regredindo a um tipo de comportamento que não víamos há meses. Ela tinha ataques de gritos incontroláveis quase todos os dias, recusava-se a comer e jogava os alimentos em nós, exigindo algo diferente e alegando que vomitaria se tivesse que engolir aquilo. Ela começou a ter acidentes de novo, mas desta vez em casa *e* na escola. Janie sempre escondeu comida em seu quarto, debaixo da cama, mas então começou a acumular uma infinidade de objetos estranhos que não faziam nenhum sentido, como os sapatos de Christopher, o controle remoto ou toalhas de papel da cozinha. Quando confrontada por nós, ela sempre mentia. A dra. Chandler disse que deveríamos ignorá-la, assim como tínhamos feito antes, mas não estava funcionando desta vez.

— Eu queria me encontrar pessoalmente com vocês hoje para informar que a mãe da Elodie está esperando uma ligação sua sobre o que está acontecendo entre Elodie e Janie na escola. Eu queria que tivéssemos a chance de tratar dessa conversa antes que ela acontecesse.

— O que está acontecendo entre ela e a Elodie? — Christopher perguntou. Seu rosto estava marcado pela preocupação. Janie se referia a Elodie como sua melhor amiga. Nunca ouvimos falar de nenhum problema.

— A Elodie começou a pedir para ficar dentro da sala durante o recreio. Esse foi o primeiro sinal de alerta. Ela não podia fazer isso, porque todas as crianças precisam ficar do lado de fora durante o intervalo. Então comecei a observá-la de perto, e notei que chorava muito quando íamos ao parquinho. Sempre que eu perguntava o que estava acontecendo, ela dizia que a Janie estava sendo má.

— O que a Janie está fazendo com ela? — perguntei.

— A Elodie não diz o que acontece, só diz que ela está sendo má. Chamei a Janie de lado e falei com ela sobre isso, mas ela disse não saber por que a Elodie estava tão chateada. Não era uma coisa incomum, as crianças brigam e se machucam o tempo todo. Mas aí a Elodie começou a se recusar a brincar com a Janie. Parecia mais do que uma briga típica. Ela estava realmente com medo da Janie.

Ela olhou firmemente para nós dois antes de continuar, certificando-se de que estávamos digerindo o que ela dizia.

— A mãe da Elodie me ligou hoje de manhã e disse que a Janie estava machucando a filha dela na escola. Ela está voltando para casa com hematomas. A mãe não deu tanta importância no começo, mas isso continuou acontecendo e ela ficou mais preocupada. Ontem à noite, ela notou que o braço inteiro da Elodie estava com hematomas. Ela finalmente conseguiu que a menina falasse, e a Elodie disse que a Janie beliscava ela quando ninguém estava olhando.

Um arrepio percorreu minha espinha. Janie teve problemas nas pré-escolas anteriores, mas ela nunca tinha machucado ninguém de propósito. Christopher demorou um pouco para falar.

— Tem certeza de que é ela? — ele perguntou.

— Sim. Perguntei para a Janie sobre isso ontem, e ela admitiu.

— Admitiu? O que ela disse quando você perguntou? — indaguei. Ela não tinha dito nada para mim sobre isso quando a busquei na escola. Tinha agido normalmente.

— Ela disse que queria fazer a Elodie chorar. Quando perguntei por que ela queria isso, ela disse que gosta de ver como as pessoas ficam quando choram. — O rosto da sra. Tinney era sombrio. Eu nunca a tinha visto tão séria.

— Ela disse mais alguma coisa? — Christopher perguntou.

— Não. Foi isso. Expliquei para ela que não era bom fazer outras pessoas chorarem, por nenhum motivo. — Ela recostou-se na cadeira e cruzou as mãos no colo. — Como podem imaginar, a mãe dela está muito nervosa. Ela quer que a Janie seja expulsa da escola, e eu não quero expulsar a Janie. Não mesmo, de verdade. Prefiro pensar que ela esteja passando por um momento difícil com o novo bebê...

— Está, sim. Estamos tendo diversos problemas em casa também .

— Eu imaginava isso. De toda forma, já que a Janie foi violenta com outro aluno, se os pais se sentirem desconfortáveis com a presença dela, vocês precisam me entender, nós teríamos que pedir para ela sair.

— É por isso que chamou a gente aqui? Para expulsar a Janie? — perguntei. Minha cabeça girava. O que eu faria se eles a expulsassem? Conseguiria matriculá-la em outra escola antes que o bebê nascesse? Havia tempo? Quais seriam as escolas seguintes da lista?

— Vocês se importariam de contar a história da Janie para a mãe da Elodie? — Ela se inclinou para a frente. — Só estou perguntando isso porque não quero perdê-la. Ela é uma ótima menina, e é uma alegria absoluta tê-la conosco. Está passando por um momento difícil agora, e eu preferiria ajudar em vez de punir. Compartilhar a história dela poderia fazer a mãe da Elodie ser mais compassiva.

— Então, se ela não insistir em expulsar a Janie, está dizendo que ela poderia ficar? — Christopher quis saber.

— Sim, é o que estou dizendo.

— Então é isso o que a gente vai fazer, se você acha que vai ajudar — Christopher disse.

Eu queria que Janie ficasse na escola tanto quanto Christopher, muito mais, diga-se de passagem, mas contar à mãe da Elodie sobre o passado da Janie não parecia certo para mim. Durante nossa consulta, prestei atenção enquanto Christopher e a dra. Chandler exibiam suas ideias para a tal conversa, uma discussão que parecia eterna e que me deixava cada vez mais desconfortável.

Nossa caminhada para casa depois da sessão foi lenta, pois meus pés estavam muito inchados, mas era bom estar do lado de fora. Em pouco tempo, estaria frio demais para ficar na rua. Tentei guardar minha opinião para mim durante a sessão, mas não conseguia mais.

— Se contarmos para a mãe da Elodie, parece que estamos usando o passado da Janie como desculpa para o comportamento dela.

— Não é uma desculpa.

— Sério? A única razão de estarmos fazendo isso é para a Janie não ser expulsa da escola.

— Isso não é verdade. Estamos contando para ela ter todas as informações necessárias antes de tomar uma decisão. — Ele falou como quando instruía seus estagiários.

— Ah, por favor, Christopher! A gente nem pensaria em contar para ela se não existisse essa razão.

Ele balançou a cabeça, imóvel.

— Você contaria para a mãe de outro aluno sobre a Janie?

— Não é essa a questão — ele retrucou.

— Só responde a minha pergunta.

— Mas não é disso que estamos falando!

Puxei minha mão da dele, irritada com sua recusa contínua em fazer de Janie a responsável pelo próprio comportamento.

— É exatamente disso que estamos falando! Só responde.

— Não.

— Você sabe que estou certa.

— Não quero brigar.

—Ah, meu Deus! — Eu não conseguia controlar de forma alguma a minha raiva. Eu soava histérica, sabia disso, mas não me importava. Estava cansada demais de vê-lo desistir de discussões difíceis só porque não queria discutir. — Quer saber, Christopher? Às vezes a gente precisa brigar!

Pisei forte na calçada e me lancei à frente, deixando Christopher bem para trás. Eu sabia que parecia ridícula, grávida de nove meses, bufando e ofegante pelo caminho, obviamente em meio a uma briga com meu marido, mas não me importava. Ele não falou comigo quando voltamos para casa, apenas pegou as chaves e foi buscar Janie na casa da Allison. Já tinha me acalmado quando ele voltou, mas ainda sentia o mesmo sobre contar tudo à mãe de Elodie, pois não queria abrir um precedente em que o mau comportamento de Janie fosse perdoado por causa de seu passado.

Christopher colocou Janie na frente da TV e veio falar comigo na cozinha. Eu estava cortando os legumes para usar no refogado do jantar.

— Está se sentindo melhor? — ele perguntou.

— Quer saber se eu ainda estou com raiva de você?

Ele sorriu.

— Sim.

Baixei a faca e olhei-o nos olhos.

— Não estou mais brava com você, mas isso não significa que eu tenha mudado de ideia. Machucar outra pessoa é inaceitável, e a Janie precisa saber disso. A única maneira de ela conseguir isso é sendo responsabilizada pelas próprias ações. Qualquer outra criança seria expulsa da escola pelo que ela fez.

— E ela ser expulsa da escola ajuda como?

— Olha, eu também não quero que ela seja expulsa. Pode acreditar em mim. É a última coisa que eu quero agora, mas nós temos de estabelecer um precedente para esse tipo de comportamento. O que sempre dizemos é que nós queremos que ela seja tratada como uma criança normal. Você não pode ter as duas coisas, Christopher.

— Você não conhece a história completa. Nós ainda nem conversamos com a Janie. Como saber se ela estava machucando a menina de propósito?

Bati minha mão no balcão.

— Você está brincando comigo?! Ela beliscou a menina com força suficiente para deixar hematomas... mais de uma vez! Ela sabia, com toda a certeza, ela *sabia* que estava machucando a outra.

— A gente não sabe disso.

Joguei as mãos para cima, completamente frustrada.

— Eu simplesmente desisto, estou largando mão.

— Certo. Eu que ligo para ela, então. Cadê o número?

Peguei as informações de contato em minha bolsa e entreguei a ele. Christopher as enfiou no bolso.

— Vou ligar para ela depois de falarmos com a Janie — ele disse. — Também quero ouvir o lado dela da história antes de sair falando sobre o que ela fez.

Ele esperou até depois do jantar para falar com Janie sobre o incidente com Elodie, afinal, ela sempre ficava mais feliz e receptiva depois de comer. Allison tinha nos mandado brownies recém-saídos do forno, e cada um de nós comeu um como sobremesa.

— A gente quer falar com você sobre a escola — Christopher começou.

— Tá — concordou Janie, lambendo a cobertura de chocolate em cima de seu brownie.

— Nós tivemos uma reunião com a sra. Tinney hoje, e ela disse que você está machucando a Elodie, que está beliscando a sua amiga. Por que está fazendo isso? — perguntei a ela.

Ela deu de ombros.

— Eu já disse para a tia Tinney que eu queria ver como ela ficava quando chorava.

— Mas por quê? Por que você iria querer fazer a sua amiga chorar? — Christopher perguntou.

Seu lábio inferior tremeu, e ela parecia envergonhada.

— Me desculpa, papai. Me desculpa.

— Não é certo fazer as pessoas chorarem. Você não pode fazer isso — Christopher disse, esforçando-se ao máximo para soar severo. — Não vai mais poder ir para a escola se continuar machucando a Elodie. Você entende isso?

Ela fez que sim.

Christopher ligou para a mãe de Elodie, mas, no fim das contas, não fez a menor diferença. Isso porque, dois dias depois, Janie empurrou a menina para fora do escorregador e Elodie quebrou o braço em dois lugares diferentes. A escola não teve escolha a não ser expulsá-la.

TRINTA E DOIS

CHRISTOPHER BAUER

OUVI HANNAH DESCREVER TODOS OS ARTIGOS QUE TINHA LIDO SOBRE como um animal de estimação poderia ajudar o filho único a lidar com os ciúmes de um futuro bebê, facilitando a transição. Ela estava obcecada pela história de uma das mamães blogueiras que seguia, pois sua filha tinha a mesma idade de Janie, e ela vivia sua jornada com apenas alguns meses de diferença da nossa.

— Eles compraram um cachorro para ela, e isso fez maravilhas, mudou todo o jeito como a menina agia. Não é incrível? — ela perguntou, sem esperar que eu respondesse. Ela já tinha me contado a história duas vezes, mas deixei que contasse uma terceira, pois Hannah estava animada com isso. — O ciúme dela desapareceu quase na hora, porque agora ela tinha uma coisa especial para cuidar, que era toda dela. Acho que pode ajudar muito a Janie se dermos um animal de estimação para ela. O que você acha? — Desta vez, ela fez uma pausa e esperou por uma resposta.

Sabia que ela já tinha se decidido sobre a ideia, mas eu ainda não tinha tanta certeza assim.

— Que tal comprarmos um peixinho dourado para ela? — perguntei. Ao contrário dela, eu não estava nem um pouco interessado em adicionar outro ser para cuidar em nossa lista crescente de responsabilidades.

Hannah começou a rir.

— Um peixe? O que ela vai fazer com um peixinho dourado? Ficar sentada e olhar pra ele enquanto ele nada em um aquário? Vai levar dois minutos para ela ficar entediada. Precisamos arranjar alguma coisa de que ela precise tomar conta o tempo todo. Uma coisa nova que seja só dela. Que tal um gato?

Fiz uma careta.

— Não sou muito chegado a gatos.

Ela me deu um soco de brincadeira no braço.

— A gente não vai pegar o gato para você, vamos pegar para ela. Pensa nisso. Eles são fáceis de treinar. Você não precisa se preocupar com as questões da casa, é só colocar o gato na caixa de areia e pronto. É um bicho com o qual a Janie pode até dormir. Acho que ela vai adorar!

— Desde que eu não tenha que dormir com o gato — brinquei.

Naquele fim de semana, nós fomos até a Petco ver a adoção de gatinhos. Não contamos a Janie aonde iríamos ou o que iríamos fazer porque queríamos surpreendê-la.

— Não quero fazer compras! — ela reclamou ao entrarmos no estacionamento da loja.

— Só espera para ver — eu disse, abrindo a porta. — Você vai gostar de fazer compras hoje.

— Mas eu odeio fazer compras! — ela disse com uma cara feia, mas saiu do carro e nos seguiu porta adentro.

Uma fila enorme percorria a loja. Aparentemente, todos tiveram a mesma ideia que nós.

— Uau — eu disse. — Acho melhor eu pegar um número e esperar na fila enquanto vocês dão uma olhada. Aposto que a Janie vai adorar ver as tartarugas ali atrás. O que acha, Janie, quer ver as tartarugas?

— Oba, tartaruga, tartaruga! — Janie gritou.

Elas foram ver os animais enquanto eu esperava nossa vez. A fila andou muito mais rápido do que eu imaginava. A maioria das pessoas só queria abraçar e brincar com os gatinhos, mas não estavam interessadas em levar um para casa. Mandei uma mensagem para Hannah quando estava perto do fim da fila, e elas correram dos fundos da loja para se juntarem a mim.

— A gente viu tartaruga, cobra e cachorrinho! A gente pode ter um cachorrinho? Por favor, a gente pode pegar um cachorrinho?! — Janie saltava para cima e para baixo.

Sorri para ela.

— A gente não pode ter um cachorrinho, hoje não, mas...

— Cachorrinho, não? — Seus olhos se encheram de lágrimas. — Eu quero um cachorrinho!

— Que tal um gatinho-bebê? — perguntei.

Suas lágrimas desapareceram instantaneamente.

— Um gatinho? Eu amo gatinhos! Eu posso ter um gatinho?!

— Pode, sim — respondi, bagunçando seu cabelo.

Ela ficou na ponta dos pés, tentando ver dentro da sala onde eles mantinham os gatos. Hannah a ergueu para dar uma olhada melhor.

— Gatinhos, estou vendo eles! Olha, mamãe, olha os gatinhos! — Ela apontava para os animais, que caíam uns sobre os outros em caixotes separados. Eles eram muito pequenos e fofos. Meu coração se encheu como acontecia toda vez que Janie ficava entusiasmada assim. Adorava experimentar o mundo através dos olhos dela.

— Eu também estou vendo. E é quase a nossa vez — eu disse.

Alguns minutos se passaram até o painel indicar a nossa senha, e então entramos todos na sala. Eram quatro ninhadas diferentes. Janie foi imediatamente até a ninhada mais próxima da porta e começou a pegar cada gatinho. Ela os erguia, um de cada vez, e olhava fundo em seus olhos.

— Não — ela dizia antes de jogar o gatinho de volta no cesto, sem muito cuidado, e ir atrás do seguinte. Então ela pegou um dos pretos com uma pequena mancha branca na ponta da cauda. — Este aqui, eu quero este!

— Tem certeza de que é esse que você quer? Não quer dar uma olhada nos outros gatinhos? — perguntei. Havia mais três caixotes cheios de gatos.

— Não, este é o que eu quero! — Ela o aninhou no peito.

Olhei para Hannah e dei de ombros. Ela sorriu de volta para mim.

Eu e Janie percorremos o resto da loja e compramos comida e os utensílios de que o gatinho precisaria. Enquanto isso, Hannah preenchia a papelada de adoção. Janie segurava o bichinho enquanto fazíamos as compras e repassava uma lista de nomes, mudando de ideia a cada três segundos, até se decidir, enfim, por Blue.

— Blue! Isso, o nome dela vai ser Blue! — ela anunciou com orgulho.

— Por que Blue? — perguntei.

Ela a segurou para que eu visse.

— Porque os olhos dela são azuis, iguais aos meus.

Ela carregou Blue no colo durante todo o caminho para casa, e eu nunca a vi tão feliz. Janie ficou fascinada pela gata, ainda que o animal estivesse estressado e tentando pular de suas mãos por ter medo do movimento do carro. Certifiquei-me de que Hannah carregasse Blue para dentro de casa, pois tinha medo de que ela se apavorasse e pulasse dos braços de Janie quando saíssemos do carro.

Janie passou o resto da tarde perseguindo Blue pela casa. Eu não conseguia parar de tirar fotos, porque as duas ficavam completamente lindas juntas.

— Foi uma ótima ideia — sussurrei para Hannah enquanto observávamos as duas aconchegadas no sofá. A gatinha tinha adormecido no colo de Janie.

— E ela não deu nenhum problema o dia inteiro — Hannah sussurrou de volta.

Mais tarde, naquela noite, Janie e Blue estavam brincando no quarto quando, de repente, ouvimos guinchos horríveis. Corremos até lá. Janie estava sentada em seu tapete. Miadinhos chorosos e agudos vinham de debaixo da cama.

— Onde está a Blue? — Hannah perguntou.

Janie olhou para nós.

— Ela fugiu para debaixo da cama.

A FILHA PERFEITA

Hannah estava barriguda demais para se curvar e olhar, então fui eu que me abaixei. Blue estava encolhida no canto mais distante. Ela fugia toda vez que minha mão se aproximava e não parava de choramingar. Finalmente consegui que ela fosse para a frente, puxando-a para fora. Seu corpinho inteiro tremia como se ela estivesse congelando. Fui entregá-la a Janie, e Blue arqueou as costas, sibilando para ela.

— Mas que estranho — eu disse, olhando para baixo. Havia manchas vermelhas e brilhantes em minhas mãos. — O que é isso?

— Deixa eu ver — pediu Hannah.

Aproximei-me dela, que tocou a gatinha com cuidado. Blue ainda estava tremendo. Partes de seu pelo estavam pegajosas.

— Ela está sangrando — observou Hannah. — Janie, o que aconteceu?!

Janie levantou um alfinete de fralda.

— Eu espetei a Blue.

Hannah ficou boquiaberta.

— Você fez o quê?!

— Eu espetei ela. Queria ver se ela sangrava. — Janie olhava de um para o outro, avaliando nossos rostos, em busca de saber se tinha feito algo errado.

O rosto de Hannah empalideceu.

— Você queria ver se ela sangrava? — repeti, roboticamente.

— Sim. E ela sangrou. Vermelho. Posso pegar ela agora? — Janie perguntou.

Eu a segurei perto do corpo, com medo de devolvê-la.

— Não, é a minha vez agora.

Hannah lutava para recuperar a compostura. Ela se sentou ao lado de Janie na cama e a menina subiu em seu colo.

— Você não pode machucar a Blue. A gatinha sente muita dor quando você a espeta ou machuca. Entendeu?

Ela fez que sim.

— Sem espetar a gatinha.

— Isso mesmo. Nunca mais faça isso.

CASO Nº 5243

ENTREVISTA:
PIPER GOLDSTEIN

RON ACHOU PROFUNDAMENTE PERTURBADORA A HISTÓRIA DE JANIE perfurar Blue com um alfinete. Ele ainda não tinha demonstrado nenhuma emoção durante o interrogatório, mesmo quando vimos as fotos da cena do crime no trailer, que eram brutais. Mas algo sobre Janie machucar animais realmente o afetou.

— Machucar animais não é um indício de sociopatia? — ele perguntou, controlando sua expressão para parecer despreocupado.

— É um dos sinais, mas outras coisas também devem estar presentes — eu disse.

— E nenhuma dessas coisas estava presente? — Luke quis saber, sem parecer muito emocionado com a história de Blue. Na verdade, ele estava começando a parecer entediado. Eu não podia o culpar. Parecia que estávamos naquela sala há dias, girando e girando em círculos.

— Não é a minha área de especialização, e não gosto de comentar coisas fora do meu domínio — eu respondi, exatamente como minha supervisora tinha me instruído. Foi também o que nos fizeram dizer aos repórteres, quando passaram a nos perseguir. A polícia não foi a única a nos interrogar.

— Mas você tem que ter pelo menos uma opinião. Todo mundo tem uma opinião. O que acha que estava acontecendo com a Janie? — ele perguntou.

— Ela era uma garotinha que foi terrivelmente machucada, então passou a machucar outras pessoas. Para mim, sempre foi simples assim — eu disse.

Luke largou o arquivo e olhou para mim do outro lado da mesa.

— Mas, no fim das contas, não era tão simples, não é?

TRINTA E TRÊS

CHRISTOPHER BAUER

MARCAMOS UMA SESSÃO DE EMERGÊNCIA COM A DRA. CHANDLER APÓS o incidente com Blue. Ela ouviu atentamente enquanto contávamos a história, então nos pediu para esperar enquanto voltava à recepção. Ela retornou ao consultório carregando papéis em pranchetas e entregou uma caneta a cada um de nós.

— Quero que vocês tenham paciência e preencham isso — ela pediu.

Acomodei-me no chão e Hannah tentou encaixar o corpo em um dos enormes pufes. Sua gravidez estava tão avançada que todo movimento parecia doloroso. Folheei a papelada. Havia trinta perguntas sobre o comportamento de Janie. Tínhamos de ler cada afirmação e marcar o número que melhor a descrevia em uma escala de um a cinco. O questionário era composto de declarações como "meu filho age de forma meiga e encanta os outros para conseguir o que quer" ou "meu filho tem acessos de gritos que duram horas", ou ainda "meu filho provoca, machuca ou é cruel com os animais". Era como se alguém tivesse criado uma lista personalizada dos problemas de Janie. Hannah terminou antes de mim. Nós devolvemos os questionários a Chandler e esperamos ansiosamente enquanto ela os examinava. Ao terminar, ela pôs as pranchetas de lado.

— Acho que é hora de começarmos a falar sobre distúrbios que podem estar afetando o comportamento dela. O questionário que acabei de dar a vocês foi desenvolvido para avaliar os sintomas do Transtorno de Apego Reativo, ou TAR, como o chamamos. Algum de vocês está familiarizado com isso?

Eu nunca tinha ouvido falar daquilo. Olhei para Hannah, que também balançava a cabeça.

— É um transtorno bastante controverso no campo da saúde mental, mas eu tenho quase certeza de que a Janie tem Transtorno de Apego Reativo. Sempre tive minhas suspeitas, mas esperava que os sintomas dela diminuíssem com o tempo. Infelizmente, eles parecem estar aumentando e piorando.

— O que é isso? — perguntei.

— O que tem de errado com ela? — Hannah perguntou ao mesmo tempo.

— É um distúrbio causado pela incapacidade da criança de formar apego com um cuidador na primeira idade. O resultado é a dificuldade de se apegar a outras pessoas. Parece bastante normal e não surpreende nada no caso de uma criança vítima de abuso, não é? Com certeza os relacionamentos dela com outras pessoas serão prejudicados. Mas crianças com TAR vivem isso de um jeito muito mais profundo. Às vezes, elas são incapazes de formar qualquer tipo de conexão com outro ser humano. Têm problemas de empatia, então é comum machucarem outras crianças ou animais, exatamente como vocês descreveram. Às vezes, elas não parecem ter consciência. Uma das características mais comuns que ouvimos de pais com filhos que têm o transtorno é como as crianças são meigas e encantadoras em público.

Isso me fez pensar em todas as vezes que Hannah disse que Janie era diferente diante de uma plateia. Não podia negar que ela se comportava de maneira distinta. Eu apenas achava que ela gostasse de estar no mundo real e interagir com outras pessoas. Talvez houvesse alguma verdade no que Hannah sempre dizia. Meu coração ficou pesado.

— Essas crianças tendem a ser muito manipuladoras e controladoras. Estão constantemente tentando colocar as pessoas umas contra as outras, como já falamos sobre as formas como ela tenta triangular vocês dois. Essas crianças podem fazer amigos, mas têm dificuldade em mantê-los quando realmente se aproximam. A maior preocupação que temos é quando começam a machucar outras pessoas ou animais. Essa é o grande sinal de alerta. Estou feliz que vocês tenham vindo logo depois de isso acontecer.

Para mim, era como se ela estivesse nos entregando uma sentença de morte.

— O que devemos fazer? Como tratamos isso? — perguntei.

Hannah parecia querer chorar. Ela abraçava a barriga em um movimento de proteção.

— Infelizmente, é muito complicado. O tratamento é difícil e nem sempre é eficaz. Existem muitos tratamentos controversos, realmente, mas às vezes acho que eles trazem mais danos do que benefícios.

— Será que ela vai piorar? Quer dizer, vai continuar machucando as outras crianças? O que a gente deve fazer? — indaguei.

Um milhão de cenários passavam pela minha mente. Certamente havia algum tratamento, era impossível que não existisse. Ela era muito jovem para estar condenada pelo resto da vida. Ninguém poderia ser destruído para sempre assim tão cedo. Eu me recusava a acreditar nisso.

— Vou mudar o foco da nossa terapia e passar para o treinamento da empatia. Já tocamos nisso antes, de forma superficial, mas agora eu gostaria de trabalhar mais a fundo essa questão. Às vezes, com treinamento adequado, crianças assim podem aprender a serem empáticas. A boa notícia sobre a Janie é que ela tem, sim, a capacidade de desenvolver apego. Ela sempre teve um vínculo forte com o Christopher e, ainda que lute contra você, Hannah, parte do motivo de ela ser tão hostil é justamente porque depende de você. Se ela não tivesse essas habilidades, eu ficaria mais preocupada, mas acho que podemos trabalhar sobre o que já existe.

— Me diz a verdade... Ela pode ficar melhor? — Hannah perguntou.

— Sim, acredito que ela possa melhorar. Não dou nenhuma garantia, ninguém pode garantir isso, mas ela esteve bem por meses. O bebê deve tê-la irritado demais. Isso a perturbou, abalou completamente o mundo dela. Então ela está voltando aos velhos comportamentos e experimentando alguns novos. Ela tem medo de ser substituída pelo bebê.

Era exatamente disso que eu tinha medo o tempo todo.

— Como podemos ajudar a Janie? — perguntei.

— Acho que devemos começar a nos encontrar pelo menos duas vezes por semana, talvez até três vezes, enquanto pudermos. Ela vai precisar de muito apoio, mas podemos ajudá-la a superar isso. — Ela sorriu para nós. — Vocês três já passaram por muita coisa, e isso é só mais uma pedra no caminho.

Olhei para Hannah novamente, que me encarou de volta. Ela não precisava falar para que eu soubesse no que estava pensando. Isso estava longe de ser apenas uma pedra no caminho... Era um abismo.

TRINTA E QUATRO

HANNAH BAUER

MEUS OLHOS SE ABRIRAM. UMA DOR LANCINANTE ATRAVESSAVA MINHAS costas. Havia água entre minhas pernas. Eu tinha me molhado durante a noite, e não me lembrava disso. Rolei e joguei minhas pernas para fora da cama, a dor dominando cada movimento meu.

Entrei no banheiro de nossa suíte e puxei minha calcinha para baixo. Só então me dei conta.

— Christopher, acho que minha bolsa estourou!

Em um instante, ele apareceu na porta do banheiro.

— Tem certeza?

Só acenei com a cabeça, já que sentia dor demais para falar. Nesse momento, eu nem me importava que ele me visse nua no banheiro.

— Vou pegar umas roupas limpas para você. Espera aqui — ele disse.

A dor diminuiu lentamente e, ao passar, não pude deixar de sorrir. Na semana anterior, quando perguntei sobre as contrações de Braxton Hicks que estava tendo, Allison e minha mãe tinham me dito que eu saberia muito bem quando tivesse as reais. Não havia dúvidas: a coisa estava realmente acontecendo.

Christopher voltou em um piscar de olhos, carregando roupas íntimas limpas e o traje confortável que tínhamos escolhido meses atrás.

— Me deixa ajudar — ele pediu, inclinando-se para me erguer do vaso sanitário.

Levantei a mão.

— Tudo bem por enquanto. A contração parou.

Eu me vesti enquanto ele ligava para Allison. Quando eu estava escovando os dentes, outra contração tomou conta de mim. Respirei fundo até passar.

Allison chegou como se já estivesse esperando nosso telefonema. Sem fôlego, ela veio correndo até mim no sofá, as malas que tínhamos feito semanas atrás aos meus pés. Ela me deu um grande abraço.

— Está acontecendo! Estou tão nervosa por vocês! — Para ela, parecia a manhã de Natal, quando éramos crianças e tínhamos acabado de descer as escadas para a sala a fim de ver o que o Papai Noel tinha nos deixado debaixo da árvore. — Eu vou ser titia!

Comecei a rir.

— Você ainda está com muita dor? — ela perguntou.

— Ainda não.

Ela me deu outro grande abraço quando Christopher saiu do banheiro, então apontou para a porta.

— Certo, vão vocês dois! Vai ficar tudo sob controle aqui. Não se preocupem com nada. Só vão lá ter esse bebê!

...

Nunca me senti tão viva e presente em meu corpo. Queria continuar a me sentir assim e saborear o momento antes que a dor piorasse. Christopher segurava minha mão e dirigia como um homem de oitenta anos a caminho do hospital. Ele sabia que havia muito tempo para chegar lá, e seu maior medo era alguém colidir conosco no caminho.

Como minha bolsa já tinha se rompido, eles me colocaram em repouso na cama assim que nos levaram para a unidade de trabalho de parto. Queria andar pelos corredores, fazer algo além de apenas ficar ali, mas eu estava com as costas coladas ao leito. Christopher zanzava pelos canais de TV, tentando encontrar alguma coisa para assistirmos, mas nada me interessou. O tempo parou enquanto esperávamos a chegada do bebê. Eles me examinavam a cada poucas horas durante a noite, mas eu ainda não estava dilatando. Então me deram ocitocina por volta das quatro da manhã, e foi aí que tudo mudou.

Eu tinha ouvido histórias sobre a ocitocina tornar as contrações mais dolorosas, e esses relatos se mostraram verdadeiros. Em uma hora, eu já sentia uma dor entorpecente, a única coisa em que eu conseguia me concentrar. Meu corpo inteiro tremia. Christopher segurou meu cabelo para trás enquanto eu vomitava, depois o amarrou em um rabo de cavalo. Minhas entranhas pareciam estar sendo retorcidas.

Eu me agarrei a ele. O rosto de Christopher estava coberto de suor. O cabelo estava caótico de tanto ele passar os dedos nervosamente pela cabeça.

— Não consigo fazer isso, eu quero ser medicada! — chorei.

No meu plano de parto, eu tinha declarado que desejava fazer o parto natural e que não queria nenhum analgésico. Estava disposta a experimentar tudo, já que seria a única vez que faria aquilo. Também tinha lido todos os estudos sobre como as drogas podiam retardar o trabalho de parto e aumentar a probabilidade de uma cesariana, por isso, queria ter um parto totalmente natural.

— Tem certeza? — ele perguntou, a dúvida escrita em seu rosto. Ele tinha me ouvido reclamar por horas sobre partos que envolvessem analgésicos.

Cerrei os dentes para conter a dor.

— Sim.

— Vou chamar a enfermeira — ele disse. — Já volto.

Christopher saiu correndo do quarto e voltou com uma das enfermeiras. Ele se posicionou de volta junto à cabeceira e começou a esfregar minhas costas.

— Não me toca! — Meu corpo inteiro parecia ter uma contração, começando no pescoço e descendo até os meus pés. Uma dor incandescente se espalhava. Seu toque só piorou meu incômodo.

Ele se encolheu e recuou.

— Certo, como quiser... Você consegue, amor, você aguenta! A enfermeira está aqui. Ela vai te ajudar. — Seus olhos imploravam para que ela me ajudasse.

— Quero analgesia! Me dá logo a analgesia! — gritei para ela.

— Eu entendo você — ela disse. Sua voz era calma, inabalável. — Já chamei o anestesista. Ele está com outra paciente agora, mas vai vir assim que terminar com ela. — Ela abaixou o encosto da cama. — Tenho que checar de novo a sua dilatação, para ver em que ponto você está.

Agarrei os suportes laterais enquanto ela me inclinava para trás. Quase desmaiei de dor. Manchas brancas dançavam diante dos meus olhos. Agarrei Christopher e cravei minhas unhas nele.

— Por favor, por favor, eu mudei de ideia! Quero a analgesia!

Ele usou sua mão livre para tirar os cabelos da minha testa.

— Logo, logo, amor. O médico vai chegar em um minuto.

A enfermeira tirou a mão de dentro de mim, seu rosto cheio de compaixão.

— Sinto muito, minha querida, mas não dá mais tempo. Eu já estou sentindo a cabeça do bebê no canal. Logo mais você vai ter que empurrar.

Balancei a cabeça como um cão raivoso.

— Não consigo fazer isso! Estou muito cansada. Tá doendo demais! Dói demais!

— Você consegue, sim, amor! Você consegue, sei disso, você é muito forte! — Christopher disse.

Meu quarto foi se enchendo com mais enfermeiras e outro médico além do meu. Todos vestiram seus equipamentos e cercaram minha cama. Christopher levantou uma das minhas pernas enquanto uma das enfermeiras levantou a outra, puxando-as contra mim.

— Para, para! — berrei. — Não consigo fazer isso, eu não consigo!

— Só relaxa, respira bem fundo — instruiu a enfermeira. — Respira... Você tem que respirar.

Eu não conseguia me concentrar em nada, exceto na dor lancinante que percorria meu corpo, indo e vindo.

— Certo, Hannah, agora empurra! — ela gritou.

Todos contavam juntos até dez enquanto eu cerrava os dentes e fazia toda a força possível. Deixei escapar sons animalescos. Eles me deram alguns segundos para respirar, e então eu tive de fazer isso de novo... e de novo, e de novo. Era como se aquilo nunca fosse acabar.

— Está queimando, tem alguma coisa queimando! — Eu chorava de dor.

— Só empurra! — a enfermeira disse.

— Não consigo, dói demais! — Mas meu corpo me ignorava e empurrava de qualquer forma. — Não consigo mais fazer isso.

Christopher olhou para mim. Eu me fixei em seus olhos, alimentando-me de sua força.

— Você consegue fazer isso, querida. Só mais um empurrão muito forte.

E foi assim que meu bebê surgiu no mundo. Senti uma libertação imediata enquanto o bebê deslizava para fora de mim. O médico o pegou e o colocou no meu peito.

— É um menino, é um menino! — Christopher gritou.

Lágrimas escorriam pelo meu rosto, toda a dor já esquecida quando ele começou a chorar. O bebê logo procurou meu seio, e um espaço secreto se abriu dentro de mim, como se estivesse lá o tempo todo, apenas esperando para ser descoberto. Ele agarrou meu mamilo. Eu ri e chorei ao mesmo tempo.

— Ele é perfeito — eu dizia repetidas vezes, enquanto Christopher trabalhava com o médico para cortar o cordão umbilical, como tínhamos planejado.

Eu me apaixonei pelo meu bebê instantaneamente, encantada com sua perfeição, maravilhada por ele ter vivido dentro de mim por tanto tempo. Sentimentos brotavam do meu eu mais profundo. Ele não era um estranho em meus braços; eu sentia como se uma parte que faltava de mim tivesse sido devolvida.

Eles nos levaram da sala de parto para o quarto do hospital. Minha cabeça latejava de exaustão. Tudo o que eu queria era dormir com meu bebê aconchegado no peito. Tínhamos acabado de nos acomodar em nosso quarto quando ele começou a chorar. Já ouvi muitos bebês chorarem, mas nunca tinha ouvido um bebê gritar como se alguém estivesse arrancando seus membros. Tentei cuidar dele, mas isso só o deixou mais irritado. Tentei de tudo para acalmá-lo, balancei, andei de um lado para outro, cantarolei e conversei com ele, mas nada funcionou. Ele gritou por oito horas seguidas. Eu e Christopher nos revezamos tentando apaziguá-lo.

Eu deveria descansar quando não era minha vez, mas era impossível em um quarto de hospital lotado. Não conseguia relaxar um único músculo. Meu corpo ficava tenso e hiperalerta enquanto o bebê gritava. Eu sentia que precisava fazer algo, e meu corpo doía fisicamente por não ser capaz de parar o tormento do coitadinho.

Quando o sol nasceu, nós três estávamos amontoados em meu leito de hospital, com a grade lateral levantada de ambos os lados. Eu em um canto, Christopher no outro. Nós nos revezamos segurando o bebê. Dormimos por algumas horas, mas as coisas ficaram agitadas pela manhã.

Escolhemos o nome Cole. A avó de Christopher se chamava Nicole, e já havíamos decidido dar o nome dela ao bebê, independentemente do sexo. Nosso quarto fervilhava com a atividade hospitalar e, embora Cole finalmente dormisse sem interrupção, estávamos acordados quando nossos visitantes apareceram para nos parabenizar. Allison ligou, e pedimos para falar com Janie, mas ela não quis atender o telefone, nem mesmo para ouvir Christopher.

— Ela teve uma noite difícil — Allison disse.

Eu não tinha energia nem mesmo para perguntar sobre isso.

TRINTA E CINCO

CHRISTOPHER BAUER

HANNAH E EU ESTÁVAMOS ACABADOS QUANDO CHEGAMOS DO HOSPITAL. Nós mal tínhamos dormido por três dias. Janie tinha se recusado a visitar o bebê, então ela pulava com uma energia maníaca, já que não nos via há bastante tempo. Ajudei Hannah a se sentar no sofá e a acomodei com Cole. Ela ainda sentia muita dor onde havia sido lacerada durante o parto, tendo levado alguns pontos depois.

— Vem conhecer o Cole, seu irmãozinho — eu disse, fazendo sinal para Janie se juntar a nós.

Ela ficou na frente da lareira, balançando a cabeça em uma negativa.

Tentei novamente.

— Ele quer conhecer você. Ele está tão feliz por ter uma irmã mais velha. Vem ver como ele é fofo.

Ela olhou para mim antes de se esconder atrás das pernas de Allison.

— Tudo bem, Janie — Hannah disse. Ela parecia exausta. — Você não precisa conhecer seu irmão agora se não quiser. Vai ter muito tempo para isso.

Janie pediu para que a pegassem no colo e se agarrou a mim. Ela enfiou o polegar na boca, algo que nunca tinha feito.

— Ele é uma joia... Olha esses dedinhos. — Allison esfregava o rosto de Cole na bochecha. — Ele ainda está chorando muito?

Hannah assentiu.

— Não é tão ruim durante o dia, mas ele grita a noite inteira. Acho que confunde os dias e as noites.

— Costuma levar só alguns dias para eles se ajustarem.

— Tomara — Hannah disse, parecendo aliviada. — É brutal. Não seria tão ruim se só estivesse acordado, mas ele grita como se sentisse dor. É como se ele estivesse sendo machucado, e eu não sei o que fazer.

Allison a abraçou de lado.

— O mais provável é ele estar com cólicas. A mamãe disse que eu era assim. Talvez seja uma coisa de primogênito. Ou talvez ele esteja com fome, porque não está recebendo leite o bastante. Seu leite já desceu?

Hannah balançou a cabeça.

— Eu queria que descesse logo. Ele deve estar morrendo de fome, coitado.

Sentei-me com Janie no sofá, ao lado de Hannah e Allison, na esperança de que sua curiosidade vencesse e ela fosse forçada a observar o irmão, mas ela enterrou o rosto no meu ombro.

— Por que você não leva a Janie até o parque, e eu me sento com o bebê para a Hannah tirar uma soneca? — Allison sugeriu.

A última coisa que eu queria fazer era caminhar até o parque. O que eu queria era tirar uma soneca com Hannah, mas ser pai significava colocar as necessidades dos filhos acima das suas. A paternidade não dava nenhuma folga das suas exigências.

— Vai pegar os seus sapatos, Janie — eu disse, colocando os meus de volta.

TRINTA E SEIS

HANNAH BAUER

CHRISTOPHER E EU CHEGAMOS AO CONSULTÓRIO DO NOSSO PEDIATRA para a consulta de cinco dias de Cole com uma lista de perguntas. O pequeno não parava de chorar, e não tínhamos conseguido dormir mais do que duas horas seguidas ao longo da semana.

O dr. Garcia o examinou. Cole estava ganhando peso e respondia a todos os toques, pancadinhas e cutucadas do médico, tudo como deveria.

— Ele parece bem. Vocês têm alguma dúvida? — ele perguntou.

Pegamos nossa lista, mas, antes de qualquer coisa, havia a grande e principal questão:

— Ele chora sempre que parece cansado, e fica realmente muito agitado à noite — eu comecei antes que Christopher tivesse a chance de falar.

O dr. Garcia pareceu indiferente.

— Sim, todos os bebês choram quando estão com sono.

— Sim, mas ele chora por horas antes de dormir… Horas! — eu disse.

— Bom, ele pode ser um bebê que sofre de cólicas — ele respondeu com certo desdém, nem um pouco comovido. — Vai passar em três ou quatro meses.

A FILHA PERFEITA

Eu queria chutar o balde, chorar e gritar na minha cadeira. Ele poderia ter me dito que isso duraria de três a quatro anos, não faria diferença, afinal, um minuto dos gritos de Cole já parecia levar horas e horas.

— Existe alguma coisa que possamos fazer para ajudar o bebê? — Christopher perguntou.

— Você pode tentar Gripe Water.[7] Às vezes funciona — o dr. Garcia respondeu.

O problema era que já sabíamos que não funcionava. Christopher estava obcecado em encontrar algo que fizesse Cole parar de chorar. Certa vez, enquanto eu amamentava o bebê, ele vasculhou a Internet em busca de uma solução, e Gripe Water tinha sido uma das primeiras coisas que encontrou. O resultado foi nulo, como tudo o que já tínhamos tentado.

Felizmente, minha mãe viria no dia seguinte. Eu mal podia esperar para ter por perto alguém que soubesse o que fazer. Christopher tentava ajudar, mas suas soluções não faziam sentido, como sugerir que eu fosse às compras enquanto ele ficava em casa com o bebê. Era absurdo; não só porque o bebê morreria de fome sem mim, mas também porque eu mal conseguia andar e não parava de sangrar. Ninguém tinha me contado que eu sangraria tanto depois do parto. Eu tentava esconder a irritação em relação a isso, mas às vezes não conseguia. Seria bom ter alguém por perto que soubesse como ajudar.

---

7   Gripe Water é um produto homeopático não aprovado pela FDA (a agência sanitária norte-americana) que, apesar de ter a eficácia rejeitada por inúmeras pesquisas, é muito popular entre pais de recém-nascidos nos EUA. (N. T.)

TRINTA E SETE

CHRISTOPHER BAUER

LILLIAN TINHA PARTIDO HAVIA APENAS TRÊS DIAS, E HANNAH JÁ ESTAVA novamente no limite. Cole era um mamador voraz e se alimentava a cada duas horas, às vezes menos, assim, minha esposa não dormia mais do que algumas horas por vez. Mesmo quando dormia, ela não relaxava por completo. Acordava sobressaltada ao menor som. Cole ficava em um berço ao lado da cama, e ela despertava o tempo todo para verificar se ele estava respirando, com medo da Síndrome da Morte Súbita.

— Quando ele estiver dormindo, você só tem que deixá-lo dormir — eu disse na noite anterior, depois que ela se levantou para ver como ele estava pela terceira vez.

— É só para ter certeza de que ele está bem. — Ela pareceu insultada por eu ter sugerido aquilo.

A falta de sono a deixava nervosa e irascível de uma forma que eu nunca tinha visto. Eu me preocupava com o que ela faria se Janie lhe causasse algum problema quando eu voltasse ao trabalho, no dia seguinte. Eu não estava pronto para voltar, mas não tinha mais folgas remuneradas, havia tirado muito tempo de licença quando adotamos Janie. Ninguém estava pronto para isso, muito menos eu.

— Quero que você seja boazinha enquanto o papai estiver no trabalho hoje — eu disse a Janie enquanto colocava leite em sua tigela de Cheerios pela manhã.

Estávamos conversando havia semanas sobre trazer uma pessoa para ajudar em casa, mas Hannah se recusava a contratar alguém. Não que achasse que não precisava, mas ela só não gostava da ideia de ter uma desconhecida em casa. Hannah dizia que sentiria como se estivesse sob um microscópio o tempo todo. Não consegui a fazer ceder.

Tentava não me preocupar enquanto Hannah andava de um lado para outro na sala, balançando Cole para a frente e para trás e abrindo caminho pela casa. Ela estava de pé desde as duas. O bebê tinha acordado e ela não conseguia o fazer dormir novamente. Eu me ofereci para niná-lo um pouco para que ela pudesse descansar, mas Hannah insistiu, já que eu iria trabalhar de manhã.

Piquei morangos e coloquei em uma tigela ao lado do cereal de Janie.

— A mamãe está muito cansada porque passou a noite toda acordada cuidando do Cole, então você tem que pegar leve com ela hoje e ajudar de todo jeito que puder. Pode fazer isso por mim? — perguntei.

Ela sorriu do outro lado da mesa.

— Vou ser boazinha.

...

A casa estava de cabeça para baixo quando voltei. Estava evidente que Hannah tinha deixado Janie fazer o que quisesse. Migalhas de salgadinhos de queijo formavam uma trilha por todos os lugares em que Janie tinha estado, em direção à sala e saindo de lá. Caixas de suco pela metade estavam espalhadas pela cozinha e pelo quarto. Seus brinquedos jogados por toda a casa. Ela tinha criado uma pista de obstáculos em seu quarto e parecia ter passado a maior parte do dia tentando fazer Blue correr por ela como se fosse um cachorro. Nós tínhamos assistido ao *Westminster Dog Show*[8] algumas noites antes, e ela ficou obcecada por aquilo desde então. Continuei dizendo a ela que os gatos não faziam truques tão facilmente quanto os cachorros, mas isso não importava. Ela estava determinada a fazer Blue se apresentar. Quando a encontrei, ela ainda estava de pijamas e seu rosto estava sujo, mas ela parecia feliz.

— Eu fui uma boa menina hoje — ela disse.

Dei um grande abraço em Janie e a cumprimentei.

— Estou muito orgulhoso de você. E a mamãe, cadê?

— No quarto dela.

— Vou lá dar um oi pra ela, daí vou fazer alguma coisa pra gente comer. Que tal?

Ela concordou e voltou a tentar enrolar uma corda de pular entre duas de suas caixas de brinquedos.

Percorri o corredor e entrei em nosso quarto. Hannah estava na cama, enrolada nas cobertas, com Cole aconchegado perto dela. A princípio, pensei que estivesse dormindo, mas, logo que me aproximei, ela ergueu a cabeça.

— Xiu, não entra aqui, você vai acordá-lo! — ela sibilou através dos dentes cerrados.

— Tá, eu só...

Cole se contorceu e começou a chorar.

— Você o acordou! Eu tinha acabado de fazê-lo dormir! — Ela me encarou com raiva. — Eu disse pra você ficar quieto! — Ela o pegou e o levou até os seios.

— Eu mal falei... Acho que ele acordou sozinho. Quanto tempo faz que ele está dormindo?

— Dois minutos... Tinha acabado de dormir quando você entrou.

Ela disse como se eu tivesse cometido um erro por voltar para casa.

---

8   Competição de adestradores de cães popular nos EUA que traz um circuito de obstáculos a serem vencidos pelos cachorros. (N. T.)

— Me perdoa. — Eu me desculpava embora não tivesse feito nada de errado. — Quer que eu fique com ele?

— Ele está mamando — ela retrucou.

— Talvez seja melhor tentar um pouco de leite na mamadeira, não acha? — Eu me sentia mal por não poder ajudar a alimentá-lo. Se ele pelo menos pegasse uma mamadeira, eu conseguiria dar um descanso para Hannah.

— Não quero que ele tenha confusão de bicos. Ainda não. Ele precisa se acostumar com o peito primeiro.

Eu não ousaria discutir com ela sobre a amamentação. Lillian tinha conversado com Hannah sobre suplementar o leite materno com fórmula, e ela agiu como se a mãe tivesse sugerido alimentar o bebê com pedaços de vidro. Ela queria amamentá-lo exclusivamente com leite materno, e não aceitaria nenhuma alternativa. Eu não estava acostumado a esse comportamento tão intransigente, já que ela costumava sempre considerar todos os lados de uma questão.

Lembrei a mim mesmo que fazia apenas algumas semanas desde que ela tinha dado à luz, e seus hormônios ainda estavam causando estragos. Seu corpo precisava de tempo para que tudo voltasse aos trilhos. Teria de esperar mais um pouco para mencionar o fato de ter deixado Janie sozinha e sem supervisão.

Passei o resto da noite tentando encontrar maneiras de diminuir a carga sobre seus ombros e tornar as coisas menos difíceis para ela. Então, quando Cole começou a gritar novamente, à meia-noite, pulei da cama e corri escada abaixo para pegar a cadeirinha do carro.

— O que está fazendo?! — Hannah perguntou quando voltei com aquilo nas mãos.

— Vou levá-lo para passear. Você precisa dormir — eu disse. Enquanto ele estivesse em casa chorando, ela estaria acordada, mesmo que eu o levasse para outro quarto. Nós já tínhamos tentado isso outra noite, e eu acabei flagrando Hannah com o ouvido à porta do quarto de hóspedes, atenta aos gritos do bebê. Tirei Cole dela, o que o fez gritar mais alto, e o amarrei na cadeirinha enquanto ele chorava.

— Aonde vocês vão? — ela perguntou desesperada.

— Vou dar uma volta até ele dormir. — Dan tinha me dito que costumava levar suas meninas a passeios noturnos de carro quando elas não conseguiam dormir. Ele dizia que havia alguma coisa nos carros que embalava os bebês melhor do que os próprios pais. Eu estava torcendo para que isso também funcionasse com Cole.

— Mas são duas da manhã, eu não quero que ele saia! Por favor, Christopher, para com isso, por favor.

— Está tudo bem. A gente só vai dirigir por um tempinho pra você descansar. Você precisa dormir.

Ela começou a chorar. Foi quando eu soube o quanto ela estava exausta, porque Hannah não chorava por pouca coisa.

— Por favor, por favor — ela implorou.

Eu a beijei na bochecha.

— Só vai dormir. Você vai ver, vai se sentir muito melhor quando acordar.

Coloquei-o no banco de trás e comecei a dirigir. Era frustrante, para mim, que Hannah não tivesse nem ao menos pensado em me deixar ficar em casa com as crianças para voltar ao trabalho. Ela nem sempre foi do tipo tradicional, mas ficar em casa e se relacionar com os filhos durante aqueles primeiros meses tinham sido seu sonho desde sempre, e Hannah se recusava a perder essa chance.

Eu dirigia lentamente para cima e para baixo nas ruas residenciais. Levou quarenta e cinco minutos para Cole adormecer, mas finalmente aconteceu.

Dirigi por mais uma hora, dando a ele e a Hannah tempo para descansarem antes de voltar para casa.

Eu mal tinha entrado na garagem quando Hannah abriu a porta da frente e saiu correndo, agitando os braços feito louca. Ela nem me deixou desligar o carro antes de abrir a porta traseira.

— Nunca mais faça isso! — ela gritou, puxando Cole para fora do carro e o acordando. Ele começou a chorar imediatamente.

— O que você está fazendo? Ele estava dormindo! — gritei.

A FILHA PERFEITA

Ela correu para dentro de casa e eu a segui. Ele se acalmou quando ela o colocou no peito. Seu rosto estava encharcado de lágrimas e todo manchado, e seus olhos, cheios de raiva.

— Você não dormiu? — perguntei.

— Está brincando comigo? — ela disse, entredentes. — Falei para você não o levar! Quase enlouqueci nesse tempo todo que ficou fora. E você nem atendeu o telefone!

— Me desculpa, esqueci. — Tentei abraçá-la, mas ela se afastou.

— Eu só conseguia imaginar coisas terríveis acontecendo com vocês. Fiquei imaginando você sendo roubado com o bebê no carro ou sendo esmagado por um motorista bêbado... E se uma bala perdida pegasse você?!

— Hannah, se acalma... Uma bala perdida? Onde acha que a gente mora?

Seus olhos se encheram de medo.

— Não importa. É o que fiquei imaginando sem parar. Nunca mais faça uma coisa dessas comigo... Nunca mais, você entendeu?!

Balancei a cabeça. Eu nunca a tinha visto tão perturbada.

TRINTA E OITO

HANNAH BAUER

OBSERVEI CHRISTOPHER NO BANHEIRO ENQUANTO ELE ESCOVAVA OS dentes, tentando fingir que não o estava espionando. Ele tinha deixado a porta aberta enquanto se preparava, o que nunca fazia, porque não queria nos acordar. Ele também se esforçava ao máximo para fingir que não estava de olho em mim, mas era justamente por isso que tinha deixado a porta aberta. Ele olhou para mim como se eu fosse uma estranha qualquer que encontrasse na cama na manhã seguinte à uma noitada.

Eu também não me reconhecia. Verifiquei se Cole ainda estava dormindo no berço ao lado da cama, antes de me levantar, e fui atrás de Christopher no banheiro. Apoiei-me no gabinete da pia. Eu estava exausta, sem energia até mesmo para ficar de pé. Ele não ergueu os olhos enquanto escovava os dentes.

— Me desculpa. Eu não deveria ter surtado ontem à noite. — A vergonha queimou minhas bochechas.

— Tudo bem, você estava exausta. — Ele cuspiu a pasta de dente e enxaguou a boca.

— Foi muito estranho. Nunca aconteceu nada parecido comigo Eu não conseguia parar as imagens. Tudo parecia tão real. — Naquela manhã, a noite anterior aparentava mais ter sido um sonho bizarro.

— Os hormônios do pós-parto são horríveis, mas você deve estar perto do fim desse período — ele disse. — As coisas logo, logo vão melhorar.

Suas palavras eram positivas, mas forçadas, e ele ainda não tinha se virado. Por que não olhava para mim? As coisas já estavam estranhas o suficiente, mas isso tornava a situação ainda mais desconfortável.

— Eu queria mesmo que você me deixasse ficar em casa hoje.

Balancei a cabeça.

— Eles vão acabar te demitindo do hospital se você nunca estiver lá. — A última coisa de que precisávamos era que Christopher perdesse o emprego. Eu não seria capaz de lidar com mais um evento estressante em nossa estante de problemas.

...

Os dias seguintes não ficaram mais fáceis. Janie estava determinada a tornar as coisas complicadas. Ela começou a ter seus acidentes o tempo todo, sem se incomodar com a bagunça ou o cheiro.

— Eu fiz cocô, mamãe — ela dizia, cantarolando. — Me troca.

Às vezes ela ficava na sala e, olhando diretamente para mim, simplesmente começava a fazer xixi. Eu gritava com ela para ir ao banheiro, mas Janie apenas ficava lá, dando de ombros.

Eu queria descansar, mas, assim que eu me sentava no sofá, a menina começava a me chamar e pedia ajuda com alguma coisa. Janie gostava de ser independente e fazia as coisas sozinha sempre que podia, mas, do nada, não conseguia realizar as atividades mais simples sem ajuda. Nunca falhava: ela sempre precisava de algo quando eu estava amamentando. Eu queria rastejar para a cama e dormir por dias a fio. Houve momentos em que quase cedi e contratei uma babá, como Christopher queria, mas, por mais cansada que estivesse, não conseguia fazer aquilo. Se Allison tinha encontrado uma maneira de lidar com os gêmeos sozinha, então eu também encontraria uma de gerenciar minha situação familiar.

Eu sempre perguntava a Janie se ela precisava de alguma coisa antes da amamentação ou de qualquer outra tarefa com Cole que demorasse mais do que alguns minutos. Ela sempre dizia não, mas esperava até que eu estivesse cuidando dele para me bombardear com pedidos. Portanto, não foi nenhuma surpresa quando ela se aproximou de mim no final da tarde, enquanto eu cuidava do bebê, e anunciou:

— Estou com sede.

Segurei a vontade de revirar os olhos.

— Tá, você pode pegar sua caneca na mesa de centro. Acho que ainda tem leite. — Logo aprendi a deixar lanches e bebidas acessíveis a ela o tempo todo. Seria uma coisa a menos para ela me pedir. O truque era estar sempre um passo à frente.

Ela franziu a testa.

— Eu não quero esse leite.

— Ainda está geladinho, não faz tanto tempo que está ali. — Ela odiava beber leite depois que esquentava. Eu também odiava leite morno. Quando eu era criança, minha mãe tentava me fazer beber quando eu não conseguia dormir, o que eu detestava.

— Não... Eu quero este leite!

Olhei em volta.

— De qual você está falando?

Ela apontou para o meu peito.

— Este aqui, eu quero este!

Olhei para Cole sugando meu seio direito. Tentei puxar a camisa sobre o outro seio, sentindo-me repentinamente exposta.

— Ah, este você não pode ter.

— Por quê?

Engoli a seco.

— Bom, porque... o Cole é um bebê, e o leite que sai do meu peito é para bebês. Quando ele ficar mais velho, ele também não vai beber. Ele vai beber leite igual a você.

Seus olhos se tornaram desafiadores.

— Mas não é justo! Eu quero esse leite, é melhor.

— Não é melhor. Quer dizer... É diferente. Tem coisas especiais que os bebês precisam para ficarem saudáveis. Por que você não me dá um minuto e eu pego leite fresco na geladeira?

— Não, eu quero este! — Sua voz se elevava a cada palavra.

Tirei Cole do meu mamilo. Felizmente, ele já tinha mamado o bastante, então não chorou. Ele estava bêbado de leite, portanto o coloquei em seu moisés. Puxei a camisa para baixo e a ajeitei na frente.

— Me dá seu leite! — Janie disse, e então agarrou meu peito.

Eu me afastei.

— Janie, não! Para com isso!

Ela agarrou meu peito e o beliscou com força. Bati em sua mão instintivamente.

— Ai, doeu! — Ela, então, pulou e chutou o moisés de Cole. — Ele é um idiota! E feio! Nenê feio e idiota! — Ela chutou o moisés novamente, e ele caiu de lado. Cole rolou no chão.

— Janie! — gritei quando Cole começou a chorar. Eu o peguei do chão. — Xiii, xiii... Tudo bem, vai ficar tudo bem. — Eu respirava forte enquanto caminhava com o bebê junto ao peito. Apontei para o quarto dela. — Pro seu quarto, já!

Ela olhou para mim.

— Te odeio!

Apontei novamente.

— Vai!

— Leva ele embora! — ela gritou antes de correr para o quarto, batendo a porta como uma adolescente nervosa.

Olhei bem para Cole. Felizmente, ele tinha caído sobre o cobertor, e não no chão de madeira, então não tinha batido forte. Ele parecia bem.

Mandei uma mensagem para Christopher no trabalho:

Janie ficou maluca e derrubou o Cole do moisés.

Levou algumas horas até ele responder:

Acabei de sair da cirurgia. Por que ela fez isso?

Ficou chateada porque não a deixei beber leite do meu peito.

HEIN?!

É, ela queria beber. Enlouqueceu quando disse não.

O que ela está fazendo agora?

Faz duas horas que está no quarto gritando e chorando.

OK. Tenho cirurgia. Me manda mensagem mais tarde.

Mando.

Carreguei Cole para a cozinha tentando fugir dos sons de Janie, mas não importava aonde eu fosse, ainda podia ouvi-la tendo um chilique. O bebê começou a se agitar e, em pouco tempo, ele se lançou em um de seus frenesis. Tentei amamentá-lo, mas ele se afastou de mim. Os gritos de ambos reverberavam nas paredes. Andei sem rumo pela casa. Nenhum dos dois parava, e minha ansiedade crescia com a sinfonia do choro. Caminhei pelo corredor e parei na porta de Janie. Seus gritos rasgavam meu cérebro como lâminas afiadas. Antes que eu pensasse no que estava fazendo, bati na porta e gritei:

— Cala a boca! Só cala a boca!

Ela se acalmou imediatamente. Prendi a respiração. Mas o choro não recomeçou. Eu nunca tinha gritado com ela. Em nenhuma das vezes em que ela me testou ou tentou me deixar frustrada eu tinha levantado a voz, não importava o quanto eu quisesse. Era para ter me sentido mal, mas tudo o que senti foi alívio por ela ter parado. Foram mais trinta minutos até conseguir fazer Cole ficar quieto também. Coloquei-o em sua cadeirinha de balanço e a liguei, grata por ter alguns momentos de paz.

Voltei pelo corredor e entrei no quarto de Janie, esperando que ela tivesse chorado até adormecer. Abri a porta devagar para não a acordar. Ela estava sentada no tapete sobre uma poça de vômito.

— Ai, meu Deus, você vomitou — eu disse, com ondas de culpa me atravessando.

Ela olhou para mim com os olhos vermelhos.

— Me desculpa por ter gritado com você. Eu não deveria ter gritado — eu falei. Qualquer alívio pelo silêncio se foi, imediatamente substituído por vergonha.

— Você é má — ela afirmou.

Eu me agachei ao lado dela. Tentei abraçá-la, mas ela se afastou.

— Você tem razão. Fiz uma coisa muito má com você. Eu não deveria ter feito isso, e sinto muito. — Acariciei suas costas. Ela se encolheu como se eu a estivesse machucando. — Vamos no banheiro se limpar.

Ela caminhou na minha frente até o banheiro. Dei uma espiada na sala de estar para ter certeza de que Cole estava dormindo antes de me juntar a ela. Janie estava com dificuldade para tirar a camisa.

— Vem cá, deixa eu te ajudar. — Endireitei a roupa e a puxei sobre sua cabeça. — Que tal você tomar um banho daqueles?

— De dia?

— Sim. Hoje não é um dia normal. — Mordi a bochecha para não chorar. Era um dia que eu nunca esqueceria. Aquele em que eu tinha passado do limite e deixado minha filha tão assustada que ela vomitou. Que tipo de mãe faz isso?

Enchi a banheira e espalhei nela os brinquedos de Janie. Ela não se alegrou como de costume, mas pelo menos deu um sorriso. Não bastou para que eu me sentisse melhor.

— Me desculpe por ter gritado com você, Janie. A mamãe não deveria ter feito isso — eu disse.

— Tudo bem, mamãe. — Ela pegou um dos brinquedos de banho e o entregou para mim. — As mamães sempre gritam.

Congelei. Ela nunca tinha falado sobre a mãe. Nunca. Nenhuma vez. O que eu deveria fazer? Deveria dizer algo? Fazer mais perguntas? Olhei freneticamente ao redor, como se Christopher fosse aparecer através de uma das paredes e me dizer o que fazer. Minhas axilas pingavam de suor. Eu tinha de fazer alguma coisa.

— Sério? Elas sempre gritam?

Eu não queria pressioná-la. Uma coisa de que me lembro desde os primeiros dias de Janie no hospital é que a equipe médica sempre dizia para não a pressionar a falar sobre seu passado, e Piper tinha dito para nunca fazer perguntas sugestivas a ela. Nós deveríamos deixar que ela falasse. Isso ainda se aplicava?

Cole gritou da sala de estar. É óbvio que ele decidiria acordar nesse momento. Foram apenas alguns segundos até que ele passasse de um chorinho para o escândalo completo.

— O que mais as mamães fazem? — perguntei. Não era uma pergunta aberta, mas eu não tinha tempo.

Ela encolheu os ombros, então gritou: "Calça de cocô!", antes de explodir em risos perfeitamente sincronizados com os gritos penetrantes de Cole. Entreguei-lhe uma toalha.

— Vou pegar suas roupas enquanto você se seca, querida — eu disse.

Corri para o quarto dela e peguei uma roupa, que coloquei em cima de sua cama.

— Janie, suas roupas estão na cama — gritei, com a voz acima dos lamentos de Cole. — Vou até a sala dar mamá para o Cole.

Ele estava tão agitado que demorou um pouco para se acomodar no meu peito. Estava tranquilo há pouco tempo quando Janie se arrastou até a sala vestindo apenas as roupas íntimas.

— Posso tomar um pouco do seu leite? — ela perguntou.

TRINTA E NOVE

CHRISTOPHER BAUER

A CASA ESTAVA ESCURA QUANDO CHEGUEI. A QUIETUDE ENVOLVIA TUDO. Abri a porta em silêncio e passei por cima daquele taco no piso de madeira que sempre rangia. Andei na ponta dos pés pela sala e pelo corredor. Janie já estava dormindo. Era cedo para estar na cama. Esperava apenas que não estivesse doente. A porta do nosso quarto estava fechada. Encostei o ouvido na madeira, esforçando-me para escutar qualquer coisa. Eu não iria acordá-los se estivessem dormindo. Dormiria no sofá. Teria valido a pena uma terrível noite de sono se Hannah tivesse a chance de descansar. Meu coração pesou quando ouvi um choramingo.

Abri a porta esperando encontrar Cole agitado, mas ele estava dormindo profundamente em seu berço acolchoado, ao lado da cama. Hannah estava enrolada em posição fetal com uma caixa de lenços ao lado. Corri até ela e coloquei a mão em sua testa para verificar se havia febre. Ela não estava quente.

— O que aconteceu? — perguntei, inclinando-me para olhar em seus olhos. Ela parecia exausta, desgastada.

— Gritei com a Janie hoje, gritei para ela calar a boca. Eu não queria, mas não consegui me segurar. Ela estava chorando tanto que não aguentei e explodi. Gritei com ela. Urrei, na verdade. E ela chorou tanto que acabou vomitando. Ela nunca chorou tanto a ponto de vomitar, e é tudo culpa minha. — Ela soluçava. — Sou uma mãe horrível.

Passei os braços em torno dela e puxei-a para perto de mim. Seu corpo estava úmido de suor.

— Tudo bem. Quer dizer, óbvio que não está tudo bem você ter gritado com ela, mas todo mundo perde a paciência. Os pais gritam com os filhos o tempo todo.

Um soluço involuntário escapou, atiçando um estremecimento ao longo do corpo de Hannah.

— Sim, mas não com crianças com a história da Janie.

— Você se desculpou? — Percebi que eu fazia a Janie essa mesma pergunta depois que ela agredia Hannah de algum jeito.

Ela afirmou.

— Então, tudo bem, você ensinou uma lição importante para ela hoje. Mostrou que todo mundo perde a paciência, até os pais, mas nós pedimos desculpas depois. Essas coisas são importantes para ela aprender, tão importantes quanto todo o resto que ensinamos para ela. — Eu não estava dizendo isso para fazê-la se sentir melhor, embora odiasse vê-la triste. Realmente acreditava naquilo. Não havia nada de errado em Janie descobrir que os pais eram humanos e cometiam erros. Massageei os ombros de Hannah. — Que tal se eu fizer um chá? Você coloca seu pijama enquanto eu faço, pode ser?

Não dei a ela a oportunidade de negar. Ela vestiu o pijama e lavou o rosto antes de eu voltar. Parecia tremendamente desgastada. Suas olheiras cresciam a cada dia. Entreguei a ela a xícara de chá e disse:

— Então, eu estava pensando em uma coisa quando estava lá embaixo... — Ela tomou um gole. — Você não acha que é hora de procurarmos alguém para ajudar com as crianças? — Tentei soar o mais suave possível para evitar ofendê-la, como tinha feito em todas as nossas discussões anteriores sobre o tema. Ela olhou para mim, mas não disse que não, então continuei rapidamente antes que ela pudesse me impedir. — Sei que nós sempre dissemos que não queríamos uma babá, mas isso foi antes de termos dois filhos e percebermos como é difícil conciliar tudo. Para mim também está muito difícil administrar tudo. — Não queria que ela pensasse que o problema era apenas sobre ela. Eu também estava sofrendo. Continuei:

— É por isso que tantas pessoas fazem isso, Hannah. E não temos apenas dois filhos, temos dois filhos difíceis, desafiadores. Vamos falar a verdade aqui: nosso trabalho é mais difícil do que o da maioria. — Pela primeira vez, eu a vi considerando a possibilidade. Tive que aproveitar enquanto havia uma abertura. — Não seria nada permanente. Podemos fazer isso só por um tempo, até ajustarmos as coisas. A maioria das pessoas tem ajuda quando ganha um recém-nascido.

Ela fez que não com a cabeça.

Eu tinha lido errado sua expressão?

— Sua mãe vem ajudar sempre que pode. Por que é tão diferente assim contratar alguém para ajudar? — perguntei.

— Porque ela é a minha mãe, e não um estranho que vai julgar tudo o que faço. Você viu como este lugar está imundo? — Seus olhos estavam vidrados enquanto ela falava.

O quarto de Janie era o único lugar da casa que estava ruim de verdade. Todo o resto estava muito bem organizado. Sua mania de limpeza não tinha mudado. Aliás, ao que parece, estava pior.

Escolhi as palavras com cuidado, fazendo o possível para não a irritar ainda mais.

— Por que você não olha alguns perfis on-line e vê o que acha?

— Não vou mudar de ideia. — Ela cruzou os braços à frente do peito. A porta estava fechada novamente.

Sua teimosia era enlouquecedora e não fazia sentido. Contratar alguém para ajudá-la a cuidar das crianças seria a solução perfeita para nossos problemas. Estendi a mão e acariciei suas costas.

— Pedir ajuda não significa que você fracassou.

A princípio, não pensei que tivesse me ouvido, mas então ela disse:

— Vou dar leite do peito pra ela e pronto.

Quase cuspi meu chá.

— O quê?!

Foi completamente inesperado. Ela não tinha dito nada sobre fazer isso enquanto trocávamos mensagens de texto mais cedo. Não poderia estar falando sério. Será que ela estava me ouvindo?

— Pensei nisso o dia todo. Pesquisei amamentação em tandem no Google depois que ela dormiu...

Eu a interrompi.

— Amamentação em tandem?

— É quando você amamenta duas crianças de idades diferentes ao mesmo tempo.

— Certo, mas podemos voltar a falar sobre arranjar ajuda por um tempo? — Tentei esconder meu aborrecimento por ela evitar o assunto.

Ela balançou a cabeça.

— Isso pode funcionar, Christopher. Parte da razão de ela se sentir tão excluída e agir mal é porque o Cole está grudado no meu peito quase o dia todo. Não tem nada que ela odeie mais do que se sentir rejeitada. Se ela fizesse parte da experiência, talvez não sentisse tanto ciúme.

Eu a encarei, incrédulo. A maternidade tinha despojado Hannah de todos os seus antigos pudores. Mulheres em outras culturas sempre amamentaram crianças mais velhas, mas a imagem de uma criança crescida, com quem me sento frente a frente à mesa do jantar, mamando no peito de Hannah me perturbou um pouco. No entanto, mantive a boca fechada. Ela finalmente se acalmou, e eu não queria dizer algo que a chateasse novamente. Não havia como saber o que era capaz de animá-la esses dias.

— Esta pode ser uma experiência de união para nós duas. Com certeza ela nunca experimentou isso com a Becky. Quer dizer, talvez a Becky tenha amamentado, mas eu duvido muito.

— Se você se sentir confortável com isso, então eu apoio o que quiser fazer. — Dei um tapinha na cama. — Por que não se deita e fecha os olhos?

Ela bocejou a menção de dormir. Levantei o cobertor até seu queixo, exatamente como eu fazia quando colocava Janie na cama, e a beijei no topo da testa.

— Não precisa se preocupar com nada. Só descansa. Amanhã é um novo dia — eu disse.

...

Hannah sorria para mim durante o café da manhã seguinte, como se compartilhássemos um segredo. Ela me disse antes, enquanto coávamos o café, que ainda estava pensando sobre amamentar Janie. Era bom ver o sorriso voltar ao rosto dela, mas secretamente esperava que ela tivesse abandonado a ideia.

Não era apenas estranho, pois nós tínhamos trabalhado muito para levar Janie adiante em seu desenvolvimento, mas isso parecia representar um enorme retrocesso. E se essa experiência a fizesse regredir ainda mais?

— Eu te amo — sussurrei em seu ouvido antes de sair. — Tenta pegar leve hoje.

Pouco depois da minha consulta do meio da manhã, meu telefone vibrou. Era uma mensagem de texto de Hannah:

Estou no andar de baixo.

Do que está falando? Você me enviou isso por engano?

Não. Estou no andar de baixo.

No hospital?

Sim.

O que está fazendo aqui?

Estou no pronto-socorro.

As crianças estão bem?

Mandei a mensagem enquanto corria pelo corredor. Ignorei o elevador e fui direto pelas escadas, já que seria mais rápido.

As crianças estão bem. Estou levando pontos.

HEIN?!

Ela não respondeu. Mandei uma mensagem para Dan, avisando-o de onde eu estava, caso precisasse de mim. Encontrei-a na cama 7A, com sacos de gelo colocados sobre o peito nu. Corri para a cabeceira dela.

— O que houve?

— Janie me mordeu.

O nervosismo revirou minhas entranhas.

— Janie mordeu você?! Onde? Como?

— Como você acha? — ela esbravejou. Hannah me lançou um verdadeiro olhar assassino.

Joguei as mãos para o alto. Eu ainda não conseguia entender, não era capaz de ligar os pontos.

— Hoje de manhã, antes de cuidar do Cole, perguntei se ela ainda queria experimentar o leite, e ela disse que sim. Ela estava muito animada. Expliquei que era só chupar, que nem uma mamadeira. Quer dizer, de que outro jeito eu podia explicar? — Seu rosto estava contorcido de raiva. Eu nunca a tinha visto tão raivosa. — Logo de cara, ela agarrou o peito como se já soubesse como fazer. Foi incrível. O leite desceu igual acontece com o Cole. Não esperava que fosse funcionar assim. Ela bebeu por alguns minutos... e aí, sabe o que ela fez?

Ela não esperou que eu respondesse.

— Ela olhou para mim, bem nos meus olhos, daí me deu uma mordida. E não foi só uma mordidinha... Ela mastigou, quase arrancou o meu peito! — Hannah tirou o saco de gelo que estava sobre o seio esquerdo. — Olha o que ela fez comigo.

O seio inteiro estava inchado, machucado ao redor do mamilo e com os pontos seguindo uma linha na parte inferior.

Ela apontou para o ferimento.

— Seis pontos. Levei seis pontos. Ela quase arrancou o meu peito.

— Meu Deus! — Eu não sabia mais o que dizer. Minha cabeça estava pesada, a sala toda girava. — Preciso me sentar.

Eu me afundei na cadeira ao lado da cama. Escondi a cabeça entre as mãos, tentando entender o que ela tinha acabado de me contar, o que eu tinha acabado de ver. O que havia de errado com Janie? Eu tinha lido muito sobre crianças com Transtorno de Apego Reativo, mas nunca encontrei relatos sobre nada parecido com aquilo. Nada.

— Onde estão as crianças? — perguntei.

— Allison está em casa com eles. Eu disse a ela que estava sangrando de novo e que precisava ir para o hospital. — Ela balançou o dedo para mim. — Você nunca vai contar para ela o que realmente aconteceu, ouviu?

Chocado, inclinei a cabeça.

— Como assim?!

— É sério, não quero que ela saiba que a Janie fez isso comigo. Eu ficaria com muita vergonha.

Hannah não precisava ficar envergonhada. Ela não tinha feito nada de errado. Pensei em dizer isso a ela, mas ela andava irritadiça demais e não quis correr o risco de deixá-la mais chateada, já que, na maioria das vezes, o gatilho era algo que eu dizia ou fazia. Era como se eu não conseguisse fazer nada direito. Ninguém tinha me contado que ter um recém-nascido seria assim.

Meu telefone vibrou novamente. Desta vez era Dan. Ele precisava de mim no andar de cima.

— É o Dan.

Ela fez um gesto em direção à porta.

— Pode ir. Tudo bem. Não tem mais nada que possa ser feito. Eles já me costuraram. Só estou esperando os papéis de alta.

— Tem certeza? Eu me sinto mal deixando você aqui.

— Tenho certeza. Mas não sei o que vou fazer quando chegar em casa. Não quero nem ver o rosto dela. — A raiva irradiava de Hannah.

— Eu vou falar com a Janie quando chegar em casa. — Beijei o topo de sua cabeça. — Vou ligar para a dra. Chandler quando estiver indo lá para cima.

Ela se afastou de mim.

— Faz isso, por favor. Não quero falar com nenhuma delas.

...

Minha cabeça girava enquanto eu dirigia de volta do hospital. Hannah tinha me deixado uma mensagem assim que chegou em casa, mas não tive mais notícias dela o resto do dia. Eu me tornei cirurgião porque gostava de consertar pessoas, e escolhi a ortopedia porque esse parecia ser o jeito mais fácil de fazê-lo. Ossos eram como pedaços de vidro. Quando quebravam, era possível juntá-los novamente. Era nisto que eu era bom: consertar as coisas. Mas eu não sabia como consertar minha família. A cada dia, tudo só piorava ao invés de melhorar. Nunca tinha me sentido tão impotente.

Janie saltou até a porta e me recebeu como sempre fazia: feliz, sorridente e cheia de energia e vida. Eu apenas a encarei, imaginando como alguém que parecia tão doce poderia fazer algo tão horrível. Essa era uma das características das crianças com Transtorno de Apego Reativo, o que não tornava nada disso menos assustador.

— Oi, papai! Senti a sua falta. Você teve um bom dia no hospital? — ela perguntou, como se fosse um dia como todos os outros.

— Foi um dia difícil — respondi. Eu me preocuparia com ela mais tarde. — Onde está a sua mãe?

Ela apontou para a sala de estar.

— Ela está ali.

Fui até ela. Hannah estava sentada na poltrona, segurando Cole enquanto ele dormia. Seu rosto se contorcendo de dor.

— Como está se sentindo? — perguntei por hábito.

— Está tudo horrível — disse ela, lutando contra as lágrimas. — Agora só consigo amamentar com um peito, e parece que estão saindo facas em mim quando eu dou o leite.

— Eu sinto muito. — Queria fazer algo para deixá-la melhor. — Você quer alguma coisa? Eu posso...

Janie interrompeu.

— Papai, brinca comigo! Eu quero brincar!

— Agora, não. Eu estou falando com a sua mãe.

— Mas papai! — Ela puxou meu braço.

Eu a afastei.

— Me solta! — Minha voz saiu mais alta do que pretendia. Ela cambaleou com os olhos arregalados, como se tivesse batido nela.

Hannah fez um gesto.

— Fala com ela primeiro. A gente pode conversar mais tarde.

— Vamos para o seu quarto, Janie — eu disse.

Enquanto nos dirigíamos para o quarto, lancei um olhar de cumplicidade para Hannah por cima do ombro. Não fechei a porta para que ela pudesse ouvir nossa conversa. Sentei-me na cama de Janie.

— Vem cá, senta do meu lado. A gente precisa conversar.

— Eu não quero falar. Quero brincar. — Ela cruzou os braços.

— Não. Vamos conversar primeiro, depois nós brincamos.

Relutante, ela se sentou ao meu lado.

— Você mordeu a mamãe hoje, e isso a machucou demais. Você fez uma coisa muito ruim. — Usei minha expressão mais grave. — Estou muito chateado com você.

— Desculpa, papai. — Ela agarrou minha mão e beijou o dorso dela. — Agora podemos brincar?

Neguei com a cabeça.

— Quero saber por que você fez isso. Por que faria uma coisa dessas?

Ela parecia indiferente, apenas procurando uma resposta em meu rosto.

— Por favor, estou tentando entender. Como pôde machucar a sua mãe desse jeito?

Ela se arrastou para o meu colo e sussurrou com sua voz doce:

— Eu gosto de machucar as pessoas. Você não gosta?

243

CASO Nº 5243

ENTREVISTA:
PIPER GOLDSTEIN

RON ME INTERROMPEU NO MEIO DA FRASE.

— Que impressão você teve sobre a Hannah naqueles primeiros dias?

Desta vez eu não conseguiria evitar que meu rosto ficasse avermelhado, que minhas bochechas queimassem. Mas dei de ombros.

Ele se inclinou para a frente.

— Como Hannah ficou depois que o bebê nasceu?

Limpei a garganta.

— Como eu disse, não vi muito os Bauer durante esse período.

— Não, você fez parecer que estava por perto quando o abuso aconteceu, mas isso não é verdade, não é? — Luke olhava para mim do outro lado da mesa.

Desviei o olhar. Seus olhos eram muito intensos.

Ron esfregou o queixo.

— É verdade, não é? Você não via os Bauer fazia alguns meses, até ser chamada para investigar no hospital.

— Eu...

Ele me cortou.

— Você ficou longe por meses. Não tem ideia do que aconteceu naquela casa, não é?

— Eu não precisava estar na casa para saber o que acontecia. Eu conhecia a família.

— Só responde à pergunta. Você não sabe o que aconteceu naquela casa durante os três meses depois que Cole nasceu, não é?

Eu não queria dizer as palavras, mas não tive escolha.

— Não tive nenhum contato com eles durante esse período. — Abaixei a cabeça.

— E qualquer coisa poderia ter acontecido... Qualquer coisa! — Ron bateu na mesa. — Você nem sabia que tinha alguma coisa errada até receber a ligação para ir ao hospital, não é?

— Eu não sabia que existiam problemas na casa.

— E aí já era tarde demais, não era, senhorita Goldstein?

Eu não aguentava mais. Comecei a chorar.

QUARENTA

HANNAH BAUER

EU SÓ CONSEGUIA AMAMENTAR COLE COM MEU SEIO DIREITO, JÁ QUE o esquerdo estava muito ferido. Como ele era um mamador voraz, um seio não era suficiente. Para piorar, o leite descia em grande quantidade no seio esquerdo, o que significava que ele estava o tempo todo empedrado, obrigando-me a encontrar uma maneira de esvaziá-lo. Eu não podia usar a bomba tira-leite porque ela puxaria os pontos, então tive que aprender a ordenhar com a mão.

Dois dias depois, sangue e pus começaram a escorrer dos mamilos. Sempre que Cole mamava, parecia haver fogo saindo de dentro de mim. Eu cerrava os dentes e segurava a vontade de gritar todas as vezes. Ele chorava ao terminar porque ainda estava com fome. Entretanto, eu me recusava a parar porque o leite materno é muito importante para o desenvolvimento do bebê. Corri para ver minha médica, esperando que ela tivesse uma cura.

— Provavelmente é hora de você parar de amamentar — ela disse após o exame. — Você está com uma infecção horrível no seio esquerdo.

No fundo, eu já esperava isso.

— Não estou pronta para parar. Não dá para prescrever um antibiótico para mim? Sei que existem uns que são seguros para amamentar.

— Até posso, mas seria apenas uma solução temporária. Tenho quase certeza de que a infecção vai voltar.

— Quero pelo menos tentar. — Eu não estava disposta a desistir tão facilmente. Não de algo que era tão importante.

Ela pareceu irritada, mas no fim das contas preencheu uma receita para mim.

— Duvido muito que isso funcione, mas não custa nada tentar.

...

A dor piorava a cada hora, tão forte que me mantinha acordada a noite inteira. Meu seio esquerdo estava inchado e empedrado. O direito deveria estar saudável, mas pela manhã tinham crescido nele caroços duros e dolorosos, e o seio estava tão vermelho quanto o esquerdo. Eu não os podia tocar. Até mesmo a pele roçando a camiseta me fazia sentir uma dor que parecia queimar todo o meu corpo, tão intensa que me dava vontade de vomitar. Naquela noite, chorei enquanto enchia para Cole a sua primeira mamadeira de fórmula.

— Sou um completo fracasso como mãe — eu dizia, em meio às lágrimas.

— Só espera mais alguns dias — Christopher disse, esfregando minhas costas com círculos largos. — Provavelmente vai melhorar logo, e você vai poder voltar a amamentar se quiser. A fórmula não vai fazer mal para o Cole, e eu te garanto que ele não vai se esquecer de como mamar na teta.

Olhei para ele. Ele não entendia o que eu estava passando. A amamentação era a única coisa que tornava o choro de Cole suportável. Eu adorava me deitar com ele enquanto ele enrolava seu corpo junto ao meu, olhando para os seus dedinhos entrelaçados aos meus. Nesses momentos, não importava que ele chorasse a noite toda, isso fazia minha total exaustão valer a pena. Alimentá-lo com uma mamadeira não seria a mesma coisa. Não é a mesma coisa, não importa o que digam os outros.

— Vem cá, por que não o entrega para mim? — Christopher tirou Cole de mim e pegou a mamadeira com a outra mão. — E você vai lá e dorme. Você está acordada já faz quase quarenta e oito horas. Deve estar exausta.

Fui tropeçando de volta ao nosso quarto, meus olhos queimando de cansaço. Eu me enrolei debaixo do nosso edredom, mas não consegui me aquecer. Meu corpo inteiro doía. Eu alternava entre sentir como se estivesse congelando e sentir tanto calor que parecia queimada pelo sol.

— Christopher! — Doía falar. — Christopher!

Ele correu para o quarto com Cole balançando contra o seu peito, preso a um canguru que tínhamos ganhado no chá de bebê.

— Estou me sentindo muito mal. Você pode medir a minha temperatura?

Ele olhou do bebê para mim. — O que eu faço com ele?

— Leva com você.

— Não dá para pegar o termômetro com ele grudado em mim. — Ele parecia sobrecarregado com a tarefa.

— Está falando sério?! Então me dá ele.

Passar de um colo a outro assustou Cole, e ele começou a gritar. Seu choro perfurava meu cérebro. Christopher apenas ficou lá, sem saber o que fazer.

Fiz um gesto em direção à porta.

— Vai logo!

Eu estava fraca demais para sair da cama e com dor demais para segurar Cole. Eu o deitei de costas ao meu lado. Ele gritou e se contorceu como se estivesse sendo torturado. Eu poderia dizer, pela forma como ele estava agitado, que aquele seria um episódio terrível de choradeira que duraria horas. Tapei os ouvidos e chorei.

Christopher voltou com o termômetro e o enfiou debaixo da minha língua. Ele pegou Cole, mas não fez nenhuma diferença. Às vezes o bebê chorava ainda mais quando Christopher o pegava no colo. Ele dizia não se incomodar, mas óbvio que aquilo o irritava.

O termômetro apitou e eu olhei para baixo. Quase quarenta graus. Eu não tinha uma febre tão alta desde quando eu era criança. Não é à toa que me sentia tão mal.

— Você precisa ir correndo para o pronto-socorro. — A preocupação cobria o rosto de Christopher. — Sua febre não deveria estar tão alta. Não com o antibiótico e o paracetamol. — A voz dele parecia estar vindo do final de um longo túnel. — Mas você não vai sozinha, então nem pensa nisso.

Eu não conseguia pensar em nada. Apenas sentia dor demais. Só queria dormir.

Não demorou muito para Allison me sacudir a fim de me acordar.

— Vamos, querida, vou levar você para o pronto-socorro — ela disse, inclinando-se ao lado da cama, o rosto bem junto ao meu.

Concordei com a cabeça. Ela lentamente tirou as cobertas e me ajudou a levantar. Sentei-me ao lado da cama enquanto ela vasculhava meu armário em busca de um par de sapatos que eu pudesse calçar com facilidade. Os gritos de Cole reverberavam pelo corredor.

— Por que ele nunca para de chorar? — A sala girava. Agarrei a beirada da cama.

— Uma hora ele para. Às vezes leva tempo para eles se acostumarem a viver. — Ela saiu segurando um par de tênis velhos e os jogou no chão diante de mim. Entramos mancando no corredor.

— Chris! — ela gritou.

— Sim?

— Estou levando a Hannah agora. Vou te mandar uma mensagem quando souber de alguma coisa.

— Tudo bem. Te amo, Hannah.

Eu não tinha energia para responder. Allison me ajudou a entrar no carro, e voltei a dormir assim que me sentei. Minha cabeça balançava de um lado para outro enquanto esperávamos para ver um médico. Finalmente, chegou a nossa vez, e nos arrastamos pelo corredor. Allison me ajudou a entrar no consultório e foi fechar a porta.

— Deixa que eu dou conta — eu disse.

Ela olhou para mim, perplexa.

— Fica lá na sala de espera. Vou ficar bem aqui — eu garanti, tentando desesperadamente me controlar. Mesmo contrariada, ela abriu a porta e saiu. Engoli em seco e cambaleei até a mesa. Eu não podia deixá-la ver o que Janie tinha feito. Deslizei para fora da minha camiseta, vesti o roupão hospitalar e me deitei na mesa, de repente me sentindo enjoada. Com as mãos no estômago, respirei fundo.

Não precisei esperar muito o médico. Seu crachá balançava diante de mim: dr. Flynn. Ele tentou tocar meu seio direito, e eu gritei assim que seu dedo fez contato.

— Me desculpa, mas dói muito — chorei.

Ele olhou para os dois.

— Você está com uma infecção horrível em torno dessa ferida, e também parece que tem mastite nos dois seios.

— Dói demais, doutor. Não sei mais o que faço.

— Sinto muito, mas vai ter que parar de amamentar. Vou precisar te indicar uma dose muito forte de antibióticos, e eles não são seguros para o bebê. Tenho medo de que, se não tratarmos isso de um jeito mais agressivo, você possa ficar com septicemia.

Chorei durante todo o caminho de volta para casa.

— Me lembre de ligar para o Greg e avisar que vou ficar aqui hoje à noite para cuidar de você — Allison disse, enquanto me ajudava a sair do carro.

Neguei com a cabeça. Ela pareceu surpresa. Em qualquer outro momento, eu teria aceitado de bom grado a sua ajuda, mas o médico me instruiu a tomar banhos para massagear os seios e desempedrar o leite. Ela insistiria em me ajudar, e eu não podia deixar que ela descobrisse sobre meus seios. Não que eu tivesse vergonha que ela os visse, foi ela quem me ajudou a colocar meu primeiro sutiã quando jovem, mas eu não podia deixá-la saber o que Janie tinha feito comigo. Eu não tinha contado a Allison nem a ninguém. Ficaria muito envergonhada se todos soubessem.

— O que está acontecendo, Hannah? — ela perguntou.

— Nada, estou bem — respondi assim que Christopher abriu a porta da frente para nos receber. Ele ainda levava Cole no canguru.

— Oi, tia Allison! — Janie acenou atrás dele.

A FILHA PERFEITA

A raiva queimou minhas entranhas, como acontecia sempre que eu olhava para Janie. Tudo era culpa dela. Janie nunca disse nada sobre me morder, nunca fez menção de se desculpar, nem mesmo me perguntou como eu estava ou como me sentia.

— Vem aqui e me dá um abraço, docinho — Allison pediu. Ela abriu os braços e Janie correu para minha irmã. — Você quer vir para casa com a tia?

Janie pulou para cima e para baixo.

— Quero, sim! Quero, sim!

Allison olhou para mim.

— E aí, que tal eu ficar com ela hoje à noite? Assim o Christopher pode se concentrar em cuidar de você e do Cole sem ter que pensar nela. É uma coisa a menos para se preocupar.

— Parece ótimo para mim — eu disse.

Christopher não parecia ter certeza.

— Não sei. Ela nunca passou uma noite inteira em outro lugar.

— Ela vai ficar bem. Não se preocupa com isso — Allison disse. — Vai ser bom para ela.

— Não sei...

— Christopher, só a deixe ir — eu falei, passando por ele em direção à porta. Eu precisava me deitar.

...

Eu não estava pronta para Janie voltar da casa de Allison. As coisas pioraram ao invés de melhorarem. Ambos os seios estavam cheios de protuberâncias nodosas. Tentava massagear as mamas no chuveiro para o leite descer, como o médico tinha me instruído, mas a água caía como agulhas na pele inchada. A oxicodona mal diminuía a minha dor, e eu não conseguia segurar nada no estômago. Deitei-me no sofá com um balde ao meu lado. Foi devastador não poder cuidar de Cole. Toda vez que ele chorava, meus seios instintivamente se enchiam de leite. Cada vez que eu não podia ir até ele partia meu coração, de novo e de novo.

Allison ficou com Janie por quatro dias. Não era certo a fazer cuidar da menina por mais tempo quando minha irmã já tinha tanto a fazer, mesmo que eu desejasse. Ela parecia exausta quando a trouxe de volta para casa no final da tarde. Janie jogou suas coisas no chão e foi para o quarto sem falar comigo ou com Cole.

— Como está se sentindo? — Allison perguntou. Ela afofou os travesseiros atrás da minha cabeça. Eu estava acampando no sofá desde que Janie tinha saído. Nós não tínhamos TV em nosso quarto, e eu precisava da distração.

— Melhor do que hoje de manhã — eu disse. Eu tinha vomitado três vezes antes das dez horas e não consegui engolir meu café, o que ainda por cima me deu uma crise terrível de dor de cabeça. — Muito obrigada por levar a Janie. Espero que ela não tenha dado muito trabalho.

Ela se jogou no sofá ao meu lado, apoiando as pernas na mesa de centro, assim como Christopher fazia.

— Para dizer a verdade, foi um pouco difícil. Promete que não vai se sentir mal se eu te contar uma coisa?

Fiz que não com a cabeça. Nada poderia me fazer sentir pior do que eu já me sentia.

— Você sempre fala sobre como a Janie é difícil, e eu nunca tinha visto isso. Ela é tão comportada e tão meiga sempre que estou por perto… Parte de mim achou que você estivesse exagerando. — Ela olhou para mim antes de continuar, certificando-se de que eu não parecia magoada ou na defensiva.

Silenciei-a com um aceno de mão.

— Tudo bem, não se preocupa com isso. — Ela pareceu aliviada por eu não estar com raiva.

— Ela pode ser difícil *pra valer*.

Comecei a rir.

— Hum, você acha? O que ela fez?

— Primeiro ela ficou insistindo em ser carregada para todos os lados, o que foi fofo no começo, mas logo ficou chato. Aí eu não conseguia fazê-la usar o banheiro, e ela ficava só de calcinha. — Ela torceu o nariz. — Até os meninos começaram a ficar meio incomodados com ela, porque ela ficava agindo e falando feito um bebê. Se eles, que são os dois maiores fãs da Janie, ficaram de saco cheio, você pode imaginar como foi ruim. Mas o mais estranho era como ela ficava acordando no meio da noite e entrando no nosso quarto. Ela simplesmente ficava de pé em cima da gente, olhando. Ela sempre faz isso?

— Ela costumava fazer isso toda hora, mas não faz tem um tempo.

— Vai ver é só parte do período de adaptação dela. — Ela apertou meu joelho. — Quer que eu pegue alguma coisa para você antes de sair? Tenho que buscar os meninos no futebol.

— Não, tudo bem. Obrigada por ficar com a Janie.

Ela desviou o olhar. Não passou batido para mim o fato de ela não ter dito "sem problemas" ou "pode contar comigo", como ela faria normalmente.

— Tchau, Janie! Vejo você logo, logo! — ela gritou, esperando apenas alguns segundos para ver se Janie responderia. Como não ouviu resposta, ela deu de ombros. — Me manda uma mensagem mais tarde, combinado?

Janie entrou na sala assim que ouviu a porta se fechar.

— Você se divertiu com a tia Allison? — perguntei.

Ela fez um beicinho.

— Não gosto da Allison.

— Como assim? Desde quando não gosta dela? Você ama a sua tia!

Ela balançou a cabeça.

— Não amo, não. Ela é muito malvada. — Ela olhou ao redor. — Cadê o papai?

— Ele está no trabalho.

— Você vai brincar comigo?

— Por que você não vai brincar com a Blue? Tenho certeza de que ela sentiu sua falta — eu disse, e então me virei. Sua presença me irritava profundamente.

— Você nunca brinca comigo. Você também é má, igual a tia Allison. — Ela mostrou a língua para mim e voltou para o quarto dela.

Tê-la em casa novamente era algo que deixava o ambiente pesado. Meu coração disparou. Tirei Cole do balanço e o apertei contra o peito, esperando que seu batimento cardíaco acalmasse o meu. Mas não consegui controlar o pânico que surgia dentro de mim. Eu tinha que respirar e não havia ar suficiente ao meu redor. Fui tropeçando em direção à porta enquanto ondas de calor corriam por minhas veias. Eu me sentia quente e encharcada de suor.

Abri a porta da frente e saí para a varanda. O ar frio atingiu meu rosto e me trouxe uma sensação boa. Inspirei forte, tentando me recompor.

Ela é só uma menininha. Não precisa ter medo.

QUARENTA E UM

CHRISTOPHER BAUER

FIQUEI FELIZ EM ENCONTRAR HANNAH DE PÉ E SE MEXENDO, MAS também fiquei um pouco preocupado ao vê-la se movimentando com energia frenética pela casa. Ela estava fazendo faxina obsessivamente havia três dias, desde que Janie tinha voltado da casa de Allison. Enquanto trabalhava, Hannah mantinha Cole enrolado em um *sling* contra seu peito.

— Ei. — Aproximei-me enquanto ela arrumava os porta-retratos em cima da lareira. — Você ficou ocupada a noite toda. Por que não faz uma pausa?

Ela me empurrou para o lado.

— Aqui está uma bagunça só, sujo demais.

— Como está se sentindo?

— Bem. Eu estou bem.

— Você quer que eu leve o Cole?

— Não, mas pode fazer alguma coisa com a Janie?

A menina estava presa em seu quarto, fechada atrás de um portãozinho para bebês como se fosse um animal em um zoológico. Janie parecia confusa. Nós nunca a tínhamos deixado no quarto assim, nem mesmo quando ela estava em seu pior momento.

— A mamãe me fez ficar no meu quarto — ela disse, enquanto eu abria o portão.

Hannah nos ignorou pelo resto da noite. Ela mantinha Cole em seu peito e se movia pela casa como se tivesse menos de uma hora para limpar tudo antes de uma reunião social imaginária. Nossa casa brilhava como um espelho. Era possível sentir o cheiro de alvejante logo ao entrar pela porta. Parecia que estávamos prestes a colocá-la à venda, tudo perfeitamente arranjado, cada peça no lugar, como em uma propaganda, exceto o quarto de Janie. Hannah queria distância dele.

Não sei o que ela fez com a menina ao longo do dia enquanto faxinava, e não tive coragem de perguntar. Desde o incidente da mordida, Hannah evitava falar sobre ela ou fazer qualquer coisa com Janie. Eu entendia o quanto ela estava magoada e dei a ela o tempo de que precisasse para lidar com suas emoções. Mas, nesse dia, voltei para casa e encontrei Janie imunda.

Ela ficou com fezes nas calças por tanto tempo que elas tinham endurecido contra sua pele, lembrando uma pedra. Eu não conseguia nem mesmo raspá-las. Janie ainda estava com o pijama que tinha usado nos dois dias anteriores, seu cabelo era uma bagunça emaranhada, havia comida por todo o rosto e seu hálito estava horrível, o que significava que também não tinha escovado os dentes. Esperei até que ela estivesse na cama para falar com Hannah sobre isso.

— Você pode largar a vassoura e falar comigo por um segundo? — perguntei.

— O que foi? Eu consigo falar enquanto limpo.

— Hannah, é a terceira vez que você varre o chão desde que cheguei em casa. Com certeza ele ainda está limpo. Está se preparando para adotar outra criança e eu não estou sabendo? — brinquei para diminuir a tensão. A única vez que ela tinha limpado como uma louca foi quando estávamos nos preparando para a visita domiciliar de Janie.

— Só não gosto de sujeira. Você não consegue ver, mas eu consigo. Sem dizer que a Blue deixa pelo por tudo. Não quero o Cole respirando isso. Comprar a gata foi um erro. Ele pode ser alérgico.

— Não acho que ele seja alérgico a gata. Ele já teria tido alguma reação. — Massageei minha testa. — A gente pode se sentar, por favor?

Ela balançou a cabeça.

— Pedi um limpador de carpete na Amazon hoje.

Levantei as sobrancelhas.

— Mas a gente não tem carpete.

— Temos tapetes — ela disse, como se isso explicasse tudo.

— A gente pode, por favor, falar sobre a Janie?

— O que a gente tem para falar? — ela perguntou, na defensiva.

— Querida, sei que ainda está nervosa por causa do que ela fez, mas não pode tratar a Janie do jeito que está tratando.

— De que jeito a estou tratando? — Ela riu sarcasticamente.

— Bom, não pode deixar a menina sentada em cima das calças cheias de cocô o dia inteiro.

— Ela sabe ir ao banheiro quando precisa. Cansei de cair nos joguinhos dela. Simples assim. — Ela parou de varrer, aproximou-se e me encarou. — Se ela quer ser uma pirralha e se cagar nas calças, então que fique sentada em cima do negócio o dia inteiro.

— A dra. Chandler disse que é totalmente normal ela voltar a agir feito um bebê.

— Ela também disse que a Janie é manipuladora.

Suspirei.

— E o fato de ela estar imunda? Ela ainda estava de pijama quando cheguei em casa hoje à noite, e nem tinha escovado os dentes.

— Tentei fazê-la escovar os dentes e trocar de roupas... Você sabe o que ela fez? — Sua mandíbula se retesou de tensão. — Mostrou a língua para mim e disse que queria ter outra mãe. Estou cansada de fingir que ela vai gostar de mim. Essa menina me odeia!

— Ela não te odeia. — Partiu meu coração ouvi-la falar sobre Janie daquele jeito.

— Sério?! — Ela riu, transbordando de amargura a cada palavra.

— A única pessoa com quem ela se preocupa é com ela mesma... E você — ela acrescentou com uma reflexão tardia.

— Isso não é verdade.

Ela me lançou um olhar rígido, desafiando-me a discutir.

— É difícil agora. As emoções de todos estão no limite. Isso acontece com todas as famílias quando chega um novo bebê. Você ainda tem que cuidar dela, por mais difícil que seja.

Ela abriu a boca, mas a fechou rapidamente, mudando de ideia. Deu meia-volta e saiu furiosa, levando Cole para nosso quarto e batendo a porta.

...

No dia seguinte, Hannah foi me encontrar à porta quando cheguei em casa. Ela me recebeu já gritando.

— Diz pra ela me devolver! — Seus olhos estavam vidrados, cheios de raiva, sua mão tremia enquanto ela apontava para o corredor que levava aos quartos. — Ela está lá dentro. Diz pra ela me devolver!

Coloquei minhas coisas na mesinha ao lado do sofá.

— Calma! Do que está falando?

— Do meu telefone. Ela pegou meu telefone e escondeu em algum lugar! Ela não quer devolver. — Sua voz tremia de raiva.

— Seu telefone? Por que ela pegaria seu telefone? Tem certeza de que não perdeu ele em algum lugar? — Olhei pela sala, tentando vê-lo em algum canto.

— Ela pegou! Você disse que eu precisava cuidar dela, então cuidei. Ela não quis ir ao banheiro hoje quando pedi, nem escovar os dentes, então eu disse para ela que não poderia assistir a nenhum desenho até fazer o que eu tinha pedido. E aí sabe o que ela fez? Ela olhou bem nos meus olhos e tirou as calças... e foi até o tapete da sala de jantar e fez xixi nele! Depois ela riu como se fosse a coisa mais engraçada do mundo.

Eu nunca a tinha visto tão desequilibrada.

— Isso é péssimo... Mas o que tem a ver com o seu telefone?

— Ah, o telefone... Isso do telefone aconteceu quando tirei as bonecas Barbie dela. Me pergunta por que tirei as Barbies dela...

Me pergunta! — Ela se moveu em minha direção, aproximando-se e espremendo Cole entre nós como um sanduíche.

— Por que você tirou as bonecas dela?

— Coloquei o Cole no chão, só por um segundo... E é por isso que eu nunca o deixo no chão... Nunca! Quer saber por que eu o carrego o tempo todo? É justamente por isso! É por causa disso...

Coloquei as mãos em seus ombros e a afastei de mim.

— Hannah, por favor, se acalma. Não estou entendendo nada do que está dizendo. Nada disso faz sentido para mim. Por que a gente não se senta só por um segundo?

Ela se afastou.

— Não quero me sentar. Quero que a faça devolver meu telefone!

Janie estava na porta de seu quarto, observando tudo acontecer com uma expressão vazia no rosto.

— Janie, você pegou o telefone da mamãe? — perguntei.

Ela fez que não.

— Pegou, sim! Você pegou, sim! — Hannah gritou da sala.

— Eu, não! Você é uma mãe má! — Janie gritou de volta.

Cole começou a chorar.

— Olha só o que você fez! — Hannah disse, com o rosto vermelho e completamente furiosa.

— Todo mundo, calma! A gente tem que se acalmar. — Fiz um gesto para o sofá. — Senta enquanto pego uma mamadeira para ele.

Entrei na cozinha e respirei fundo algumas vezes enquanto aquecia a água. O início de uma dor de cabeça começava a brotar nas minhas têmporas. Eu não me importava mais com o que Hannah dizia. Não conseguiria viver desse jeito por muito tempo. Nenhum de nós conseguiria. Dan tinha me dado o número da mulher que eles contrataram quando suas filhas eram pequenas, e eu estava decidido a ligar para ela à noite, assim que tivesse uma chance. Aquela tinha sido a última gota.

— Vou ligar para o seu telefone — eu disse.

— Já fiz isso com o telefone da casa. Deve estar sem bateria porque não carreguei ontem à noite — ela respondeu da sala de estar.

A ligação caiu direto no correio de voz. Por via das dúvidas, conferi o aplicativo Buscar meu iPhone, caso ela tivesse saído e o deixado em algum lugar. O alfinete mostrou que o aparelho estava na casa. Fui sacudindo a mamadeira no caminho de volta à sala de estar, preparando-me para uma briga. Entreguei a garrafa para Hannah, que a enfiou na boca de Cole. Ele grudou no bico e parou de chorar.

— Certo, vamos tentar resolver isso... Janie, você pode vir aqui? — perguntei.

Ela saiu do quarto, de cabeça baixa.

— Me desculpa, papai. Não sei por que a mamãe está tão brava. Eu tentei fazer ela ficar calma.

Hannah a encarou com raiva.

— Eu vou perguntar de novo e quero que me diga a verdade... Você pegou o telefone da mamãe?

— Não fui eu — ela disse com firmeza.

— Sim, foi você — Hannah disse, com os dentes cerrados. — Você me disse que tinha pegado!

— Ela te disse? — perguntei.

— Sim. Depois que tirei as Barbies dela, lá no final da tarde, quando precisei do telefone e não conseguia achar em lugar nenhum. Perguntei se ela sabia onde estava, e ela disse: "Me dá as minhas Barbies que eu te dou o seu telefone".

Janie cruzou os braços.

— Não disse, não.

Hannah parecia estar a um passo de gritar novamente. Coloquei a mão no ombro dela, tentando acalmá-la.

— Tive uma ideia. Por que a gente não procura o telefone só para ter certeza?

Hannah me encarou, levantou-se sem palavras e foi para o nosso quarto. Tirei todas as almofadas do sofá e procurei debaixo dos móveis. Não estava na sala. Verifiquei o suporte de papel higiênico no banheiro, porque ela já o tinha esquecido ali antes, mas estava vazio. Janie corria pela casa, gritando a cada dois minutos:

— Não está aqui, papai!

Esvaziei a bolsa de Hannah, embora tivesse certeza de que aquele tinha sido o primeiro lugar em que ela o procurou. Também não estava lá. Finalmente, fui para o quarto de Janie.

O quarto dela estava uma bagunça, um contraste nítido com o restante dos cômodos da casa. Seus brinquedos estavam por toda parte, a cama toda amarrotada e desfeita, seus livros espalhados por todo o quarto. Havia gizes de cera quebrados cobrindo o chão. Peguei todos os pedaços que pude e os joguei no lixo. Peguei parte dos brinquedos e os coloquei nas caixas organizadoras de plástico. Seus bichinhos de pelúcia, que estavam espalhados por todo o quarto, eu os amontoei em uma pilha. Dobrei as cobertas e as coloquei nos pés da cama. Quando puxei um dos cobertores, o telefone de Hannah rolou para o chão.

— Janie, vem aqui!

— O que foi, papai?

Eu me agachei na frente dela.

— Encontrei o telefone da mamãe na sua cama. Pensei que você tinha dito que não pegou o celular dela...

— Eu não peguei! A mamãe que colocou aí!

Hannah andava no mundo da lua, então era possível que tivesse deixado o telefone ali e o esquecido. Ela tinha deixado as bocas do fogão ligadas duas vezes na semana anterior.

— E você tem certeza de que não pegou?

Ela fez que sim.

Entrei em nosso quarto. Hannah estava de quatro olhando debaixo da cama.

— Pode levantar — eu disse. — Achei o telefone.

Ela saltou e o arrancou da minha mão.

— Onde estava?

— Encontrei debaixo das almofadas do sofá, na sala de estar.

— Mas eu tirei todas as almofadas duas vezes e não achei!

Dei de ombros.

— Você deixou passar em algum canto.

QUARENTA E DOIS

HANNAH BAUER

INVADI O QUARTO DE JANIE E ESTAQUEI EM FRENTE A ELA COM AS MÃOS nos quadris.

— Onde você escondeu o cobertor do Cole?

Sua acumulação estava fora de controle. Ela sempre escondeu coisas em seu quarto, mas agora tinha transformado isso em um confronto pessoal. Na semana anterior, ela tinha roubado minha caneca de café favorita, a que eu usava todas as manhãs, com a inscrição Eu Amo Chocolate. Eu a encontrei na caixa de Legos de Janie. Ela pegava minhas camisetas e as enfiava em suas gavetas, enterradas debaixo das próprias roupas. Eu não costumava confrontá-la sobre isso porque ela apenas mentiria, mas não tinha escolha dessa vez. Tratava-se do cobertor que Cole esfregava na bochecha para se acalmar. Ele não conseguia dormir sem esse ritual.

Janie me ignorou e continuou trabalhando em seu quebra-cabeça. Ela tinha passado a maior parte da manhã ali.

Bati no ombro dela.

— Eu fiz uma pergunta. Onde escondeu o cobertor do Cole?

— Não escondi nada. — Ela se virou de costas para mim. Em certos dias eu brigava com ela, mas eu não tinha energia dessa vez.

Primeiro, verifiquei embaixo da cama, já que era o esconderijo dela mais usado. Ela não era muito criativa ao esconder os objetos. Nesse dia, não havia nada além de diversas embalagens de biscoitos e rolos de papel higiênico vazios. Levantei-me e vasculhei seus lençóis e o edredom. Também não estava lá. Examinei o cômodo inteiro, esperando não ter de vasculhar todas as caixas de brinquedos como antes. Foi quando vi o tufo amarelo do cobertor de Cole saindo da lata de lixo dela. Corri em direção a ele e o peguei.

Sacudi o cobertor na frente do rosto de Janie.

— Como isso foi parar na sua lata de lixo?

— Não sei — ela disse, e então lançou seu olhar mais dissimulado para mim e sorriu, toda doce e inocente, uma atuação que não me enganava.

— A gente vai dar a Blue para alguém se você não começar a se comportar! — Minha paciência tinha se esgotado. Eu usaria Blue como moeda de troca se fosse necessário. Ela não me deixava escolha.

Ela deu de ombros.

— E daí?

— Chega de pegar as minhas coisas e de esconder tudo no seu quarto também. Ou as do Cole. Deixa as nossas coisas em paz! E você também vai parar de fazer cocô nas calças, senão a Blue vai embora. — Achei que poderia acrescentar mais pontos à minha negociação, já que estava apelando para a ameaça final. — Você me entendeu?

Ela olhou para mim sem qualquer expressão no rosto. Eu a encarei, recusando-me a desviar os olhos primeiro. Éramos como dois cachorros estabelecendo domínio. A agitação de Cole na outra sala quebrou nossos olhares fixos.

Apontei o dedo na cara dela.

— Estou falando sério! — eu disse, antes de me afastar para cuidar do bebê.

Eu o amamentei e preparei nosso almoço em seguida, requentando o espaguete da noite anterior e cortando frutas para acompanhar. Às vezes sentia falta dos dias em que minha vida não era centrada em comida.

— Janie, é hora do almoço. Vem comer.

Ela veio pulando para a cozinha com um grande sorriso no rosto e sentou-se à mesa. Nossa briga tinha sido rapidamente esquecida. Ela devorou sua comida enquanto eu mal toquei na minha. Eu não tinha apetite há semanas. A simples ideia de comer fazia meu estômago se revirar.

— Quero te mostrar uma coisa — ela disse, depois de terminar o prato. Janie caminhou até minha cadeira e pegou minha mão. Ela me levou ao quarto e apontou para um lugar no chão ao lado das caixas de brinquedos com as cores do arco-íris. Blue estava ali, imóvel, com as patas esticadas. Sua cabeça estava inclinada para o lado em um ângulo estranho. O som de um alarme disparou em meus tímpanos.

— Eu não me importo com ela — afirmou Janie.

Ajoelhei-me ao lado de Blue e virei sua cabeça. Os olhos saltavam das órbitas. Havia vazado sangue do nariz. Seu peito não estava se movendo. Não havia ar. Nenhum movimento. Nenhuma vida. O cabelo da minha nuca se arrepiou. Eu lentamente me virei para encarar Janie. O tempo parou.

Ela sorriu para mim com aquele mesmo sorriso que tinha ao sair do quarto antes.

— Ela está morta.

Sangue se acumulou em minhas entranhas. Meu estômago se revirou. Saltando, eu a empurrei para fora do caminho. Atravessei o corredor e mal cheguei ao banheiro a tempo, vomitando várias vezes.

Cole.

Pulei e corri para a sala, onde o havia deixado cochilando em seu balanço. Janie estava lá, olhando para ele.

— Fique longe dele! — gritei, correndo na direção dos dois. Agarrei-a pelo braço e a puxei para longe. — Nunca mais chegue perto dele! Nunca!

Eu a chacoalhei, jogando seu pequeno corpo para a frente e para trás.

— Está ouvindo o que estou dizendo?! Não encoste as mãos nele! Nem mesmo olhe pra ele!

QUARENTA E TRÊS

CHRISTOPHER BAUER

— MANDE-A EMBORA, POR FAVOR! MANDE-A PARA A CASA DA ALLISON. Ela fica com a menina por um tempo. Ou minha mãe. Ela pode ir para a casa da minha mãe. Mas, por favor, eu não consigo mais ficar nesta casa com ela... Não agora. — Hannah estava soluçando tanto que era difícil entender suas palavras.

Eu a abracei com força.

— Está bem, vai ficar tudo bem.

— Não, não vai! Como pode dizer isso? Ela é má. Ela matou um animal, matou um animal! — Ela repetiu isso uma, duas, três vezes...

Meu cérebro revirava. Eu nunca teria acreditado se não tivesse visto pessoalmente. Mas eu vi. Fui eu quem colocou o corpo de Blue em um saco plástico e depois em uma caixa de papelão. Janie ficou sentada nos degraus externos perto da porta dos fundos, observando tudo como se estivesse assistindo a um filme. Sentei-me ao lado dela depois que terminei.

— Você machucou a Blue? — perguntei a ela. Eu ainda esperava que tivesse sido um acidente estranho, ou que talvez Blue tivesse sofrido uma convulsão e morrido. Ou um derrame. Era possível. Talvez Janie apenas estivesse lá quando aconteceu, e então pensou que tivesse feito aquilo.

— Sim, machuquei muito — ela respondeu, sem um pingo de emoção na voz.

— Como? — Minha pergunta saiu sem pensar.

— Coloquei meu travesseiro em cima e sentei na cabeça dela. Ela quase nem miou. Não me arranhou porque eu estava com o travesseiro, então ela não podia me pegar. — Ela falava como se estivesse orgulhosa de ter tramado isso.

Não fiz mais perguntas depois disso.

Hannah se escondeu com Cole em nosso quarto até eu colocar Janie na cama.

— Quero que tranque a porta dela — Hannah disse quando entrei no quarto. — Ela tem que ficar trancada lá à noite.

Fiz uma careta.

— Trancar a porta dela? A gente não pode simplesmente trancar a menina no quarto!

— E se ela se levantar durante a noite enquanto a gente estiver dormindo e matar a gente?

Sua voz era histérica. Seus braços tremiam enquanto ela segurava Cole junto ao peito.

— Ela não vai matar a gente — eu garanti, com mais calma do que eu realmente sentia.

— Como você tem certeza? Ela matou a Blue. — Hannah se pôs a chorar de novo.

Matar um animal é uma coisa, mas matar pessoas é muito diferente: é a atitude de um sociopata. Os sociopatas não têm sentimentos por ninguém, sejam animais ou pessoas, então Janie não podia ser um deles, pois era capaz de sentir as coisas. Eu já o tinha visto.

Ela chorava quando estava com medo e ria quando estava feliz. Ficava orgulhosa quando fazia algo certo, como a primeira vez em que aprendeu a se balançar sem ser empurrada ou quando desceu o escorregador sozinha.

Ela era apenas uma menina danificada, perturbada ao extremo, mas, definitivamente, não era uma sociopata.

Contudo, eu sabia que Hannah não descansaria a menos que eu fizesse alguma coisa. Fui até a garagem e vasculhei minhas ferramentas até encontrar uma corda. Eu a trouxe para dentro e a enrolei em torno da maçaneta do quarto de Janie.

O que faríamos se houvesse um incêndio? Como eu poderia tirá-la do quarto rapidamente se houvesse uma emergência? Como seria se ela se sentisse mal e precisasse nos acordar no meio da noite, e não conseguisse sair do quarto? Desenrolei a corda e voltei para o nosso quarto.

— Eu não posso amarrar a menina lá dentro. Alguma coisa pode acontecer, e aí a gente não conseguiria ajudá-la a tempo. Mesmo que seja só por uma noite, eu não consigo fazer isso. Vou dormir no chão do quarto dela.

O rosto de Hannah se contorceu.

— Por quê?! Por que você sempre escolhe o lado dela?

— Não estou escolhendo lados... Eu seria o responsável se alguma coisa acontecesse com ela, e não vou correr esse risco. Não é certo — retruquei. — Vou arranjar um sistema de alarme para o quarto dela amanhã. Um sistema adequado, que a gente possa definir e programar para ela sair sem dificuldade se alguma coisa der errado, ou se acontecer uma emergência.

— Certo — ela bufou.

Mas nada estava certo. Nós dois sabíamos disso.

QUARENTA E QUATRO

HANNAH BAUER

NÃO CONSEGUI DORMIR DEPOIS DE AQUILO TER ACONTECIDO. EU VIA o rosto de Blue toda vez que cochilava, o jeito como seus olhos estavam arregalados, e Janie sentada sobre a gata com aquele sorriso idiota no rosto. Fiz Christopher me contar como ela tinha matado Blue. Ele tentou fingir que não sabia, mas não era um bom mentiroso. Eu era capaz de dizer por seu olhar que ela tinha contado a ele, então o pressionei. Depois de ouvir a verdade, eu me arrependi de ter perguntado.

Uma sensação de destruição iminente enchia todos os cômodos de nossa casa. O cheiro de urina pairava no ar, por mais que eu limpasse, porque Janie fazia xixi em todos os lugares, como um cachorro não domesticado. Eu não conseguia nem ficar na mesma sala que ela, e apenas o som de sua voz já me dava arrepios. Ondas de medo me atingiam. Meu coração acelerava imediatamente, assim como minha respiração. Era apenas uma questão de segundos até eu estar ofegante. Não importava que eu fosse uma enfermeira e soubesse que estava apenas hiperventilando, tinha a clara sensação de que iria morrer.

Eu estava guardando as sobras na cozinha, tentando organizar tudo, quando Janie entrou.

— Posso pegar um biscoito? — ela perguntou.

A FILHA PERFEITA

Mal olhei para ela e já comecei a chorar. Christopher correu para a cozinha. Apoiei-me sobre o balcão com as duas mãos, ajoelhando-me.

— O que está acontecendo, Janie? — ele perguntou.

— Quero um biscoito — ela disse, sem entender se tinha feito algo que me chateasse.

Ele pegou um biscoito e entregou a ela.

— Por que não vai comer isso na sala enquanto eu falo com a mamãe? — Ele se virou para mim. — O que aconteceu? — Ele se ajoelhou ao meu lado, passando as mãos por seus cabelos.

Meu dedo tremia quando eu o apontei para a outra sala.

— É ela.

— O que ela fez? — Seu rosto empalideceu, e ele se preparou para o que estava por vir.

— Nada. Ela já fez o suficiente. Não consigo mais ficar perto dela. Não aguento mais.

Ele baixou a voz para que Janie não pudesse ouvir do cômodo ao lado.

— Fala baixo. Ela pode ouvir você.

— Não me importo se ela me ouvir.

— Mas eu, sim.

— Eu sei que você se importa — eu disse, baixinho.

— O que você disse? — ele perguntou, mas depois balançou a cabeça. — Deixa pra lá.— Ele estendeu a mão para tirar Cole de mim. — Por que você não me dá ele e vai se deitar um pouco?

Eu me virei, apertando Cole um pouco mais contra mim. Eu só o soltava do meu peito quando precisava trocá-lo. Em todos os outros momentos, eu o levava sempre junto a mim.

— Eu não a quero aqui — finalmente botei as palavras para fora.

— Ela é nossa filha... Para onde mais ela poderia ir?!

— Ela não é a nossa filha de verdade.

Ele recuou como se eu o tivesse esbofeteado.

— Nunca mais diga isso! — Seus olhos brilhavam de raiva. — A gente sabia no que estava se metendo quando a adotamos. A gente

269

sabia que ela teria problemas. A gente assinou um contrato sabendo disso tudo.

— Problemas?! Você chama isso de problemas? Ela é uma assassina! — gritei.

Ele jogou as mãos para cima com desgosto.

— Ela machucou um animal porque estava com raiva de você! Existe uma grande diferença.

— Ela é uma assassina!

Ele agarrou meus braços, suas unhas cravando em minha pele.

— Para de dizer isso!

Eu me afastei.

— Tire as mãos de mim, não me toque!

Ele me soltou, mas veio mais perto. Seu rosto estava junto ao meu, com uma expressão que eu nunca tinha visto.

— Ela é a nossa filha, e tem só sete anos de idade.

Apertei Cole contra meu peito e olhei para Christopher sem vacilar.

— Eu não a quero nesta casa.

— Do que está falando? Não podemos devolver a menina, nós somos os pais dela... Os pais dela, Hannah! Quer você goste ou não, nós assinamos um contrato para a vida. — Seu corpo tremia enquanto ele tentava controlar a raiva. — Você não pode simplesmente mandar os filhos embora quando fica muito difícil.

— Pode se o seu filho for um monstro!

CASO Nº 5243

ENTREVISTA:
PIPER GOLDSTEIN

RON ESTALOU OS DEDOS COMO VINHA FAZENDO A TARDE TODA. EU ME encolhi. Não sabia o que era pior: o interrogatório implacável ou o silêncio, que me incomodava tanto que eu queria começar a falar só para preenchê-lo.

— O que estou tendo dificuldade de entender é por que Christopher voltou a trabalhar se as coisas estavam tão ruins, se ele supostamente era um marido muito bom. Que tipo de homem deixa a família em uma hora dessas?

— O que mais ele deveria fazer? — Era a primeira vez que eu o desafiava, respondendo no mesmo tom que ele tinha decidido usar. Não gostei nada de ver o que estava tentando insinuar.

Luke se intrometeu, sempre ao lado de Ron.

— Ele poderia ter ficado em casa, arrumado uma babá para ela, ligado para um dos pais… Existiam muitas opções.

Olhei para eles.

— Pode julgar os dois o quanto quiser, mas você não tem ideia de como era a situação deles.

— Nem você. — Luke nem tentou esconder o sorriso.

A raiva cresceu em meu peito. Eles nunca desistiriam.

— Ele teve que voltar ao trabalho. Não existia a possibilidade financeira de não fazer isso.

Luke bufou.

— Sério? Está tentando me dizer que um cirurgião ortopedista estava precisando de dinheiro?

— É exatamente isso que estou dizendo. Os Bauer investiram todas as economias na compra da casa, e passaram os últimos cinco anos pagando todas as dívidas do empréstimo estudantil. — Eu queria ter salientado que ele deveria saber de tudo aquilo, caso conhecesse os Bauer como eu, mas me contive. — E você tem ideia de quanto custou para pagar toda a terapia da Janie? O seguro não paga os cuidados psicológicos, e os custos médicos eram de milhares de dólares por mês. Então, não, Christopher não poderia perder o emprego. Aliás, imagine quanto estresse isso teria acrescentado à situação. Ele estava só tentando impedir que a família afundasse.

Ron finalmente voltou ao interrogatório.

— Estou vendo que não existe nenhum registro do incidente com o gato em lugar nenhum.

— Não foi intencional.

— Tem mais alguma coisa que você possa ter deixado de fora sem querer?

QUARENTA E CINCO

CHRISTOPHER BAUER

HANNAH SE RECUSOU A VIR COMIGO PARA A SESSÃO QUE TINHA MARCADO com a dra. Chandler. Disse que estava cansada de fazer terapia porque Janie nunca iria mudar, e ela não suportava mais falar sobre a menina. Ela acabaria aceitando, só precisava de mais alguns dias.

Pensamos que seríamos capazes de nos encontrar com Chandler duas vezes por semana depois que Hannah desse à luz, mas não íamos ao consultório dela desde que Cole tinha nascido. Ele já faria dois meses na segunda-feira seguinte. Só porque não íamos lá há algum tempo não significava que eu não tivesse pensado muito sobre o tema da última sessão. Desde então, fiz muitas pesquisas sobre o transtorno de apego reativo. Continuei sendo atraído por documentários mórbidos sobre crianças adotadas de orfanatos russos que se transformavam em miniassassinas em série.

Havia ainda uma infinidade de testes on-line que poderiam ser feitos, do tipo "Responda a essas vinte perguntas e obtenha um diagnóstico". Eu sabia que era melhor não, que não havia validade naquele tipo de teste, mas não consegui evitar. Preenchi todos eles: "Seu filho sofre de TAR?"; "Seu filho é um psicopata?"; "Você deve internar seu filho?". Inclusive, voltei a fazer o mesmo teste que a dra.

Chandler nos tinha fornecido no consultório, e agora Janie pontuava ainda mais alto. Suas pontuações nos outros testes também a inseriam na faixa clínica.

A dra. Chandler se apegava de forma intransigente aos cinquenta minutos de sessão, sem permitir um segundo a mais, então não perdi tempo com conversa fiada assim que ficamos sozinhos em seu consultório. Muita coisa tinha acontecido desde que Cole nasceu, e eu não queria deixar nada de fora. Falei tão rápido que minhas palavras tropeçaram umas nas outras. Ela tinha que me pedir repetidas vezes para diminuir o ritmo.

— Parece que entramos em uma zona de guerra todos os dias — eu disse depois de contar tudo a ela. — E só continua a piorar. Não sei o que fazer. Tentei arranjar ajuda para a Hannah, mas ela se recusa. A mãe dela vem ficar conosco de vez em quando, e isso sempre é de grande ajuda, mas tudo volta ao que era depois que ela vai embora.

— Eu compartilho das preocupações de Hannah sobre a Janie — Chandler falou. Ela quase nunca tomava partido em alguma questão, então certamente estava segura sobre o que dizia. — Estou muito preocupada com o potencial violento da menina. — Ela fez uma pausa. — Mas não estou apenas preocupada com a Janie. Também estou muito preocupada com a Hannah e o efeito de tudo isso sobre ela.

Contei a ela como Hannah tinha perdido tanto peso que suas roupas caíam, as camisetas escorregavam de seus ombros e as calças de moletom se arrastavam no chão. Sua tez parecia sempre pálida e sem cor, quase cinza, como se ela estivesse doente o tempo todo. Eu não conseguia me lembrar da última vez em que seus olhos não pareciam fundos e contornados de preto.

— Ela está dormindo? — a dra. Chandler perguntou.

— Na verdade, não. Eu esperava que ela começasse a dormir quando o Cole dormisse melhor, mas o sono dela piorou. É bizarro. Não sei dizer se ela dormiu na semana passada. Quando ela não estava andando pela casa, eu a sentia se revirando ao meu lado na cama.

A dra. Chandler franziu a testa e olhou para suas anotações.

A FILHA PERFEITA

— Não consigo imaginar como a insônia deve ser difícil, além de tudo o que está acontecendo. Ela tentou tomar algum medicamento para ajudar?

Balancei a cabeça. Hannah odiava qualquer tipo de medicamento. Ela não tomava nem paracetamol, a menos que fosse absolutamente necessário. Era estranho, para uma enfermeira, mas ela dizia que não gostava de colocar produtos químicos em seu corpo.

— E você já disse que ela não está comendo. Como está o humor dela?

— O humor dela? — Esfreguei a testa. — Uma bagunça.

Ela cruzou as mãos e as colocou em cima do caderno.

— Parece que todos na família precisam de ajuda, e a melhor maneira de todos conseguirem isso seria colocando a Janie em uma clínica de tratamento para crianças por um tempo.

Endireitei-me na cadeira.

— Como assim, uma clínica de tratamento para crianças?

— Uma instituição que cuida de crianças emocionalmente perturbadas como a Janie. São casas terapêuticas projetadas para proporcionar um ambiente mais estruturado para crianças aprenderem novas habilidades. Lá, eles também vão impedir que ela se machuque ou faça mal a outra pessoa. Algumas instituições são melhores do que outras. — Ela estendeu o braço e deu um tapinha na minha mão. — Eu daria um jeito de colocar a Janie em uma das melhores.

— Você quer dizer que ela ficaria lá? Tipo, morar lá?! — Uma sensação avassaladora de derrota tomou conta de mim. Mandá-la embora seria como admitir que falhamos com ela.

A dra. Chandler confirmou.

— Por quanto tempo?

Ela deu de ombros.

— Depende. Certas crianças ficam por algumas semanas ou meses. Outras ficam por anos. Neste ponto, não temos como saber quanto tempo seria para a Janie. O primeiro passo seria buscar uma avaliação dos serviços de saúde mental. Eu faço isso o tempo todo e poderia cuidar disso para você, sem problemas. Então, com base nas minhas descobertas, nós procuraríamos a melhor colocação terapêutica para ela. Sei que vocês são contra medicação, mas talvez seja hora de considerar essa opção para estabilizar o controle dos impulsos da Janie. E uma clínica de tratamento seria um ótimo lugar para experimentar essa medicação. Os médicos de lá seriam capazes de monitorar as drogas e ajustar tudo conforme necessário.

— Parece que estamos desistindo dela. — Emoções enchiam minha garganta.

— Sei que parece isso, mas acredite, você não vai desistir dela. Está dando para a Janie o que ela precisa ter agora. Nem sempre vai ser assim, mas ela precisa de ajuda. Mais ajuda do que qualquer um de vocês pode dar a ela neste momento. — Ela apertou minha mão. — E a Hannah precisa de uma oportunidade para descansar e se recuperar. Ela realmente precisa. Isso vai dar a ela uma chance de juntar os cacos. — Ela inclinou a cabeça e sorriu. — E pode ser que você descubra que também precisa de uma pausa.

Desviei o olhar para que ela não pudesse ver as lágrimas escorrendo pelo meu rosto.

— Ela vai se sentir como se a tivéssemos abandonado.

Os olhos da dra. Chandler se encheram de compaixão.

— Você poderá visitar a Janie. No princípio, as coisas serão muito rígidas, e ela não terá muitos privilégios, mas logo que se ajustar, você poderá até sair para passear com ela. Com o tempo, poderá levar a Janie para passar uma noite em casa. Algumas crianças evoluem muito bem nessas instituições. Ela pode ser uma delas.

Normalmente, eu não pensaria em tomar uma decisão tão importante sem discuti-la primeiro com Hannah, mas eu já sabia o que ela diria. Não havia necessidade de perguntar a ela.

Respirei fundo, sussurrando um pedido de desculpas silencioso para Janie, que brincava na sala de espera com a assistente da dra. Chandler.

— Certo. Como começa o processo?

...

Hannah estava agitada quando chegamos em casa. Sua aparência era macabra. Ela tinha começado a perder mechas de cabelo. Eu não sabia se era devido aos hormônios pós-gravidez ou ao estresse. De qualquer maneira, isso aumentava sua aparência doentia. Ela andava pela casa, de um lado para outro. Assim que eu e Janie entramos, ela correu para o nosso quarto e fechou a porta.

Acomodei Janie na frente da TV e fui falar com ela. Bati antes de entrar.

— Quem é? — ela perguntou com uma voz em que se sentia a paranoia.

Girei a maçaneta. Estava trancada.

— Sou só eu.

Ela abriu uma fresta da porta, espiando para ver se Janie estava se escondendo atrás de mim, como se talvez eu estivesse tentando enganá-la para deixar a menina entrar no quarto. Só quando enfim se convenceu de que eu estava sozinho, abriu o suficiente para eu deslizar para dentro, fechando a porta atrás de mim.

— Olha o que encontrei hoje. Olha o que achei no quarto dela enquanto vocês estavam fora. — Ela parecia estar se segurando, sua voz apressada como se tentasse pronunciar as palavras o mais rápido possível.

Nossa cama estava coberta de fotos e álbuns de fotografias. Ela agarrou minha mão e me puxou para perto. Ela pegou um dos álbuns e o jogou para mim.

— Olha! Olha isso! Olha o que ela fez!

Era o nosso álbum de casamento, aquele que montamos com muito amor depois de voltarmos da lua de mel. Na primeira página estava nossa foto de noivado, tirada por um fotógrafo profissional. Era a que tínhamos usado nos nossos convites de casamento. Estávamos abraçados em frente ao café onde tivemos nosso primeiro encontro. Olhei com horror para o rosto arranhado de Hannah. Virei para a próxima página. Era a mesma coisa. Meu sorriso brilhava nas páginas, enquanto o rosto de Hannah estava destruído. Janie tinha usado giz de cera preto em algumas das fotos para fazer um grande X no rosto dela. Outras fotografias foram apenas riscadas.

Hannah pegou as fotos sobre a cama, todas amassadas e rasgadas.

— Tem mais. Tudo isso. Você sabe quanto tempo ela deve ter levado para fazer isso? — Ela as jogou dramaticamente de volta na cama, uma a uma. — E olha isso. — Sua mão tremia quando ela apontou para um conjunto diferente de fotos na cama.

Eram as fotos que eu tinha tirado de Cole algumas semanas antes, no hospital e em seu primeiro dia em casa. Seu rosto estava tão vandalizado quanto o de Hannah. Todas as dúvidas que eu tinha sobre mandar Janie para uma clínica de tratamento desapareceram.

Hannah jogou os pedaços de fotos na cama e caiu no chão às lágrimas. Sentei-me ao lado dela e a segurei forte. Seus ossos apareciam por baixo da camisa.

— Vai ficar tudo bem — eu disse, com minha voz mais suave. — Ela vai morar longe da gente por um tempo.

QUARENTA E SEIS

HANNAH BAUER

OS OLHOS DE CHRISTOPHER SONDAVAM OS MEUS.

— Cadê a Janie?

Esfreguei os olhos, devo ter adormecido. Cole se mexeu ao meu lado. Que horas eram?

Ele balançou meu ombro.

— Onde ela está?

Meu coração disparou. Ele não deveria estar em casa ainda. Não tive tempo de limpar tudo.

— No quarto dela.

Ele parou de andar quando chegou à porta fechada, notando que o alarme estava ligado.

— Ela está aqui? A gente combinou que, se eu colocasse as fechaduras na porta, a gente só usaria à noite.

Não ousei dizer a ele que fazia isso há semanas. Era a única maneira de me sentir segura. Em vez disso, não disse nada e esperei que ele destrancasse a porta.

— Ah, meu Deus! — eu o ouvi exclamar.

Janie devia ter se sujado de fezes outra vez. Aproximei-me para me juntar a ele e estaquei diante da porta. Desta vez eram as paredes.

Ela as tinha pintado a dedo com o próprio cocô. Christopher olhava sem acreditar. Janie estava nua no centro do quarto, cercada por brinquedos, sua comida polvilhada ao redor, caixas de suco vazias e brinquedos quebrados.

Christopher se virou para mim, a compreensão da realidade exposta em seu rosto.

— Você a deixa aqui o dia todo?

Eu confirmei.

— Mas... como? Não estou entendendo.

— Eu limpo tudo antes de você chegar. — Ficava surpresa por ele nunca sentir o cheiro do cocô quando estava em casa. O quarto dela cheirava mal o tempo todo, não importava o quanto eu esfregasse.

— Há quanto tempo isso vem acontecendo? Quanto tempo? — Seus punhos estavam cerrados ao lado do corpo.

— Desde que ela matou a Blue.

Ele veio até mim, seu rosto contorcido de raiva.

— Como pôde...?! Como pôde fazer isso com ela? Depois de tudo o que ela passou?

— Como pude? — Apontei para ela. — Ela é má. Foi o que a avó dela disse... Não se lembra? Ela disse que a gente não sabia o quanto ela era terrível. Já pensou que talvez seja por isso que a mãe dela teve que deixar a menina trancada feito um animal? É porque ela é um bicho!

Eu vi o borrão rosa de sua mão se aproximar quando ele deu um tapa no meu rosto. Minha pele ardeu quando meus dentes cortaram a carne macia e úmida da minha boca. Minha cabeça foi jogada para trás. Tropecei com a força da pancada e quase caí. Levei a mão até onde ele tinha me acertado, chocada.

Janie soltou um grito penetrante.

Os olhos de Christopher se encheram de horror. Ele veio em minha direção novamente. Eu recuei.

— Não! — Levantei minha mão. — Só me deixa!

CASO Nº 5243

ENTREVISTA:
PIPER GOLDSTEIN

LUKE JOGOU A FOTO NA MESA.

— Que tipo de marido faz isso?

Quem havia contado a eles sobre o incidente? Eu sabia como eles olhariam para Christopher agora, da mesma forma que eu olhava para homens que batiam em mulheres.

— Ele só bateu nela uma vez.

— Me deixa adivinhar: ele nunca tinha batido em uma mulher — Ele não conseguia esconder o desgosto.

Abaixei a cabeça como se eu tivesse sido atingida.

— Não.

— E ele ficou com tanta vergonha, né? Prometeu nunca mais fazer aquilo? Talvez até tenha levado algumas flores lindas para ela também. — O policial bufou. — Sério, você consegue fazer melhor que isso.

Ele estava certo, eu não podia negar. Homens não deveriam bater em mulheres, não importasse o motivo. Ponto final. Mesmo que uma mulher esteja batendo em um homem, ele deve aguentar os golpes. Não havia nada que justificasse bater em uma mulher. Era isso o que eu ensinava aos agressores em todas as minhas aulas de conscientização sobre violência doméstica.

QUARENTA E SETE

CHRISTOPHER BAUER

FIZ O QUE PODIA PARA ME ACALMAR NO CURTO CAMINHO ATÉ NOSSA casa. Alguns minutos antes, Hannah tinha me ligado, falando novamente de forma histérica. Eu não conseguia entender nada do que ela dizia, já que ela estava chorando e dizendo coisas incoerentes. Havia poucas palavras durante a ligação, e muitos sons indistintos. Eu já estava cansado de abandonar o trabalho para acalmar as coisas entre Hannah e Janie.

A dra. Chandler tinha colocado o nome de Janie na lista de espera de uma instituição chamada Novos Horizontes, mas disse que poderia levar semanas. Eu não sabia o que fazer até então. Dessa vez, nem me dei ao trabalho de dar uma desculpa para Dan.

Já tinham se passado três dias, e ainda não tínhamos conversado sobre o que aconteceu. Eu não podia acreditar que tinha dado um tapa em Hannah. Eu nunca tinha colocado a mão em uma mulher. Nunca. Eu não era esse tipo de homem. Apenas acabei reagindo assim. Nunca mais conseguiria me encarar da mesma forma, mas ao mesmo tempo não conseguia me desculpar com Hannah, mesmo sabendo que deveria.

A casa estava silenciosa quando entrei.

— Hannah?

Nenhuma resposta.

— Janie?

Nada.

Atravessei a sala e fui para o corredor. Estava tudo estranhamente quieto. Verifiquei os dois quartos, que estavam vazios. A porta do banheiro no final do corredor estava entreaberta. Alguma coisa estava errada, eu podia sentir isso. Corri pelo corredor e entrei no banheiro, abrindo a porta com pressa.

Hannah estava sentada na frente da banheira, com os pés esticados, segurando o corpo de Cole contra si e olhando para o nada. Janie estava do outro lado do banheiro, contra a parede, balançando-se com as pernas dobradas contra o peito. Suas roupas estavam encharcadas. Por que ela estava encharcada? Olhei de uma para a outra.

— Hannah? — eu a chamei cautelosamente, dando um passo em direção a ela.

Ela nem piscou.

— Hannah?!

Nenhuma resposta.

Aproximei-me de Janie.

— O que está acontecendo?

Janie olhou para cima e começou a chorar imediatamente. Os soluços sacudiam seu corpo. Aproximei-me e coloquei os braços em volta dela. Ela desmoronou, seu corpinho tremendo.

Hannah então despertou para a vida.

— Fique longe dela! Sai daí, ela vai te infectar com a maldade dela! Está em toda parte, o mal dela está em toda parte!

— Hannah, para! Já deu. Se acalma — ordenei.

Ela avançou lentamente pelo chão de azulejos, sem nunca largar o bebê.

— Cole, meu nenê... Cole... — Ela começou a soluçar. Seus lamentos se juntaram aos de Janie e reverberaram nas paredes do banheiro.

Peguei Janie e a carreguei até Hannah. Agachei-me ao lado delas. Foi quando olhei para o rosto de Cole. Seus olhos estavam muito abertos, sem piscar. Seus lábios estavam azuis.

— Meu Deus! O que tem de errado com ele?!

— Meu nenezinho... meu nenê... Cole.... — Hannah soluçou ainda mais forte.

— Me dá o bebê. — Tentei agarrá-lo, mas ela se afastou.

Ela o abraçou mais forte.

— Meu nenezinho... meu nenê... Cole....

Agarrei Hannah e a puxei enquanto ela lutava contra mim. Ela tentou segurar Cole, mas eu o tirei de seus braços. O corpo dele estava frio. Seu peito não se movia. Eu o coloquei no chão, verifiquei o pulso. Nenhum batimento cardíaco. Comecei a empurrar seu pequeno peito com meus dois dedos.

— Ligue para a emergência! Ligue para a emergência! — Eu não reconhecia o som da minha voz.

Respira... um... dois...

Respira... um... dois...

Empurrei o peito dele novamente.

— Hannah!

Ela ficou imóvel enquanto Janie entrava em ação. Ela saiu correndo do banheiro e voltou com o telefone de Hannah nas mãos. Ela o entregou para mim. Eu não podia parar de fazer a RCP. Joguei o telefone para Hannah.

Ela o deixou cair no chão.

— Hannah! Hannah!

Ela pegou o telefone, ainda movendo-se lentamente.

— Não consigo... não sei, não sei... não consigo.

— Ligue para a emergência! — Agarrei-a pelos ombros e a sacudi, contendo-me para não bater em sua cara novamente. — Você está me ouvindo?! Ligue já para a emergência!

CASO Nº 5243

ENTREVISTA:
PIPER GOLDSTEIN

POR QUE TÍNHAMOS QUE FALAR SOBRE AQUILO? ELES NÃO PODIAM simplesmente ler todos os relatórios médicos? Os resumos dos casos clínicos? Estava tudo lá, explícito. Eu não sabia por que as palavras tinham de sair da minha boca.

Agiam como se eu não desse importância aos acontecimentos daqueles dias, quando, na verdade, eu não deixava de pensar neles em nenhum momento. Eu os percorria como se fossem clipes de filmes sendo reproduzidos repetidamente, sempre começando com minha ida ao hospital.

Eu tinha reconhecido a enfermeira no posto de enfermagem de um dos meus casos anteriores. Ela estava ocupada digitando no computador quando a abordei.

Limpei a garganta.

— Com licença.

Ela olhou para cima. Tinha um rosto comprido e estreito, e cabelos escuros presos atrás das orelhas.

Mostrei a ela meu distintivo.

— Estou aqui para ver Cole Bauer.

Ela apontou para o corredor estreito à sua direita.

— Ele está no quarto 10E.

— Obrigada — eu disse, mas ela já tinha voltado ao que estava fazendo antes de eu interrompê-la.

Não importava quantas vezes eu já tivesse estado na UTI neonatal, cada visita parecia me levar a outro planeta. O tempo rastejava sob o movimento constante e a atividade frenética do lugar. Eu não tinha me preparado para o que encontraria. Tudo o que eu sabia do caso era que tinha havido um terrível acidente na casa dos Bauer. Nada mais. Bati antes de empurrar a porta.

No meio do quarto estava a incubadora, com suas paredes de plástico rígido e buracos nas laterais. Tubos finos e flexíveis, enrolados dentro e fora daquela triste caminha, ligavam-se a vários monitores. O ventilador mecânico se movia para cima e para baixo, respirando pelo bebê. Não era um bom sinal. Eu não queria olhar para ele. No momento, contudo, eu não precisava, já que havia enfermeiras correndo ao redor, e eu estaria no caminho. Agradecida, afastei-me para deixá-las fazerem seu trabalho.

Hannah estava sentada em uma poltrona de vinil ao lado da incubadora, segurando um cobertor no peito. Christopher estava rígido ao lado da cadeira, seu braço no ombro dela. Ele olhou para cima quando me viu, seu rosto completamente pálido. Era possível entrar em um túnel de emoções ao mirar seus olhos. Apenas movi a cabeça. Não havia palavras que pudessem ser ditas. Eu me ajoelhei na frente de Hannah e coloquei as mãos sobre seus joelhos. Ela ainda não tinha piscado. Minha presença não foi notada.

— Hannah?

Sem resposta.

— Eles tiveram que dar um sedativo pra ela, porque ela não parava de gritar. Está em choque — explicou Christopher. — Ela está sentada assim há mais de uma hora. Não fala. Não se mexe.

Inclinei a cabeça na direção da cama, ainda com muito medo de olhar.

— Como ele está?

O semblante de Christopher estava fechado e rígido enquanto ele tentava desesperadamente se manter calmo.

— Vivo. É só isso que eles sabem por enquanto.

— O que aconteceu?

Seu pomo de adão subia e descia. Havia um grito preso em sua garganta.

— Não tenho certeza. Eu só... não consigo...

Coloquei a mão em suas costas.

— Pode deixar. Nós podemos conversar mais tarde.

Ficamos juntos, observando o trabalho das enfermeiras e ouvindo os bipes das máquinas de Cole. A sala parecia ainda menor com todos nós dentro dela.

— Onde está a Janie? — perguntei.

Christopher balançou a cabeça freneticamente, então olhou para Hannah e murmurou a palavra "não". Olhei confusa para ele, que repetiu o movimento e a ordem. Fiquei em silêncio ao lado deles até que a assistente social do hospital bateu à porta e pediu para me encontrar fora da sala. Saí para o corredor, fechando bem a porta.

Ela parecia recém-saída da faculdade, como se tivesse acabado de fazer o exame de licenciamento na semana anterior. Tinha um rosto redondo, em forma de coração, emoldurado por cabelos escuros puxados para trás. Seus lábios eram finos e estavam retorcidos de ansiedade. Parecia retraída, mas não tímida, apenas pensativa. Ela moveu o iPad que carregava para baixo do braço esquerdo e estendeu a mão direita.

— Eu sou a Holly.

Apertei a mão dela.

— Piper. Muito prazer.

Ela deu alguns passos para longe da porta, sem dúvidas para que Hannah e Christopher não pudessem nos ouvir. Eu a segui. Paramos em frente a um dos carrinhos de comida, que esperavam alguém que os levasse de volta para a cozinha. O cheiro de comida velha invadia minhas narinas.

— Sou a assistente social designada para o caso do Cole e da Janie — ela disse, embora não fosse preciso dizer.

— Onde está a Janie? — perguntei.

— Ela está no quarto andar com a tia.

Assenti e esperei que ela continuasse.

— Não quero perder tempo dando detalhes que você já conhece, então por que não me conta o que sabe, para eu preencher algumas lacunas. — Seus olhos verdes eram penetrantes e intensos.

Sorri, tentando aliviar um pouco da tensão.

— Honestamente, eu nem sabia que eles tinham um bebê, então estou um pouco por fora. Estive realmente envolvida na vida deles por um bom tempo, mas não desde que a adoção foi finalizada. Achei que as coisas estivessem indo bem.

— Hum... — Ela olhou para seu iPad. — Parece que as coisas estão ruins há um tempo. Eles estiveram no pronto-socorro duas vezes antes disso, não?

— Sim, mas foram só acidentes.

Seu rosto se encheu de dúvida. Eu teria pensado a mesma coisa se tivesse apenas lido os arquivos, mas conhecia os Bauer.

— Você falou com eles recentemente? — ela perguntou.

Neguei com a cabeça, e então perguntei:

— Pode me informar o que está acontecendo?

— Na verdade, é isso que nós estamos tentando descobrir. Os paramédicos foram chamados para a casa dos Bauer por volta das onze da manhã. O pai estava realizando a RCP no bebê quando eles chegaram. Existia um batimento cardíaco muito leve, mas o bebê não respondia. Ele foi entubado e trazido para cá. Ainda estamos esperando os resultados da tomografia computadorizada.

Eu tinha lido tudo isso no prontuário. Ela não disse nada que eu já não soubesse.

— Sim, mas o que aconteceu?

Ela hesitou, como se fosse algum tipo de segredo.

Levantei as mãos, com as palmas abertas.

A FILHA PERFEITA

— Olha, eu não tenho certeza se você está ciente disso, então só quero ser muito direta com você: a gente está no mesmo time. Eu quero o melhor para essas crianças, tanto quanto você.

Seu rosto estava vermelho de vergonha.

— Essa não é a questão.

Levantei as sobrancelhas.

— Tem certeza? Porque é o que está parecendo.

Ela balançou a cabeça.

— Me desculpa se te passei essa impressão. Nunca trabalhei em um caso tão sério. — Ela baixou a voz e sussurrou: — Só quero ter certeza de que não estou fazendo nada de errado.

Eu sorri. Ela era jovem, realmente jovem.

— Já estive exatamente no seu lugar. Então, por que não me mostra o que sabe, e começamos a trabalhar juntas nisso?

Ela sorriu de volta. Sua intensidade tinha diminuído.

— Cole sofreu um ferimento na cabeça. Eles estão preocupados que possa haver sangue no cérebro, então pediram a tomografia computadorizada. Os médicos não têm certeza se ele foi chacoalhado ou se caiu.

— Mas eles têm certeza de que é um ferimento na cabeça?

Ela confirmou.

— Ele tem uma mancha mole e inchada na lateral da cabeça. Também tem um líquido rosado saindo das orelhas.

Meu estômago revirou.

— Ainda não entendi... Por que toda essa confusão sobre o que aconteceu? O que o Christopher e a Hannah disseram sobre isso?

Sua testa se franziu.

— Essa é a questão. O Christopher não estava lá quando tudo aconteceu. Era só a Hannah e as crianças.

— Então, o que a Hannah disse?

— Ela não está falando nada.

— Isso não faz o menor sentido.

Ela encolheu os ombros.

289

— Christopher encontrou todos eles no banheiro. A banheira estava cheia de água e todos estavam encharcados. Ele diz que a Hannah estava agindo de forma incoerente quando ele chegou lá, e ela começou a gritar quando os paramédicos chegaram. Eles nem a deixaram ir com eles na ambulância porque estava fora de si. A Hannah fez um circo quando chegaram no hospital, e foi quando os médicos deram diazepam para ela se acalmar. Eles não deixariam que ela entrasse na UTI neonatal de outro jeito.

Nada do que ela estava me contando se encaixava em qualquer coisa que eu soubesse ou já tivesse presenciado com Hannah.

— Christopher não sabe o que aconteceu. — E então acrescentou, como uma reflexão tardia: — Pelo menos é o que ele diz.

— E a Janie? O que aconteceu com ela? — perguntei.

— Também não temos certeza disso ainda. Ela está com um ombro deslocado.

— Em que quarto ela está?

— Quarto 29C. — Ela tocou na tela do iPad e percorreu seus arquivos. — O nome da tia dela é Allison.

...

A altura de Allison me surpreendeu, já que Hannah era muito baixa, mas não dava para deixar de notar a semelhança em seus rostos. Elas tinham a mesma mandíbula angulosa e os lábios finos. Ambas ostentavam enormes olhos verdes emoldurados por cílios escuros. Allison parecia chocada.

— Oi, eu me chamo Piper Goldstein. Sou a assistente social da Janie — eu disse, em pé diante da porta do quarto de Janie.

Allison fez sinal para que eu entrasse.

— Christopher mandou uma mensagem dizendo que você estava subindo.

Janie estava sentada de pernas cruzadas na cama, diante da televisão ligada. Seu ombro esquerdo estava em uma tipoia azul. Fui até ela primeiro.

— Como vai, Janie? — perguntei.

Ela parecia perdida. Seu rosto estava manchado e havia catarro ressecado por toda parte.

— Sei que isso tudo é muito assustador para você, mas as coisas vão ficar bem. Vou garantir que cuidem bem de você.

Ela fez que sim, com o lábio inferior esticado como se fosse começar a chorar a qualquer momento.

Eu me endireitei e olhei para Allison.

— Sinto muito que você e sua família estejam passando por isso.

— Obrigada. — Seus olhos estavam cheios de lágrimas. — Não consigo acreditar que isso esteja acontecendo... É tão horrível!

— Vamos sair no corredor por um minuto. — Eu não queria que Janie ouvisse nada. — Janie, eu e a sua tia Allison vamos ficar no corredor, bem do lado da porta. Se precisar de nós, é só chamar, certo?

Ela acenou com a cabeça.

Allison me seguiu até o corredor e começou a falar imediatamente.

— O que elas estavam fazendo no banheiro? Você não dá banho em bebês na banheira comum! Eu nunca fiz isso, e a Hannah também não. Ela estava histérica no hospital. Eles te contaram? — Ela não esperou que eu respondesse. — Nunca vi minha irmã desse jeito. Ela estava completamente desequilibrada. Foi terrível. Ela ficava soltando gritos feito um animal, e eu não conseguia acalmá-la por nada. Ninguém conseguia. Nunca vi ninguém agir dessa forma. Isso é normal? Quero dizer, o que é normal, né? Nada disso faz sentido. Nada disso. Hannah tentou atacar a Janie quando ela entrou no quarto. Foi pra cima dela. Eles te contaram isso?

— Ninguém me falou nada até agora.

Ela pegou meu braço.

— Cole vai ficar bem, não vai? Quer dizer, ele vai sobreviver, né?

Havia desespero demais em seu rosto para eu dizer a verdade a ela.

— Com certeza — acabei dizendo.

QUARENTA E OITO

CHRISTOPHER BAUER

CADA VEZ QUE UM DOS MONITORES DE COLE SOAVA, EU TINHA CERTEZA de que iríamos perdê-lo, embora os médicos me garantissem que seus exames pareciam estáveis. Ele não estava mais entubado e respirava sozinho, mas ainda não tinha acordado. A tomografia computadorizada mostrou que havia sofrido uma convulsão depois de bater a cabeça. Eles me garantiram que, muitas vezes, os bebês tinham dificuldade para respirar quando saíam de convulsões, mas suas palavras não apaziguaram o medo que surgiu dentro de mim.

Eu andava pela sala. Seis passos da parede dos fundos até a porta. Quatro passos diagonais. Na minha cabeça giravam mil perguntas. O que elas estavam fazendo no banheiro? Por que as crianças estavam vestidas? Como ficaram tão molhadas? Se ao menos Hannah falasse... Ela tinha todas as respostas, mas suas palavras ainda não faziam sentido e ela não agia lucidamente.

Eu estava tão preocupado com ela quanto com Cole. Os efeitos do diazepam já tinham passado havia muito tempo, e ela mal se moveu da cadeira. De vez em quando, ela se levantava e se mexia roboticamente rumo ao berço fechado de Cole. Ela enfiava o dedo em um dos buracos e acariciava o braço dele, com lágrimas escorrendo pelo rosto.

Perguntei duas vezes o que tinha acontecido, mas ela agia como se não tivesse me escutado. Ela tinha desaparecido em algum lugar dentro de si mesma e eu não conseguia alcançá-la. Ninguém conseguiria.

— O que tem de errado com ela? — continuei perguntando aos médicos. Mas nenhum deles se importava tanto com Hannah. Sua principal preocupação era Cole. A vida dele estava em perigo, não a dela. A única pessoa que prestou atenção nela foi a assistente social do hospital, Holly.

Na primeira vez em que entrou no quarto, ela lavou as mãos na pia como se fosse um dos médicos, séria e compenetrada. Holly se apresentou a nós de costas, enxugando as mãos com as toalhas de papel acima da pia. Como havia apenas uma cadeira na sala, ficamos de frente um para o outro, diante de Hannah.

— Eu gostaria de fazer algumas perguntas sobre o que aconteceu hoje, Hannah. — Ela se virou para minha esposa e a olhou bem, analisando cada detalhe de sua imagem desgrenhada. Hannah não fez contato visual. Ela torcia as mãos no colo. Holly não perdeu tempo e começou a trabalhar. — Você pode me dizer como o Cole se machucou?

Hannah não respondeu.

— Como o Cole se machucou?

As mãos de Hannah tremiam. Algo surgiu em seu rosto, como se uma memória tivesse passado por ela, mas logo se foi. Era mais do que eu tinha conseguido extrair dela, então talvez estivéssemos chegando a algum lugar.

A assistente social se ajoelhou na frente dela. Minha esposa manteve a cabeça baixa.

— Seu filho está gravemente ferido e nós precisamos saber o que aconteceu. Eu entendo que você passou por muita coisa hoje, mas nós precisamos de respostas.

Uma lágrima solitária escapou do olho de Hannah e desceu por sua bochecha.

— Hannah? — Holly chamou.

Entrei na conversa para salvá-la. Era cruel pressioná-la assim.

— Os médicos deram diazepam para ajudá-la a se acalmar, e ela sempre tem reações muito fortes a qualquer droga — expliquei.

Holly não me deu atenção. Ela manteve seu foco em Hannah. Até então, ninguém a tinha pressionado a falar. O que aconteceria se Holly a pressionasse demais? Meu coração se contorceu no peito.

— Você pode me ignorar o quanto quiser, mas uma hora vai ter que falar, e quanto mais cedo você falar, melhor. — Seu olhar nunca vacilava. — É difícil, para mim, imaginar um tipo de mãe que não faria tudo o que pudesse para ajudar o próprio filho.

— Foi um acidente. — A voz de Hannah era quase inaudível. Holly assentiu, satisfeita por ter conseguido.

— Continua.

Mas Hannah não sabia como continuar. Eu assisti impotente enquanto ela lutava para encontrar palavras.

— Foi um acidente...

— Sim, você já disse isso. Agora me conta mais sobre o acidente. — Ela esperou que Hannah respondesse. O corpo de minha esposa tremia. Ela agarrou os braços do assento com as duas mãos.

— Por favor, para — eu disse. Eu não aguentava mais. Ao que parecia, Hannah também não podia mais suportar.

Holly finalmente desviou os olhos para mim.

— Ela parece muito perturbada.

— É mesmo? Você acha?! — Meu dedo tremeu quando apontei para o berço. — Já viu o estado do nosso filho? Já leu os relatórios?

Ela se levantou e se colocou de frente para mim.

— Sim, já, e é por isso que estou aqui. — Nós ficamos parados, encarando-nos de forma constrangedora. O silêncio se estendeu até se tornar insuportavelmente desconfortável. Por fim, ela falou: — Você estava com raiva quando chegou em casa?

— Eu? Por que eu estaria com raiva?

— É compreensível que fique com raiva por ter que sair do trabalho outra vez por causa de alguma coisa acontecendo em casa. Quer dizer, o fato de isso acontecer de novo e de novo deve ser muito frustrante...

A FILHA PERFEITA

Com quem ela andou falando? Obriguei-me a manter a calma.

— Eu não estava com raiva.

— A Hannah estava com raiva?

— Não. — Minha voz falhou.

— A Hannah alguma vez ficou brava com o bebê?

— Com o Cole?

Ela inclinou a cabeça para o lado.

— Vocês têm outro bebê?

— Não podemos fazer tudo isso com a Piper? — perguntei.

Piper nunca falaria conosco assim. Eu tinha certeza de que aquele comportamento tinha a ver com a idade de Holly. Sendo jovem, ela precisava compensar a inexperiência com severidade e arrogância, tentando estabelecer algum tipo de autoridade sobre mim, o que me desagradou muito.

Ela olhou para seu iPad.

— Piper Goldstein?

Assenti.

— Piper também estará envolvida. Trabalharemos em equipe. Ela vai trabalhar mais diretamente com o Departamento de Serviços Sociais à Criança, e eu sou a assistente social designada pelo hospital.

— Por que precisamos de duas assistentes sociais?

— Sempre designamos dois assistentes sociais em casos como este.

Levantei as sobrancelhas.

— Como assim, que caso é este?

— Uma investigação de abuso infantil.

QUARENTA E NOVE

HANNAH BAUER

EU QUERIA FALAR, MAS ESTAVA TRANCADA NO FUNDO DE MINHA CABEÇA e tinha perdido a capacidade de me comunicar com o exterior. O mundo pulsava e vibrava ao meu redor, distorcendo minha visão e a transformando em um medo cego entre as sombras. As luzes do hospital eram muito fortes e penetrantes. Meus pensamentos se moviam com tamanha velocidade que eu não conseguia discernir nada em particular, exceto o constante e desesperado pedido de minha psique a todos os deuses do universo: *Por favor, não deixe meu bebê morrer.*

Eu podia ver e sentir tudo. Senti a picada da agulha e a umidade do algodão quando me injetaram diazepam. Ouvi tudo o que os médicos e as enfermeiras diziam enquanto invadiam o quarto como abelhas... As discussões sobre a tomografia computadorizada não ter mostrado sangue no cérebro de Cole, e como eles fariam uma ressonância magnética para detectar qualquer coisa que a tomografia pudesse ter perdido. Enfim, as garantias de que o cérebro dele só precisava descansar depois de tudo o que tinha passado.

Todo mundo me perguntava o que tinha acontecido, e eu queria contar. Minha mente dizia ao meu corpo para pronunciar as palavras, mas ele se recusava. A conexão entre os dois estava desfeita, cortada.

A FILHA PERFEITA

Partes do meu cérebro foram sugadas pela escuridão e criaram um vazio. Tudo que pude fazer foi ouvir, impotente, enquanto Holly atacava Christopher com perguntas. Eu nunca o tinha visto tão furioso como quando ela mencionou o abuso infantil.

— Abuso infantil? Está falando sério?! — A raiva irradiava dele. Holly não perdeu o ritmo.

— Vocês não foram questionados da última vez em que a Janie esteve no pronto-socorro?

— Sim, mas aquilo foi diferente.

— Como aquilo foi diferente? — Ela cruzou os braços. — Então nenhum assistente social do hospital entrevistou vocês?

Ele desabotoou os dois primeiros botões da camisa e afrouxou o colarinho como se isso o sufocasse.

— Sim, entrevistou.... Ele só perguntou o que tinha acontecido com a Janie, e nós contamos para ele. Fim da história. Ele nunca nos acusou de abuso infantil.

Ela titubeou, fingindo surpresa.

— Eu não te acusei de abuso infantil de forma alguma.

— Sim, você acusou. — Uma veia saltou em seu pescoço.

Ela balançou a cabeça.

— Não, eu disse que estamos investigando a possibilidade de abuso infantil.

— E como isso é diferente? — Ele a encarava.

— Senhor Bauer, entendo que você esteja chateado. Hoje foi um dia muito difícil. Estou apenas tentando fazer o meu trabalho. — Ela deu um passo para trás, criando mais espaço entre eles. Christopher respirou profundamente e passou as mãos pelo cabelo.

Relaxa, Christopher. Só relaxa.

Precisávamos que ele fosse forte. Todos nós. Ele estalou os nós dos dedos e esticou os braços.

— Então, do que você precisa?

— Precisamos saber o que aconteceu na sua casa hoje. Você sabe de alguma coisa que talvez nos ajude a descobrir o que aconteceu?

Ele soltou um suspiro profundo.

— Eu não estava lá.

— Quem estava?

— Hannah e as crianças.

— E você tem certeza disso?

Ele confirmou.

As perguntas continuaram. Eles falavam ao meu redor como se eu não estivesse presente. Não consegui acompanhar o enredo ou processar as informações corretamente. O som do crânio de Cole se chocando contra a lateral da banheira de porcelana interrompia tudo o que eles diziam, tudo o que estava acontecendo ao meu redor. Essa imagem surgia do nada em minha mente, a contragosto. Não era para ele ter se ferido.

CASO Nº 5243

ENTREVISTA:
PIPER GOLDSTEIN

— É COMUM OS PAIS AGIREM COMO A HANNAH AGIU NO HOSPITAL? — Luke me perguntou.

— Sim.

— Então você já tinha visto isso? — Ele e Ron trocaram olhares, como haviam feito a tarde toda.

— Sim, já. — Fragmentos de casos anteriores passaram pela minha mente. A mãe adolescente que deu à luz no vestiário depois de esconder a gravidez de todos, e que depois ficou em absoluto silêncio por duas semanas. O menino de nove anos que entrou em depressão catatônica depois de ser afastado dos cuidados da mãe. E o bebê Vaughn... — Às vezes, o nosso cérebro desliga por um tempo depois de um trauma.

— Isso é o que todos acreditavam que estava acontecendo com a Hannah? Que era um tipo de choque traumático?

— Não dava para achar nada diferente disso.

— Mas a Holly achou. Ela entrou com um pedido no Serviço de Proteção à Criança, considerando a natureza dos ferimentos do Cole. — Ele bateu com a caneta na mesa.

Eu entendia as preocupações de Holly, ainda que não estivesse de acordo em preencher o relatório, pois já tinha visto o mesmo tipo de ferimentos que Cole teve. Era raro encontrá-los em bebês que não tinham sido sacudidos. Mas só porque era improvável que fosse outra a razão, não significava que fosse impossível, mesmo porque não havia outros sinais. Nada mais apontava para um abuso. Cole não tinha nenhuma das fraturas de costela, convulsões ou contusões que são normalmente encontradas. Mais do que isso, eu sabia que não se tratava de abuso porque quem estava ali eram os Bauer. Não havia como Hannah machucar o bebê. Não existia chance alguma daquilo.

— Conte-nos o que aconteceu quando a ordem de cuidado à criança do Serviço de Proteção foi emitida.

— Por causa da ordem de proteção, a Janie teve que ser removida de casa durante a investigação preliminar. Cole também teria sido removido, mas, como estava no hospital, ele apenas continuou lá. É uma prática padrão quando existe mais de um relatório feito sobre os pais.

— Quanto tempo leva para concluir a investigação?

— Geralmente, leva apenas alguns dias para determinar se existe uma causa provável para o abuso infantil. Eles removem automaticamente as crianças de casa até poderem determinar que estão a salvo de qualquer dano. — Olhei para Luke porque foi com ele que tinha falado sobre isso antes. — Eu disse para você que nós sempre tentamos deixar as crianças com os parentes em primeiro lugar, em vez de um lar temporário, e o caso da Janie não era diferente. Fazia mais sentido que ficasse com a Allison.

— Ela foi do hospital para a casa da Allison? — Ron perguntou.

— Sim.

— Allison concordou em levar a menina?

— Concordou.

— E você se sentiu confortável com isso? Não teve nenhuma preocupação?

— Nenhuma.

CINQUENTA

CHRISTOPHER BAUER

O NEUROCIRURGIÃO E O PEDIATRA ENTRARAM NA SALA JUNTOS, AINDA vestindo o pijama verde da cirurgia. Seus rostos eram páginas em branco, incompreensíveis. Segurei a mão de Hannah. O neurocirurgião não perdeu tempo com rodeios.

— Conseguimos encontrar a hemorragia cerebral e estancar o sangramento.

Uma onda de alívio inundou meu corpo. Cole tinha sofrido outra convulsão e eles o levaram às pressas para a cirurgia quando a ressonância magnética mostrou um sangramento que a tomografia não tinha detectado.

O neurocirurgião continuou, com as mãos em constante movimento enquanto falava.

— Os reflexos do tronco cerebral estão funcionando. As pupilas estão reagindo à luz, e ele responde adequadamente a estímulos externos. Acredito que terá uma recuperação completa.

A mão de Hannah tremeu junto à minha.

Duas enfermeiras o trouxeram da sala de recuperação. Eu e Hannah nos arrastamos para seu lado, com certo medo de mirá-lo. Seus olhos estavam fechados. Sua cabeça, envolta em bandagens. Ele tinha sido espetado com diversas agulhas. Hannah enfiou o dedo por um dos buracos e acariciou a perninha de Cole. Ele abriu os olhos.

— Me desculpa — ela sussurrou. A dor em sua voz era tão áspera que se fazia tátil. Passei meus braços em volta dos ombros dela e a trouxe para perto de mim. Seu corpo estava rígido, imóvel, como uma pilha de ossos ao lado do meu.

— Vamos observar o bebê durante a noite para garantir que tudo continue bem e, se tudo correr tranquilamente nas próximas vinte e quatro horas, podemos começar a conversar sobre os planos de alta — o cirurgião disse.

O pediatra completou:

— Vamos observar o bebê de perto pelos próximos meses, mas foi apenas uma contusão craniana, então é provável que não tenha nenhum dano em longo prazo.

Eu apertei Hannah.

— Você ouviu isso? Ele vai ficar bem.

CASO Nº 5243

ENTREVISTA:
PIPER GOLDSTEIN

— DIZ AQUI QUE SEUS COLEGAS EXPRESSARAM PREOCUPAÇÃO POR VOCÊ levar esse caso de um jeito muito pessoal. Eles acreditam que existiam sinais importantes que você pode ter deixado passar. O que acha disso? Acha que existe alguma verdade nas afirmações deles? — Luke perguntou.

— De forma alguma. Sou boa no que faço justamente porque me preocupo com as pessoas com quem trabalho. — Eu nunca me desculparia por isso.

— Mas deixou passar os hematomas no pescoço da Janie, não é?

O pavor rastejou pela minha garganta.

Ele apontou para o gravador a sua frente e repetiu a pergunta.

— Sim, deixei passar. Mas só no princípio.

— Teve mais alguma coisa que deixou passar no princípio?

Estremeci.

— Não.

— Quando finalmente notou os hematomas no pescoço dela? — ele perguntou, enfatizando a palavra "finalmente".

— Por lei, temos que verificar a criança na nova casa dentro de vinte e quatro horas, então fui até a casa da Allison no dia seguinte.

Allison parecia ter envelhecido da noite para o dia. Nenhuma quantidade de maquiagem poderia esconder suas olheiras. Ela tinha me oferecido chá, como Hannah, e eu disse sim a ela da mesma forma. Nós nos sentamos à mesa da cozinha.

Ela esfregava as têmporas.

— Como está o Cole?

— Ele está bem — eu disse. — Tomou uma mamadeira hoje de manhã, e os médicos disseram que esse é um sinal muito bom.

— Que maravilha! E a Hannah, o que eles estão fazendo para ajudá-la?

— Não sei qual é o plano deles.

— Você já viu alguém se transformar em um zumbi assim? Por que ela ainda não saiu desse estado?

Janie correu para a cozinha, gritando e acenando com um caminhão de brinquedo enquanto um dos gêmeos a perseguia. Os meninos eram tão parecidos que eu não conseguia diferenciá-los.

Allison levantou a voz.

— Parem de correr dentro de casa.

Eles a ignoraram, e seus passos trovejaram pela cozinha até a sala de estar.

— Greg? — Allison chamou em voz alta. — Greg?!

— O que foi? — uma voz masculina respondeu de algum lugar da casa.

— Você pode, por favor, levar as crianças para fora? Eles precisam gastar energia, e estão me dando dor de cabeça.

— Pode deixar — ele disse. Ouvi os passos no chão de madeira na sala ao lado.

Allison suspirou.

— Não sei o que faria sem ele nesses últimos dias. Estou muito feliz por ele estar aqui em casa.

— Com certeza. — Logo mudei o assunto para o motivo de minha visita. Não queria parecer insensível, mas meu tempo era curto. — Tivemos algumas mudanças no caso das crianças, e é sobre isso que eu queria falar com você. — Fiz uma pausa, dando a ela um minuto para voltar à conversa. — O Departamento de Serviços Sociais à Criança trabalha em equipe, e diferentes assistentes sociais têm papéis diferentes. Existem assistentes sociais que trabalham dentro do ambiente hospitalar, e aqueles como eu, que trabalham fora. Fica confuso porque muitas vezes visito famílias no hospital, mas apenas se já estiver trabalhando com elas ou se um dos assistentes sociais do hospital registrar uma denúncia. Está me entendendo?

Ela assentiu.

— Uma assistente social do hospital foi designada para o caso do Cole. O nome dela é Holly, e ela entrou com uma ordem no Serviço de Proteção à Criança, dada a natureza dos ferimentos do bebê. — Allison parecia tão confusa quanto imaginei que ficaria. — Todas as crianças de uma casa devem ser removidas até que a investigação preliminar seja concluída. Basicamente, é uma ordem de emergência projetada para manter as crianças seguras até que descartem o abuso infantil.

Ela ergueu a mão para me impedir de continuar.

— Espera! Eles acham que Cole sofreu algum abuso?

— Não necessariamente, mas precisam ter certeza do que aconteceu, por causa dos fatores que envolvem as lesões. Infelizmente, os ferimentos e as circunstâncias que cercam esse acidente são exatamente o que costumamos ver em crianças que sofreram abuso: o tipo de ferimento na cabeça, a idade, a mãe sozinha com a criança, nenhum acidente identificado, e visitas anteriores ao pronto-socorro por conta de lesões com outras crianças em casa. Eu...

— Isso é um absurdo, a Hannah nunca machucaria alguém, muito menos uma criança! Você está brincando comigo?

— Concordo, mas tem que entender como as coisas funcionam para o hospital... Eles são responsabilizados quando não percebem um abuso infantil, então sempre preferem errar por serem cautelosos até demais. Não posso culpar o hospital por isso. Honestamente, se não conhecesse a Hannah tão bem, eu também teria as minhas suspeitas, e provavelmente faria a mesma coisa.

— Sério?

— Sim.

— Então, o que acontece agora?

— Era aí que eu esperava que você pudesse ajudar — eu disse. — A Janie tem que ficar em atendimento de emergência até que o relatório seja concluído. Provavelmente serão dois ou três dias até determinarem que não é um caso de abuso infantil. Em seguida, a ordem de proteção será suspensa. Em casos como esse, gostamos de deixar a criança com um membro da família, então gostaria de perguntar se você atuaria como guardiã da Janie durante a investigação.

Ela nem hesitou antes de responder.

— Óbvio! Vou fazer tudo o que tiver que fazer pela Hannah.

— E não será apenas a Janie... Se Cole sair do hospital antes de terminar o processo, ele vai precisar ficar com você também.

Seu rosto se encheu de preocupação com a menção do nome de Cole.

— Pode ser.

— Muito obrigada. Sei que a Hannah também gostaria muito disso, e ela vai agradecer quando tiver se recomposto. — Olhei ao redor. — Posso falar com a Janie antes de ir embora?

— Sim. Vou trazê-la para cá. — Greg tinha levado todas as crianças para o quintal, onde brincavam de pega-pega. Allison caminhou até os fundos da casa e chamou Janie para dentro.

Ela entrou na cozinha, parecendo nada feliz em me ver. Era sempre assim.

— Você está se divertindo, brincando com os seus primos? — perguntei.

Ela fez que sim, nitidamente aborrecida.

— Posso ir brincar agora?

— Eu só queria falar com você sobre uma coisa antes de ir embora. Já teve uma festa do pijama?

Seus olhos se iluminaram.

— Eu amo festas do pijama!

— Que bom, porque você vai dormir aqui por algumas noites enquanto seus pais estão no hospital com o Cole. — Eu olhava para ela, certificando-me de que entendia. Foi quando notei que tinha hematomas com o formato de dedos em seu pescoço. Minhas pernas ficaram fracas. Eu precisava me sentar.

Como pude ter deixado aquilo passar? Em todos os meus vinte e cinco anos como assistente social, nunca tinha deixado escapar algo tão importante.

...

A voz de Luke invadiu e interrompeu minhas memórias.

— Você relatou isso naquele dia?

— Eu tive reuniões consecutivas com clientes naquele dia, então não consegui. — Era verdade, mas nós dois sabíamos que não importava.

— Para que conste... Você não relatou o incidente naquele dia?

— Não relatei.

Ele fixou os olhos em mim.

— Na verdade, você nem anotou isso no prontuário dela antes de se passarem três dias, não é?

CINQUENTA E UM

CHRISTOPHER BAUER

ESTÁVAMOS AGUARDANDO OS PAPÉIS DA ALTA DE COLE. OS MÉDICOS finalmente o liberaram para ir para casa, mas isso tinha sido há duas horas, e ainda não tínhamos conseguido a papelada de que precisávamos.

Olhei para Hannah enquanto ela andava pelo quarto, trilhando seu caminho sem rumo sobre o linóleo. Ela estava com as mesmas roupas desde que tínhamos chegado. Sua camiseta já estava imunda. Ela segurava Cole contra o peito enquanto caminhava, balbuciando baixinho. Precisava levar os dois para casa. Eu entendia como ela estava perturbada quando não sabíamos se ele ficaria bem, mas agora ela estava pior do que antes. Mesmo depois de os médicos dizerem que Cole se recuperaria. A antiga babá de Dan, Greta, viria à nossa casa no dia seguinte para uma entrevista. Eu não tinha contado a Hannah, mas não achei que isso importaria tanto, já que ela passava a maior parte do tempo perdida em algum lugar dentro de sua mente. De jeito nenhum eu a deixaria sozinha com qualquer uma das crianças. Não até que ela estivesse melhor.

Alguém bateu à porta. Todo mundo sempre batia, mas era mais uma formalidade do que qualquer outra coisa. Ninguém nunca esperou ser convidado para entrar. Era Piper, que vinha com um homem e uma mulher em trajes civis. Eu nunca os tinha visto.

— Oi, Hannah — Piper disse.

Hannah deu a ela um aceno quase imperceptível.

— Oi, Christopher.

— Oi.

Ficamos ali, sem jeito. Por que ela não me apresentava às pessoas ao lado?

Piper limpou a garganta. Eu nunca a tinha visto tão nervosa. Ela continuou pigarreando como se houvesse algo preso ali antes de finalmente reunir coragem para falar.

— Esta vai ser uma conversa muito difícil para mim, e eu não tenho certeza de como começar, então acho que vou direto ao ponto. — Ela olhou para mim, já que era impossível fazer contato visual com Hannah, que ainda andava a esmo pela sala. — Já que Cole sofreu um ferimento na cabeça daquela maneira, a assistente social do hospital fez outro relatório para o Departamento de Serviços Sociais à Criança, dizendo que eles suspeitavam que estivesse acontecendo algum tipo de abuso infantil na sua casa. Esta é a segunda vez que o hospital faz uma denúncia, então, por lei, nós temos que investigar.

Eu entendia as leis de proteção à criança. Já tinha feito relatórios semelhantes antes. Todos nós já o fizemos. Era sempre melhor prevenir do que remediar.

— Durante a investigação, as crianças devem ser retiradas de casa. — A voz dela ficava mais suave a cada palavra.

— Como assim? Por quê? Para onde elas iriam? — Olhei para Hannah a fim de avaliar sua reação, mas ela não parecia estar prestando atenção. Como ela poderia ignorar aquilo? Eu queria sacudi-la, fazê-la sair do estupor em que estava. Não poderia passar por tudo isso sem ela.

— Falei com a Allison hoje de manhã, e ela concordou em ficar com as crianças até que tudo isso acabe. Sinto muito, Christopher. Eu realmente sinto — ela disse. Os dois indivíduos avançaram para ficar ao lado dela. — Estes são meus colegas, Marilyn Fragick e Josh Hoff. Eles vão levar o Cole para a casa da Allison.

— Como assim, não podemos nem mesmo levar o bebê para a casa da Allison?! São vocês quem têm de levar?

Ela assentiu. Lágrimas encheram seus olhos.

— Eu sei que isso é difícil, e se tivesse alguma coisa que eu pudesse ter feito para evitar isso, eu teria feito.

Um nó de ansiedade se formou em meu peito. Ela colocou a mão nas minhas costas.

— Você pode seguir a gente até lá, se quiser. — Ela encolheu os ombros com a minha expressão confusa. — Eu sei. Algumas das políticas não fazem sentido. Por garantia, somente nós podemos levar as crianças para ficarem com a custódia adequada.

— E eles não confiam em nós para levar o Cole até lá?

— Sim, eu confio em vocês, mas eles não te conhecem. É assim que funciona a burocracia. Você sabe como é.

Eu me virei para Hannah.

— Você quer segui-los até a casa da sua irmã?

Ela recuou até a janela, embalando Cole contra o peito com as duas mãos. O pânico encheu seus olhos, seu corpo se retesou.

— Hannah? — Dei um passo em direção a ela. — Hannah?

Ela balançou a cabeça. Seus olhos vagaram, perdidos, ao redor da sala.

— Eu sei que isso é difícil, querida, mas só vamos ficar uns dez minutos longe dele. Só vamos ficar longe durante o caminho até a casa da Allison.

Hannah balançou a cabeça novamente. Estendi a mão para ela.

— Não! — ela gritou e recuou.

Eu parei, atordoado. Piper veio atrás de mim, lançando os braços em direção a Cole.

— Hannah, dá ele para mim — ela pediu, gentilmente.

— Não! — ela gritou outra vez. — Sai de perto de mim, você não vai pegar meu bebê! Vocês não vão levar o meu bebê, ele não pode ficar lá!

— Hannah, se acalma. Eles só vão levar o Cole para a casa da Allison. Não é como se eles estivessem deixando o nosso filho com um estranho. Sua irmã vai ser maravilhosa para ele.

Estendi a mão para pegar Cole, mas ela se moveu muito rapidamente, saindo do meu alcance. Hannah agarrou a mesinha de cabeceira e a empurrou contra nós. A bandeja vazia em cima da mesa voou pela sala e bateu na parede antes de cair no chão.

— Sai de perto de mim, eu estou avisando... Não chegue perto de mim! Se chegar perto, eu vou pular da janela! — Seus olhos estavam alucinados, seu corpo tenso, pronto para lutar. Cole soltou um gemido.

— Xiii... Xiii... Tudo bem.

Ela o balançava freneticamente.

— Olha, você está assustando o Cole. Só para com isso de uma vez... Dá ele pra mim. — Fiz um gesto na direção do bebê. — Hannah, por favor. Hannah...

Ela se colou junto à janela. Suas narinas se dilatavam e se fechavam, o ar para dentro e para fora. Ela pôs a mão na janela enquanto olhava para cada um de nós, desafiando qualquer um a se mover.

— Eu vou pular... Juro por Deus que vou pular, Christopher... Sai daqui!

Uma voz atrás de mim exclamou:

— Alguém chama o psiquiatra!

CINQUENTA E DOIS

HANNAH BAUER

EU QUERIA GRITAR, MAS ALGO ESTAVA PRESO EM MINHA GARGANTA. Havia um líquido entre minhas pernas, eu tinha me molhado. Meus olhos se abriram. Tentei me mover, mas não conseguia. Minhas mãos e pernas estavam presas, amarradas. Lutei contra as amarras, mas não adiantava, eu não conseguia me libertar. Minha coluna latejava até o cóccix.

Examinei ao redor, da esquerda para a direita, procurando alguém, qualquer pessoa que pudesse me ajudar. Não havia nada além de quatro paredes de cimento me cercando e luzes fluorescentes acima de mim. Sem janelas, sem porta. O cheiro de hospital me invadiu. Meu coração batia forte, ameaçando explodir. Eu estava coberta de suor. O pânico apertou minha garganta.

É só um sonho, você está tendo um pesadelo.

Eu me forcei a respirar.

Nada disso é real. Acorda! Só acorda, Hannah!

Então tudo voltou à tona. Memórias abriram caminho em minha consciência em relâmpagos aleatórios: Cole no hospital, meus gritos, rostos estranhos iluminando meus olhos...

Balancei a cabeça, tentando desembaçar meus pensamentos. Minha garganta estava tão seca que doía engolir. Meus músculos gritavam,

A FILHA PERFEITA

e meu corpo doía quando tentava me mover. Há quanto tempo eu estava ali?

Lágrimas rolaram por minhas bochechas. Chorei até cair no sono.

...

Quando acordei, nada tinha mudado. As luzes fluorescentes acima faziam minha cabeça doer. Eu me virei para o lado. Foi só então que notei uma pequena luz vermelha no canto superior. Alguém estava me observando. Comecei a gritar, mas me contive logo em seguida. O que eles fariam comigo quando entrassem na sala? Meu corpo se inundou de pânico novamente. Não ser capaz de me mover era insuportável. As tiras cortavam meus tornozelos.

Eu estava com muita sede. Nunca tinha sentido tanta sede assim. Meus dentes grudaram nos lábios, e pedaços de pele saíram quando tentei separá-los.

Uma porta se abriu atrás de mim. Fiquei paralisada. O som de passos se movia ao meu redor. Então, pairando sobre mim, olhando para mim, estava uma mulher que eu nunca tinha visto, e de quem eu me lembraria, pois era absolutamente linda. Ela tinha um semblante impossível de esquecer, as maçãs do rosto salientes, cílios tão longos que pareciam falsos e lábios redondos perfeitos.

Ela colocou a mão na minha testa.

— Como está se sentindo?

Tentei falar, mas minha voz sumiu. Eu estava com tanta sede que minha voz tinha secado.

— Você gostaria de se sentar? — ela perguntou.

Fiz que sim com a cabeça, ansiosa.

Ela tirou a amarra do meu braço esquerdo. Eu o mexi, feliz por estar livre. Então, tirou a contenção direita, agarrou meus braços e me puxou para uma posição sentada sobre a mesa. Arranhões vermelhos profundos me cobriam ambos os braços.

— Você fez isso consigo mesma — ela disse, como se pudesse ler minha mente.

Ela soltou as tiras em volta dos meus tornozelos. Seu uniforme era branco, tão brilhante que machucava meus olhos, e perfeitamente passado, sem vincos. Até seus tênis brilhavam. Ela era impecável.

— Avisei a dra. Pyke que você está acordada e fora das amarras. Logo que ela liberar você, podemos pedir para alguém te mostrar a unidade e seu quarto. Todo mundo tem seu próprio quarto aqui. — Ela falava como uma professora.

Outra mulher entrou e passou pela enfermeira para ficar ao lado da minha cama.

— Sou a dra. Pyke — ela se apresentou. A mulher tinha um nariz proeminente e lábios finos. Seu cabelo curto estava preso. — Como está se sentindo?

— Sede — consegui dizer com uma voz irreconhecível.

Ela acenou para a enfermeira.

— Pode pegar um pouco de água para ela, por favor? — A enfermeira concordou e saiu correndo. — É assustador acordar assim, e eu peço desculpas por isso, mas você teve que ser contida e sedada para a sua própria segurança. A maioria dos pacientes acha muito desorientador quando sai da sedação. Mais uma vez, minhas desculpas. Não teríamos feito isso se não fosse absolutamente necessário.

Concordei com a cabeça, embora não entendesse ou me lembrasse de nada. O que eu tinha feito? A enfermeira voltou com um copo de isopor cheio de água. Peguei-o e bebi tudo de uma só vez.

— Obrigada.

— De nada — a dra. Pyke disse, pegando o copo de volta e jogando-o na lata de lixo embaixo da pia. Seu rosto passava um ar de cordialidade neutra. Ela agarrou o banquinho e deslizou para o lado da cama, sentando-se. — Você ficou muito perturbada hoje cedo. Por que não me conta o que está acontecendo?

Olhei para ela, querendo falar, mas não conseguia. Havia apenas imagens. Clarões. Peças soltas. Tentei me concentrar, lembrar, mas minha memória tinha buracos. A dor vazava como um cheiro desagradável.

Ela se levantou.

A FILHA PERFEITA

— Certo, tudo bem. Se não quer falar, então a sua enfermeira, Maureen, vai te levar para a unidade. Vou verificar mais tarde para saber como você está acomodada, e aí podemos discutir a sua medicação. — Ela apontou para a porta. — Pode ir.

O mundo girou quando me levantei. Maureen abriu a porta, e um longo e estreito corredor me recebeu. A desagradável iluminação fluorescente tinha sumido, substituída por uma luz opaca, quase invisível, que lançava um cinza escuro em todas as paredes. Uma série de portas de metal flanqueavam os dois lados. Maureen segurou meu braço e me ajudou a avançar, minhas pernas ainda bambas por causa do que quer que tivessem me dado. Eu tropeçava pelo corredor. A porta à minha esquerda se abriu e uma enfermeira roçou em mim. Recuei instintivamente, como se eu tivesse uma doença contagiosa.

Seguimos o corredor por outra série de voltas e reviravoltas, uma sensação de ruína iminente aumentando a cada passo, antes de chegar a outro conjunto de portas duplas. Em vez de usar seu cartão de acesso para destrancar a porta, Maureen apertou um botão vermelho próximo a ela. Houve um zumbido alto, e as portas se abriram para outro corredor. As pessoas andavam de um lado para outro com olhos vazios, algumas delas falando sozinhas. A porta se fechou atrás de mim e a fechadura engatou.

— Você tem que continuar andando. E tem que ficar atrás dessa linha vermelha. — Maureen disse, enquanto me cutucava para a frente.

Eu não tinha percebido que estava parada. Olhei para baixo. Uma linha vermelha grossa se estendia pelo corredor diante das portas. Maureen me cutucou novamente, e eu tirei meu pé de cima da linha.

— Você não pode passar desta linha sem um membro da equipe. Se fizer isso, o alarme vai soar. Entendeu? — ela falou, devagar, enunciando cada sílaba como se eu tivesse dificuldade de audição.

Assenti. Ela apontou para a fita novamente e repetiu, como se eu ainda não tivesse entendido:

— Os pacientes não podem ultrapassar esta linha.

Dei um suspiro de alívio. Eu finalmente estava segura.

CINQUENTA E TRÊS

CHRISTOPHER BAUER

O CHEIRO DE LEITE ESTRAGADO INVADIU MINHAS NARINAS QUANDO entrei pela porta de nossa casa. Tudo estava exatamente como tínhamos deixado, incluindo a tigela de cereal do café da manhã de Janie na pia. Joguei o leite fora, mas o lugar ainda fedia, então andei pela casa em busca de outros culpados. Nossa casa não era grande, mas parecia enorme sem minha família.

Encontrei sobre a mesa de centro da sala de estar o copo com canudinho que Janie usava todas as manhãs para seu lanche. O leite que sobrou estava virando coalhada. Não me preocupei em limpá-lo, apenas o joguei no lixo. Enchi a máquina de lavar louça com os pratos que restavam sobre a pia e adicionei detergente antes de ligá-la. Encostei-me no balcão, cruzando os braços.

O que tinha acontecido naquela manhã?

Essa era a pergunta que dava voltas em minha mente, como uma cobra tentando pegar o próprio rabo. Tinha passado os três dias anteriores quebrando a cabeça em busca de qualquer coisa que eu pudesse ter deixado de lado, mas não havia nada incomum. Tinha sido uma manhã difícil, mas a maioria das nossas manhãs eram assim. Não era nada fora do habitual, então eu não tinha motivos para preocupação.

A FILHA PERFEITA

Pelo menos não mais do que nos outros dias, quando eu saía para o trabalho.

Caminhei sem rumo pela casa em busca de pistas, como se estivessem escondidas nas paredes, em algum lugar. Eu andava de cômodo em cômodo, pegando as coisas pelo caminho. Não conseguia me lembrar da última vez em que nossa casa tinha estado tão bagunçada, e senti falta de quando Hannah não se importava tanto com a limpeza. Quem eu estava tentando enganar? Sentia falta de Hannah, ponto final. Mas sentia falta da velha Hannah, não da nova que tinha tomado seu lugar. E se eu nunca a tivesse de volta?

Fui para o quarto e me sentei na beirada de nossa cama. Como eu dormiria à noite? Algo parecia errado sem eles por perto, as crianças na casa de Allison e Hannah no hospital em Columbus.

Quando a equipe de atendimento psiquiátrico chegou ao hospital, implorei para que a levassem ao Presbiteriano de Worthington. Ficava a trinta quilômetros de Clarksville, mas ela não podia ficar tão próxima, no Northfield Memorial. Não teria como sua admissão na ala psiquiátrica permanecer em segredo e, assim que se sentisse melhor, Hannah morreria de vergonha por ter sido internada. Eu tinha de proteger sua reputação e carreira. Ela teria feito igual por mim.

O chão do nosso quarto estava coberto de fotos de família e vários álbuns. Eles costumavam ficar arranjados em pilhas muito organizadas, que Hannah repassava constantemente, sempre animada como se as visse pela primeira vez. Mas ela não precisaria dessas fotografias a encarando quando voltasse para casa. Peguei uma caixa vazia na garagem para guardar os álbuns. Eu os examinaria quando as coisas se acalmassem. Talvez houvesse uma chance de resgatar alguns, mas por enquanto eu precisava me livrar de todos. Eram a última coisa que ela precisava ver quando chegasse em casa. Comecei a arrumar a bagunça.

Havia muitas fotos, todas danificadas ou desfiguradas de uma forma terrível. Era triste demais de olhar. Comecei a jogá-las na caixa, passando rapidamente de uma pilha a outra. O álbum chique do bebê, que Allison nos tinha presenteado em nosso chá, estava enterrado embaixo da última pilha. Eu não tinha percebido que Hannah o estava preenchendo.

A capa era linda, com o título autoexplicativo "Meu primeiro ano" e, sob uma película transparente, uma foto de Cole no hospital. Folheei as primeiras páginas, as datas começando no dia em que tínhamos voltado do hospital. Nada além das informações mais comuns, como altura e peso, junto ao carimbo do pezinho feito no hospital e à pulseira de identificação. Hannah tinha escrito tudo com uma caligrafia sinuosa que até parecia exibir sua felicidade. Ela acrescentou notas e comentários ao lado de todas as informações factuais: "suas mãos eram enormes", "você não gostou do teste de audição", "a enfermeira Judy fez você chorar". A página seguinte era uma carta que ela tinha escrito para nosso filho. Era algo que apenas uma mãe poderia escrever depois de se apaixonar perdidamente pela vida que tinha acabado de criar.

Mas não demorou muito para que as coisas mudassem. A caligrafia dela estava diferente. Os grandes contornos em espiral tinham sumido, substituídos por rabiscos confusos e apressados. Toda página tinha um espaço para os registros, o que se mostrou pequeno demais para tantas palavras, que ela rabiscava entre e ao redor dos desenhos ou das fichas. Hannah passou a criar listas desconexas, escrevendo as mesmas coisas repetidamente.

Os quilos da gravidez já foram embora. Algumas mulheres ficariam felizes com isso. Mas eu, não. É só mais uma prova de que estou definhando. Hoje Christopher me disse que preciso ser mais amorosa com a Janie. Não consigo. Eu não consigo mais. Não tenho isso em mim. Estou esgotada. Completamente vazia.

Eu estou no fundo da minha cabeça. Como cheguei aqui?

Os trechos seguintes tinham o mesmo estilo:

Sou uma prisioneira em minha própria casa. Eu a sinto me observando aonde quer que eu vá. Ela só está esperando. Ela quer machucá-lo. Eu sei que ela quer. Consigo ver isso em seus olhos. Aqueles olhos negros. Hoje, quando ele estava chorando, ela gritou comigo para levá-lo embora. Eu queria esbofeteá-la. Dizer que ela é quem deveria ir embora.

Eu não costumava chorar, mas agora é só o que faço. A tristeza me pega como uma onda indesejada, arrastando-me. Não tento mais conter as lágrimas. Não há por quê. Apenas as deixo virem. Alguma coisa está me devorando por dentro, me dizendo que não sou boa o suficiente. Finjo meus sorrisos por ele. Ele percebe?

Ela me disse hoje que me odiava. Não é a primeira vez. Costumava magoar. Não mais.

A princípio, suas anotações eram parágrafos coesos e organizados, que descreviam suas dificuldades, mas não demorou muito para que desandassem. Ela ficou obcecada em criar um cronograma detalhado das coisas que Janie fazia, mas nunca foi adiante porque constantemente o riscava e começava de novo. Então sua escrita tomou um rumo que eu nunca poderia imaginar:

Sinto a respiração gelada do demônio dentro dela. Ele sopra no meu pescoço enquanto estou amamentando o Cole. Posso ver o demônio nos olhos dela quando olho pra ela. O sorriso distorcido naquele rosto. Ele lambe as presas como se quisesse machucar o Cole.

Eu a ouvi falando com ele novamente hoje. Em um idioma diferente. Latim? Ela o acha engraçado. Diz que foi ele quem disse para ela espalhar cocô nas paredes. Quando o diabo assume o controle, não há nada que se possa fazer.

Parei ali, atordoado. Hannah não era uma pessoa religiosa, nunca tinha sido. Seus pais não a levavam à igreja, nem mesmo nos feriados.

As garras dele, essas garras horríveis... elas saíram de dentro dela e tentaram pegar o Cole. Eles também querem meu filho. Não ficarão satisfeitos até que se junte a eles. Gritei para ela ficar longe, mas ela apenas riu.

Eu preciso fazer alguma coisa. Não posso deixá-los ficarem com meu bebê. Não vou deixar. Sou a mãe dele. Tenho que protegê-lo, não importa como. Custe o que custar. Isso é o que a gente tem que fazer, e eu posso fazer isso. Farei isso se for preciso.

Na sequência, ela escreveu endereços de sites sobre crianças possuídas por demônios. Cada um dos endereços foi circulado várias vezes.

Ficar de olho. Tenho que ficar de olho nela.

Liguei de novo. Respostas. Nenhuma.

Então ela parou de datar as páginas.

Hoje eu conheci os anjos. Estou tão feliz que eles estejam aqui. Não vou conseguir fazer isso sem eles.

Suas vozes são tão gentis e suaves. O contrário do demônio. Cole também os ouve. Ele ri quando sussurram em seu ouvido. Fico feliz por ele gostar dos anjos.

Sua última anotação tinha quatro palavras:

Hoje é o dia.

...

Hannah sempre invadiu a casa de Allison sem bater, mas parecia estranho sem ela, então bati. Ao que minha cunhada abriu a porta, ouvi Janie vir correndo em disparada pelo corredor.

— Papai!

Eu a levantei em um movimento rápido, dei um beijo em sua bochecha e a apertei com força, desejando poder agarrá-la e levá-la ao parque para passar o dia inteiro, em vez do que estávamos prestes a fazer. Mas não havia como evitar.

— Senti sua falta — eu disse, beijando-a novamente e ajeitando seu rabo de cavalo nas costas.

— Entra — Allison convidou, tão distante quanto eu também me sentia.

A dra. Chandler e a Piper estavam na sala de entrada com ela. Ambas seguravam xícaras de café. Eu vim cedo, o que significava que elas tinham chegado ainda mais cedo. Elas já tinham se encontrado? Por que fariam isso? O que não estavam me dizendo? Tudo isso me deixava paranoico. Eu precisava me acalmar.

O Departamento de Serviços Sociais à Criança precisava da declaração de Janie, e Piper tinha feito sua mágica para que a dra. Chandler pudesse realizar a entrevista forense. Ela era a escolha perfeita, já que tinha servido como testemunha especialista em vários casos de abuso infantil, e Janie já confiava nela. Ela era mais direta com a menina do que com as outras pessoas.

Greg tinha levado Dylan e Caleb para jogar beisebol, assim eles ficariam fora do caminho para a entrevista. Apreciei sua consideração.

Allison nos conduziu até a sala de jantar. O gosto deles por decoração era completamente diferente do meu e de Hannah. Costumávamos brincar sobre isso o tempo todo. Preferíamos um ar caseiro, com peças de artesão, enquanto a casa de Allison era elegante e contemporânea. As janelas eram forradas com tecidos brancos combinando, e fotos profissionais da família cobriam a outra parede. Na primeira vez que a visitamos, tive medo de me sentar e enrugar o forro branco da cadeira da sala de jantar, ou de derramar algo no chão.

A dra. Chandler examinou a sala.

— Seria possível termos essa conversa com a Janie em outro cômodo? Quero que ela fique o mais confortável possível. Talvez uma brinquedoteca ou uma sala de televisão?

— Com ceteza — Allison disse.

Janie segurou minha mão enquanto seguíamos Allison até o porão. Ao contrário do resto da casa, a sala de lazer era um espaço aberto, perfeito para as crianças. O chão de concreto estava pintado com giz, e o lugar era grande o suficiente para elas deslizarem com suas patinetes. Brinquedos se alinhavam no chão, e havia pufes espalhados por toda parte. Um sofá em forma de L ficava contra a parede oposta.

— Esta é a área das crianças. Eu as deixo fazerem o que quiserem aqui embaixo — Allison explicou.

— É perfeita. Adorei — a dra. Chandler disse. Ela se sentou no sofá, e todos seguimos o exemplo, até mesmo Janie, que parecia pressentir que havia algo diferente e importante acontecendo naquele dia. — Estou muito feliz em ver você, Janie. Temos algumas coisas importantes para conversar. — A menina se inclinou para a frente, ouvindo atentamente o que a doutora estava prestes a dizer. — Lembra como nós conversamos sobre a diferença entre uma verdade e uma mentira?

Janie fez que sim.

— É muito importante que você responda às minhas perguntas com a verdade e sem mentiras. Combinado?

Janie concordou novamente. A dra. Chandler olhou para Piper, caso ela tivesse algo a acrescentar. Piper fez sinal para que ela continuasse.

— Eu não estava lá no dia em que o Cole se machucou e não sei o que aconteceu — a dra. Chandler começou. — Será que você pode me ajudar a entender o que aconteceu?

Os olhos de Janie brilharam. Ela estava sempre disposta a ajudar.

— Posso!

A dra. Chandler sorriu para ela.

— Por que não começa me dizendo onde você estava quando o Cole se machucou?

— Eu estava no banheiro.

— E o que você estava fazendo no banheiro?

— Tomando banho.

A dra. Chandler manteve o rosto inexpressivo.

— Você costuma tomar banho durante o dia?

Janie negou com a cabeça.

— Foi um banho especial.

— Um banho especial? O que é isso?

— Um banho vestido, sua boba. — Ela riu.

Allison olhou para mim, com o rosto aflito. A tensão irradiava dela.

— Ah, sim, um banho especial. Agora estou entendendo. Você toma muitos banhos especiais?

— Às vezes — Janie afirmou. — A mamãe disse que queria jogar um jogo comigo.

— É mesmo? — dra. Chandler fingiu entusiasmo. — Foi divertido?

Janie estreitou os olhos e cruzou os braços.

— Não, a mamãe foi má! A Mamãe Malvada é que veio brincar.

Toda a cor sumiu do rosto de Allison.

A dra. Chandler não perdeu o ritmo.

— Ah, você tem uma mãe malvada? Como é a Mamãe Malvada?

Janie fechou a cara.

— Ela faz coisas ruins.

A dra. Chandler não se deixava comover.

— O que a Mamãe Malvada fez durante o banho especial? — A dra. Chandler saiu de seu lugar no sofá e se ajoelhou na frente de Janie. Ela olhou diretamente nos olhos da menina. — Às vezes é difícil encontrar as palavras para usar quando nós queremos falar sobre alguma coisa que aconteceu. Lembra de quando a gente brincava com as bonecas?

— Janie deu um aceno quase imperceptível. — Você gostaria de usar as bonecas e me mostrar o que aconteceu?

Os olhos de Janie brilharam diante da ideia. A dra. Chandler enfiou a mão na bolsa e sacou um recipiente. Ela tirou a tampa e o entregou à menina, que logo puxou duas bonecas, uma mulher adulta e uma garotinha. A dra. Chandler observou enquanto Janie as segurava. Todos nós nos sentamos e esperamos que ela fizesse alguma coisa. Allison estava na ponta da cadeira, parecendo querer impedi-la.

De repente, os gritos de Janie atravessaram o ar.

— Você não vai pegar ele! Eu não vou deixar você levar ele! — Ela batia em uma boneca com a outra. Allison deu um pulo e correu escada acima.

A dra. Chandler se virou para mim, a fim de ver como eu estava lidando com aquilo, e eu balancei a cabeça indicando que ela continuasse. Eu estava colado ao meu assento como se testemunhasse um horrível acidente de carro. Ela colocou a mão suavemente nas costas da minha filha. Sua voz era uniforme enquanto ela falava.

— Janie, eu gosto de como você está usando as palavras para contar o que aconteceu. O que a boneca Mamãe Malvada está fazendo?

— Ela está brigando com a menina. — Seu lábio inferior tremeu.

— Por que ela está brigando com a menina?

— A Mamãe diz que a menina é má. Ela tem que ir embora. — Lágrimas encheram seus olhos e começaram a escorrer por suas bochechas. — A menina não quer ir embora. Ela não é má.

A dra. Chandler a puxou para perto e a aconchegou contra o peito, balançando Janie lenta e suavemente.

— A menina não é má. Ela não tem que ir embora. Ela é uma boa garota.

Os ombros de Janie tremiam com seus soluços. Estendi a mão e acariciei suas costas, embora a dra. Chandler tivesse me instruído a não intervir durante a entrevista.

— Isso é suficiente? — perguntei.

A dra. Chandler olhou para mim, o aborrecimento estampado em seu rosto, e balançou a cabeça. Eu rapidamente voltei para o sofá e cruzei as mãos no colo antes que ela me banisse da sala. O corpo de

Janie tremia, e não pude deixar de me lembrar de todas as vezes em que Chandler falou sobre o trauma ser armazenado no corpo. Fazia sentido de uma forma que eu nunca tinha notado, enquanto eu observava minha filha se contorcer e lutar contra o seu segredo.

— Mamãe tentou me empurrar para baixo na água — ela disse entre soluços, com uma voz artificial de bebê, a que ela usava quando estava perturbada. — Eu disse não! Não, não, mamãe! — Ela jogava o corpo para a frente e para trás, da mesma maneira que certamente tinha feito naquele dia. — A mamãe não se importava, ela só continuou me empurrando para baixo, e me empurrando mais para baixo... Então a Mamãe caiu e fez um dodói na cabeça do Cole.

Meu estômago se revirou. O silêncio encheu a sala com a enormidade de suas palavras.

— O que aconteceu depois? — O olhar da dra. Chandler nunca vacilava diante de Janie.

— Eu chorei.

Ela estava chorando de novo. Meu coração se apertou no peito. Sentei-me sobre minhas mãos para evitar estendê-las e puxar Janie para perto. Felizmente, a dra. Chandler pôs uma mão reconfortante em suas costas.

— Isso deve ter sido muito assustador — ela comentou.

O lábio inferior de Janie tremeu.

— Eu queria meu papai.

— Janie, eu...

A dra. Chandler ergueu a mão para me impedir.

— Christopher, por que não vai pegar um pouco de água para a Janie enquanto eu termino a entrevista?

— Você está indo muito bem, Janie — eu disse. Estendi a mão e despenteei o topo de sua cabeça. — Volto logo, logo. Seja uma boa menina e termine de falar com a dra. Chandler, certo?

Ela concordou.

Subi correndo as escadas e quase esbarrei em Allison na cozinha. Ela estava chorando.

— Você também não aguentou ficar lá? — ela perguntou.

— Pelo contrário, eu não conseguia parar de me intrometer. Só queria entrar no meio e salvar a Janie. Entendo que elas precisem da declaração dela, mas é doloroso demais ver a Janie ter que passar por isso de novo.

— Não sei como a dra. Chandler faz esse trabalho. Eu nunca conseguiria. É difícil demais. — Allison estremeceu. — É impossível que a Hannah tenha machucado o Cole ou a Janie de propósito. Sem chance, ela nunca faria isso... Nunca! — Ela projetou o queixo para a frente. — Ela trazia todos os bichos machucados para casa com ela quando nós éramos crianças. E não só os animais fofos, também os gatos sarnentos da vizinhança.

Ela sorriu diante de uma lembrança.

— Ela trouxe para casa uma ninhada de ratinhos uma vez. Ratos! Você consegue imaginar? Nossa mãe ficou totalmente apavorada e queria que ela botasse logo os bichos para fora, mas a Hannah recusou. Ficou com eles escondidos em uma caixa de sapatos no quarto, e dava leite na mamadeira para os ratinhos... Esse é o tipo de pessoa que ela é. Eu simplesmente não entendo. — Seus olhos se encheram de lágrimas novamente.

— Vem aqui — eu chamei. Ela caiu em meus braços, soluçando. Eu a segurei enquanto chorava, dando a ela um momento para se recompor ao terminar. Diante da pia da cozinha, ela jogou água e deu tapinhas no rosto com uma folha de papel-toalha.

— Tenho que voltar lá para baixo? — ela perguntou. — Não sei se consigo aguentar mais que isso.

Fiz um gesto em direção à copa, seu lugar favorito na casa.

— Por que não prepara uma xícara de chá e se senta até elas terminarem?

Ela parecia aliviada.

— Você quer também?

— Eu adoraria uma xícara. Mas me dá um segundo. — Não esperei sua resposta. Fui até o carro e peguei o diário do bebê. Ao voltar para a

A FILHA PERFEITA

casa, parte de mim quis mantê-lo em segredo. Eu tentava me convencer de que, só porque Hannah tinha escrito aquelas coisas, não significava que ela tivesse agido ou feito algo errado. Mas, depois do que vi e ouvi, a única explicação que fazia sentido era a contida naquelas páginas.

Corri de volta lá para baixo. A dra. Chandler estava ajoelhada no chão com Janie, ambas ocupadas brincando com as bonecas. Ninguém falava nada. Piper estava sentada no mesmo lugar de antes de eu sair. Entreguei o diário a ela.

— Encontrei isso nas coisas da Hannah. Você precisa ler.

CINQUENTA E QUATRO

HANNAH BAUER

— VOCÊ TEM FILHOS? — PERGUNTEI À PSICÓLOGA-CHEFE, DRA. SPENCE, enquanto abraçava os joelhos contra o peito e me mexia na cadeira. Nossas posições nunca mudavam durante as sessões, mesmo que nos encontrássemos mais de uma vez por dia.

— Você acha importante eu ter filhos? — Ela estava sentada em sua cadeira de espaldar reto, as pernas sempre cruzadas nos tornozelos, o caderno equilibrado no colo, a postos. Ela sempre ficava séria. Eu nunca a tinha visto sorrir. Ela era assim com todo mundo ou só comigo?

— Você não sabe o que é ser mãe a menos que tenha filhos — murmurei baixinho.

Nossas sessões eram dolorosas, mas eu gostava de estar em seu consultório porque havia uma janela. Poucos quartos da unidade tinham janelas. Eu não me importava que a maior parte da minha visão estivesse bloqueada pelo prédio do outro lado da calçada, pois ainda podia ver o céu. E havia esperança desde que eu pudesse ver o céu. Quando cheguei aqui, a única coisa que eu fazia era olhar para o céu pela janela. Ela costumava me deixar apreciar isso. Não mais.

— Mas, enfim, você estava me contando sobre o choro do Cole. Quer continuar de onde parou? — Ela tinha grandes olhos cor de champanhe e um rosto inexpressivo, perfeito para mascarar suas reações emocionais.

— Eu só queria que ele dormisse. Por muito tempo, era só isso que eu queria. — Parecia que o choro e a insônia nunca acabariam. Os dias eram longos, as noites ainda mais. — E então aconteceu. Ele finalmente dormiu.

Ela sorriu.

— Deve ter sido maravilhoso.

— Foi horrível.

Ela pareceu surpresa.

— Por que você diz isso?

— Eu não conseguia dormir. — Minha voz falhou, era quase inaudível. — Foi brutal. Tudo o que eu queria era descansar, mas eu não conseguia dormir. Simplesmente não conseguia.

Eu me revirava e me levantava a noite toda. Mesmo quando conseguia cochilar, levava apenas alguns minutos para eu acordar assustada. Eu nunca conseguia dormir por mais de uma hora de cada vez. Era uma completa tortura estar cansada até os ossos, mas ser incapaz de dormir.

— Foi quando as imagens começaram? — ela perguntou.

Ela sabia sobre as imagens? Quando eu disse isso a ela? Minha memória estava repleta de espaços em branco.

Assenti.

— Cole tinha só uma semana quando aconteceu pela primeira vez. Talvez duas. É difícil lembrar. As coisas ainda estão muito nebulosas.

Minha mente estava voltando da mesma forma que tinha partido, lentamente e em pedaços. Tinha sido um dos meus piores dias. Dessa parte eu me lembrava nitidamente. Eu não tinha dormido nada, e Cole estava chorando intermitentemente por horas. Janie estava na sala, gritando. Havia uma tesoura na cômoda ao lado do trocador. De repente, eu estava ciente de que ela ficava ali. Eu nunca tinha experimentado nada parecido.

Uma voz estranha interrompeu meus pensamentos e sussurrou: "Pegue a tesoura", e foi rapidamente seguida por uma imagem minha enfiando a tesoura no peito de Cole. Parecia que ela estava controlando meus pensamentos. Eu entoava "Não olhe para a tesoura" enquanto ia até a cômoda, aproximando-me dela com o braço estendido, como se fosse me queimar se chegasse perto demais. Eu a peguei, entrei lentamente na cozinha e a guardei. Não me senti segura até vê-la escondida na gaveta.

— Foi a última vez que isso aconteceu com você? — a dra. Spence perguntou.

— Não, eu imaginava Cole batendo a cabeça no batente das portas sempre que eu atravessava uma com ele. Eu tinha medo de não encontrar espaço suficiente para passar pela porta e bater a cabeça dele na lateral. Outras vezes, via a cabeça dele explodindo enquanto Christopher o erguia no ar, naquelas tentativas estranhas de acalmar o bebê. Eu imaginava a espinha do Cole estalando e dobrando para trás. Chegava uma hora em que eu não aguentava e gritava para o Christopher parar.

As imagens se reproduziam como trechos de um filme indesejado. Quanto mais eu tentava detê-las, mais elas surgiam.

— Você contou para alguém o que estava sentindo? Para o Christopher? Para a Allison?

— Não.

Como eu poderia contar a alguém o que estava vendo? Imaginar-se esfaqueando o próprio filho não era consistente com estar apaixonada por ele, e eu amava Cole de todo o coração. Estava com medo de que algo acontecesse com meu bebê. Totalmente apavorada. Eu repassava mentalmente todos os perigos possíveis, cada um deles como uma história em quadrinhos na minha cabeça. Não confiava em ninguém para mantê-lo seguro, nem mesmo em Christopher.

— Você já pensou mais sobre o seu diagnóstico?

Neguei com a cabeça. A equipe psiquiátrica disse que tive um surto psicótico de depressão pós-parto. Disseram-me que não havia nada que eu pudesse fazer para parar ou prevenir aquilo, e garantiram que era o resultado de uma combinação de fatores biológicos além do meu controle, como privação de sono, mudança hormonal drástica e predisposição genética. Mas eu sabia que ainda era responsável pelo que tinha feito. Não importava quanta terapia eles me dessem, ou que tipo de drogas eles injetassem em mim. Eu tinha tentado afogar Janie.

— Meu psiquiatra me disse que tudo o que eu sentia ou via era delirante, mas ele estava errado. Algumas coisas eram reais, eu tenho certeza. — Respirei fundo antes de continuar. Ela precisava saber a verdade. — A Janie era a única pessoa que me assustava mais do que os meus pensamentos. Eu não a queria perto do Cole. Christopher pensou que eu estivesse só irritada e frustrada com ela porque estava muito cansada, mas a Janie teria machucado o Cole se tivesse a chance. Essa parte nunca foi delírio, e não importa a quantidade de remédios que você me der, essa minha certeza nunca vai mudar.

Ela me interrompeu:

— Mas esse é o problema, Hannah, você não pode mais confiar na sua mente.

CASO Nº 5243

ENTREVISTA:
PIPER GOLDSTEIN

LUKE DESLIZOU O ÁLBUM PELA MESA. NÃO PRECISEI OLHAR A CAPA PARA saber do que se tratava. Eu já o tinha folheado muitas vezes.

— Este é o diário do bebê submetido como prova?

— Sim.

— E no que você pensou quando leu isto?

Ele nunca conseguiria entender que nada do que eu tinha lido naquele diário combinava com a mulher que eu conhecia. Só o que ele via era a mulher dos últimos meses, e essa pessoa, para mim, era uma estranha. Essa não era Hannah. Mas, desta vez, não tentei me explicar.

— Não posso discutir registros em um caso aberto de proteção à criança — recitei exatamente como minha supervisora tinha me instruído.

Ele não teve escolha a não ser mudar de tática.

— O que fez com o diário?

— Ele foi entregue às autoridades que investigam o caso dos Bauer.

— Você falou com a Allison sobre qualquer coisa que tenha lido no diário?

— Não.

— Por quê? Ela não tinha o direito de saber?

A FILHA PERFEITA

— Presumi que a Hannah tivesse contado a ela, porque as duas eram muito próximas. Elas não eram apenas irmãs, eram melhores amigas, e melhores amigas contam tudo uma para a outra, até coisas horríveis. Então imaginei que ela soubesse de tudo.

— Mas ela não sabia de nada, não é?

Balancei a cabeça.

— Não, ela não sabia.

Teria feito diferença?

CINQUENTA E CINCO

CHRISTOPHER BAUER

EM TODOS OS MEUS ANOS COMO MÉDICO, NUNCA TINHA ESTADO EM uma ala psiquiátrica restrita, então fiquei horrorizado com o lugar. Devia ter sido projetado para ser o mais sombrio possível. Não havia nada de caloroso ali. Os quartos precisavam de uma pintura, as paredes caiadas de branco já com um amarelo encardido. Não havia janelas. Nada que lembrasse vida. Apenas ar velho reciclado e uma sensação de total isolamento. Como alguém poderia se sentir melhor naquele lugar?

Havia todos esses atendentes à paisana que eram pagos para cuidar dos pacientes como babás-carcereiros. Um deles levou Hannah para a sala, ela se arrastando para dentro com a cabeça baixa e o cabelo caído de qualquer jeito sobre o rosto. Era um emaranhado com uma grande bola na parte de trás. Não pude acreditar que a deixaram andar por aí daquele jeito. Por que ninguém nem ao menos a tinha penteado? As calças do pijama dela se arrastavam pelo chão. Hannah não tinha permissão para ficar sozinha, então o enfermeiro a guiou para um assento, pegou uma das cadeiras e se sentou à porta, deixando-a aberta para que pudesse ouvir.

Mal a reconheci quando Hannah olhou para cima. Seus olhos estavam nebulosos e vagos devido a todas aquelas drogas com que os médicos a bombardeavam. Ela me encarava como se não estivesse me vendo. Eu não tinha certeza se era Hannah.

— Oi. — Eu não sabia mais o que dizer.

Ela colocou as mãos na mesa, torcendo-as nervosamente, e olhou para baixo.

— Como você está?

Ainda sem resposta. O silêncio era tão denso que poderia ser tocado.

— Você quer que eu vá embora? — perguntei.

Ela murmurou algo, mas não consegui entender.

— Me desculpa, eu não ouvi. Pode repetir? Não ouvi você.

Ela se recusou a responder. Ficamos em silêncio. Eu podia ouvir o enfermeiro respirando à porta. Hannah brincava com as mãos. Fiquei mais alguns minutos, mas não demorou para que não aguentasse mais.

— Acho que vou embora — anunciei.

Ela nem se mexeu. Levantei-me e saí sem me despedir.

...

Ela tinha escovado os cabelos, então não parecia tão esfarrapada em nossa visita seguinte. Hannah entrou na sala da mesma maneira que antes. Havia um enfermeiro diferente na porta desta vez.

— Oi. — Tentei de novo.

— Oi. — Sua voz era fraca e rouca.

Sentamo-nos nos mesmos lugares de antes. Ela colocou a mão na boca e mordiscou as unhas com ansiedade. Hannah nunca tinha comido as unhas.

— Eu não achei que você viria... — Sua voz parou.

Segurei as lágrimas.

— Não podia deixar você sozinha aqui.

Seus olhos pareciam vazios. Ela tinha um olhar de mil metros.

— Você parece melhor hoje — eu disse. Todos os dias eu falava com a médica dela, que me mantinha atualizado sobre o progresso de Hannah. Eles tinham adicionado recentemente uma nova medicação em seu coquetel de antipsicóticos.

— Você já esteve aqui? — ela perguntou.

Acenei com a cabeça.

— Sim. Você estava um pouco fora de si.

— Odeio medicamentos. Você sabe como eu me sinto sobre eles. — Sua voz era plana, desprovida de emoção.

Limpei a garganta, com medo de perguntar.

— Mas te ajudam?

Ela deu de ombros.

— Você tem comido? — Não sabia do que falar.

— Na verdade, não. A medicação me deixa enjoada.

— Tem alguma coisa que você gostaria muito de comer? Talvez eu possa te trazer alguma coisa.

— Você me traria comida? — Seus olhos se encheram de lágrimas.

Eu me curvei sobre a mesa e puxei suas mãos para fora da boca, fechando-as entre as minhas. Sua pele estava seca, escamosa. Esfreguei meus dedos suavemente nos dela.

— Sim. — Era difícil falar com o nó que eu tinha na garganta.

Ela puxou as mãos para longe.

— Não me toque.

Deixei a mão dela cair.

— Desculpa. Eu só...

— Por favor, vai embora. Só vai embora! — Lágrimas escorriam por suas bochechas. — Não volte aqui!

— Eu não vou embora, Hannah. Não vou deixar você aqui. Eu te amo. Isso não mudou só porque você está doente.

Sua voz tremia enquanto falava.

— Eu estou muito mais do que doente. Tentei matar uma criança. Não tenta fazer isso parecer melhor para mim.

— Todos nós fizemos algumas coisas horríveis nos últimos tempos. — Baixei a voz para um sussurro a fim de que o enfermeiro sentado à porta não pudesse ouvir. — Eu te bati, Hannah.

CINQUENTA E SEIS

HANNAH BAUER

AS NOSSAS REUNIÕES SE MISTURAVAM UMAS ÀS OUTRAS COMO SE FOSSEM uma única e interminável sessão. Duas vezes ao dia. Às vezes três, se fosse um dia muito ruim. A dra. Spence não tinha um limite de tempo, não era como a dra. Chandler. E não era possível saber se a reunião iria durar vinte minutos ou três horas. Esta parecia perdurar pela eternidade. Provavelmente bateríamos nosso recorde.

— Você se lembra de quando começou a ouvir vozes? — ela perguntou.

— Lembra aquelas imagens de que falei? — eu disse.

Ela assentiu com a cabeça.

—As vozes também funcionavam assim. Do nada, uma voz começou a sussurrar: "Janie está possuída por um demônio". No começo eram murmúrios, apenas sussurros que me fizeram pensar se eu tinha ou não realmente escutado. Eu ficava dizendo para mim mesma que não era real... que nada era real. Sentia minha mente estalando, indo para um lugar aonde nunca tinha ido, mas eu não conseguia parar. Estava fora de mim, vendo tudo acontecer.

Os investigadores tinham me mostrado o meu diário e todas aquelas coisas que escrevi. Allison tinha me dado o diário no meu chá de bebê.

Ela tinha usado o mesmo com seus meninos. Eu me lembrava dos meus primeiros registros, mas a maior parte me pareceu uma história escrita por e sobre outra pessoa. Era difícil acreditar que tivesse sido eu.

— Você nunca procurou ajuda?

— Não. — Baixei a cabeça. — É diferente quando está acontecendo com você. Continuei dizendo para mim mesma que era normal, por causa de tudo o que estava acontecendo na minha vida, e que eu iria me ajustar em pouco tempo. Mas isso não aconteceu...

— E depois, o que aconteceu, Hannah?

— Você já sabe o que aconteceu. Todo mundo sabe o que aconteceu.

— Falar sobre isso pode te ajudar muito, Hannah.

É nesse ponto que ela estava errada, em que todos estavam errados. Nada ia me ajudar. E não importava quantas vezes os médicos dissessem isso. Tive um surto psicótico, mas isso não justificava o que eu tinha feito. Isso nunca seria justificável. Eu tinha entrado no banheiro naquele dia com a intenção de afogar Janie. Essa questão era certa, cristalina. Quanto mais ela lutava, mais esforço eu fazia para mantê-la debaixo d'água.

CINQUENTA E SETE

CHRISTOPHER BAUER

JANIE GRITAVA AO FUNDO DO TELEFONE. HAVIA SE PASSADO APENAS vinte minutos desde que eu tinha deixado a casa de Allison, depois de minha visita com as crianças. Era sempre a mesma rotina. Janie soluçava e se agarrava a mim quando era hora de ir embora, então Allison tinha de segurá-la. Às vezes, minha cunhada levava trinta minutos para acalmar a menina. Outras vezes, eram três horas.

— Ela me mordeu de novo! — Allison exclamou.

Abaixei o volume do Bluetooth enquanto dirigia. Assim os gritos penetrantes de Janie ao fundo ficaram mais baixos.

— Me desculpa — eu disse.

Perdi a conta de quantas vezes me desculpei com Allison nas últimas semanas. Apesar da confissão de Hannah sobre ter machucado Janie e Cole, o Departamento de Serviços Sociais à Criança me tratava como se eu também fosse um criminoso, como se eu estivesse envolvido em uma conspiração com ela. Não entendiam que me senti tão surpreso quanto eles quando descobri o diário do bebê. O choque tinha diminuído com o tempo, mas ainda estava lá. A história de Hannah corroborou tudo o que Janie tinha dito: ela estava tentando afogar a menina quando escorregou e fez com que Cole batesse a cabeça ao cair. Mas nada disso importava. Janie e Cole ainda tinham de ficar com Allison até limparem meu nome. Piper disse que era uma prática normal, mas ainda assim eu me sentia um criminoso.

— Dessa vez ela realmente tirou sangue de mim... Sangue, Christopher! Você sabe como é difícil morder alguém até tirar sangue?

— Já tentou distraí-la? — perguntei. Janie não estava facilitando nada para ninguém. Toda vez que eu falava com ela, dizia que precisava se comportar melhor, mas a menina não me ouvia.

— Óbvio que tentei. Tentamos de tudo! Nada funciona. — Allison suspirou. — Não sei por quanto tempo mais a gente consegue fazer isso. Ela ainda está roubando comida. Isso não parou. E, hoje, ela manchou as paredes do banheiro de cocô! — Eu podia sentir o nojo em sua voz. — Não sei como vocês aguentam.

— Não é fácil. Talvez você tenha que trancar a geladeira. Eu posso te enviar o link do site onde compramos as fechaduras que nós usamos.

— Eu me recuso a fechar a geladeira como se a gente estivesse em uma prisão bizarra. Me desculpa, sei que é o que vocês fazem, mas eu não me sinto bem com isso. E também não é justo com os meus meninos. Nada disso é.

Janie geralmente amava os primos, mas tinha começado a ser má com eles. Entrava em seus quartos e quebrava seus brinquedos favoritos. Tirava os deveres de casa deles das mochilas e rabiscava tudo. Outro dia, chegou a trancar Dylan no armário.

— Isso tudo tem sido muito difícil para ela — eu disse. — Ela está tentando lidar com tudo o que está acontecendo. Lembra de como a dra. Chandler disse que ela provavelmente vai externalizar as coisas por um tempo? Que isso é realmente comum quando as crianças passam por esse tipo de situação?

— Mas é mais do que isso... Ela me assusta, Chris. Ela realmente me assusta. Tenho medo de que ela faça alguma coisa horrível com os meus filhos. Talvez eu só esteja sendo paranoica, mas às vezes, quando ela olha para mim, é como se ela estivesse planejando alguma coisa. Só esperando uma chance. Não quero forçar uma situação com você, mas quanto tempo acha que vai levar até as crianças voltarem para sua casa?

— Acredite em mim, eu os queria em casa tanto quanto você. Vou falar com a Piper de novo e ver se ela agiliza as coisas. Espero que a gente saiba com certeza dentro da próxima semana ou algo assim. Eu...

Ela me interrompeu.

— Na próxima semana? Meu Deus, eu não aguento mais uma semana disso! Greg volta para o trabalho sexta-feira, e eles têm que ter ido embora até lá. Isso não estava previsto para durar tanto. Deveria ter sido só alguns dias. Não vou conseguir fazer isso sozinha.

— Mas nunca que eles vão deixar as crianças voltarem para casa em dois dias! Será que não posso ligar hoje à noite, depois de ela se acalmar, e falar com ela de novo sobre melhorar o comportamento?

Allison bufou.

— Christopher, quantas vezes você já falou com ela? Nunca adianta.

— Eu vou suborná-la. Posso prometer levar aquela roupa nova que ela quer para a boneca se for boazinha.

— Isso também nunca funciona.

Eu estava ficando sem opções.

— Por favor, Allison, sei que é difícil, mas é temporário. Só mais um pouco e você vai ter a sua vida de volta.

— Sinto muito, Christopher. Eu não consigo fazer isso.

— O que está dizendo? — Finalmente compreendi a gravidade da situação.

— Ela levou a Hannah ao limite. Eu conheço minha irmã, e essa menina é o que a deixou louca... Não vou permitir que a mesma coisa aconteça comigo. Fiquei horrorizada quando descobri o que a Hannah fez. Eu nem conseguia imaginar. Mas quer saber? Agora consigo. Faz pouco tempo que a Janie está na minha casa e eu já estou começando a não me sentir eu mesma. Ela me deixa nervosa e no limite o tempo todo. Você não sente isso? Ela não faz sua pele se arrepiar só de estar perto dela?

Ondas de fúria passaram por mim. Janie era da família. Ninguém parecia entender isso além de mim. Só porque Janie não era igual a seus meninos perfeitos, não significava que poderíamos jogá-la fora. Ela não tinha culpa de tudo que tinha passado.

Fiz o meu melhor para soar calmo e não afastá-la ainda mais.

— Não existe outro lugar para as crianças irem. Vão colocar os dois em um lar temporário se eles não puderem ficar com você.

— Eu tenho que proteger a minha família — ela disse.

— Mas ela é sua família.

— Não, Christopher, ela não é. Eu não a adotei, você sim.

...

— Ela está falando sério, Piper... Ela quer que eles sumam até sexta-feira. O que eu posso fazer? — Tinha ligado para Piper assim que desliguei a chamada com Allison. Ela já sabia que não havia outro lugar para eles irem. A dra. Chandler estava trabalhando o máximo que podia para colocar Janie em um programa terapêutico, mas não havia muito o que fazer em tão pouco tempo, e eu não estava disposto a mandá-la para uma instituição que não fosse de primeira linha. — Acho que consigo convencê-la a ficar com o Cole, mas isso não resolve o problema da Janie. Além disso, imagina como vai ser traumático para ela! — Falei com sarcasmo: — "Sinto muito, Janie, você não pode ficar na casa da sua tia Allison, mas seu irmão pode". Você realmente acha que ela superaria isso?

— Sei que não é isso que você quer ouvir, mas não existe como eu fazer nada até sexta-feira. O sistema não funciona assim — Piper disse.

— Mas você tem que fazer alguma coisa! O que vai acontecer se a Allison se recusar a ficar com as crianças? — perguntei, embora já soubesse a resposta.

— Teremos que colocar os dois em um lar temporário até a audiência.

— Eles não podem ir para um lar temporário, o Cole é só um bebê! E a Janie?! Imagina o que isso faria com ela... Nós temos que fazer alguma coisa, Piper, por favor.

— Não tem um jeito de convencer a Allison a esperar mais uma semana?

— Acho que não. Ela foi bastante inflexível. — Tinha passado os últimos cinco minutos implorando para ela, mas não fez diferença.

— E os avós?

— A diabetes da minha mãe está completamente fora de controle agora. Ela tem entrado e saído do hospital. A Lillian acabou de ir embora semana passada. Ela daria meia-volta em um piscar de olhos se eu pedisse, mas o Gene caiu feio enquanto ela estava fora. O quadril dele está incomodando demais. O momento para tudo isso acontecer não poderia ser pior.

— Olha, por que eu não ligo para a Allison e vejo se consigo convencê-la a mudar de ideia? — Piper perguntou.

— Você faria isso?

— Eu faria qualquer coisa por vocês.

CASO Nº 5243

ENTREVISTA:
PIPER GOLDSTEIN

LUKE FEZ UMA PAUSA ANTES DE CONTINUAR:

— Você parecia mais envolvida com o Christopher do que com a Hannah. Algum motivo específico?

Não era segredo que Christopher e eu éramos próximos. Conversávamos todos os dias pelo menos uma vez, às vezes mais. Eu não iria mentir sobre aquilo. Além disso, eles provavelmente tinham os nossos registros telefônicos.

— Eu ajudei o Christopher a passar pelo campo minado jurídico quando tudo começou a desmoronar — eu disse.

— Não foi um conflito de interesses?

— Não, meu papel é muito diferente. Não estou envolvida nas legalidades que envolvem processar criminalmente os pais por abuso. Meu trabalho é determinar a melhor colocação em situações como a da Janie e do Cole, e, em seguida, fornecer recomendações para a Vara da Família.

— E você fez isso? — Com o passar das horas, os olhos de Luke tinham ficado avermelhados, e então ele passou a ficar a maior parte do tempo sentado, em vez de andar alegre pela sala. Mas Ron, ao que parece, poderia ficar a noite toda ali.

— Fiz, sim.

— E sentiu que a melhor colocação continuou sendo com a Allison? — Ron perguntou.

— Sim, foi por isso que liguei para ela.

Eu sabia que eles tinham aquele registro. Todos tiveram acesso a ele. Além do mais, eu não tinha nada a esconder.

...

Eu tinha ligado para Allison imediatamente depois de encerrar a chamada com Christopher. Eu sabia pela voz dela que sua decisão já era definitiva e incontornável antes mesmo de dizer qualquer coisa. Ela não perdeu tempo com conversa fiada.

— Sinto muito. Sei que você está ligando pelo Christopher, e eu gostaria de poder ficar com as crianças, mas simplesmente não consigo. O Greg vai embora na sexta-feira e ele vai ficar fora a negócios por dez dias. Eu esperava que a Janie já tivesse se acalmado quando ele fosse embora, mas o comportamento dela está cada vez pior. Tenho que vigiar a menina feito uma águia, e não posso mais largá-la sozinha com os meus filhos, o que torna quase impossível cuidar do Cole.

A última parte me pegou de surpresa.

— Você não deixa os meninos sozinhos com ela? Por quê?

— A Hannah não te contou?

— Não vejo muito os dois desde que a adoção foi concluída. Tecnicamente, estou no caso até o final do ano, mas não tenho um papel ativo desde que nós recebemos a certidão de nascimento.

— Certo, certo... Bom, eu nunca a deixo sozinha com os meninos.

— Posso saber por quê?

Ela baixou a voz.

— Ela tentou fazer coisas inapropriadas com eles, coisas sexuais. Minha mãe a pegou no flagra. Quem sabe o que teria acontecido se ela não tivesse aparecido?

Ninguém tinha me dito nada sobre aquilo.

— Só posso fazer isso se o Greg estiver aqui. Depois que ele for embora, não tenho como ficar de olho nela o tempo todo e controlar as outras crianças. — Ela soltou um suspiro exasperado. — Normalmente, minha mãe poderia ajudar, mas meu pai acabou de cair feio, então ela tem que cuidar dele. O Christopher te contou isso?

— Contou.

— Se eu tivesse certeza de que seria só mais uma semana, eu daria um jeito, mas foi o que você disse da última vez, e olha onde estamos. Sinto muito, Piper. Realmente sinto muito. Mas eu também tenho que cuidar da minha família. Não posso deixar meus filhos se perderem nisso.

— Você não precisa se desculpar. Eu entendo. Assumir mais duas crianças é uma responsabilidade enorme, especialmente crianças que passaram por tanta coisa — eu disse.

— O que será deles agora?

— Eles irão para um lar temporário de emergência até serem devolvidos para o Christopher.

Ela ficou em silêncio. Meu último fragmento de esperança desapareceu quando a ameaça de um lar estranho para as crianças não a fez mudar de ideia.

— Como está a Janie? — perguntei. — O Christopher disse que ela passou por um momento muito difícil quando ele saiu hoje à noite.

— Ela está bem agora. Logo que desliguei o telefone, ela diminuiu a crise histérica. — Allison fez uma pausa antes de continuar. — Ela só se preocupa com o Christopher. Nunca pergunta sobre a Hannah. Você não acha isso estranho?

— Ela é jovem. Quem sabe o que ela entende sobre o que está acontecendo? Ou talvez ela esteja negando tudo...

— Eu só acho estranho, depois do que, bom... Você sabe.

— Tenho certeza de que ela fala sobre isso nas sessões com a dra. Chandler. — Eu não tinha tempo para continuar com aquilo. — Olha, Allison, tenho que ir. Muito obrigada por ajudar.

Passei o resto da noite ao telefone ligando para pedir todos os favores que me eram devidos, esperando um milagre. Até pedi a um amigo advogado que falasse com o juiz, mas nada funcionou. Não havia como as crianças dos Bauer serem autorizadas a voltar para casa sem uma audiência, e isso levaria pelo menos outra semana para acontecer. Talvez duas.

Christopher foi a última pessoa para quem liguei.

— Eles não podem ir para um lar temporário, Piper! Eles não podem... — Sua voz vacilava de emoção.

— Sinto muito, Christopher. Eu gostaria que existisse alguma coisa que pudesse fazer, mas minhas mãos estão atadas. Eles não podem ficar na casa da Allison, nem podem voltar para casa. A única opção é um lar de emergência. — Tentei pensar em algo que o consolasse. — Nem todos os lares adotivos são terríveis. Alguns são realmente bons. Olhe para vocês, por exemplo. Eles podem acabar com alguém como vocês.

— Por que você não fica com os dois?

Eu ri.

— Eu?!

— Por que não? Você não é certificada para receber crianças adotivas?

— Tecnicamente, eu poderia, mas não é visto com bons olhos, e nunca fiz isso — respondi.

Eu já havia trabalhado com centenas de crianças e nunca pensei em levar nenhuma delas para casa comigo. A maioria dos meus colegas comentava que queria fazer isso, mas nunca gostei da ideia de ter uma criança em casa. Foi uma das razões por que não tive filhos.

— Mas você faria isso? Por favor, poderia fazer isso por nós? — Ele nunca soou tão desesperado.

— Não sei, Christopher.

Ele se adiantou antes que eu pudesse dizer não.

— A Janie conhece você, então pelo menos você não é uma pessoa estranha. E se alguém pode lidar com ela agora, é você, Piper... Por favor! Não precisa decidir esta noite. Pode pensar nisso por dois dias, nós temos até sexta-feira. Apenas pensa nisso, tá?

...

Liguei para ele de manhã, antes de tomar minha primeira xícara de café, porque sabia que ele estaria esperando ansiosamente minha ligação. Eu não queria ficar com as crianças, mas não suportava a ideia de dizer não a Christopher. Não teria conseguido dormir sabendo que poderia ter feito algo para aliviar seu fardo e escolhi não o fazer. Surpreendentemente, a ligação caiu na caixa-postal. Deixei uma mensagem pedindo para que ele me ligasse assim que pudesse. Eu estava a meio caminho da minha primeira consulta quando ele retornou a chamada. Sua voz estava ainda mais frenética do que no dia anterior.

— Piper, onde você está?!

— Dirigindo para uma visita domiciliar. O que está acontecendo?

— É a Allison! Ela…

Eu o interrompi.

— Não precisa se preocupar com a Allison. Vou ficar com as crianças até a audiência. Posso buscar os dois hoje à tarde.

— Você tem que vir agora!

— O quê?… Não, não posso, eu tenho um compromisso. Eles vão ficar bem lá até hoje à tarde. A Allison me disse que eles poderiam ficar lá até sexta-feira.

— Agora, Piper, você tem que ir lá agora! Por favor…

— Christopher, o que está acontecendo?

Sua voz falhava.

— É a Allison… Você tem que vir! É a Allison… — Ele soltou um soluço. — Ela morreu.

CINQUENTA E OITO

CHRISTOPHER BAUER

— O QUE VOCÊ ESTÁ FAZENDO AQUI? — HANNAH PERGUNTOU. ELA ficava a cada dia mais coerente, e não passou despercebido por ela que eu estava lá fora do horário de visitas. Eles finalmente tinham encontrado uma combinação de medicamentos que funcionava, uma que silenciou sua psicose sem transformá-la em um zumbi. Seus olhos ainda estavam sem vida devido à tristeza, mas não pareciam esvaziados pelas drogas que injetavam nela.

— Tenho uma coisa para te contar — eu disse. Eles me permitiram vê-la, dadas as circunstâncias. Eu esfregava as mãos ansiosamente sobre o rosto, para cima e para baixo. Era terrível ser quem contaria a ela sobre Allison, mas imaginar a polícia informando isso a Hannah era pior. — É uma coisa horrível.

Ela apontou para as paredes estéreis ao seu redor.

— O que poderia ser pior do que o que eu fiz para estar aqui?

— Sinto muito, Hannah. Sinto muito... — Eu lutava para manter a compostura.

Ela pegou minha mão do outro lado da mesa.

— Eu entendo, Christopher. Eu entendo. — Ela esfregou as costas da minha mão como costumava fazer antes, naqueles dias que pareciam ter se passado em outra vida. — Eu também não conseguiria ficar comigo. Não depois do que fiz, de quem me tornei.

Eu daria tudo para que o divórcio fosse a má notícia a ser entregue a ela, em vez do que estava prestes a dizer. A responsabilidade de contar aquilo a Hannah, naquele momento, era insuportável. Quando olhasse para trás, ela se lembraria de tudo o que eu tinha dito, como tinha dito, e provavelmente me odiaria por isso. Pensei nos roteiros que nos ensinaram na faculdade de Medicina, nas frases prontas para contar a alguém que um familiar ou ente querido tinha morrido:

"Sinto muito. Nós fizemos tudo o que estava ao nosso alcance, mas ele não resistiu."

"Apesar dos nossos esforços, nós não pudemos salvá-la."

Repassei todas elas. Nenhuma era apropriada. Nenhuma diminuiria o poder da bomba que eu estava prestes a lançar sobre sua mente já tão fragilizada. Não podia acreditar que seria eu quem partiria seu coração de novo.

— Christopher, o que está acontecendo? — Seu rosto estava arrasado.

Meu estômago se revirou. A sala girava, e meu coração martelou no peito.

— É a Allison... — Não consegui ir além.

Seus olhos se arregalaram instantaneamente.

— O que tem a Allison?

— Uma coisa terrível aconteceu.

— Ela está bem?

Balancei a cabeça.

Ela afastou a mão da mesa e empurrou a cadeira para trás.

— O que aconteceu?!

Como eu poderia dizer? Como ela encontraria forças para continuar?

— Christopher, o que aconteceu?

— Ela morreu.

Minhas palavras se estilhaçaram dentro dela. Eu assisti a tudo acontecer. Com as mãos, Hannah agarrou a camisa, puxando-a. Ela balançou a cabeça freneticamente, cambaleando para trás junto à parede como se tivesse sido atingida por um tiro.

— Não, não, não... — Sua voz parecia calma, apenas um sussurro.

— Sinto muito. — Era tudo o que eu podia dizer, repetidas vezes.

— Como...?

Respirei fundo, preparando-me.

— Ela caiu da escada. Um acidente horrível.

— Caiu da escada? Como se morre caindo da escada? — Sua voz tremeu.

— O pescoço dela se quebrou no patamar.

Seu rosto empalideceu. Ela cobriu a boca com a mão. Eu levantei e me aproximei dela cautelosamente.

— Sinto muito...

— Para de dizer isso, por favor, para de dizer isso! — ela gritou.

— Não sei o que dizer, o que fazer... — Minha voz falhou. Não sobraram palavras. Não havia nada que pudesse apaziguar aquilo. Ela se afundou no chão, puxando os joelhos até o peito. Deslizei ao lado dela.

— Não entendo. O que aconteceu?

— Eu te disse. Ela caiu.

— Mas como? Como ela caiu da escada?

Eu não sabia como responder.

— A polícia está na casa agora.

Ela levantou a cabeça, travando os olhos em mim.

— Por que a polícia está lá? Pensei que tivesse sido um acidente.

— E foi.

— Quem a encontrou?

— Não sei por que isso importa agora. Só vai deixar as coisas piores.

— Isso importa para mim. — Sua mandíbula estava travada de determinação.

— O Caleb.

— Coitadinho... E o Dylan? E a Janie, onde ela estava? — O cérebro dela corria para ligar os pontos, com perguntas caindo umas sobre as outras. — O Greg estava em casa?

Levantei as mãos para detê-la.

— Hannah, não... agora, não. Não posso. Isso não vai ajudar em nada.

— Você está escondendo alguma coisa. Dá pra notar. — Seus olhos se estreitaram. — Eu consigo ver nos seus olhos. O que está escondendo?

Balancei a cabeça.

Ela saltou do chão e apontou o dedo em minha direção.

— Christopher, você está mentindo pra mim! Sei que está mentindo pra mim!

Balancei a cabeça novamente. A verdade só pioraria as coisas.

— Você...

Ela cerrou os punhos ao lado do corpo, os olhos estreitos como fendas.

— Me diz logo o que aconteceu com a Allison. — Tentei pegar suas mãos. Ela se afastou, indo para trás da mesa. — Me diz... Agora!

Lutei para ter controle da minha voz.

— Janie ouviu a Allison dizendo para a Piper que ela não podia mais ficar lá. Ela estava com muita raiva e as duas discutiram depois que a Allison desligou o telefone. — Fiz uma pausa, lutando para pronunciar as palavras. — Parece que aconteceu uma briga no alto da escada e a Allison caiu.

Hannah soltou um urro. Ela pegou uma cadeira e a jogou contra a parede.

— Eu devia tê-la matado! Eu devia tê-la matado!

A enfermeira que esperava do lado de fora da porta correu para a sala e apertou um botão na parede. Ela tentou agarrar Hannah, que a empurrou para longe. A mulher voou para trás, batendo na parede.

— Ela é um monstro! Eu devia tê-la matado! — Seus olhos estavam arregalados, com um ar enlouquecido. Cuspe era arremessado de sua boca enquanto ela gritava. Seu corpo inteiro tremia.

Dois homens enormes correram para a sala. Ela agarrou o pescoço, esfregando as mãos contra ele como se quisesse arrancar a própria pele. Cada um dos assistentes agarrou um braço para impedi-la de se machucar. Hannah se contorcia com uma força incrível. Sua dor e raiva a tinham transformado em uma fera. Foram necessários os dois para derrubá-la no chão, prendendo seus braços atrás das costas. Foi quando ela soltou os gritos mais primitivos que já ouvi. Eles ecoavam pelo corredor enquanto os homens a levavam embora.

CASO Nº 5243

ENTREVISTA:
PIPER GOLDSTEIN

— VOCÊ ASSISTIU À BRIGA DEPOIS DO VELÓRIO? — RON PERGUNTOU.

Confirmei. Eu tinha ido ao velório de Allison por me sentir obrigada a prestar minhas condolências, embora odiasse estar na casa de alguém que tivesse acabado de morrer.[9] Isso me fazia muito mal desde o falecimento de meu tio, quando eu tinha nove anos. Nunca gostei da maneira como a casa se enchia de pessoas se movendo sem rumo de cômodo em cômodo, como se houvesse algum lugar para irem, todos sempre com medo de falar alto, zumbindo como insetos. A casa de Allison não era diferente naquele dia.

Luke ergueu as sobrancelhas.

— Os assistentes sociais costumam ir a funerais dos parentes de seus clientes?

É óbvio que não. Ele sabia disso tão bem quanto eu, mas os Bauer eram como uma família para mim. Eu o ignorei e mantive minha atenção focada em seu colega.

---

9   Nos Estados Unidos, é comum realizar o velório (em geral com um bufê) na casa da família da pessoa falecida. (N. T.)

— Como o Greg estava antes da briga? — Ron quis saber.

— Muito mal — respondi.

Eu nunca tinha visto um homem chorar como Greg. Havia algo especialmente devastador em assistir a um homem desmoronar. Ele ficou sentado à mesa da sala de jantar com a cabeça enterrada nas mãos enquanto seus ombros tremiam. Seus soluços eram profundos, guturais. A família se mantinha parada ao redor.

— E os Bauer? Como eles estavam?

— Eles não estavam muito melhor. A Hannah tinha conseguido um passe livre do hospital, mas não tenho certeza se foi a melhor coisa para ela. Ela estava tão atormentada pela dor que mal conseguia ficar de pé.

Christopher tinha ido buscar uma cadeira para ela na sala de estar. Ao chegar, me dirigi imediatamente a eles. Foi uma das poucas vezes em que os vi sem as crianças. Eu tinha ajudado Janie a entrar na Novos Horizontes no dia anterior, a clínica de tratamento para crianças que a dra. Chandler indicou. A lista de espera era uma das mais longas do país, já que aquela era uma das poucas instituições privadas que tratavam crianças com menos de oito anos, mas Chandler tinha relações próximas com o novo diretor, então ele se dispôs a encontrar um quarto para Janie assim que a situação toda foi descrita. Já em relação a Cole, cuidei para que ficasse com a mãe de Christopher.

Coloquei a mão no joelho de Hannah.

— Sinto muito — eu disse.

— Isso é um pesadelo. Um pesadelo absoluto. Continuo achando que nada disso está acontecendo. — Todo o peso do desespero era evidente em seu rosto. — Não sei se vou suportar tudo.

Passei meus braços em torno de Hannah. Seu corpo era frágil, mas estava rígido, cheio de emoções acumuladas. As palavras não me vinham à boca. Ela estava certa. Em todos os meus vinte anos de trabalho, nunca tinha visto nada assim. E provavelmente nunca veria nada parecido novamente. O caso me assombrou de formas que nunca imaginei.

— O que desencadeou a raiva do Greg? — Luke perguntou, trazendo-me de volta ao presente.

— Não sei. Não tenho certeza se alguém sabe. Em um minuto ele estava chorando na outra sala, e, no minuto seguinte, ele estava atacando o Christopher e a Hannah.

— Ele queria agredir os dois?

Neguei.

— Ele queria os dois fora da casa. Ficou gritando que a morte da Allison era culpa deles.

Ron pôs sobre a mesa uma babá eletrônica.

— Ele viu isso aqui, não foi?

— Viu.

Naquele momento, todos já tínhamos visto aquilo. A câmera ficava instalada acima da lareira, no porão, e oferecia uma visão completa da escada, terminando no patamar. Não havia som, mas era possível dizer pelos movimentos de Allison e Janie que elas estavam brigando, mesmo que não pudéssemos ver seus rostos.

Elas corriam para a frente e para trás na tela. Houve uma fração de segundo em que os pés de Janie avançaram e, na imagem seguinte, Allison já estava despencando escada abaixo. Ela acabou estirada no fim da escada, todos os seus últimos momentos capturados em dolorosos detalhes. Os pés de Janie não saíram do lugar; ela permaneceu imóvel diante da cena por sete minutos e trinta e dois segundos.

CINQUENTA E NOVE

CHRISTOPHER BAUER

QUANDO SE REFERIAM A NOVOS HORIZONTES COMO UMA CASA RESI-dencial para jovens emocionalmente perturbados, eu não imaginava que a instituição realmente se parecesse com uma enorme casa. Estacionei em uma garagem atrás de um portão de madeira. Árvores pontilhavam a propriedade. Uma calçada de concreto serpenteava até a porta da frente, abrindo caminho pela grama perfeitamente cuidada. A casa era um mistério, feita de concreto polido de cor cinza, não dando nenhuma pista do que escondia atrás da porta.

Flores se alinhavam na varanda e havia um balanço antiquado em um dos lados. Levei um momento para me recompor antes de poder dar toda minha atenção à Janie. Eu ainda estava tentando digerir a conversa daquela manhã. A diretora do Departamento de Serviços Sociais à Criança tinha me ligado para informar que Piper não seria mais a assistente social de Janie, sendo substituída por uma mulher chamada Elaine, com efeito imediato. Ela se recusou a dizer por quê, apenas disse que trocar de assistente social era comum e que tivemos sorte de ter ficado com a mesma por tanto tempo. Mas percebi pela voz de Piper, quando liguei para ela mais tarde, que mentiram ao dizer que aquilo não significava nada e que acontecia o tempo todo.

Ela não fazia ideia de que tinha sido removida do caso de Janie.

Normalmente, eu teria debatido o caso com Hannah, mas nós não conversávamos muito sobre nada nos últimos tempos. Eu odiava o que tudo isso tinha feito com ela, e a medicação só piorava as coisas. Era seu quinto dia em casa, e Hannah tinha passado por cada um deles como uma sonâmbula. Seus médicos me garantiram que era apenas uma questão de tempo até que voltasse a ser ela mesma, mas minha esposa parecia mudada para sempre.

Ela tinha deixado o cabelo curto, emoldurando o queixo, o que a fez parecer menos esquelética. Finalmente havia vida em sua tez outra vez. Mas a maneira como ela se comportava também tinha mudado. Seus olhos carregavam o peso do que tinha passado, e Hannah parecia um soldado que esteve na guerra e voltou para casa.

Respirei fundo e levantei a mão para bater na porta, mas uma mulher grande vestindo uma saia estampada e esvoaçante abriu a porta da frente e saiu antes que eu fizesse contato com a madeira.

— Bem-vindo — ela disse. — Sou Viviane, a administradora da casa. — Ela estendeu a mão. Seus olhos eram emoldurados por cílios escuros, os cabelos pretos e grossos presos em uma trança que caía no meio das costas. — Entre. — Ela fez sinal para que eu a seguisse.

Examinei a entrada rapidamente, tentando absorver tudo de uma vez. Uma longa escadaria se erguia à nossa frente. Dois corredores se separavam do salão, um de cada lado da escada. Viviane se desviou para o corredor à esquerda e eu a segui. Ela não falou nada enquanto caminhávamos. A casa estava silenciosa, apesar das dez meninas que moravam lá.

— Onde está todo mundo? — perguntei.

— As coisas por aqui são muito diferentes nos fins de semana. Muitas das crianças vão para casa porque receberam o direito a visitas de fim de semana. — Ela apertou meu braço. — Sei que deve parecer que vai demorar uma eternidade até você chegar lá, mas digo a todos os pais de primeira viagem que as visitas acontecerão antes que se perceba.

Pais de primeira viagem? As crianças vinham para cá mais de uma vez? Engoli a ansiedade que subia pelo fundo da minha garganta.

— Normalmente, você estaria nas áreas comuns, porque é onde fazemos visitas supervisionadas, mas a Janie ficou deitada a manhã toda porque não come desde ontem.

— Não comeu nada?

Ela balançou a cabeça.

— Infelizmente, não. Vi que você já falou com os médicos sobre isso.

Tínhamos passado mais de uma hora ao telefone um dia antes. Janie estava recusando comida novamente. Na semana anterior, ela tinha feito isso por três dias, e tiveram que hospitalizá-la. De alguma forma, eu tinha de encontrar uma maneira de convencê-la a comer.

Viviane parou quando chegou à terceira porta à direita. Ela bateu antes de entrar, anunciando sua presença, mas sem pedir permissão.

— Papai! — Janie gritou, voando para fora da cama e em meus braços em tempo recorde. Passei os braços em volta dela e a girei enquanto ela ria. Eu a sufoquei com beijos por todo o rosto.

Viviane se sentou na cama encostada à outra parede. O quarto de Janie era muito parecido com o meu dormitório da faculdade no primeiro ano, com uma cama de solteiro encostada em cada parede. Eu gostaria de poder me encontrar com ela a sós, mas o juiz havia permitido apenas visitas supervisionadas. Ele tinha prometido rever a questão em nosso próximo julgamento.

Janie puxou minha mão.

— Papai, olha! Tá vendo? — Ela apontou para as paredes. Elas estavam cobertas por colagens de obras de arte suas. Desenhos e pinturas, com cores vivas e linhas grossas e sólidas, davam vida ao seu quarto. A maioria feita em roxo e rosa. Bem no centro estava a figura de um homem e uma garotinha de mãos dadas sob um arco-íris. Meus olhos se encheram de lágrimas. Lutei para contê-las.

Eu nunca tinha ficado cego pelo amor. Pensava que isso fosse reservado ao amor romântico, mas não. Eu amava Janie de uma maneira que não conseguia descrever ou entender, e provavelmente nunca seria capaz. Mesmo depois de tudo o que ela tinha feito.

Carreguei-a até a parede e toquei no desenho. Sorri para ela, que riu de volta.

— Este é o meu favorito.

Cole adormeceu cedo, algo muito raro. Ele tinha ficado com minha mãe desde o funeral, e havíamos finalmente recuperado sua custódia. Piper tinha feito um acordo com o juiz depois que Hannah se declarou culpada de abuso infantil. Era impossível que nossa nova assistente social conseguisse fazer as coisas de forma tão ágil quanto Piper.

Era a segunda noite dele em casa, e a anterior tinha sido pesada. Ele gritou a maior parte do tempo, mas, ao contrário de antes, quando Hannah cuidava dele a noite toda e acordava ao menor som, na noite anterior ela colocou os protetores de ouvido e se virou de volta para dormir. Eu o levei para a sala até que ele se acalmasse. Parecia que me ver saindo do quarto com Cole nos braços machucava Hannah fisicamente, mas deixar que eu cuidasse dele durante a madrugada fazia parte do tratamento dela, já que o sono era um dos fatores mais importantes em sua recuperação.

Era como se Cole tivesse percebido que precisava pegar leve conosco essa noite. Costumava levar mais de uma hora para ele cair no sono, mas dessa vez ele adormeceu em menos de dez minutos. Eu e Hannah permanecemos sentados à mesa da cozinha desde então, os dois apenas encarando a própria xícara de chá. Mesmo depois de frio, continuamos parados ali. Tudo entre nós parecia estranho e forçado. Nós nos desviávamos um do outro pela casa como colegas de quarto constrangidos. Mal tínhamos nos falado desde que voltei da minha visita a Janie. Ela chegou a perguntar como foi, mas se afastou antes mesmo de eu responder.

Meu telefone tocou no bolso. Ficou tocando sem parar na última hora, mas eu estava ignorando todas as ligações. Eu podia fazer isso

A FILHA PERFEITA

agora que não precisava me preocupar em ser chamado ao hospital. Dan tinha me colocado em licença administrativa na semana anterior. Ele disse que era apenas temporário, mas eu não acreditava nele.

De repente, o telefone da casa tocou, e nós dois pulamos. Ninguém ligava para o telefone de casa a menos que fosse uma emergência. Na maioria das vezes eu me esquecia de que tínhamos um. Olhei para Hannah, que balançou a cabeça. Nenhum de nós se moveu.

O telefone silenciou apenas para recomeçar segundos depois. E se algo estivesse errado com um de nossos pais? Tive vontade de vomitar. A sala girava quando me levantei. Peguei o telefone de cima do balcão.

— Alô?

A voz de Piper estava apressada, ofegante.

— Christopher, estou a dois minutos da sua casa. Não atenda o telefone se alguém ligar e não atenda a porta! Vou dar a volta por trás.

A linha caiu.

Recoloquei o gancho no lugar lentamente. Ela nunca tinha ligado tão tarde. O que estava acontecendo?

— Era a Piper — eu avisei.

Sem resposta.

Ainda podíamos falar com ela agora que Piper não estava mais no caso? Isso nos seria permitido? Como Hannah não estava morrendo de curiosidade? Ela não tinha perguntas?

— Ela está vindo para cá — eu disse.

Ainda nenhuma resposta. Os ombros de Hannah estavam curvados, como se ela estivesse tentando desaparecer dentro de si mesma. Seus olhos já indicavam que tinha ido para outro lugar, aquele que me fazia querer implorar a ela que falasse comigo, que me deixasse entrar novamente. Mas não o fiz. Ela viria até mim quando estivesse pronta. Mesmo assim, lutava contra o medo de que ela nunca mais voltasse. Peguei a mão dela e Hannah não se afastou... Já era alguma coisa.

Não demorou muito para que alguém batesse na nossa porta dos fundos. Ninguém nunca entrava por ela. Piper estava parada no degrau, ofegante e suando como se tivesse corrido um quilômetro.

— Pulei a cerca — ela contou.

Fiz sinal para ela entrar. Espiei pelo canto da porta, talvez esperando que alguém a estivesse perseguindo.

— Você quer um copo de água? — perguntei, trancando a porta.

— Seria ótimo. — Ela levou um minuto para recuperar o fôlego enquanto eu a servia. Normalmente, Hannah teria perguntado se Piper precisava de mais alguma coisa, mas ela não tinha energia suficiente nem mesmo para dizer "olá". Fiquei surpreso por ter conseguido tirá-la da cama. No dia anterior, ela tinha se recusado a levantar.

— Eu tinha que chegar aqui antes deles — Piper disse, depois de tomar um gole.

— Quem? Quem está vindo?

— Provavelmente a polícia.

— E por que a polícia está vindo? — perguntei.

Isso chamou a atenção de Hannah. Ela afastou o cabelo do rosto e se endireitou na cadeira.

Piper olhou furtivamente ao redor da cozinha, como se alguém pudesse estar nos espionando.

— Ou os advogados… Não tenho certeza. Mas eles vão vir atrás de você, Christopher. — Ela parecia uma viciada paranoica que tinha passado a noite toda acordada fumando crack.

— Eu? O que eu fiz? Não estou entendendo.

— O advogado do Greg entrou com uma moção para acusar você de homicídio culposo pela morte da Allison.

Suas palavras caíram como chumbo na mesa.

— Como é?! Você não pode estar falando sério.

— Estou. E, aparentemente, o juiz concorda com ele. Pelo menos o suficiente para emitir um mandado. Um dos meus colegas da polícia me avisou. Vim na mesma hora que descobri.

— Como posso ser o responsável pela morte da Allison?! Eu nem estava lá!

— Os advogados dele revisaram as imagens da babá eletrônica. Estão alegando que a Janie pretendia matar quando empurrou a Allison escada abaixo, e que você deveria saber que ela era capaz de fazer algo assim por conta do histórico de violência dela.

— Como é?! — gritei. — Não tem como eles afirmarem uma coisa dessas com base naquele vídeo!

Tinha visto a mesma filmagem que eles. Eu, provavelmente, já tinha repassado aquilo uma centena de vezes, tanto quanto eles. Piper também. Não havia dúvidas de que tinha acontecido uma briga no topo da escada e de que Janie empurrou Allison lá de cima, mas era impossível saber de qualquer outra coisa além disso. Qualquer um poderia especular o quanto quisesse, mas não havia som e não era possível ver nada acima das pernas das duas.

— Só porque ela empurrou a Allison não significa que a Janie estivesse tentando matá-la. Isso é um absurdo. — Eu balançava a cabeça, opondo-me a essa mera possibilidade. — Janie não tentou matar a Allison… não de propósito. Ela nunca faria isso.

Eu não duvidava que Janie tivesse ficado com raiva ao descobrir que Allison queria que ela fosse embora, e eu sabia que ela a tinha empurrado escada abaixo, mas tinha feito aquilo simplesmente porque estava com raiva e frustrada, não com a intenção de matar. Eu podia garantir que, naquele momento, ela não pensava nas consequências. É algo comum em crianças que sofreram traumas, elas têm pouquíssimo controle de seus impulsos. Eu tinha lido sobre isso em um dos livros da dra. Chandler.

Piper deu de ombros.

— Pode ser absurdo, mas está acontecendo.

— Janie foi buscar ajuda. Por que ela pediria ajuda se quisesse que a Allison morresse? Como é que sou o único que vê isso? — Joguei as mãos para o ar.

— Entendo o que você está dizendo, mas ela esperou muito tempo para isso. — A respiração de Piper finalmente desacelerou. Ela se jogou em uma cadeira na sala de jantar, ao lado de Hannah.

— Sete minutos não é muito tempo para uma criança traumatizada ficar sem reagir. No fim das contas, ela nem tem noção de tempo. — Eu estava ficando sem fôlego. Ninguém jamais veria Janie através dos meus olhos. — Eu vou para a cadeia?

— Se foi intencional ou não, realmente não importa. Você está focando na coisa errada. — Piper bebeu o resto da água antes de falar. — Os advogados dele afirmam que era seu dever alertar a todos sobre os problemas da Janie. Ele diz que, se você tivesse contado as coisas que a Janie fez, tipo matar o gato ou morder a Hannah, eles nunca a teriam levado para casa, e a Allison ainda estaria aqui. Greg está determinado a fazer alguém pagar pela morte da Allison, e ele está colocando a responsabilidade em você. O advogado dele contratou um investigador particular do Leste para desenterrar o máximo possível de sujeira.

— Você sabe alguma coisa sobre o investigador particular? — perguntei. — O que eles poderiam estar procurando? Não existe nada escondido. Coisa nenhuma. — Abri as mãos. — Nós temos sido um livro aberto sobre tudo. Sempre fomos.

Piper me parou antes que eu fosse mais longe.

— Não é tão incomum contratar um investigador particular. Advogados fazem isso o tempo todo. É mais fácil para eles se outra pessoa fizer o trabalho sujo. Não sei nada sobre o cara que ele contratou, a não ser o nome, Ron, e que ele era um detetive de homicídios.

Hannah parecia chocada.

— Ele não pode fazer isso com o Christopher. Não pode!

— Infelizmente, ele pode. E o Greg está falando sério sobre o processo.

— E a Hannah? — eu disse, parecendo muito irritado, ainda que sem a intenção.

— Acho que eles acreditam que ela não é responsável por nada disso, dado o estado mental dela. Bom, você precisa estar preparado... Você tem um advogado?

Neguei. É óbvio que eu não tinha um advogado. Nunca tive sequer uma multa por excesso de velocidade.

— Então você precisa conseguir um, e agora. Vou enviar algumas indicações, pessoas em quem confio e que ajudaram pais em situações complicadas.

A FILHA PERFEITA

— Você já viu isso acontecer?

— Isso, não. Nunca ouvi falar de nada assim. Já vi pais serem acusados de violar as leis de responsabilidade parental, mas nunca em casos de homicídio. — Ela examinou a cozinha. — Não vamos atender o telefone ou a porta até conseguirmos um advogado para você. Onde está o seu computador?

— Meu notebook está na mesa de centro — eu disse, já entrando na sala para pegá-lo.

Preparei um jarro de café fresco na cafeteira. Nós três pesquisamos advogados, tentando encontrar alguém da lista de Piper que fosse especializado em leis de responsabilidade parental. Vez ou outra, eu lançava olhares furtivos para Hannah enquanto ela trabalhava. Pela primeira vez em muito tempo, ela pareceu ser quem era antes. Ela ainda mordiscava o lábio inferior enquanto lia. Dei um sorriso, apesar do horror da situação.

Pouco depois das dez, escutamos uma batida na porta. Todos nós congelamos. Devia ser a polícia. Ninguém nos visitava tão tarde. Ficamos em completo silêncio por trinta minutos apenas para ter certeza de que eles tinham ido embora. Não demorou muito até que a fonte de Piper enviasse por e-mail a declaração do advogado de Greg, que pedia minha prisão.

— Você não vai perder seu emprego por causa disso? — perguntei, apontando para o relatório aberto em sua tela. Estávamos tão envolvidos no meu drama jurídico que nem tínhamos conversado sobre a remoção dela do nosso caso.

— Assim que é protocolado, o documento passa a ser de registro público. Só foi preciso acessar o arquivo. Ele sabe o quanto vocês significam para mim. — Ela sorriu calorosamente. Nunca me senti tão grato a ela como naquele momento.

Nós vasculhamos o documento. O advogado de Greg alegava que eu tinha o dever de avisá-los sobre Janie e que deixei de cumprir minha obrigação paterna de cuidar dela, supervisioná-la e controlá-la com responsabilidade. Ele continuou dizendo que eu havia ignorado o

365

comportamento violento de Janie e que falhei em fornecer o tratamento de saúde mental adequado para seus problemas. Alegou também que eu deveria saber que havia a possibilidade de Janie machucar alguém, até de matar. Ele selou o pedido expondo como minha falta de ação e de cuidados adequados contribuiu para a morte de Allison, e como, portanto, eu era criminalmente responsável pelo que tinha acontecido. Citou o código penal diversas vezes e terminou com o que chamava de Lei Autumn[10], da qual eu nunca tinha ouvido falar.

Instintivamente, procurei a mão de Hannah, mas ela não estava lá. Suas mãos estavam entrelaçadas firmemente em seu colo.

---

10 Proposta de lei que busca responsabilizar pais ou tutores que tenham sido negligentes em relação a filhos menores de idade e com propensão a comportamentos violentos e inadequados. O nome vem do caso de Autumn Pasquale, de 12 anos, torturada e assassinada em 2012 por um jovem cujo comportamento destrutivo era ignorado pela própria família. (N. T.)

SESSENTA

HANNAH BAUER

ACORDEI ASSUSTADA. TODAS AS MANHÃS HAVIA UM MOMENTO EM QUE, por uma fração de segundo, eu não me lembrava de tudo o que tinha perdido, apenas para, no instante seguinte, minha realidade deturpada voltar em torrentes, inundando-me de lembranças. A dor me atingia, fazendo com que eu precisasse de um imenso esforço para seguir adiante. Eu não tinha escolha, já que a terapia ambulatorial era um requisito para que eu tivesse uma chance de conseguir minha licença de enfermagem de volta. Eles ainda não a tinham cassado, mas o fariam assim que descobrissem sobre a acusação de abuso infantil. Era apenas uma questão de tempo.

Olhei para Christopher enquanto ele dormia. O juiz de primeira instância tinha rejeitado as acusações de homicídio culposo contra ele, pois não queria ser o primeiro a abrir um precedente para algo assim. Mas Greg não estava disposto a desistir tão facilmente. Seu advogado tinha entrado com um pedido de acusação mais brando, de imprudência, na esperança de que eles tivessem uma chance melhor. Nosso advogado nos garantiu que era apenas uma questão de tempo até que aquele também fosse rejeitado, mas não importava: o estrago já estava feito, e nossa história já tinha sido destaque no noticiário noturno em duas ocasiões.

Cole estava esparramado de lado sobre o peito de Christopher, que o trazia para a cama à noite depois de acalmá-lo. Ele disse que era mais fácil mantê-lo dormindo assim. Eles tinham acordado três vezes durante a madrugada. Fingi dormir quando ele voltou para a cama. Meu corpo se recusava a permitir o sono até que Cole estivesse apaziguado. Essa parte não havia mudado, mas eu deixava Christopher levá-lo à noite, quando ele se agitava, sem dizer nada. Era esse o meu "maternar" agora.

Tirei Cole cuidadosamente de seus braços, fazendo o meu melhor para não acordar Christopher, e o carreguei comigo para baixo a fim de que meu marido pudesse ter uma hora para dormir sozinho. Cole se mexeu, e eu o ninei no meu peito enquanto esquentava sua mamadeira. Eu passaria o resto da minha vida compensando o que tinha feito a ele, quão perto tinha chegado de causar um dano irreversível. As imagens dele no hospital nunca deixariam minha memória.

Peguei meu porta-comprimidos e o levei para a sala de estar. Cole agarrou ansiosamente a mamadeira e se acomodou em meu peito. Levantei a tampa de terça-feira. Duas pílulas rosa pela manhã; um comprimido branco no almoço; duas rosa novamente à noite; o octógono azul logo antes de dormir.

Eu já sabia que voltar para casa seria difícil, mas foi ainda mais sofrível do que eu imaginava. Nossa realidade pairava sobre nós o tempo todo. As paredes carregavam o peso da nossa história. Ter Cole conosco outra vez não tornava as coisas mais fáceis, embora eu estivesse grata por tê-lo de volta.

Meus ataques de pânico tinham diminuído no hospital, mas voltaram com força total em casa. O primeiro aconteceu assim que entrei pela porta da frente. Tudo nesse lugar era um gatilho. Eu me sentia como se estivesse debaixo d'água, lutando para alcançar a superfície em busca de ar e, cada vez que conseguia, não inspirava ar suficiente antes de ser empurrada para baixo de novo. Parei de contar os ataques no dia anterior, depois que cheguei ao número onze.

Liguei para a dra. Spence três vezes depois que os ataques começaram a me fazer sentir como se eu fosse vomitar e ter diarreia ao mesmo tempo. Nenhuma das técnicas que tínhamos praticado no hospital funcionava no mundo real. Tudo o que podia fazer era me esconder no banheiro até que as sensações passassem. As únicas coisas que tinham algum efeito eram essas pílulas estúpidas. Joguei as duas pílulas rosa na boca, engolindo-as com a água que tinha deixado na mesinha na noite anterior.

Eu e Christopher ainda não tínhamos conversado sobre Janie. Nós sempre pisávamos em ovos quando o assunto era ela, como se Janie fosse uma mina que pudesse explodir se chegássemos muito perto. Perguntei a ele como tinha sido a visita no dia anterior porque era a coisa certa a fazer, mas, assim que ele começou a falar, o pânico me inundou e eu mal consegui chegar ao banheiro a tempo.

Ela estava presente em toda parte. Eu queria embalá-la em caixas e mandá-la para longe. Fechava os olhos sempre que passava pelo quarto dela. Eu nunca a deixaria voltar para minha casa. Nunca. Não me importava que não houvesse uma maneira de provar o que tinha acontecido na escada. Sei que ela matou minha irmã. Eu nunca iria visitá-la ou vê-la novamente. Ainda não tinha dito isso a Christopher, mas diria assim que estivesse forte o suficiente para a luta que eu teria de enfrentar. Ele ainda daria a vida por ela.

CASO Nº 5243

ENTREVISTA:
PIPER GOLDSTEIN

RON DESLIZOU O SACO DE PROVAS PELA MESA E APONTOU PARA ELE.

— Você sabe o que é isto?

— O telefone de alguém — respondi.

— O telefone da Becky — Ron disse.

— Aquele que acharam no trailer? — perguntei.

Os investigadores tinham encontrado um telefone no quarto de Becky, no trailer, mas ele estava bloqueado e era ilegal acessá-lo sem determinar uma causa provável. Era um processo legal complicado e, até onde eu sabia, ninguém tinha procurado os meios apropriados para cumpri-lo.

— Queremos mostrar alguns dos vídeos. — Ele se virou para Luke. — Pode arranjar o computador?

— Como vocês conseguiram acessar o telefone dela? — perguntei.

— A gente conseguiu que os direitos dela à Quarta Emenda[11] fossem suspensos — Ron explicou.

---

11   Também conhecida como Quarta Emenda à Constituição dos Estados Unidos, garante a proteção de uma pessoa contra buscas e apreensões sem fundamento ou respaldo jurídico. (N.T.)

Balancei a cabeça como se entendesse, mas foi a primeira vez que ouvi falar de alguém fazendo aquilo. Balancei as pernas nervosamente enquanto esperávamos que Luke voltasse com um notebook. Ele o colocou na mesa à minha frente, sentando-se na cadeira de alumínio ao meu lado. Um vídeo estava aberto. Ele o pôs para rodar.

O armário na parte de trás do trailer surgiu na tela. Em um canto, a silhueta do corpo de Janie enrolado como uma bola. Nunca esqueci a foto das amarras, mas vê-las em uso, apertadas em torno dos tornozelos e punhos da menina, a corrente de cachorro em volta do pescoço, gravou-as em minha memória de uma forma irremediável. Essas imagens nunca iriam embora. Estava escuro, mas não havia como confundir seu rosto quando ela se virou.

— Janie, é hora de comer — uma voz de mulher disse.

A menina se levantou lentamente, a cabeça baixa, os ombros curvados para a frente como se quisesse desaparecer dentro de si mesma.

A mulher continuou:

— Como eu *tava* dizendo, ela tem se comportado bem. Até ganhou um tempo sem as *amarra*.

Meus olhos estavam grudados na tela. A mulher se arrastou em direção a Janie. Ela segurava o telefone em uma mão e abria a coleira com a outra. Janie sorriu para ela amorosamente. Eu mal conseguia respirar. Janie estendeu os braços finos para a mulher, que facilmente tirou as amarras, sem deixar a imagem vacilar. Ela deu um passo para trás, então se ajoelhou à frente de Janie, o ângulo revelando sua imagem. Colocou uma pequena tigela de comida de cachorro no chão. De repente, sangue jorrou do lado de seu pescoço.

— Não! — gritei para que não me mostrassem, assim como tinha me recusado a ver a parte da morte no vídeo de Allison, mas era tarde demais. Eu vi acontecer. O corte. O som do telefone caindo no chão de concreto. Cobri os ouvidos para não ouvir o som das dezesseis facadas que eu sabia que viriam a seguir.

Luke pausou o vídeo. Ron caminhou lentamente para o nosso lado da mesa, recostando-se nela. Ele cruzou os braços à frente do peito.

— Perturbador, hein?

Tudo o que pude fazer foi acenar com a cabeça. Eu não tinha palavras.

— Um ataque bastante violento para uma menina tão pequena.

Engoli a fúria em minha garganta.

— Ela deve ter sido torturada além da nossa compreensão para ser capaz de revidar com tanta força. E aquela era a voz da Becky?

— Era — Luke disse.

Ron inclinou a cabeça para o lado, abriu a boca como se fosse dizer alguma coisa, mas fechou-a rapidamente e virou-se para Luke.

— Por que não mostramos a próxima parte?

— Espera. — Levantei a mão. — Se ela ficava amarrada, então como ela conseguiu uma faca?

Ron deu de ombros.

— Não sabemos.

— Talvez existisse outra pessoa envolvida — eu sugeri. Essa sempre tinha sido minha suspeita. — Tinha mais alguém nos vídeos?

— Tem uma voz de homem em um dos vídeos, mas não conseguimos identificar quem é, e ninguém se apresentou — Luke disse.

— E o que ele diz?

— Ele faz uma pergunta. — Luke fez uma pausa de efeito. — "É essa a criança do demônio que você falou?"

Hannah a havia chamado da mesma forma. Um calafrio percorreu minhas entranhas.

Luke apertou o play. Os vídeos tinham sido cortados e unidos para formar uma série que acompanhava as atividades de Janie, todos eles se passando dentro do trailer, a maioria no quarto dos fundos. Havia cenas de Janie espalhando fezes na parede da sala, como se estivesse pintando com os dedos, e jogando em Becky quando ficava chateada. Outras cenas mostravam Janie gritando e chorando como se estivesse sendo torturada, embora ninguém a tocasse. Em outros momentos, Janie batia a cabeça no chão até desmaiar. Todos os vizinhos alegaram não ter ouvido nada, mas não tinha como ser verdade. Uma ou outra vez durante os episódios, Becky tentou se aproximar dela para confortá-la ou acalmá-la, mas Janie rejeitou todas as tentativas, às vezes cuspindo nela, outras vezes mordendo seu braço.

Luke pausou novamente.

— Existem centenas de trechos de vídeos feito este. A Becky gravava tudo o que ela fazia para tentar controlar a Janie. Ela começou a deixar a menina faminta e usar a comida como recompensa pelo bom comportamento. Ela dava surras à moda antiga, mas que acabavam evoluindo para o espancamento. Então, começou a amarrar a Janie no canto do cômodo, de castigo. No final, inventou o esquema do armário. Quer ver a progressão?

Fiz que não com a cabeça.

Ele avançou o vídeo. Dessa vez, exibia o rosto de Becky em destaque, tomando toda a tela. Sua pele estava pálida e manchada com marcas de varíola, pedaços de carne tinham se soltado de seu rosto, e também havia algumas crostas que estavam cicatrizando, um sinal revelador de que se tratava de uma viciada em metanfetamina. Seus olhos disparavam para a frente e para trás, sua voz estava eufórica e atabalhoada.

— Preciso da ajuda de vocês... Por favor, preciso de ajuda. Eu fico ligando, e ninguém responde. Mas tudo bem, tudo bem... Vou dizer o que vou fazer. É isso, isso é o que eu tenho que fazer pra mostrar pra todo mundo o que tô falando. Senão vão ficar só olhando para mim e pensando que sou uma louca e tal... mas ela que é ruim. Ela é maldade purinha, essa criança. Tô falando. Num falei? Quantas vezes falei pra vocês? — Ela contraía a mandíbula enquanto falava. — Quero que vocês vejam tudo por conta própria, pra saber do que eu tô falando. Vocês vão ver como ela é, vou gravar. Vocês vão ver. Mas não dá pra continuar fazendo isso sozinha, vocês têm que me ajudar. Alguém tem que me ajudar com essa criança. Por favor. Eu ligo e ligo, mas ninguém vem. Nenhum de vocês quer me ajudar.

O vídeo parou sozinho. Tínhamos chegado ao fim. Minhas emoções migravam rapidamente do pânico para a tristeza, e vice-versa. Ron se sentou. Os dois viraram suas cadeiras para dentro, cercando-me entre eles. O suor escorria por meu pescoço.

Luke se inclinou para a frente enquanto falava.

— Becky pediu ajuda. Mais de uma vez. Na verdade, algumas vezes. Sabe quem ela procurou?

Neguei, minha garganta seca, com medo demais para falar.

— Ron, por que você não diz para a Piper para quem ela ligou?

— Com certeza. — Ron puxou o arquivo sobre a mesa e o folheou antes de encontrar o que procurava. — Diz aqui que Becky ligou para o Departamento de Serviços Sociais à Criança sete vezes no ano que antecedeu a morte dela. Na verdade, ela começou a fazer esses vídeos no dia em que uma das assistentes sociais deveria ter aparecido no trailer para ajudar. — Ele puxou um pedaço de papel e o segurou na minha frente. O cabeçalho timbrado da nossa agência figurava em negrito no topo. — Sabe qual assistente social foi designada para visitar a Becky?

Senti como se alguém tivesse me dado um soco no estômago. Palavras eram impossíveis.

Ele colocou o papel de volta sobre a mesa.

— Foi você, Piper. Você foi a funcionária designada para acompanhar os telefonemas dela. Mas você nunca fez isso, não é? Nunca foi lá. Nunca nem ligou. — Ele balançou a cabeça com descrença. — Imagine se você tivesse feito isso. O que teria acontecido se você tivesse ido lá meses atrás, quando ela ligou para o Departamento certamente angustiada por tentar ser mãe de uma criança que todos nós sabemos que era doente. Muito doente. Devia ser muito peso para carregar nos ombros.

Cada fiapo de ar foi roubado de meus pulmões.

— Eu não sabia que tinham ligado para o Departamento. Nunca tinha ouvido falar de Becky Watson até conhecer a Janie no hospital... Eu juro!

Ele se inclinou tão perto que nossas cabeças quase se tocaram, o cheiro de café velho em seu hálito.

— Então o que aconteceu? Quem deixou a peteca cair? Porque aqui diz que você foi designada para fazer a visita.

A FILHA PERFEITA

— Eu não sabia de nada disso.

— Pode parar! — Ele bateu com o punho na mesa. Saltei na cadeira.

— A Allison poderia estar viva hoje se você tivesse feito seu trabalho do jeito que deveria ser feito!

Minha voz tremeu.

— Eu não fazia ideia de que a Becky tinha procurado o Departamento. Ninguém nunca me disse nada. Nunca fui designada para fazer uma visita domiciliar, mas isso não significa que eu não seja responsável. — Lágrimas rolaram e, uma vez que começaram, não consegui mais contê-las. — Você não entende. O Departamento de Serviços Sociais à Criança recebe muitas ligações todos os dias... de pais, professores, amigos, policiais, até mesmo de idosos que estão entediados e não têm nada para fazer no tempo livre. Nós temos uma equipe minúscula, e é impossível lidar com todas as reclamações que caem nas nossas mesas. Então nós priorizamos... Claire seleciona as reclamações e cuida da minha agenda. — Eu me esforcei para falar. — O caso da Becky Watson nunca entrou na minha lista.

— Como é possível que uma coisa assim nunca tenha entrado na sua lista?

Ele estava falando sério? Ele não sabia como nosso departamento estava falido?

— O Departamento de Serviços Sociais à Criança é uma porta giratória. Os mesmos arquivos vão e voltam, de novo e de novo, para as nossas mesas. Nós vemos os mesmos rostos, encontramos as mesmas famílias. Tiramos uma criança da casa e somos forçados a deixar as outras para trás, ou então mandamos todas de volta para as famílias que as maltrataram. Eu fui chamada para investigar abusos em lares adotivos quase tanto quanto em lares de pais biológicos. Temos que atuar dentro do sistema. Todo assistente social sabe que ele não funciona perfeitamente, mas é o único sistema que nós temos, então precisamos nos contentar com ele.

Luke ergueu as sobrancelhas.

— Então está dizendo que falhou com a Becky?

— Estou dizendo que o sistema falhou com as duas.

Nós falhamos com todos os envolvidos. Christopher nunca mais seria o mesmo depois de saber o que realmente tinha acontecido. Ele precisava acreditar que as crianças nasciam boas e puras, que todas elas tinham salvação, para que seu mundo fizesse sentido. Isso destruiria sua crença fundamental.

— O que vocês vão dizer para os Bauer? — perguntei. Supunha-se que eles tivessem que saber. Eu não conseguia imaginar como isso mudaria as coisas.

Ron não precisou de tempo para pensar em sua resposta. Isso era o que ele estava esperando o dia todo.

— A única coisa que posso dizer a eles: a verdade, que a filha deles é uma assassina, e que eles serão responsáveis por garantir que ela não machuque outro ser humano até se tornar adulta.

— Quando?

— Quando o quê?

Limpei a garganta.

— Quando você vai contar para eles?

Ron olhou para o relógio.

— É muito tarde agora, mas estaremos lá amanhã de manhã.

— Posso ir com vocês?

Ele franziu a testa.

— Não sei se é uma boa ideia.

— Olha, se eu quisesse, iria lá hoje à noite e contava tudo eu mesma. Não estou mais no caso, e já disse que agora nós somos mais uma família do que qualquer outra coisa. Então estou fazendo um favor ao esperar para ir com vocês amanhã. — Eu me esforcei para soar ameaçadora.

Eu não suportava a ideia de que Christopher ouvisse a notícia sem alguém para apoiá-lo. Hannah não se conteria e certamente ficaria aliviada. Elaine me confidenciou que Hannah tinha conversado com ela sobre abrir mão de seus direitos parentais e realocar Janie. Eu odiava esse termo porque fazia as crianças parecerem animais de estimação, mas havia casos em que o Estado permitia que crianças adotadas fossem devolvidas a um orfanato. Não havia dúvida em minha cabeça de que Hannah iria se esforçar para que isso acontecesse.

Eu não a culpava. Ao contrário de Christopher, eu sabia que havia crianças danificadas demais para serem consertadas. Era um fato terrível da vida e do meu trabalho, mas isso não o tornava menos verdadeiro. O que Janie tinha não poderia, de forma alguma, ser consertado, mas Christopher passaria a vida tentando. Eu tinha certeza disso, e também de que ele o faria sozinho, a menos que eu estivesse lá para ajudá-lo.

Luke cruzou as mãos sobre a mesa.

— Você deve saber que os advogados do Greg entraram com uma ação civil contra o Departamento de Serviços Sociais à Criança. — Ele fez uma pausa, deixando suas palavras assentarem antes de continuar: — Você deve estar ciente de que seu nome está nesse processo. — Ele trocou um olhar com Ron, então voltou sua atenção para mim.

— Não me importo — eu disse.

Eles precisavam de um amigo. As acusações contra eles haviam tornado sua situação pública, e as pessoas os evitavam como se evita a imagem da tragédia, com medo de pegá-la ao se aproximar demais, como uma doença.

Eles trocaram outro olhar. Ron assentiu antes de Luke falar.

— Encontre a gente aqui amanhã às oito.

SESSENTA E UM

HANNAH BAUER

OUVI O BARULHO DA DESCARGA, O QUE SIGNIFICAVA QUE CHRISTOPHER estava acordado. Seus pés passaram pelo corredor e ele pegou uma xícara de café antes de se juntar a nós na sala de estar. Parou atrás do sofá.

— Como você dormiu ontem à noite? — ele perguntou, como fazia todas as manhãs desde que eu estava em casa.

— Bem — eu sempre mentia.

Ele ficaria muito preocupado se eu contasse a verdade. Não importava o quanto ele tentasse esconder sua preocupação por mim, linhas profundas estavam esculpidas em sua testa. Eu odiava o que as acusações de Greg tinham feito a ele. O caso tinha despojado cada resquício de confiança que restava em Christopher.

Ele plantou um beijo na minha testa.

— Posso pegar o Cole?

Concordei com a cabeça. Ele pegou Cole de mim com ternura, e eu lutei contra as emoções que enchiam minha garganta. Às vezes, sua bondade doía demais. Eu queria que ele me odiasse. É o que eu merecia.

Christopher o ergueu, e Cole balbuciou, seus olhos dançando de alegria. Ele inventava novos sons todos os dias. Nós dois sorrimos enquanto ele balbuciava. Caí na gargalhada quando ele cuspiu uma bolha, e então fui imediatamente engolida pela culpa. A felicidade parecia uma traição depois do que havia acontecido com Allison. Mamãe ficava me dizendo que precisávamos de tempo, mas o tempo não curaria essa ferida. Sei que sentiria falta de Allison dali a dez anos tanto quanto sentia naquele momento. Mas o tempo avançaria independentemente de nossa perda. Isso era certo, e Cole seria a força que nos moveria. Ele era a razão pela qual nos levantávamos de manhã. Por enquanto, era o bastante. Tinha de ser.

Eu e Christopher não conversávamos sobre como as coisas estavam difíceis. De fato, não conversávamos sobre nada já tinha um tempo. Nosso sofrimento era grande demais para palavras. Mas era melhor assim. Eu preferia isso aos clichês que recebíamos de outras pessoas. Um dos meus colegas de trabalho tinha me enviado um cartão que dizia: "Você precisa encontrar beleza no que está quebrado". Eu queria que houvesse beleza, mas só conseguia ver o que estava quebrado.

Ele ajeitou Cole em seu colo. Os dois se encaixavam perfeitamente. O bebê se parecia cada vez mais com ele. Seus lábios até ficavam da mesma forma quando sorriam. Christopher fez cócegas no estômago de Cole, e ele soltou uma gargalhada. Meu coração se encheu de amor por eles.

É isto, é assim que deveria ser: eu, Christopher e o nosso bebê.

Afastei o pensamento. Pensamentos como esse só me destruíam. Eu não precisava de nenhum terapeuta para me dizer isso.

— Quer dar um passeio depois do café da manhã? — ele perguntou. Concordei.

Nossos passeios eram uma novidade. Só tínhamos começado a sair na semana anterior. Não consegui esconder meus ataques de pânico por muito tempo, e Christopher aprendeu rapidamente a reconhecer os sinais.

À beira de um dos meus ataques, recusei quando ele sugeriu que saíssemos para uma caminhada, pois meu maior medo era ter um acidente em público por não conseguir chegar a tempo em um banheiro. Mas Christopher prometeu que apenas daríamos a volta no quarteirão.

Comecei a me sentir melhor quando chegamos ao final da calçada, então continuamos. Tentávamos incluir vários passeios em nosso dia sempre que possível. O primeiro era depois do café da manhã. Raramente nos falávamos, tanto fora quanto em casa, um ambiente que parecia sempre sufocante. O ar livre, por outro lado, tinha algo que tornava o silêncio suportável. No dia anterior, tínhamos caminhado três quilômetros sem dizer uma palavra.

Cole ficava muito feliz quando andávamos. Christopher o amarrava ao peito no canguru, virado para a frente, porque ele gostava de ver o que estava acontecendo. Uma vez, caminhamos na direção do parque e encontramos algumas daquelas antigas mães, que nos reconheceram. Não cometemos esse erro novamente. Todos os nossos passos eram na direção oposta ao parque. Acabamos conhecendo bairros onde nunca tínhamos estado.

Cole se mexeu no colo de Christopher e eu soltei a respiração, que nem tinha percebido que estava segurando. Aproximei-me e inalei o cheiro de seu xampu de hortelã para bebês. Eu superaria tudo por ele. Eu tinha que fazer isso. Concentrei-me no que Christopher estava dizendo, fazendo mais do que apenas acenar com a cabeça no momento apropriado e fingir interesse, como nos dias anteriores. Ele estava me contando sobre Elaine, a nova assistente social de Janie.

— Já consigo dizer que não vou gostar da Elaine, e não estou falando isso só porque ela não é a Piper. — Ele tomou outro gole de café, parando para acariciar a bochecha de Cole.

Nós dois sabíamos que não era verdade. Ninguém estaria à altura de Piper. No dia anterior, ela tinha arrumado tempo para ver como eu estava, embora fosse eu quem devesse ter ligado para apoiá-la, já que ela estava a caminho de ser interrogada pelo investigador particular, Ron. Ele também tinha entrevistado Christopher, que afirmou ter sido aquele o depoimento mais intenso pelo qual ele já passou, muito mais do que o de negligência médica de que havia participado alguns anos antes.

Não tivemos notícias de Piper naquela noite. Eu não tinha ideia se isso significava que as coisas tinham corrido bem ou muito mal. Meu depoimento a Ron seria na semana seguinte, e eu ficaria muito feliz quando tudo isso acabasse.

Greg não me deixava chegar perto dos meus sobrinhos, de quem eu sentia muita falta. Meu coração doía, especialmente porque eu sabia que Allison teria ficado furiosa com ele e acharia todo esse processo uma completa piada. Se os papéis tivessem sido invertidos, ela nunca teria feito algo assim. Nunca.

Mas eu não estava com raiva de Greg. Ele sentia uma dor inimaginável e não estava pensando direito. Eu queria estar lá para ajudá-lo. Christopher sentia o mesmo. Ele me disse que queria levar Greg para tomar uma cerveja e apenas deixá-lo falar até ficar sem palavras, ou ficar sentado em silêncio até o sol nascer. Quase ligou para Greg outra noite, mas nosso advogado disse que ele tinha de esperar até que toda a papelada fosse finalizada.

— Estou pronto para outra xícara — ele disse. — Você quer que eu encha a sua também?

— Sim, por favor — eu respondi, instantaneamente furiosa por ter dito aquilo. Eu estava trabalhando duro para não soar tão formal. Ele me entregou Cole e se dirigiu para a cozinha com nossas xícaras. Coloquei meu bebê no colo, do mesmo jeito que ele tinha se aninhado no de Christopher, já que era uma de suas posições favoritas. Ele sorriu para mim quando olhei para baixo. Sorri de volta. Eu nunca me cansava de olhar para seu rostinho tão doce.

— Oi, amiguinho — eu disse, pegando uma de suas mãos. Ele envolveu os dedos ao redor dos meus e tentou se levantar.

— Ma-ma-ma-ma... — Cole balbuciou.

Christopher correu da cozinha.

— Ele acabou de dizer "mamãe"? — ele perguntou.

Inclinei-me e Cole deu um tapinha em meu rosto com as duas mãos.

— Ma-ma-ma-ma...

Óbvio que ele não estava dizendo mamãe, ele era muito novo. Eram apenas sons, mas parecia que sim, e chegaria um dia em que ele realmente diria "mamãe" para se referir a mim. Diria "papai" também.

Deixei as lágrimas rolarem por meu rosto. Olhei para Christopher, seus olhos também estavam úmidos.

A campainha tocou, interrompendo nosso momento. Olhei para o relógio acima da lareira: 8h10. Virei-me para Christopher, que encolheu os ombros.

— Você quer que eu atenda? — ele perguntou.

— Vamos ver quem é primeiro — eu disse. Afastei um canto da cortina e espiei pela janela.

— Quem é? — Christopher sussurrou.

— É a Piper — eu respondi — E a polícia está com ela.

AGRADECIMENTOS

CADA LIVRO TEM SUA PRÓPRIA JORNADA. ESTA FOI ÚNICA. MARCOU UM passo rumo a uma nova e empolgante parceria. Em primeiro lugar, quero agradecer a Megha Parekh por sempre me puxar de volta a um nível normal, sem me deixar tombar no que a maioria das pessoas considera "perturbador". Foi ela quem me avisou que uma criança e um animal de estimação não poderiam morrer no mesmo livro. Agradeço a Charlotte, que me ajudou a levar a história a outro nível, apontando seus pontos cegos. Foi incrível trabalhar com vocês duas. A meu marido e meu filho, que me deram espaço para escrever e criar, muito obrigada. Prometo que um dia escreverei uma história com final feliz. Mas hoje não.

Primeira edição (março/2023) · Segunda reimpressão
Papel de miolo Ivory bulk 58g
Tipografias Sabon e Lato
Gráfica LIS